中国古典英雄传奇小说

〔清〕李雨堂 著

万花楼

河海大学出版社
HOHAI UNIVERSITY PRESS
·南京·

图书在版编目(CIP)数据

万花楼 / (清)李雨堂著. -- 南京：河海大学出版社, 2025.8. -- (中国古典英雄传奇小说). -- ISBN 978-7-5630-9587-2

Ⅰ.I242.4

中国国家版本馆CIP数据核字第2025JQ5227号

丛 书 名	/	中国古典英雄传奇小说
书　　名	/	万花楼
		WAN HUA LOU
书　　号	/	ISBN 978-7-5630-9587-2
丛书策划	/	未来趋势
责任编辑	/	齐　岩
特约校对	/	齐　静
装帧设计	/	未来趋势
出版发行	/	河海大学出版社
地　　址	/	南京市西康路1号（邮编：210098）
电　　话	/	（025）83737852（总编室）
		（025）83722833（营销部）
经　　销	/	全国新华书店
印　　刷	/	三河市元兴印务有限公司
开　　本	/	880毫米×1230毫米　1/32
印　　张	/	10.375
字　　数	/	327千字
版　　次	/	2025年8月第1版
印　　次	/	2025年8月第1次印刷
定　　价	/	68.00元

前言

在传统中国人的心目中，大一统观念是神圣不可动摇的。可在北宋时代却偏偏外侮不断、内患重重，后来宋亡于金、元，明亡于清的历史现实，更使得国人痛心疾首。在这种社会背景下，讲述英雄传奇的文艺作品（如评书、戏剧、小说）便流行起来，因为这对于民众心理来说，是一种对社会现实的补偿，在一定程度上表达了人们的爱国主义情感、英雄主义情结。

在中国历史上，爱国英雄代有人出；在中国民间，英雄传奇小说洛阳纸贵。《万花楼》中所述狄青五虎将的故事就和杨家将、呼家将、岳家将的故事一样，长期以来传诵不衰。

《万花楼》属于历史演义类英雄传奇小说，全称《万花楼杨包狄演义》，又名《大宋杨家将文武曲星包公狄青初传》。此书为"杨家将"故事的续书，《五虎平西平南》（《狄青全传》）的前传，但是成书却比《五虎平西平南》要晚。

《万花楼》成书于清代嘉庆年间，作者李雨堂，鹤邑（今广东龙川县）人氏，生平事迹不详。全书共六十八回。书中讲述的是宋真宗年间发生的故事：太原总兵狄广之妹狄千金被选入宫，真宗赐予八王爷为妃。八王爷派差官孙秀至狄府慰问，差官乃庞太师门人，与狄家有隙，就谎报狄千金自尽，惹得龙颜大怒。狄广为避祸携夫人及女金鸾、子狄青返乡。狄广病故，狄青年方七岁，发大水时母子失散。狄青是武曲星下界，被王禅老祖接往峨眉山，习得文武韬略。狄青出师后，在万花楼偶遇张忠、李义，并打死作恶多端的胡伦。公案堂上，包拯惜才，铁面断案，救出狄青，使狄青免遭官司。几经波折后与自己的姑姑狄太后相认，从此成了皇亲国戚。后与包公、杨宗保、范仲淹等忠臣良将力抗西夏、斥佞除奸、忠君报国。

此书的一大特色，即是虚实结合，情节内容自成首尾。实，在于故事背景大体有些史实依据，如狄青与庞洪的斗争，狄青征西夏赵元昊以及平叛侬智高等，均见于史籍载录。书中人物也大多史有其人，如狄青，《宋史》有《狄青列传》，是著名的北宋名将，包拯是有史可查的清官等。虚，在于离奇的故事情节、夸张的人物形象，如狄青仙术战沙场、包拯施宝救冤魂等，人物形象神魔化，更使得情节跌宕起伏、生动有趣。此书还有一大特色，就是将历史演义与公案小说巧妙地结合成一体。包公智断狸猫换太子案，更影响后世小说、戏曲等作品，使得众多评书、戏曲、小说纷纷效仿，至今广为流传。杨宗保、包拯、狄青与大权奸庞洪的斗争更写得有声有色，扣人心弦，是贯穿全书始终的主线。

　　《万花楼》的作者妙笔生花，文字功底深厚，将人物形象更是刻画得惟妙惟肖，个性鲜明。杨宗保的武艺精湛、老成持重，狄青的血气方刚、年少轻狂，包拯的铁面无私、足智多谋，范仲淹的深谋远虑、温文儒雅，焦廷贵的刚直鲁莽、有勇无谋，庞洪的老奸巨猾、毒蝎心肠等，都尽显笔端、跃然纸上。

　　全书的语言简洁明快、朴素易懂，更不乏幽默诙谐之处，将故事娓娓道来，读之酣畅淋漓，人心大快，实乃演义传奇小说中的上乘之作。

　　为弘扬中华传统文化，促进明清小说的学习交流，编者为重新出版此书投入了较大精力。对原书原来缺字的地方用□表示了出来。但限于学力，在整理排印中难免出错，欢迎广大读者和业界同仁批评、指正。

编者

2025 年 3 月

目录

第 一 回	选秀女内监出京	赴皇都娇娥洒泪	001
第 二 回	八王爷蒙恩获美	狄千金慰母修书	007
第 三 回	寇公劝驾幸澶州	刘后阴谋换太子	012
第 四 回	遭洪水狄青遇救	犯中原西夏兴兵	019
第 五 回	小英雄受困求签	两好汉怜贫结义	025
第 六 回	较技英雄分上下	闲游酒肆惹灾殃	030
第 七 回	打死凶顽除众害	开脱豪杰顺民情	035
第 八 回	说人情忠奸辩驳	演武艺英杰纵横	041
第 九 回	急求名题诗得祸	报私怨越律伤人	046
第 十 回	受伤豪杰求医急	济世高僧赠药良	051
第十一回	爱英雄劝还故里	恨奸佞赐赠金刀	056
第十二回	伏猛驹误入牢笼	救故主脱离罗网	061
第十三回	脱圈套英雄避难	逢世谊吏部扶危	066
第十四回	感义侠同伴离奸	圆奇梦贤王慰母	071
第十五回	团圆梦力荐英雄	奉懿旨勇擒龙马	076
第十六回	感知遇少年诉身世	证鸳鸯太后认亲人	081
第十七回	狄公子乘醉寻奸	包大人夜巡衡事	086
第十八回	狄皇亲索马比武	庞国丈妒贤生心	091

第十九回	御教场俊杰扬威	彩山殿奸徒就戮	096
第二十回	将英雄实至名归	会侠烈情投意合	101
第二十一回	荐解征衣施毒计	喜承王命出牢笼	106
第二十二回	离牢狱三杰谈情	解征衣二雄立志	111
第二十三回	现金躯玄武赐宝	临凡界王禅收徒	116
第二十四回	出潼关刘庆追踪	入酒肆狄青遇母	121
第二十五回	设机谋智拿虎将	盗云帕巧伏英雄	126
第二十六回	军营内传通消息	路途中痛惩强徒	130
第二十七回	因心急图奸惹祸	为国事别母登程	135
第二十八回	报恩寺得遇高僧	磨盘山险逢恶寇	140
第二十九回	信奸言顽寇劫征衣	出偈语高僧解大惑	145
第三十回	李将军寻觅钦差	焦先锋图谋龙马	150
第三十一回	勇将力剿大狼山	莽汉误投五云汛	155
第三十二回	贪酒英雄遭毒计	冒功宵小设奸谋	160
第三十三回	李守备冒功欺元帅	狄钦差违限赶边关	165
第三十四回	杨元帅怒失军衣	狄钦差忿追功绩	170
第三十五回	帅堂上小奸丧胆	山洞中莽将呼援	174
第三十六回	莽先锋质证冒功	刁守备强词夺理	179
第三十七回	守备无能军前出丑	钦差有术马上立功	184
第三十八回	思投效强盗送征衣	念亲恩英雄荐姐丈	188
第三十九回	临潼关刘庆除奸	五云汛张文上任	193
第四十回	庞国丈唆讼纳贿	尹贞娘正语规夫	198
第四十一回	逗刁狡沈氏叩阍	暗请托孙武查库	203
第四十二回	封仓库儒臣设计	打权奸莽汉泄机	207
第四十三回	杨元帅上本劾奸	庞国丈巧言惑主	212

第四十四回	骂奸党贞娘自缢	捏供词莽汉遭殃	217
第四十五回	佘太君金殿说理	包待制乌台审冤	221
第四十六回	行色匆匆星夜登程	狂飙飒飒中途落帽	225
第四十七回	郭海寿街头卖菜	李太后窑内逢臣	229
第四十八回	诉冤情贤臣应梦	甘淡泊故后安贫	234
第四十九回	包待制当殿劾奸	沈御史欺君定罪	238
第 五 十 回	贤命妇获救回生	忠直臣溯原翻案	242
第五十一回	包待制领审无私	焦先锋直供不讳	246
第五十二回	复审案扶忠抑佞	再查库假公济私	251
第五十三回	孙兵部领旨查库	包待制惊主伸冤	256
第五十四回	宋仁宗闻奏思亲	王刑部奉旨审案	260
第五十五回	刁愚妇陷夫不义	无智臣昧主辜恩	264
第五十六回	王刑部受贿欺心	包待制夜巡获证	269
第五十七回	勘奸谋包拯持正	儆贪吏王炳殉身	274
第五十八回	怀母后宋帝伤心	审郭槐包拯棘手	278
第五十九回	假酆都郭监招供	真惶恐刘后自裁	282
第 六 十 回	迎国母君王起驾	还凤阙李后辞窑	286
第六十一回	殡刘后另贬陵墓	戮郭槐追旌善良	290
第六十二回	安乐王喜谐花烛	西夏主妄动干戈	294
第六十三回	杨宗保中锤丧命	飞山虎履险遭擒	299
第六十四回	丢失毒锤西军败阵	安排酒宴宋将庆功	304
第六十五回	悼功臣加恩后嗣	虑边患暗探军情	308
第六十六回	稽婚姻狄青尽职	再进犯夏主鏖兵	312
第六十七回	美逢美有意求婚	强遇强灰心思退	316
第六十八回	赵元昊兵败求和	宋将帅凯旋完娶	320

第一回

选秀女内监出京　赴皇都娇娥洒泪

诗曰：
　　一编欣喜有奇文，奸佞[1]忠良各判分；
　　决狱同钦包孝肃，平戎共仰狄将军；
　　威棱面具留佳话，旋转宫闱立大勋；
　　莫笑稗官[2]凭臆说，主持公道最情殷。

却说大宋真宗天子，乃太宗第三太子。名恒，初封寿王，寻立为皇太子，太宗崩，遂登大宝。在位二十五载，寿五十五而崩。溯其即位在戊戌咸平元年，其时乃契丹统和十六年。考帝之初政，宽仁慈爱，大有帝王度量，然好奉道教，信惑异端，以致祸乱丛生，屡有边疆之患，后有契丹澶州之扰也。

且说真宗登基后，即进刘皇妃为东宫皇后，封赠李妃为宸妃，二后俱得宠幸。其年两宫皇后齐怀龙妊，真宗暗暗欣然，唯愿二后早生太子接嗣江山。当时朝中文武，自首相一品以下，二三四品官不下百余员，其中忠诚为国者不少，奸佞不法的亦多。时称为贤良的有太师李沆、枢密使王旦、平章寇准、龙图阁待制孙奭四位大臣，真乃忠心贯日的贤臣。只有王钦若、丁谓、林持、陈彭年、刘承畦五人，相济为恶，聚敛害民，时人号为朝中五鬼。又有包拯初为开封府尹，庞洪职居枢密副使，忠佞二臣，容后交代。

却说庚子三年，有内监陈琳，一天出朝上殿，俯伏金阶，口称："我主万岁，奴婢见驾。"天子一见说道："你乃掌管宫闱，司礼内监，今来见朕，有何章奏？"陈琳奏道："奴婢并非文武司职，并无本章上奏，不

---

[1] 奸佞（nìng）：奸邪谄媚的人。
[2] 稗（bài）官：古代的小官，专给皇帝述说街谈巷议、风俗故事。

过面陈罢了。"天子道:"你且当面奏来。"陈琳道:"只因上年蒙我主隆恩,放出宫内中年妃嫔一千五百余名,各官民父母领回已讫。如今三宫六院,缺少了许多妃嫔,遂觉不够使唤,望乞我主万岁颁旨,另选少艾,以备宫中充用。奴婢职掌内宫,不敢隐瞒。"当下天子闻奏,暗想:宫中妃嫔,上年虽则放出一千五百余名,目下少年者尚属不少,倘若再选,岂不有屈民间多少年少美女!如今朕有个主意,想上年王嫂宾天,八王兄中馈[1]已缺。他年将半百,尚无后嗣,不若趁此选点秀女,挑其美丽超群有贵相的,送与王兄作配,岂不是美事。倘或一二载产下麟儿,以接宗支,也未可知。当日真宗想定主意,随即降旨前往山西太原,只许一府挑选才女八十名,不许多选,亦不得借端滋扰良民,限五个月内回朝缴旨,即命陈琳前往。陈琳领旨,天子退朝进宫,文武官员各回衙署不提。

单说内监陈公公赍[2]了圣旨,带了八名近身勇士,一千护送宫女的兵丁,一路长行,一月余方得到了山西省首府太原。早有大小文武官员前来迎接钦差。陈公公一路进到城中,一同滚鞍下马,到了大堂,开读圣旨已毕。众文武接旨之后,一同见礼,依次坐定,谈说一番。是夜,置酒相待,晚膳已完,众文武各自散去不表。

却说太原府城中大小文武五十多位官员,当时得知万岁旨下,挑选才女,以备内宫之用,大家怎敢延慢。知府转委知县,传集保领人等一刻齐集县堂。有县主吩咐传言:"当今万岁旨意,挑选美女八十名。不论官家宦女,民家才女,凡十三岁以上,十九岁以下,生来才貌两全,俱要报名上册。限十日之内,报足八十名之数,候钦差挑选。如有匿名违命徇私,定当重责不贷。"众保各领命而去。

当日地方保领于一府之中,城厢内外,不论名门宦户,逐一点名核查。不想太原一府地方,军民百姓贫富不一,闻此消息,甚是惊惶。内有许了人的,自然即时完娶,其年少些未曾定配的,仓卒[3]间也不用过聘,立刻嫁娶的甚多。至有年高定了年少,贫贱娶过富豪的也不少。若论挑

---

[1] 中馈(kuì):原谓妇女在家主持饮食等事,引申指妻室。
[2] 赍(jī):携带。
[3] 仓卒:仓促。

选宫女，于一府地方只选八十名，众民何故如此慌忙？皆因父母爱惜子女，好不容易将女儿育成十四五岁，有六七分姿容，倘或被选，便永无相见之日，犹如死了一般，为父母者又怎不着急？当日不特民间慌乱，即名门官宦之家，倘有美貌超群、才情出众的，也都不敢隐瞒，只因奉了圣上旨意，你倾我轧，皆要献出。

期满这一天，众美人带至金亭驿中，计民家美女却有二百余名，内中官宦之家的贵女不过二十名。陈琳一一挑选过，其上等美丽，身材窈窕，纤纤指足者，不过五六十名，其余的虽然有六七分容貌，不是面色黑些，便是身材不称，都选不上。陈琳道："众位大人，你们若不嗔怪，咱就直言了。想圣上上年放出中年宫女一千五百余名，如今只选回稍美者八十名，可谓仁德之至了。咱家临出京之时，圣上曾命要首选一名绝色才貌双全的为贵人，岂知太原一府地方，八十名尚且不足，众位大人试想，难道咱家就这样还朝复命不成？倘列位大人有意隐瞒，欺着圣上，就难怪陈某亲往挨查。倘若众官长中查出有美丽贵人，勿言某之不情，奏明圣上，以违旨论！"众文武听罢，皆无言语，只是眼睁睁地看着一位官员。此人姓狄名广，现为本省太原府总兵，祖上原居山西，他祖父名狄泰，五代时曾为唐明宗翰林院。父亲名狄元，于本朝先帝太宗时，职居两粤总制，威震边夷，名声远播，中年而亡。老夫人岳氏尚存，生下一子一女，长子即今狄广总爷，后得怀胎幼女，唤名千金，长成十六之年，真有闭月羞花之貌，沉鱼落雁之容，不独精于女工，而且长于翰墨，还未许字人家。这岳氏老太太爱之犹如掌上之珠，怎肯去报名上册？如今狄广听了陈琳要亲身到各府搜查，众官员也都知狄门有此美女，内中亦有为子求过婚的，只因老太太不舍，未能成就。当时狄爷知瞒不过，心中闷闷不乐，只得与众官同声说道："陈公公将就些，且宽限我们三天，如有美不献，一朝奏知圣上，也怪不得了。"当时陈琳允诺，众文武各散回衙。

单说狄爷已有二女一子，长名金鸾，次名银鸾，但次女未及三岁已早夭亡。如今大小姐年方九岁，公子狄青初产，方才对月。当日狄爷回至府中，滚鞍下马，回进后堂，闷闷不乐，不言不语。孟氏夫人见此光景，即呼："老爷往日回来，愉颜悦色，如今有何不乐？"狄爷见问，便将陈琳催迫之言细细说知。夫人听了，也觉惊骇。正在对坐愁闷，不料小姐适进中堂,一闻愁叹之声,也觉惊惶。听了哥嫂之言,早已明白,便轻移莲步来到堂中,与哥嫂见礼,只做不懂,开言道:"哥嫂缘何在此愁叹,有甚因由?"狄爷见问,只得叫声:"贤妹,愚兄因思你父亲弃世太早,说起不禁令人感伤。"小姐道:"哥哥既然思念父亲,缘何又有违逆圣旨只恐举家受累,罪过非轻之言,此是何说?"狄爷夫妇听罢,低头不语。小姐又道:"哥嫂所言,妹子已经尽悉,今日既然事急,何必隐瞒?"狄爷听了,即道:"贤妹呵!不幸父亲归天太早,抛下萱亲[1]在堂,只有你我兄妹二人。如若今日将妹子献出上册,一来怕哭坏了老母,二来难以割舍同胞之谊,因此觉得愁闷不堪。明天待愚兄备下一本,请陈琳还朝,奏个明白,正在筹思,不知可否?"小姐听了,说:"哥哥,此事万万不可!哥哥为官日久,岂有不明法律之理?圣上倘准了此本固好,倘或不准,怪责起来,圣上一怒,哥哥便有逆旨之罪,一家性命难保,反累及母亲,岂不是只因妹子一人,使哥哥负了不忠不孝之名,此举望哥哥再为参详。"狄爷听罢,低头想了一番,便问:"贤妹,依你主意怎样?"小姐说:"依愚妹之见,还是舍着我一人,既保全了举家大小,又免了哥哥逆旨之罪,方为上策。但不知哥哥意下如何?"狄爷不觉愁眉倍蹙,长叹一声。三人谈论一番,不觉天色已晚。

忽然过了三天,是日狄爷夫妻正与小姐商量之际,只见一个老家人慌忙走进内堂,口称:"老爷,今有陈公公领了军兵,先往节度使衙门搜寻,少刻定到我们府中来的。"狄爷听了,闷上添愁,孟夫人吓得没了主意。小姐说:"哥嫂不必慌忙,愚妹自有定见。"便吩咐老人家:"且往外堂唤中军迎接陈公公,请他早回金亭驿,不必到我府中。就说狄总爷有位姑娘报册。"当下老家人领命出外堂去了。小姐唤丫环进佛堂内,请到岳氏,老太太坐下,看见孩儿愁容满面,又见媳妇女儿各人一汪珠泪。太太见此,好不惊骇,即问:"你夫妻兄妹为何如此?"狄爷只是摇首难言,犹恐太太悲痛。太太又问女儿:"你因何也是如此悲伤?其中必有缘故,快些说与为娘得知。"狄小姐未及启言,泪浮粉面,说声:"母亲,女儿从小长育宦门,深居闺阁,有谁委屈我,只因今日圣上有旨,到本省点选秀女,

---

[1] 萱亲:母亲。

册上缺少人数，钦差难以复旨，只要官宦人家闺女补数。如今挨户搜查，如若再匿名不报，全家就有不测之灾。早闻报到挨搜至节度使府中，搜毕必然来搜查我府了。只因哥嫂慌乱，又无可再设施的，女儿只得舍着一身去报名，以免满门之累，但割舍不得母亲之恩，哥嫂之情，因此不免悲伤。"言罢，珠泪沾襟。老太太听了此言，吓得魂飞魄散，手足如冰，母女抱头痛哭。

狄爷夫妇正劝解间，有老家人跑进内堂，报说："中军官方才将陈公公请回金亭驿去了。陈公公说：'老爷若肯将小姐献进，至为知机，但切不可延留过久，即日就要回朝复旨。'"狄爷说："知道了，你去吧。"家人退出。

却说这狄广只有一子，方在哺乳，固属不知事体，即九岁女儿，虽知人事，别离苦楚到底不甚明白。只有母女夫妻四人十分凄惨。又过了三天，见老家人传报："陈公公今日立刻要请小姐出府，因为官宦人家选足了八十名之数，只少我家小姐一人未到。"老太太听了，倍加凄惨。狄爷夫妇含泪苦苦相劝，老太太只得揩了眼泪，说："也罢，为娘且送你至驿中，以尽母女之情。"狄爷连忙吩咐备了两乘大轿伺候。小姐带泪相辞嫂嫂，这孟氏夫人下泪纷纷，各言珍重之话。

当时母女上了大轿，狄爷骑上骏马，一班随行家将，一路呼呼喝喝，出了大堂，来至驿中。先差旗牌官去通报，然后将二乘轿抬到内厢，狄爷下马相随，来到大堂。陈公公敬她是位小姐，又是狄爷同到，忙下阶相迎。母女下了大轿，太太携挽娇儿站立堂右，陈琳先与狄爷见礼，后对小姐举目一看，果然生得姿色美丽，与众不同。有诗赞曰：

娇艳轻盈一朵花，西施敢与斗容华？
慢言秀美堪餐色，再世杨妃产狄家。

当下陈琳看见小姐生得容光姣艳，迥异寻常，满心喜悦，说声："总戎大人，此位是令爱小姐么？"狄爷道："非也，乃下官同胞小妹。"陈琳道："原来乃大人令妹。果然天生丽质，非凡美所及，倘注上册名回朝，如经圣上青目，必然大贵，福分非轻的。"狄爷说："老公公前日有言在先，倘众文武中有美不即献出，回朝奏知圣上，以违旨论。但下官思量，妹子虽有此美才，只因家母年高，爱惜女儿如珍，真难割爱，是以延迟至今始报。望祈老公公回朝将就些，以免下官有欺君之罪，不胜感激！"陈琳道："总戎大人何须过虑。你今依旨将令妹上册，何云欺君？其迟些报献，不过人子体念亲心之意，陈某怎敢诛求[1]。但令妹是何闺名？"狄爷道："小妹闺名千金。"陈琳即命执笔人，将宫女册上头名注上狄千金毕。

陈琳得此美人，随即于众美中选了十余名，凑足了八十名之数，余女发回各家父母领还。当时不用狄府大轿，要请小姐坐上香车。老太太心如刀割，泪似泉涌，小姐牵衣顿足，母女奚忍分离？狄爷见此光景，也觉惨然，只得硬着心解劝母妹一番。老太太无奈，含泪嘱咐女儿一遍，转身又向陈琳道："老公公，我女儿年少，寸步未离闺阁，娇生惯养，一十六年。万里风霜，望祈照管，老身即死在九泉，亦当衔环相报。"陈琳一口应允，又呼："老太太，小姐今日应选还朝，定然是一位大贵人，实乃可喜，何须悲苦？陈某凡事自当照管，不用挂怀，且暂请回府去，吾即速登程回朝了。"母女只是珠泪纷纷，实乃生离死别，母子情深，笔难尽述。狄爷也来催促，小姐又含泪道："哥哥，小妹此去，吉凶未卜。但母亲年老，小妹一别之后，定然愁惨不堪，万望哥哥嫂嫂百般解劝，诸事留心，小妹别后，死死生生，别无所虑了。但今日陈公公催促甚急，不能与嫂嫂面别一言，心实不安，望哥哥回去代小妹多多拜上。侄儿侄女，哥嫂自能教育，不用小妹多嘱，总于母亲处用心留意，即是哥哥看待小妹之恩了。"一言未罢，珠泪双行。狄爷带泪，连声答应道："贤妹放心！愚兄平日侍奉母亲，你亦尽晓，尽可宽怀，一切还望留意珍重。"

当日兄妹二人，身同一脉，也觉不忍分离，有许多衷曲之语要说，一句话都说不出来。不特小姐女流情重，固属依依留恋，即狄爷是轰轰烈烈英雄，此际也未免儿女情长，英雄气短，说到胞谊生离，不禁潸然下泪。

不知狄小姐分袂[2]如何，且看下回分解。

---

[1] 诛求：勒索。
[2] 分袂（mèi）：分别。

第二回

八王爷蒙恩获美　狄千金慰母修书

当时狄爷兄妹正在悲离之际，老太太流泪，在袖中取鸳鸯一对，呼唤女儿："此对玉鸳鸯，乃是当初你爹爹奉旨征辽，回朝加爵，圣上恩赐此宝。善能辟邪镇怪，刀斧不能砍下。此乃传家之宝，父亲去世遗下，为娘敬谨[1]收藏数十秋，今日与一只给你带去，留下一只与你哥哥，以作日后遗念便了。"小姐伸手接过，正要说话，有陈公公几次催促，小姐只得含泪上了香车，同着众女子进京。当日也有父母姑嫂一班相送，何止三五百人。哭泣的哭泣，嘱咐的嘱咐，一一实难尽述。陈公公吩咐起程，文武官纷纷送别。

单说岳氏太太，见女儿香车一起，泪如雨下，心似刀割，哭声凄楚，扑跌于地。狄爷连忙扶起，解慰一番，太太只得带泪上轿，狄爷辞别众官，乘马回衙，进内安慰太太。孟氏夫人已知姑娘别去，夫妻谈论，不胜伤感。按下狄府慢提。

却说陈琳催车出了城外，一路直向汴京而来。水陆并进，过了月余，已到河南地面，又是数天方达帝都，于午朝门外候旨。此日适值真宗天子方才朝罢，与南清宫八王爷在长乐殿内下棋，有内侍奏知挑择秀女回朝一事。天子闻奏，龙颜大悦。传旨先宣陈琳，一一奏明；然后又命宣进美人于殿内。陈琳领旨，即跑出外殿，到午朝门外，吩咐众美人下了香车，即要入朝见圣。当下陈琳带领八十位美人，引进长乐殿中，在丹墀[2]下齐齐倒身下跪。陈琳捧册献上，有内侍展于龙案上，天子举目一观，只见头一名美女姓狄名千金，下边注着宦门二字。天子看罢，即传旨宣首名狄千金上殿。陈琳领旨下阶，奉宣千金见驾。言毕，只见中央

---

[1] 敬谨：虔诚小心地对待。
[2] 丹墀（chí）：古时，宫殿前的石阶以红色涂饰，故名丹墀。

一位美裙钗,金莲慢步,上了丹墀,正身跪下俯伏,燕语莺声,口称万岁。天子见着这位美人,不啻蕊宫仙女,宛如月殿嫦娥,龙颜倍喜,说:"此女果然美丽不凡。"八王爷也赞叹道:"不独姿色美丽,而且礼数雍容,出身必非贫贱之辈,但不知是怎样官职人家?"天子说:"待朕细问。"便朗呼道:"狄千金,你既是山西太原人氏,生长宦门,父居何职?且细细奏与朕知。"狄千金说:"臣妾领旨。"即有七言绝句奏上,诗曰:

原籍山西府太原,父为总制狄名元。

总兵狄广亲兄长,深沐皇恩世代沾。

真宗天子听奏,喜色扬扬。八王爷道:"不意此美人才貌双全。"天子说:"王兄果然眼力不差,且她是世代勋臣之女。朕选此美女,原有个主意在先,想来王嫂去岁登仙,王兄目今尚缺中馈之人,朕今将此女赐与王兄,送到南清宫内,以为内助便了。"当时八王爷一闻天子之言,慌忙离位,欠身打躬,口称:"陛下虽有此美意,但臣该有罪欺天了。狄千金乃奉旨挑选,以充圣上宫中使唤,微臣焉敢领旨作配?伏望我主龙意详察。"天子说:"王兄不必推辞,朕已有旨在先,如不合于理,陷王兄于不义,朕岂为之哉?"即传旨着陈琳将狄美人送至南清宫,再赠宫娥十六名,陪伴美人,又赐脂粉银十万两。八王爷只得谢恩而出。

此时陈琳领旨,送狄小姐往南清宫去了。天子又看名册上第二名美人,乃是寇承御。天子说声:"好个承御的美名也!"就将她改作头名。当时天子又命宫娥领了七十九名美人,带引至东宫娘娘处交代,分发在三宫六院,暂且不表。

次日天子命发出库银一万六千两,发往山西应选各家父母,以为保养之资。

是日,狄小姐早有宫娥与她梳洗,换过宫衣服饰。八王爷望北阙[1]先拜谢君恩,后坐于正殿当中,早有宫娥扶出贵人,两边音乐齐鸣,铿锵盈耳。来至正殿中,朝见千岁,行了君臣大礼,然后参拜天地。拜毕,有宫女一班扶了美人还宫。当晚王府内排设筵宴,众文武俱来叩贺,在正殿上饮燕庆闹,直到日落西山,众大人才拜辞千岁爷回府而去。陈琳

---

[1] 北阙(què):文中指皇帝住所的方向位置。

第二回　八王爷蒙恩获美　狄千金慰母修书

复又进宫，回复圣上不表。

单言是夜王爷回进宫中与贵妃合卺[1]，传情交杯，酒至数巡，方命散去余席。次日梳洗已毕，清晨进朝谢了君恩。退朝还归王府，有狄妃迎接王驾坐下。王爷开言说："贤妃，你匹配孤家，实乃圣上龙恩美意。但有一言，前日陈琳奉旨往选时，将你名姓报入皇册内，充作宫娥以供使唤，今日身作王妃贵人，你的令堂令兄远隔数千里外，未必知之。明日圣上差官往山西赏赐银两与众秀女父母，以补养育之资，你何不修书一封，待孤家命差官付你母兄，以免他切望之心，不知你意如何？"狄妃闻命，离位下拜谢恩。八王爷命左右宫娥扶起。即取过文房四宝放于桌上，宫女浓研龙煤[2]，轻拂玉笺，狄妃提起笔来一挥而就。书中大意不过请安问候，不用多述。八王爷见狄妃下笔敏捷，将书笺一看，言言锦绣，字字珠玑，心中暗喜，赞道："贤妃真乃才貌两兼！"此刻妃子将家书封固，八王爷接转，即起位离后宫，到正殿上坐下。命掌府官宣往山西的钦差来见。掌府官领旨，去不多时，将钦差宣到王府，一见王爷，顿时俯伏朝见。八王爷即命平身。原来这钦差乃一个奸臣，由知府贿赂上司，拜大奸臣冯拯太尉为门下。庞太师是他岳丈，数进财帛于众权奸，是以由知府升任巡道，以至知谏院。此人姓孙名秀。当日躬身立着，八王爷唤道："孙钦差，你今奉旨往山西给赏，孤家狄妃有家书一封，劳你顺便带去，投于狄总戎府中，回朝之日，孤家自有重赏。"孙秀听了，诺诺连声，双手接过书来，叩谢出了王府，扶鞍上马，数名家丁随后，心下暗想："这狄总兵名狄广，乃是狄元之子。想当初狄元为两粤总制时，吾父在他麾下奉命解粮，只因违误了限期，被他按军法枭首，死得好不惨伤。我与狄门有不共戴天之恨，如今八王选这狄妃，此女是他亲生，此书不过是报喜的吉信，不若我将此书埋没不与，再与他报个凶信，暂解心头之愤，岂不快哉！"主意已定，即将原书藏过。

次晨，孙秀领了王库中一万八千两白金，押着车辆，离却汴京城，一路登程，水陆并进，已至山西。城中大小官员，早知钦差到来，远远恭迎，见礼之间不能尽述。当日孙钦差将银子交付布政使司暂存，即命县主传

---

[1] 合卺（jǐn）：指成婚。
[2] 龙煤：指皇家所用的墨与砚台。

示选女的父母，报名领赏，每一名赏白金二百两，实得一百二十两。此缘孙秀是奸贪之辈，每二百两减克了八十两，赚出六千四百两，饱充私囊，众人哪里得知？

当日狄总爷闻圣上有银两恩赐，故钦差一到，他正要打听妹子信息。次日早晨，具备名帖，邀请孙秀。孙秀吩咐即日打道，向总戎狄府而来。狄爷闻报孙钦差来拜会，又称言有机密事相商，必要到后堂才好相见，连忙出府迎接。两下见礼毕，携手进后堂，再复叙礼坐下，家丁敬递过香茗，狄爷道："无事不敢邀驾，钦差大人奉旨到来，给赏众秀女父母，内有位狄千金之名，进京之后，不知如何下落？谅大人在朝，必然细悉，故小将特请孙大人到来，求达消息。"孙秀听了，反问："老总戎，你何以知有狄千金之名，又是同姓，莫非此女是总戎令爱么？"狄爷道："非也，不瞒大人，此女乃小将舍妹。"孙秀道："原来乃总戎大人令妹，真是可惜！"狄爷听了，连忙问道："孙大人为何说起可惜二字，莫非有甚差池么？"孙秀故意左右一瞧，呼声："总戎大人，凡入侍家丁，可是内堂家人，还是外班散役？"狄爷回言，都是内堂服役。孙秀道："下官言来，不要传扬出外方妙，倘走漏风声，恐有不测之祸，连下官也有累及了。初时令妹进到王宫，略闻她思念家乡，怀忆父母，日夜悲啼，天天怒吵，三宫六院个个憎嫌不悦。岂知令妹性急，抑或忧忿过多，竟是悬梁而死。圣上闻知大怒，说污渎了宫闱，罪不容诛，已将尸首抛弃荒郊之外。下官奉旨之日，圣旨命我密访她父母问罪，幸得陈公公一力为大人遮瞒，不说是大人嫡妹。在下官想来，大人还是趁早寻条出路，以免罗网之灾，下官但据事直言，只恐冲渎，休得见怪。"狄爷听了，神色惨变，只得满口称谢。孙秀登时告别，狄爷当时亦无心款留。

待钦差去了，回到内堂，早有岳氏太太在堂后听得明白，一见狄爷进来，她便一把扯住问道："我儿，方才钦差之言，是真是假？倘若是真的，为娘性命断难留于人世了。"狄爷听了，忙道："母亲何用惊慌？早间钦差不过谈论国家事情，未有什么言辞，母亲为甚如此着忙？"太太呼道："我的儿呵！方才钦差与你说的一番话，我已听得明白，你还要瞒我么？"狄爷听了，不觉垂泪，说："母亲，这是祸福无常，如今亦不必追究真假，母亲既然听得钦差之言，便是如此了。"老太太说："你的妹子到底怎生光景，须速速说来。"狄爷道:"母亲呵,今日圣上旨调孙钦差到来,恩赏众秀女父母,不论官民,一概俱有给赏,唯我家无名,想起来妹子定然吉少凶多了,这钦差之言,岂不是真的么?"岳氏老太太听了,早已吓得三魂失去,七魄飞腾,大呼一声道:"我的女儿呵,你死得好惨伤也!"往后一跤,跌倒地中,气息顿时绝了。狄爷夫妇齐步赶上,慌忙扶起,哭呼母亲、婆婆。众丫环使女齐集,看见老太太面如金纸,一息俱无,已是死了。狄爷含泪道:"手足已冰冷了。"夫妇对看,放声大哭,狄爷道:"今日妹死母亡,如此惨伤,何天之不祚,弄得如此收场呵!"孟氏夫人纷纷下泪说:"不意狄门不幸,祸从天降,有此灾殃。可怜姑娘年少惨死,又受此暴露尸骸之罪,老婆婆又因此而亡,数月之间,人亡家散,言之痛心不已!"狄爷闻言,更觉凄惶,夫妻对着尸骸只是痛哭。当时众家丁丫环仆妇一同下跪,禀道:"老爷、夫人不可过恸,老太太既已归天,打点料理后事要紧。况天气炎热异常,诚恐老太太玉躯不得久停。"狄爷夫妇听得家人禀告,只得收泪,即于堂中安放。狄爷又进内取出白金百两,命得力家丁去备办棺木,不一会将材料等抬到,即命匠人登时赶造一棺一椁,又命人赶办衣衾等类。官家使用自然不比民间,一一实难尽述。到了次日入殓,夫妇又复痛哭一番。其时大小姐金鸾,年及十岁,已知人事,亦不免伤感,忆着婆婆。只有公子年幼,不知人事。

当日收殓老太太之后,少不得僧道追荐,狄爷忙乱数天,方得安静。一日,夫妻商议,狄爷道:"如今妹子在朝自尽,母亲又因妹子气愤身亡,且孙钦差又通知皇上大怒,只因妹子自缢,污秽了宫闱,还言要访拿父母。幸得此机未泄,我今不如趁母亲亡故,预上一本,辞退官职,一来省却祸患,二来归回祖居,以葬母亲,夫人以为何如?"孟氏夫人听了道:"此言亦是,只是孙钦差之言未知真假,岂可因此一言,便灰了壮志?老爷还该细细酌议,或命人回朝打听明白,再作计议。"狄爷道:"据孙秀之言如此,想必不差,况他从京都来,事关重大,必无讹传之理。若要回朝打听,往返又要数十日,倘圣上当真追究起来,那时逃遁不及了。况吾年已四旬,在朝为官十余年,后来奉旨回乡剿寇,不觉将近十载,如今看得仕宦之途,甚是无味。不若趁早退归林下,乐得逍遥自在,省得担忧吃惊,受制于人。如今亦不必管孙秀之言是真是假,总是辞官归里为妥。"

不知狄爷如何辞官,究竟允准否,且看下回分解。

第三回

寇公劝驾幸澶州　刘后阴谋换太子

却说狄广夫妻商议已定，是夜狄爷于灯下写了一道辞官殡母本章，次日打道来至节度使衙中，恳求代为转呈，节度使只得顺情收了。狄爷辞别回府，登时打点行装，天天等候圣旨慢表。

先说孙钦差颁给完了回朝。彼乃奸贪之辈，所有各府司道送来财礼，一概收领，并不推辞。是日文武官员纷纷送别，克日登程，月余方到汴京城中。次日上朝缴旨[1]，后到南清宫复命，对八王爷道："狄总兵出外巡边，未曾讨得回书，且臣难以久候，今日还朝，特来复命。"当下八王爷信以为确，倒厚赏了孙秀数色礼物，孙秀拜谢回府。所有私克秀女银两及各官送礼，共得银三万余两，他即派作三股，与冯拯、庞洪共分，两个奸臣大悦。次日上朝，冯太尉、庞枢密启奏圣上，言孙秀奉旨往山西，一路风霜，未得赏劳，且力荐他才可大用，请圣上升他为通政司，专理各路本章。孙秀不胜喜悦，感激冯、庞二人，侍奉甚恭，三人十分相得。

闲话休提。忽一日，山西节度使有本回朝奏圣，并附着狄广辞官告假本章一道，一同投达通政司。孙秀见了此本，犹恐八王爷得知，泄露机关，就不妙了，竟将狄广本章私下隐没，只将节度使本章呈达，又阴与冯、庞二相酌量，假行圣旨，准了狄广辞官归林，此事果然被三奸隐瞒了。

狄爷接得旨意，欣然大喜，与孟夫人连日收拾细软物件，打点起程。是日带领家眷人口车辆，驾着老太太灵柩，一直回到西河县小杨村故居宅子。住了数天，选择良辰吉日，将老太太灵柩安葬已毕，狄爷又在坟前起造一间茅屋，守墓三年，方回故居，这也是狄爷天性纯孝，不忍离亲之意。

且说狄青原是武曲星君降世，为大宋撑持社稷之臣。狄门三代忠良，

---

[1] 缴（jiǎo）旨：办完皇帝交给的差事后，向皇帝交代清楚。

卫民保国，是以武曲降生其家，先苦后甘，以磨砺其志。另有江南省庐州府内包门，三代行孝，初时玉帝，原命武曲星下界，降生包门。文曲星得知，亦向玉帝求请下凡，先到包氏家降生了，故玉旨敕命武曲往狄府临凡。还有许多凶星私自下凡。原因大宋讼狱兵戈不少，文武二星应运下凡，除寇攘奸。故在仁宗之世，文包武狄都能安邦定国。

按下闲言少表，且说景德甲辰元年，皇太后李氏崩，文武百官挂孝，旨下遍告四方，不用多述。至仲秋八月，毕士安、寇准二位忠贤，并进相位。至闰九月，契丹主忽兴兵五十万，杀奔至北直保定府，逢州夺州，遇县劫县，四面攻击，兵势甚锐。定州老将王超拒守唐河，契丹几次攻打，王将军百般保守，城上准备弓箭火炮，亲冒矢石，日夜巡查，契丹攻打不利，只得驻师于阳城。王老将军即日告急于朝，又有保定府四路边书告警，一夕五至，中外震骇，文官武将，个个惊惶。

真宗天子心头烦闷，惶惶无主，问计于左相寇准。寇准道："契丹虽然深入内境，无足惧也！向所失败，皆由他众我寡，人心不定，以至失去数城，倘我主奋起，御驾亲征，房寇何难却逐！"时天子心疑略定，适值内宫报道："刘皇后、李宸妃两宫娘娘，同时产下太子。"当日帝心闷乱，忧喜交半，闻奏正欲退回内宫，有寇公谏道："今日澶州有泰山压卵之危，人心未定，若陛下疑难不决，不往进征，则北直势难保守。北省既陷，大名府亦危，况大名府与汴梁交界，若此则中外彷徨，大势去矣！恳乞陛下深思，请勿回宫，俯如微臣所请，宗社幸甚，天下幸甚！"当时毕士安丞相亦劝帝听寇准之言。真宗于是准奏，中止回宫，酌议进征之策。传旨两宫皇后，好生保护二位太子。

是日，真宗召集群臣，问以征伐方略，有资政学士王钦若，乃南京临江人，深恐圣上亲征，累及自己要随驾同往征伐，暗思契丹兵精将勇，抵敌不过就难逃遁了。故奏请圣上驾幸金陵，以避契丹锋锐，然后调各路勤王师征剿，无有不克。又有陈尧叟附和，奏请帝走成都，因他是四川保宁府人。二人都是各怀私见，便于家乡之意。其时天子尚未准奏，即以二臣奏请出幸之言，问于寇公，寇公心中明白二人奸谋，乃大言道："谁为陛下设划此谋者，其罪可诛也！此人劝驾出幸，不过为一身一家之计，岂以陛下之江山为重乎？况今陛下英明神武，君臣协和，文武共济，倘御驾亲征，敌当远遁，不难出奇以挠其谋，坚守以老其师，兵法所谓以逸待劳，以主待客，无往而不胜者，正今日之谓也。奈何陛下弃社稷而远幸楚蜀乎？万一人心散溃，敌人乘势深入，岂不危哉！"于是帝意乃决，准于即日兴师，将陈尧叟罚俸。寇公又惧王钦若诡谋多端，阻误军国大事，奏他出镇大名府。却有冯拯太尉，见圣上依寇准之谋，御驾亲征，又罚去陈尧叟俸，贬出王钦若，心中忿恨不平，即奏道："寇准之言，未可深恃，望陛下详察，切勿轻举。谚云：'凤不离窠，龙不离窝。'今陛下离廊庙而履疆场险地，岂不危乎！不苦命将出师，以伐契丹，何必定请圣上亲征，伏乞我主勿用寇准之言，则社稷幸甚！"圣上未及开言，寇公怒道："谗言误国，妒妇乱家，自古如斯！冯拯不过以文章耀世，军国大事，非你所知也。如再沮疑君心，所误非浅，不念君恩，不顾生民，只图身家计者，岂是做人臣的道理？"冯拯亦怒，正要开言，恼了一位世袭老元勋，官居太尉，姓高，他乃高怀德之子高琼，即出班大声奏道："寇丞相之谋深远，真安社稷良谋，奈何沮惑于奸臣之论。今日澶州危在旦夕，百姓彷徨，将士离心，目击澶州全境将陷，陛下再迟疑不往亲征，则北直失守，中州四面受敌，社稷非吾有矣。陛下不免为失国之君！"冯拯在旁大喝道："辱骂圣上，罪当斩首，还敢多言么！"高太尉厉声喝道："老匹夫！无非仗着区区笔墨，以文字位至两府，不思报答君恩，只图私己以病天下生民，人面兽心，还敢多言沮惑！如众文武中有忠义同心者，当共斩你头，以谢天下，然后请圣上兴兵；况你既以文章得贵，今日大敌当前，你何不赋一诗以退寇虏乎？"冯拯被他骂得羞惭满面，不敢复言。当时天子决意亲征，不许再多议论。即日点精兵三十万，偏将百余员，命高千岁挂帅，寇丞相为参谋，大小三军，皆听高寇二人调度。即日祭旗兴师，旌幡[1]招展，一直出了汴京。水陆并进，非止一日。自是一连相持十余年，契丹方得平服。按下不提。

却说宫中刘皇后当日闻知李妃产下太子，至晚自己产下公主，心头不悦，却命内监奏报，也说是生的太子。但刘后思量，今日圣上虽然出征，

---

[1] 旌幡（jīng fān）：旌，古代一种旗杆顶上用五色羽毛做装饰的旗子；幡，古代一种窄长的旗子，垂直悬挂。

第三回　寇公劝驾幸澶州　刘后阴谋换太子

不知何日回朝,倘班师回来,吾生下公主,谎报太子,因一时之愤,岂不惹下欺君之罪,怎生是好?忽想,内监郭槐是吾得用之人,且喜他智谋百出,不免召他来商议有何良策便了。想罢,即命宫女寇承御召郭槐到来。郭槐叩见刘娘娘,问道:"呼唤奴婢,有何吩咐?"当下刘娘娘将一时心急差见,报产太子之事说了一遍。犹恐圣上回朝诘责,既防见罪,又恼着碧云宫李宸妃产下太子,将来圣上倍宠于她,故今日特召你来商量,怎生了结。郭槐听了,想了一计,呼道:"娘娘勿忧,只须如此如此,包管谋陷得太子了。"刘后听了大悦,说:"好妙计!"即要依计而行。

忽一日,李氏娘娘正在宫中闲坐,思量圣上为国辛劳,不见亲生太子一面,克日兴兵去了。但愿早早得胜回朝。如今太子生下数月,且喜精神焕发,相貌翘秀[1],倒可放怀。李娘娘正在思量间,忽见宫女报说刘娘娘进宫。李娘娘听了,出宫相迎,二后一同见礼坐下,细细谈论。刘后装成和颜悦色,故意说为了公主乏乳,要太子的乳娘喂乳,当时李娘娘接抱了公主,刘娘娘抱着太子,耍弄一番。刘后十分喜悦,说:"今日圣上亲征北夷,闲坐宫中,甚是寂寥,贤妹不若到吾宫中一游,以尽姊妹之乐,不知贤妹意下如何?"李后不知是计,不好过却,只说:"蒙贤姐娘娘美意,但吾往游,只恐太子无人照管,怎生是好?"刘后说:"不妨,这内侍郭槐,为人甚是谨慎小心,太子交他怀抱,一同进宫去,便可放心了。"李后欣然应允。是日只带领了八个宫娥,将公主交回刘后,刘后将太子交郭槐怀抱,一路进到昭阳宫。二后分坐定,刘娘娘传命摆宴。不一刻摆上盛筵,二位皇后东西并席,两行宫娥奏乐,欢叙畅饮,刘后殷勤相劝,交酢[2]多时,已至日落西山,方才止宴。李后问及太子时,刘后言太子睡熟,恐惊了他,故命郭槐早送回贤妹宫中去了。此时李后信以为真,安心在此交谈一番,已是点灯时候,李后谢别,刘后相送回宫去了。

却说刘后回至宫中,唤来郭槐,问及太子放于何所。郭槐道:"禀上娘娘,已用此物顶冒,并将太子藏过了。但奴婢想来,此事瞒不得众

---

[1] 翘秀:高出于众人,出类拔萃。
[2] 酢(zuò):客人用酒回敬主人。

人,况娘娘生的是公主,人人尽知,倘圣上回朝被他查明,便祸关不测,不特奴婢罪该万死,即娘娘亦危矣。"刘后听了大惊,说:"此事弄坏了,怎生是好?"郭槐一想,说:"娘娘,如今事已到此,一不做,二不休,只须用如此如此计谋,方免后患。"刘后说:"事不宜迟,即晚可为。"时交三鼓,二人定下计谋,刘娘娘命寇宫娥将太子抱往金水池抛下去。寇宫娥大惊,只得领命,抱着太子到得金水池。是时已将天亮,寇宫娥珠泪汪汪,不忍将太子抛溺,但无计可出得宫去,救得太子,只深恨郭槐奸谋,刘后听从毒计,此事秘密,只有我一人得知,如何是好?

不表寇承御之言,却说碧云宫李后回至宫来,问及众宫娥太子在哪里。宫娥言:"郭槐方才将太子抱回,放下龙床,又用绫罗袄盖了,说太子睡熟,不可惊醒他,故我们不敢少动,特候娘娘回宫。"李后说:"如此,你们去睡吧。"众宫娥退出,其时李后卸去宫妆,正要安睡,将罗帐揭开,绫袄揭去,要抱起儿子。一见吓得魂魄俱无,一跌倒仆于尘埃,顷刻悠悠复苏,慢慢挨起,说:"不好了!中了刘后、郭槐毒计,将我儿子换去,拿一只死狸猫在此,如何是好?"不觉纷纷下泪,"况且圣上不在朝,何人代我做主,刘后凶狠,外与奸臣交通,党羽强盛,泄出来圣上未得详明,反为不美。不若且待圣上班师回朝,密密奏明,方为妥当。"

不表李后怨愤,却说寇宫娥抱持太子在金水池边,下泪暗哭。时天色已亮,有陈琳奉了八王爷之命,到御花园来采摘鲜花,一见寇宫娥抱持一位小小王子在金水池边落泪,大惊,即问其缘由,寇宫娥即将刘后与郭槐计害李后母子缘故,一一说明。陈琳惊怕说:"事急矣!且不采花了,你将太子交吾藏于花盒之内,脱离了此地才好。"当时寇宫娥将太子交与陈琳,叮嘱他:"须要小心,露出风声,奴命休矣!"陈琳应允,急忙忙将太子藏于盒中,幸喜太子在盒中,不独不哭泣,而且沉沉睡熟,故陈琳捧着花盒,一路出宫,并无一人知觉。

寇宫娥回宫复禀刘后不提。且说是晚刘后与郭槐定计,又要了结李娘娘。至三更时候,待众宫娥睡去,然后下手。有寇宫娥早知其谋,急忙奔至碧云宫,报知李娘娘,李后闻言大惊。寇宫娥说:"娘娘不可迟缓了。倘若多延一刻,脱逃不及了!幸太子得陈公公救去,脱离虎口,今奴婢偷盗得金牌一面,娘娘可速扮为内监,但往南清宫狄娘娘处权避一

第三回　寇公劝驾幸澶州　刘后阴谋换太子

时，待圣上回朝以后，再伸奏冤情。"当下李后十分感激，说："吾李氏受你大恩，既救了吾儿，又来通知奸人焚宫，今日无可报答，且受吾全礼，待来生衔环结草，以酬大恩。但今一别，未卜死生，你如此高情侠义，令我难忍分离。"言罢倒身下拜。寇宫娥慌忙跪下道："娘娘不要折煞奴婢，且请起，作速改妆，逃离此难，待圣上还朝，自有会期。但须保重玉体，不可日久愁烦。"说完，李后急忙忙改妆，黑夜中逃出内宫，一时不知去向，后文自有交待。是晚火焚碧云宫，半夜中宫娥太监，三宫六院，惊慌无措，及至天明，方才救灭。众人只言可惜李娘娘遭这火难，哪里知是奸人计谋。

却说有宫人报知刘后：寇宫娥投水死于金水池中。刘后与郭槐闻知大惊，说："不好了！此事必定是她通知李后逃出去。她既通知李后，太子必不曾溺死。"但此时又无踪迹可追，只得罢了，命人掩埋了寇宫娥。

却说狄广自从埋葬了母亲，守墓三年，不觉又过几载，狄爷年已四十八，狄青公子年方七岁，小姐金鸾年已十六。此时狄爷对夫人言道："女儿年已长成，前时已许字张参将之子，吾年将五十，来日无多，意欲送女儿完了婚，也了却心头大事。"孟夫人说："老爷之言不差。男大须婚，女大须嫁，一定不移之理。所恨者前时姑娘年长，尚未许字，可怜她青年惨死。现在我的女儿，不可再误。"于是具柬通知张家。这张参将名张虎，原做本省官，为人正直，与人寡合。数年前夫妇前后逝世，遗下一子张文，他自父母弃世，得荫袭守备武职官，年方二十岁。这日接得狄爷书信，他思量父母去世，又无弟兄叔伯，不免承命完娶了，好代内助，维持家业，是以一诺允承，择了良辰吉日，娶了狄小姐，忙乱数天，不用烦言。他二人年少夫妻，小姐又贤惠和顺，夫妻自是恩爱。这张文家与狄府同县，时常来探望岳家，时狄公子年已八岁，郎舅相得，言谈极尽其欢。张文见小舅虽然年少，生得堂堂仪表，气概与众不同，必不在于人下，甚是喜欢。

话休烦絮。一天狄爷早起，打个寒噤，觉得身子欠安，染了一病。母子惊慌，延医调治，皆云不治。这日，张文夫妇同到狄府，看见狄爷奄奄一息，料想此病不起，母子四人暗暗垂泪，不敢高声哭泣。小姐暗对狄公子含泪道："兄弟呵，你今年幼，倘爹爹有甚差池，倚靠何人？"公子含泪道："姐姐，这是小弟命该吃苦。"姐弟相对谈论，愈加悲切。

不表姐弟伤心，忽一天狄爷命人与他穿着冠带朝服，众家人不知其故，孟夫人早会其意。又见狄爷两目一睁，也知辞世之苦，泪丝一滚，呼道："贤妻子女，就此永别了。"说完，瞑目而逝。孟夫人母子哀恸悲切，一家大小，哭声凄惨，张文含泪劝解岳母道："不必过哀，且料理丧事要紧。"当日公子年幼，未懂事情，丧事均由张文代为料理，忙了数天，方才殡葬了狄爷。

这狄爷在日，身为武职，并非文员有财帛的。况他为人正直，私毫不苟，焉有重资遗后，无非借些旧日田园度日。是以身后，一贫如洗，小公子只得倚靠园中蔬菜之类与母苦度。亏得张文时常来往照管，公子年幼，真是伶仃孤苦。

转眼又是一阳复始，家家户户庆贺新年，独有那公子母子寂寥过岁。忽一日天正中午，狂风大作，呼呼响振，乌云满天，又闻平空水浪汹涌之声，一乡中人高声喧叫："不好了！如何有此大水滔滔涌进，想必地陷天崩了！"母子听了大惊，正要赶出街中，不想水势奔腾，已涌进内堂，平地忽高三尺，一阵狂风，白浪滔天，母子漂流，各分一处。原来此地向有洪水之患，这次竟将西河一县变成汪洋，不分大小屋宇，登时冲成白地，数十万生灵，俱葬鱼腹。当日公子年方九岁，母子在波浪中分离。

按下孟夫人不表，单言公子被浪一冲，早已吓得昏迷不醒，哪里顾得娘亲，耳边忽闻狂风一卷，早已吹起空中；又开不得双目，只听得风声中呼呼作响，不久身已定了。慌忙定睛四面一看，只见山岩寂静，左边青松古树，右边鹤鹿仙禽，茅屋内石台石椅，幽雅无尘，看来乃仙家之地。心中不明其故，见此光景，心下只自惊疑，发觉洞里有一位老道人，生得童颜鹤发，三绺长须，身穿道衣，方巾草履，浩然仙气不凡。公子一见慌忙拜跪，口称："仙长，想来搭救弟子危途也。"老道人听了，呵呵笑道："公子，若非贫道救你，早已丧身水府了。你今水难虽离，但休想回转故乡了。"

不知公子有何话说，何日回归故土，且看下回分解。

第四回

遭洪水狄青遇救　犯中原西夏兴兵

当下狄公子言道:"仙师,弟子如此苦命,自幼年失怙[1],与母苦度安贫。不意洪水为灾,母亲谅来已死于波涛之内。今弟子虽蒙仙师救起,但想母亲已亡,又是举目无亲,一身孤苦,实不愿偷活人间,伏望仙师仍将弟子送回波涛之内,以毕此生,免受风尘苦楚,实感恩德。"道人听了微笑道:"公子不用心烦,吾非别人,道号王禅老祖,此地是峨眉山,贫道在此山修道有年,久脱尘凡,颇明天意。目今你虽然困苦多灾,日后实乃国家的栋梁,即你母亲虽然被水漂流,尚还未死,已经得救了,日后母子还有重逢之日。你且坚心在吾山中守候几年,待贫道传授你兵机武艺,灾退之后,再归故土,自有一番惊天动地扬名后世之举,方合吾救你上山一番遇合之缘。"公子听了,即连连叩首不已,愿拜仙长为师。自此狄公子在洞中,安心习学武艺,王禅又授他六韬三略奇门,以待天时。公子虽听仙师劝勉,但思亲之念未尝或忘,又时时想到姊丈夫妻生死未卜,心中甚为愁闷。这且按下不表。

却说南清宫八王爷,自从陈琳救得小太子回宫,只因圣上起兵征讨未回,故未奏明奸后奸监陷害太子情由,只将太子认作亲生,由狄妃抚育。至次年狄妃产下一子,八王爷大喜,一同抚养。又过了数年,圣上仍未回朝,时真宗亲征已有九载,太子已有九岁,狄妃子已八岁。其年八王爷年五十八。一日,王爷得病不起,薨于庚申四月,圣上未回,满朝文武百官开丧挂孝。只因八王爷乃太祖匡胤嫡裔,其威名素著外夷,萧后也闻其贤,即当今皇帝亦敬重他,故其薨逝,不异帝崩,大小文武挂孝,禁止音乐。

闲言休絮,却说真宗天子一连进征十一载,方解了澶州之围,败逐

---

[1] 失怙(hù):死了父亲。

契丹，遣使讲和，每岁纳币二十万，天子准旨，命寇丞相、高元帅即日班师。

涉水登山，非止一日，大兵一路唱奏凯歌。王者之师，秋毫无犯，百姓安宁。一日回至汴梁，各文武大臣齐集，远远出城接驾。天子只因得胜还朝，文武大臣各各加升，随征文武，论功升赏，不能尽述。帝回朝后，方知八王去世，不甚伤感，赐谥为忠孝王。其子长的原是太子，真宗哪里得知，八王去世，狄妃又不敢奏明，故圣上只痛恨火毁碧云宫，李后母子遭难而已。只言不幸，不得太子接嗣江山，自思年将花甲，精力已衰，即有孕嗣，恐己不久于世，冲子亦难接嗣位，不如册立八王长子，以嗣江山便了。主意已定，次早降旨，册立受益为王太子，改名曰桢，是年十四岁。又敕旨加封狄妃为王后，八王次子封潞花王，年方十三，袭父职。于是群臣朝贺，大赦天下。次年壬戌乾兴元年春二月，真宗疾渐重，御医诊治无效，不一月崩于延庆殿，享年五十五，在位二十五载，谥曰文明武定，葬于永定陵。是时百官举哀，遍颁天下，不用多述。太子桢即位，是为仁宗。刘、狄二太后并尊为皇太后，其时未有太子，故未册立，癸亥天圣元年，立正宫郭氏为皇后，美人张氏为贵妃。后来听吕夷简唆言，郭后被废，再立曹彬孙女曹氏为皇后，后话不提。到秋闱九月，故相寇准卒于雷州。自真宗得胜回朝，王钦若、丁谓、钱惟演、冯拯、陈尧叟、内侍雷允恭等一班奸贼，谗毁寇准。丁谓内结刘太后，假传圣旨，降贬寇准为雷州司户。帝尚年幼，人畏太后、丁谓，无人敢奏明此事，终至卒于雷州，归葬西京。丧到荆州公安县，民感其德，皆设祭于路，因立庙祠之，号竹林寇公祠。公三居相位，忘身报国，守正嫉邪，终被奸臣陷害，深为可叹。后追赠为中书令，敕封莱国公，谥曰忠愍，从优赐恤不表。

更考大宋真宗之世，常有契丹入寇之患，至仁宗即位之后，增岁币为四十万，契丹侵扰之患方息。然当日虽无契丹北扰，而西夏日见强盛，屡思夺占宋室江山，幸亏杨延昭拒敌，屡次兴师，未见得利。延昭既没，子杨宗保镇守三关，屡挫其锋，多年不见侵扰。不意西夏自被杨宗保败回之后，日事训练，养精蓄锐，以图报复，是年秋间，竟发动大兵四十万，战将数十员，赞天王为领兵主帅，子牙猜为副元帅，大孟洋、小孟洋为左右先锋，伍须丰为中军，五员猛将，乃西戎头等英雄。奉了

第四回　遭洪水狄青遇救　犯中原西夏兴兵

西夏主命，径往巩昌府进发。巩昌府在陕西边界，一连凤翔、平凉、延安几府，俱被攻陷，直抵绥德府与山西省偏头关交界。守三关口主将杨宗保几次开兵，未分胜负，只得差官驰驿上本告急。当时差官不分昼夜，赶程来京。是日正在设朝，众文武趋跄[1]朝贺毕，有值殿官传旨："有事出班启奏，无事退朝。"旨意宣罢，只见武班中有兵部尚书孙秀出班奏道："雄关杨元帅有本上奏。"当有殿前侍接本，展开在御案上，仁宗看时，上写着：

雄关总领，兼理军兵粮务事、军国大臣杨宗保奏：臣奉守三关二十余年，向借圣朝威德，陛下深仁，宁谧多年，兵无锋镝之忧，将无甲胄之苦。不意西夏国赵元昊贼心不改，称帝于西羌，于七月某日，兴兵四十万，水陆并进，寇陷陕西。全省震动，数府沦陷，直抵绥德，将近三关，臣几次开兵，未得其利。臣年逾花甲，精力已衰，恐难胜任，恳乞陛下速简良将，统领锐师，以解旦暮之危；缓则兵力单薄，雄州之地，恐非吾有矣。并虑隆冬天气，军士苦寒，伏望陛下早赐军衣三十万，得以均沾兵挟纩[2]，不至兴嗟无衣，以致军士离心，兵民幸甚！天下幸甚！臣冒死谨陈，不胜迫切待命之至！

当下仁宗看毕，开言问道："既然元昊作叛，寇陷陕西，众卿有何良策？"一言未了，只见文班中吏部天官文彦博执笏步至金阶奏道："臣思偏头关与绥德府交界，三关重地，若非杨元帅镇守，不独陕西失守，即邻省山西亦危矣。今他飞章告急，军情之危，不言可知，遣师往援，固有不可终日之势。但北有契丹，朝中谋臣良将，如曹伟、韩琦、种世衡等，皆分守要镇，此外更无可遣之将，可调之师。唯有一面出榜求贤，或令内外大臣各举贤能，如有武艺超群，才略出众，堪膺[3]将帅之任者，不次超擢[4]，即令彼统兵往援。一面招兵募勇，挑选健卒，练成劲旅，听候

---

[1] 趋跄：谓行步快慢有节奏。
[2] 纩（kuàng）：丝绵。
[3] 膺（yīng）：承当，承受。
[4] 超擢（zhuó）：不受限制地提升、任用。

统兵大臣调拨,并赶办征衣,即令解送,未知陛下以为何如?"仁宗点头道:"依卿所奏。"即降旨着内外大臣,各举所知贤能之士,听候录用。并降旨命孙兵部招集兵勇,往御教场操演十万军马,以备登程。是日孙秀领旨,天子退朝,文武各散回衙不表。

却说当日仁宗即位之后,选了庞洪之女为西宫昭仪,因命庞洪入相。庞洪之婿孙秀,因由通政司进为兵部尚书。二人权势,显耀中外,更兼西夏用兵,丈人参军机,女婿掌兵符,愈加威赫。按西夏姓拓跋,自赤眉归唐,太宗赐姓李氏,后又讨黄巢有功,虽未称国而已称王。历五代至宋太祖,加封彝兴太尉,赐德明姓赵,臣事宋室,到子元昊始僭称帝,兴兵寇宋。用兵几二十年,被狄青降服,乃以父事宋,凡传二百五十八年,后为蒙古所灭不提。

却说狄青公子自遭水难之后,母子分离,幸得王禅仙师救上峨眉山,收纳为徒,传授诸般武艺。屈指光阴迅速,已有七载,一日独自思量道:我生不辰,父亲身居武职,祖父亦是名将,不料父亲亡后,与母借些薄产,苦挨清贫,命途多舛,九岁时洪水为灾,室庐淹没,母亲被水漂去,存亡未卜。吾虽蒙王禅老祖救到山上,收纳为徒,但母子分离,举目无亲,孤苦伶仃,实是伤心。日前师父说吾母命不该终,定有人拯救,自得重逢。但师父虽如此说,此刻心中如何安放得下。几次要拜辞师父下山,寻访母亲,无奈师父不允,我亦不明其意。今在山中七载,蒙师父传授韬略,俱已娴熟,他日果能安邦定国,建功立业,恢复先人之绪,方遂我愿。想我年已十六,正是少年英雄,应该与国家出力,师父教我待时而动,下山扶助宋君,但不知待到何时。

正在胡思乱想,只见童子呼道:"师兄,师父有话等你。"狄青闻唤,即同童子前来拜见师父。说道:"蒙师尊呼唤,不知有何嘱咐?"老祖道:"贤徒,我推算阴阳,喜得你灾难已满。今日命你往汴京去,一则你到汴京,该有亲人相会;二则你不该在山修道,理应扶佐宋室。现在西夏猖獗,须你平定。趁此机会,作速下山吧!"公子闻言,不觉垂泪道:"师父,既然弟子灾难已满,可以离山,但蒙师父拯救教育七年,一日分离,实觉不忍;二者弟子思亲念切,意欲先回山西故土,找着母亲,然后到汴梁,未知可否?"

第四回　遭洪水狄青遇救　犯中原西夏兴兵

老祖听了微笑道："贤徒，我许你到汴梁，自有亲人相会，岂有误你的，何必定转故乡？至于不忍分离，虽是师徒至情，但国事要紧，断不能久留。"公子思想道：师父命我速回汴梁，许有亲人相见，想必是我母亲了。只得诺诺应允，但盘费毫无，哪里走得？不免要求师父指示。老祖却冷笑道："男子汉大丈夫，盘费小事何须挂虑。我今与你子母钱一个，须当谨谨收藏，便是盘费日用了。只要到汴河桥地面，就没了这金钱也无妨碍了。"公子听了大喜，双手接了金钱，拜谢师尊，收入囊中，微笑道："上启师尊，再有什么神通法术传些与弟子，以作防身之用。"老祖道："贤徒，你的随身武艺尽可护身，何必再求仙术？趁此天气晴明，下山去吧！"公子称："是，弟子就此拜别了。"

说完，肩负行囊，迈开大步而去。老祖微笑道："好个少年英雄也。实乃国家栋梁之臣，西羌虽有猛将雄师，有何虑哉？但狄青此去，尚有微灾，但趁赶机会应该如此，虽然先历些苦楚，后来自然显贵非常。"因唤童子道："你可于七月十五日，在河南开封府汴河桥，将狄青子母金钱收取回来，不得有误。"童子奉命去了不提。

却说狄公子出洞下山，独自行走，忽然耳边呼呼响亮，开不得双目，身不由己，起在空中。不久腾腾而下，双眼睁开来一看，不是仙山，乃平街大道，日已归西，一见旅店，即进内安身，但思量不知此处是何地名，正值店主拿到酒饭，便问他此地何名。店主言河南省近开封府。狄青闻言大悦道："不料师父一阵风送我到汴京，不用跋涉程途，妙呵！"不觉放开大量饮嚼。只因在山上素食七年，如今见了三牲鱼肉，觉得甘美异常吃个不休。这狄青生来堂堂仪表，身躯不长不短，肥瘦合宜，面如敷粉，唇似丹朱，口方鼻直，目秀眉清，看来不甚像个有勇力有武艺之辈。岂知他乃一员虎将，食量自然广大，店主多送酒馔，一概吃个净尽，反吓得店主惊讶不已。老夫妻两口儿说："不料这人生来如此清秀，又不是猛汉粗豪，吃酒馔却如此大量，真是奇哉！"

且不提店主两夫妻言语，却说小英雄吃酒半酣半饱之际，偶然想起没有盘费给店主酒馔钱，心中筹思，说声："罢了，且将囊内金钱与店主婉商，暂做抵押，且另寻机会便了。"用饭已毕，即向囊袋中一摸，不觉大喜，说道："奇了！吾别师父动身之时，只得一个金钱，为何此时有了许多！"摸将出来数了一数，却有一百个铜钱，再摸没有了。原来老祖的子母金钱，乃是仙家宝物，产出一百个铜钱，待他作一天用途，多也不得，少也不得。狄青深感师父大恩，一铜钱反化出一百个来。但愿天天如此，路中盘费可不用顾虑了。当日歇宿一宵，次日又用了早膳，店主算账：用了酒饭铜钱九十三文。公子交付完毕，又问明开封府城路途，据云：还有四五天，方得进城。问毕，别了店主，一路而去。这子母钱日日产出一百个来。公子一连走了数天，夜宿晓行，单身遄征，不觉到了皇城。但见六街三市，人烟稠密，到了一处，名曰汴河桥。公子就住足于桥栏上，想道："师父有言吩咐，倘我进了汴京城，自得亲人相会。我今已进了皇城，未知亲人在何方？教我哪里去找寻？况且我年交九岁就上了仙山，到今七载，纵使亲人在目前，日久生疏，也难识认。料想必非别的亲人，想必是我生身母亲，但不知究竟在于何方？"一路感叹，腹中饿了，伸手向袋中一摸，不觉大惊说："不好了，因何子母钱今天只得一个，连余剩的一文也没了。"不信又摸一回，果然只剩下金钱一个，此时小英雄心中烦恼，紧敛双眉。

不知狄青此后如何度日寻亲，且看下回分解。

第五回

小英雄受困求签　两好汉怜贫结义

当下狄公子道："金钱呵，我一路而来，天天亏得你以作用度。为什么你今天产不出百十个来？倘你化不出来，就没了盘费，教我哪里去觅食。"当时公子自言自语地踌躇，取出金钱，反反复复地摸弄，不觉失手落到桥栏上，咕碌碌滚将下去。公子说声："不好。"两手抢抓不及，跌于桥下波澜中。公子心中大恼，眼睁睁只看着桥下水似箭流，对着波澜说出痴话来，叫声："水呵，你好作孽！此子母钱，乃师父赠我度日的，你因何夺去！真好狠心也！如今失去金钱，将何物觅食，又无亲戚可依，如何是好？"心中气闷，长叹一声道："罢了！我狄青真是苦命之人，该受困乏的，奉师之命到此，只望得会亲人，岂知到此失去子母钱，弄得我难以度日。想我是顶天立地之汉，断不能在街头求乞的，不如身投水府，以了此生，岂不是干干净净！"当时放下衣裳，在桥边低头下拜，叹声："水呵，我九岁时便遭大难，因命未该终，得师拯救。今朝没了子母钱，难以度日。又不愿沿途求乞，累辱我亲，不如仍入波涛之内。"

说罢，正在倒身下拜，有些来往之人，立着观看，多说他痴呆，交头接耳，纷纷谈论。忽然来了一位年老公公，扯着小公子问道："你这小小年纪，是何方来此，缘何在此望空叩拜？且说与老汉得知。"公子抬头一看，说道："老公公，你有所不知，吾不是你贵省人，我乃山西省来的，只为遭了水难，得仙师救上仙山收录为徒，习武七年。"老公公说："你既上仙山，为何又来此处？"公子道："只因奉师父之命，到此访亲，得师赠我金钱度日，方才堕下水中，没有盘费，又不愿乞食偷生，特地拜谢师父之德，父母之恩，愿溺于波涛之中。"老公公听了，微笑道："你这小官人好痴呆，万物皆惜生，为人岂不惜命！你为失此金钱小事，就寻此短见么？"公子道："老公公，非我看得生死轻微，只因没了金钱，乏了盘费，乞食道中，岂不羞煞先人？不如速死为愈。"老人听罢，说：

"小汉子，你是远方外省人，不晓得我们本省事。待老汉指点你一个所在，离此地不远，有一座相国寺，当日周朝郑国贤大夫子产，为官爱民清正，死后人感其德，立庙祀之，十分灵感。人若虔诚祈祷，十有九验。你不如去求问神圣，倘若神圣许你得会亲人，自然会相见。如神圣说你难会亲人，那时候再死，亦不为晚。"

在旁观看之人，也来相劝。狄公子听罢，只得依从，说道："既蒙老公公和众位指教，我前往求祷神明便了。"老人又呼小汉子道："还有一言，你可晓得？古语云：'逢人且说三分话，未可全抛一片心。'你师命你下山，必有用意，言语之间，须要敛迹些。在老汉跟前，言既出口便罢了，倘别人询你真情，断断不可透露。"公子应允，当时拿回包囊，踩开大步而去。

列位须知这子母钱，虽是狄青失落水中，实是老祖手下童子收去。老祖因他到得汴京，自然另有机会，故收去此钱。正是助他尽快得会亲人。即方才老公公对他说的那些话，亦是老祖化身来点化他的。

却说当下狄青一路上逢人便问相国寺的去处。一到寺前，果见来往参神之人，十分拥闹。公子等候一回，俟人少些，即忙进内，放下衣囊。只见有僧人在此，便呼道："和尚，吾要参神，求问灵签。"僧人听了应诺，即引公子到了中殿，炷上名香，跪于蒲团之上，稽首默祷，诉明来意。告罢起来，到神案上签筒里，伸手拾起竹签一支。公子一看，其签上有绝句诗道：

古木连年花未开，至今长出嫩枝来。

月缺月圆周复始，原人何必费疑猜。

狄公子看罢，持签对僧人道："和尚，吾请问你，我要寻访一人，未知可得会晤否？"和尚接着签诗看罢，问道："你寻访之人，未知是亲戚还是朋友？"公子道："是亲戚。"和尚道："据贫僧看来，此位亲人分离日久的了。"公子道："何以见是久不会的？"和尚道："首言古木连年，岂不是日久不会之意。"公子说："不差。"和尚又道："至今长出这句，是与你至亲至切，同脉而来，他是尊辈，你是幼辈之意。其人必然得以相会，日期不远。"公子想来一脉亲人，必然吾母亲无疑了。又问："应于何时相会？"和尚道："月缺月圆，即在此一二天可以相会了。但今日虽是月圆之夜，据贫僧推详起来，即此七月还未得相会。"公子道："缘

第五回　小英雄受困求签　两好汉怜贫结义

何还有一月间隔？"和尚道："周复始三字，还要过了此月，待至下月中旬中秋节，定得亲人叙会无疑了。"公子听罢，复又倒身下跪，叩谢神祇，又拱手再谢过僧人。

正要走出，僧人上前与公子讨签资，公子微笑道："和尚，小子是个初到汴京贫客，实无钱钞，今动劳于你，实不该当，待改日多送双倍香资便了。"

岂知出家人最是势利，钱财上岂肯放得分文？听了狄青之言，即上前扯牢，怒道："万般闲物，可以赊脱得，唯有神明的求神问卜之资，难以拖欠。你这人真是可恶，动劳贫僧一番，分文不与的么？你真不拿出钱钞来，休想拿出此包囊。"说未了，将包囊抢下。当时公子大怒，喝声："休走！"抢上拉住僧人，一手按住。这僧人十分疼痛，挣扭不脱，高声嚷救。不意当时外边来了两个人，一人是淡红脸，宛如太祖赵匡胤一般，一人生得黑漆脸，好像唐朝尉迟敬德模样。若问两汉来由，乃是天盖山的绿林英雄，结义弟兄。当日扮为贩卖绸缎客商，实是在山打劫得来的绸缎，来到河南开封府城贩卖。进城将缎子放在行家销售。因尚未销完，是以也来相国寺中参神。参神甫毕，早闻公子僧人争论之言，并见狄公子一表人才，必非等闲之辈，便带笑言道："你这和尚行为太差，你既为出家之人，原要方便为主。既然他是外省的人，未曾带得钱钞也罢了，不该强抢他包囊。"又呼公子道："此位仁兄，且看我弟兄面上，不必和他争论！放手饶了他吧。"当下公子抬头一看，便道："僧人势利，何足为怪，多蒙二位排解，小弟感谢不尽！"

僧人见状，虽是心中气闷，只好进内拿出杯茶相奉。三人叙礼坐下，红脸汉道："请问仁兄尊姓高名，贵省仙乡，乞道其详。"狄公子道："小弟姓狄，贱名青，乃山西太原府西河人氏。二位尊姓高名，还要请教。"红脸汉微笑道："原来狄兄与弟有同乡之谊。"公子道："足下也是西河人么？"他道："非也，乃同府各县，吾乃榆次县人，姓张名忠。"公子道："久仰英名，此位是令昆玉[1]么？"张忠道："不是，他是北直顺天府人，姓李名义。吾二人是结义弟兄。但不知狄兄远居山西，来到汴京何干？"

---

[1] 昆玉：对别人兄弟的美称。

狄青道："小弟只因贫寒困乏，特到京中寻访亲人下落。二位仁兄到此，未知作何贵干？"二人道："吾二人只因学些武艺，无人推荐，不得效力之处，在家置办些缎子布匹来京销售。如今货物尚未销完，偶然来此闲游，不意得逢足下，实是三生有幸。"公子道："原来二位也是英雄，欲与国家效力，实与弟同心相应。"张忠道："敢问狄兄，小弟闻西河县有位总戎狄老爷，是位清官，勤政爱民，除凶暴，保善良，为远近人民称感，不知可是狄兄贵族否？"公子道："是先严也。"二人闻言，笑道："小弟有眼不识泰山，多多有罪，乞恕冒昧不恭。原来狄兄是一位贵公子，果然品格非比寻常。"公子道："二位言重，弟岂敢当。但吾一贫如洗，涸辙之鱼，言之惭愧。"二人笑道："公子休得太谦，既不鄙我弟兄卑贱，且到吾们寓中叙首盘桓，不知尊意如何？"公子道："既承推爱，受赐多矣。"于是李义又呼唤和尚，且拿去一小锭银子，只作狄公子的香资。这僧人见了五两多一锭银子，好生欢喜，连连称谢，还要留住再款斋茶，三人说不消了，于是一同出庙。

　　三人一路谈谈说说，进了行店中，店主人姓周名成，当时与狄公子通问了姓名，方知狄青乃官家之子，格外恭敬。当晚周成备了一桌上品酒筵，四人分宾主坐下，一同畅叙，传杯把盏，话得投机，直到更深方始各自睡去。次日，张忠、李义对狄青言道："足下乃一位官家贵公子，吾二人出身微贱，原不敢亲近。但我弟兄最敬重英豪，今见公子英雄义气，实欲仰攀，意欲拜为异姓手足之交，不知尊意肯容纳否？"公子听罢，笑道："我狄青虽然忝[1]叨先人之余光，今已落魄，是个贫寒下汉，二位仁兄是富豪英雄，弟为执鞭[2]尚虞不足，今辱承过爱，敢不如命！"二人听了大悦，张忠又道："若论年纪，公子最小，应该排在第三，但他英武异常，必成大器，若称之为弟，到底心上不安，莫若结个少兄长弟之意。"李义笑道："如此甚好！"公子闻言道："二位仁兄说的话未免于理不合，既为兄弟，原要挨次序才是。年长即为兄，年少即为弟，方合于理。"李义又道："吾二人主意已定，公子休得异议，即在店中当空叩告神祇便了。"当下又烦

----

[1] 忝（tiǎn）：辱，有愧于，常用作谦词。

[2] 执鞭：为人驾驭车马，意谓给他人服役。

店主周成备办香烛之类，焚香毕，一同祷告。三人祝毕，起来复坐，自此之后，张忠、李义不称狄公子，呼为狄哥哥。

是日，狄青想道：我自别恩师，来到汴梁，岂料亲人不见，反得邂逅异姓弟兄，算来也是奇遇。他二人一红脸，一黑脸，气概轩昂，定是英雄不凡。他说在家天天操习武艺，未知哪个精通，且待空闲之日，与他比个高低。一日，张忠呼声："狄大哥，你初到汴京，未曾耍过各地头风俗，且耽搁几天，与你玩耍。待销完货物，再与你一同访亲，未知意下如何？"狄公子未及开言，李义笑着先说。

不知李义有何言语，且看下回分解。

第六回

较技英雄分上下　闲游酒肆惹灾殃

当时李义笑道："张二哥，今日既为手足，何分彼此，好鸟尚且同巢，何况我们义气之交？狄哥哥遭了水难，亲人已稀，此地访寻，又不知果否得遇亲人，莫若三人同居，岂不胜于各分两地。"张忠听罢，说道："贤弟之言有理。"狄青听了二人之言，不觉咨嗟一声，说道："二位贤弟，提起我离乡别井，不觉触动吾满腹愁烦。"张、李道："不知哥哥有何不安？"狄青道："吾单身漂泊，好比水面浮萍，倘不相逢二位贤弟，如此义气相投，寻亲不遇，必然流荡无依了。"张、李齐呼道："哥哥，你既为大丈夫英雄汉，何必为此担忧。古言'钱财如粪千金义'，我三人须效管、鲍分金，勿似孙、庞结怨。"狄青听了道："难得二位如此重义，吾见疏识浅，有负高怀，抱愧良多。"谈论之际，不觉日落西山，一宵晚景休提。

次日，李义取了几匹缎子与狄青做了几套衣裳更换。张忠又对行主周成说："狄哥哥要用银子多少，只管与他，即在我货物账扣回可也。"周成应允。从此三人日日往外边玩耍，或是饥渴，即进酒肆茶坊歇叙，玩水游山，好生有兴。当时张忠对李义私议道："吾们且待货物销完，收起银子，与狄大哥回山受用，岂不妙哉！今且不与他说明。"

不表二人之言，原来狄青又是别样心思，要试看二人力量武艺如何。有一天，玩耍到一座关公庙宇，庭中两旁有石狮一对，高约三尺，长约四尺。狄青道："二位贤弟，当日楚项王举鼎百钧，能服八千英雄，此石狮贤弟可提得动否？"张忠道："看此物有六百斤上下，且试试提举吧。"当下张忠将袍袖一摆，身躯一低，右手挽住狮腿，一提拿得半高，只得加上左手，方才高高擎起。只走了七八步，觉得沉重，轻轻放下，头一摇，说声："来不得了，只因此物重得很。"李义道："待吾来。"只见他低躯一坐，一手提起，亦拿不高，双手高持，在殿前走了一圈，力已尽了，只得放将下来笑道："大哥，小弟力量不济，休得见笑。"狄青道："二位贤弟力

第六回　较技英雄分上下　闲游酒肆惹灾殃

气很强,真是英雄!"李义道:"大哥你也提与小弟一观。"狄青道:"只恐吾一些也拿不动。"张忠道:"哥哥且请一试。"狄青微笑,走上前,身躯一低,脚分八字,伸出猿臂,一手插在狮腿上,早已高高擎起,向周围走了三四转。张忠、李义见了,吐舌摇头道:"不想哥哥如此弱怯之躯,力量如此强狠,我们真不能及。"当下狄青提着狮子连转几回,面不改色,气不速喘,将狮子一高一低连举数次,然后轻轻放下,安于原处。张忠笑道:"哥哥,你果然勇力无双,安邦定国,意中事耳,功名富贵何难唾手而得。"狄青道:"二位贤弟休得过誉,愚兄的力量武艺有甚稀罕。"又见庙左侧有青龙偃月刀一把,拿来演舞,上镌着重二百四十斤。张忠、李义虽然舞动,仍及不得狄青演得如龙取水,燕子穿梭一般。张、李实在深服。

玩耍一番,三人一同出了庙门,向热闹街道而去。李义道:"二位哥哥,如今天色尚早,玩得有些饿了,须寻片酒肆坐坐才好。"张忠、狄青皆言有理。一路言谈,不觉来到十字街头。只见一座高楼,十分幽雅,三人步进内楼,呼唤拿进上好美酒佳馔来。酒保一见三人,吓了一惊,说:"不好了!蜀中刘、关、张三人出现了,走吧!"张忠道:"酒保不须害怕,我三人生就面庞凶恶,心中却是善良的。"酒保道:"原来客官不是本省人声音,休得见怪,且请少坐片时,即有佳酒馔送来。"只见阁子上有几桌人饮酒。那楼中不甚宽大,可望到里厢,对面有座高楼,雕画工巧,花气芳香,远远喷出外厢,阵阵扑鼻。张忠呼酒保,要换个好座头。酒保道:"客官,此位便是好了。"张忠道:"这个所在,我们不坐,须要对面这座高楼。"酒保说:"三位客官要坐这高楼,断难从命。"张忠道:"这是何故?"酒保说:"休要多问,你且在此饮酒。"张忠听了,问道:"到底为什么登不得此楼?快些说来!如果实在坐不得的,我们就不坐了,你也何妨直言。"酒保说:"三位客官,不是吾本省人,怪不得你们不知。隔楼有个大势力的官家,本省胡坤胡大人,官居制台之职。有位凶蛮公子,强占此地,赶去一坊居民,将吾阁子后厢,起建此间画楼。多栽奇花异草,古玩名画,无一不备,改号此楼为万花楼。"张忠道:"他既是官家公子,如何这样凶蛮呢?"酒保道:"客官不知其故,只因孙兵部就是庞太师女婿,胡制台是孙兵部契交党羽,倚势作恶,人人害怕。这公子名叫胡伦,日日带领十余个家丁,倘愚民有些小关犯,他即时拿回府中打死,谁人敢去讨命。如今公子建造此楼，时常到来赏花游玩，饮酒开心，并禁止一众军民人等，不许到他楼上闲玩。如有违命者，立刻拿回重处，故吾劝客官休问此楼，又恐惹出灾祸，不是玩的。"

当时不独张忠、李义听了大怒，即狄青也觉气愤不平。张忠早已大喝一声道："休得多说！我三人今日必要登楼饮酒，岂怕胡伦这小畜生！"说罢，三人正要跑上楼去，吓得酒保大惊，额汗交流，跪下磕头恳求道："客官千祈勿上楼去，饶我性命吧！"狄公子道："酒保，吾三人上楼饮酒，倘若胡伦到来放肆，自有我们与他理论，与你什么相干，弄得如此光景。"酒保道："客官有所不知，胡公子谕条上面写着：'本店若纵放闲人上楼者，捆打一百。'客官呵，我岂经得起打一百么？岂非一命无辜，送在你三人手里！恳祈三位客官，不要登楼，只算是买物放生，存些阴骘[1]吧。"张忠冷笑道："二位兄弟，胡伦这狗才如此凶狠，恃着数十个蠢汉，横行无忌，顺者生，逆者死，不知陷害过多少良民呢！"狄青道："我们不上楼去，显然怕惧这狗乌龟了，不是好汉！"李义也答道："有理。"当下三人执意不允，吓得酒保心头突突乱跳，叩头犹如捣蒜一般。张忠一手拉起，呼道："酒保且起来，吾有个主张了。如今赏你十两银子，我三人且上楼暂坐片时就下来，难道那胡伦有此凑巧就到么？"李义又接言道："酒保，你真呆了，一刻间得了十两银子，还不好么！"酒保见了十两银子，转念想道："这紫脸客官的话，倒也不差，难道胡公子真有此凑巧，此时就来不成？罢了，且大着胆子，受用了银子吧。"即呼道："三位呵，既欲登楼，一刻就要下来的。"三人说道："这个自然，决不累着你淘气的，且拿进上上品好酒肴送上楼来，还有重赏。"酒保应诺。三人登楼，但见前后纱窗多已闭着，先推开前面纱窗一看，街衢上多少人来往，铺户居民，屋宇重重。又推开后面窗扇，果见一座芳园，芳草名花，珍禽异兽，不可名状，亭台院阁，犹如画图一般。三人同声称妙，说道："真真别有一天，怪不得胡公子要赶逐居民，只图一己快乐，不顾他人性命了。"

谈论间，酒肴送到，排开案桌，弟兄放开大量畅饮。又闻阵阵花香喷鼻，更觉称心。原来这三位少年英雄，包天胆量，况且张忠、李义乃

---

[1] 阴骘（zhì）：阴德。

第六回　较技英雄分上下　闲游酒肆惹灾殃

是天盖山的强盗，放火伤人，不知见过多少，哪里畏惧什么胡制台的儿子。他不登楼则已，到了此楼，总要吃个爽快的。酒保送酒不迭，未及下楼，又高声喧闹，几次催取好酒。酒保一闻喊声，即忙跑到楼上说道："客官，小店里实在没酒了，且请往别处去用吧。"张忠喊道："狗囊！你言没了酒，欺着我们么！"一把将酒保揪住，圆睁环眼，擎起左拳，吓得酒保变色发抖，蹲做一堆求饶。李义在旁道："酒保，到底有酒没有酒？"狄青言道："酒是有的，无非厌烦我们在此，只恐胡伦到来，连累于他罢了。——酒保，如若胡伦到来，你只言我们强抢上楼的，决然不干累于你。"酒保道："既如此，请这位红脸客官放手，吾拿酒来吧。"当下张忠放手，酒保下楼来，吐舌伸唇道："不好了！这三人吃了两缸酒，还要添起来。这也罢了！只怕公子到来，就不妥当的。"酒保正在心头着急，恰巧胡伦到了。

却说胡伦年方二十开外，生得面貌丑陋，他并非胡坤亲生，乃是继养义子。只贪游荡，不喜攻书，胡坤并不拘束，听其所为，把胡伦放纵得品行不端，平素凌虐良善，百姓一闻他到，便远远躲避，所以送他一个诨名胡狼虎。这一天，乘了一匹白马，带了八个家丁，各处去玩耍而回。本来不是要到酒肆中，只因狄青三人未登楼之先，已有一个无赖汉诨名徐二在里面饮酒，后来看见酒保得了张忠十两银子，私放三人在万花楼饮酒。徐二暗言道：我前日吃他的酒肴，未有钱钞，仰恳他记挂数日账，他却偏偏不肯，要我身上衣衫抵折了。如今破绽落我眼内，我不免报禀与公子得知，搬弄些唇舌，料想恶公子必不肯甘休，将这狗囊混闹一场，方出我的怨气。正是明枪易躲，暗箭难防！想罢，完了酒钞，出门而去。

事有凑巧，胡公子正在那路回府，徐二急赶上跪下道："小人迎接胡大爷。"胡伦道："你是何人，有甚事情？"徐二道："无事不敢惊动大爷，只因方才酒保故违大爷之命，贪得财帛，擅敢容放三人在万花楼饮酒，特来禀知大爷。"胡伦听了，问道："如今还在么？"徐二道："如今还在楼中。"胡伦道："你且去吧，明天到来领赏。"徐二道谢而去，暗喜道：搬弄口舌，还有赏领，这场买卖真算得好。

不谈徐二喜悦，却说胡伦怒气冲冲，带了家丁，如狼似虎，一直来至酒肆中，喝问酒保，何人登楼饮酒？当时店中阁内的饮酒人，一见公子到来，一哄都走散了。酒家吓得魄散魂飞，连忙跪下叩头不止。八个家丁跑进楼台,大喝道:"这里什么所在,你们胆敢在此吃酒么?"弟兄三人听了大怒,立起言道:"酒楼是留客之所,人人可进,你莫非就是胡家几个狗奴,来阻挠吾们吃酒,好生大胆!"八人齐喝道:"我家胡府大爷要登楼来,你们快些走下还好,只算不知者不罪。"三人喝道:"放屁!胡伦有甚大来头,不许吾们在此么?快教他来认认我桃园三弟兄,立着侍酒,方恕他简慢之罪!"家丁大怒,喝道:"大胆奴才,好生无礼!"早有胡兴、胡霸抢上,挥起双拳就打,被张忠一手格住一人,乘势一摔,二人东西跌去丈远,又有胡福、胡祥飞步抢来。

不知如何争持,且看下回分解。

第七回

打死凶顽除众害　开脱豪杰顺民情

当时李义看见两人打来,他圆睁环眼,喝声:"慢来!"飞起连环脚,二人一齐跌倒。胡昌、胡顺、胡荣、胡贵四人一齐拥上,向三人奔来。狄青毫不介怀,将身一低,伸开双手,在四人腿上一擦,四人喊声不好,立即扑地跌下。八人同时爬起,又要抢上,岂知身躯未近,人已先跌,只得爬起身来,逃下楼去。狄青看见,冷笑道:"这八个奴才,不消三拳二脚,打得奔下楼去。二位贤弟,我想胡伦未必肯甘休,料他必来寻事,我们三人一同下楼,方为上策。虽然不是怕他,恐他多差奴才来,就虎落平阳被犬欺了。"张忠道:"哥哥所算不差,我们下楼去吧。"狄青在前,张忠、李义在后,正要下楼,岂料胡伦公子已经雄赳赳气昂昂抢上楼来,高声大喝:"谁敢无礼,我胡大爷来也!"狄青问道:"你就是胡伦么?"用手在他肩上一拍,胡伦已立脚不稳,全身跌下,八个家丁上前扶起,已跌得头晕眼花了。即唤家丁们,快拿住三个贼奴才。狄青喝道:"胡伦!你还敢来么?"胡伦被跌扑得疼痛,心中愤怒,喝声:"何方野畜,擅敢放肆,我公子就来,你便怎的!"直抢上前,八个家人随后,只有胡兴见势头不好,先回家中禀报去了。

胡伦抢奔至狄青跟前,狄青伸手夹胸抓住,提起脊背向天,如拎鸡一般。七个家人只管呐喊,又见张忠、李义怒目睁圆,不敢上前,大骂:"这还了得!三个死囚如此胆大凶狠,还不放下公子!胡大人一怒,只怕你三条狗命不保!"狄青乃少年英雄,酒已半酣,一闻家丁之言,怒气冲冲,喝声:"狗奴才!要吾放他么,也不难,且还你吧!"说着,将胡伦一抛,高高掷起,头向地,脚顶天,已跌于楼下。三人哈哈冷笑,重回楼中饮酒,已忘记了方才下楼之言。当下七名家丁见抛了公子下楼,急急跑走下楼来,只见公子跌破天灵盖,血流满地,已是死了,吓得面如土色,大呼:"反了,反了!清平世界,有此凶恶之徒,将公子打死,真乃目无王法了!"

店家早已跌得半死,街上闲观之人渐多,是时胡府家丁又添上百十余人,将万花楼重重围了。

　　这三人在楼中饮酒,还不晓得胡伦跌死,正在饮得高兴,你一杯,我一盏,见有二三十人一拥上楼来,要捉拿凶手。这三人一见大恼,立起来仍复拳打脚踢,都已打退下去。酒家看来不好,只得硬着胆子,登楼来跪下,叩头不已,称言:"三位英雄,祈勿动手,救救小人狗命才好。"三位道:"我们又不是打你,何用这样慌忙?"酒家道:"三位啊,你今跌扑胡公子死了,他的势大凶狠,你不知么?方才小人已曾告禀过了。"狄青道:"胡伦死了么?"酒保道:"天灵盖已打得粉碎,鲜血满地,还是活的么?但今胡大人必来拿问我了,岂不是小人一命,丧于你三位之手!"狄青道:"店主休得着忙,我们一身做事一身当,决不来干连你的。"酒家道:"你虽然如此说,只是你三位乃异省人氏,一时逃脱,岂不连累了小人?"张忠道:"我三人乃顶天立地英雄,决不逃走的,你且再去拿美酒上来,我弟兄饮得爽快就是。如不送来,我们就逃走了。"酒家听了,诺诺应允道:"要酒也容易。"因急忙跑下楼去,取一坛美酒送上楼来,只恐三人脱身而去,是以不论美酒佳肴,多送上楼。三弟兄大悦,尽量畅饮不休。

　　是日胡坤闻报,大惊大怒,即刻传祥符知县前往拿捉凶身。差役等人数十名,到了酒肆门前,县主于此排堂,验明尸伤,系扑跌殒命的。只因知县要奉承上司胡大人,少不得要格外苛求,当唤酒家问其姓名,酒家禀道:"大老爷在上,小人名唤张高。"县主又讯三人姓名,怎样将公子打死的,须从实说来。酒家道:"启老爷,他三人名姓,小人倒也不晓,只是一个红脸的,一个黑脸的,一个白面的,同来饮酒,要上对面楼中。当时小人再三不肯,再四推辞,岂知他们十分凶狠,伸出大拳头,将小人揪住要打。小人力怯无奈,只得容他登楼。后来公子到了,即时登楼厮闹,若问如何殴打,小人倒也不知。只为小人在楼下,殴斗在楼上,所以不知其由。老爷若问公子死法,只要讯三个客人,就得明白。"县主听罢点头,当下衙役唤过三人,县主问道:"你等什么名姓?"张忠道:"吾姓张名忠,山西榆次县人氏。"李义禀道:"吾是北直顺天府人,名唤李义。"狄青道:"吾乃山西西河人,姓狄名青。"县主道:"你三人既为异省人氏,在外为商,该当事事隐忍才是。在此饮酒,缘何便将胡公子打死?你们且从实招来,以免动刑。"张忠道:"大老爷明见,吾三人在楼中饮酒,与这胡伦两无交涉。岂料他领了七八个家丁打上楼来,不许我们饮酒,这先是胡伦的错。"县主听了,喝声:"胡说!你还说与胡公子两无交涉么?你既坐了他楼,理须相让,用些婉辞,赔话解劝,何到相殴?况他是个贵公子,你三人是平民,即同辈中借用了东西,还要婉辞求让,如今你三个凶徒,欺他弱质斯文,行凶将他打死了,还说此蛮话,好生可恶!"狄青道:"老爷若论理来,胡伦亦有错处,他一到店中,即差家人打上楼来,不由理论。后至胡伦厮闹进楼,小人并不曾将他殴打,他已怒气冲冲,失足扑于楼下,他是失足跌死,怎好冤屈小人打死他?望乞大老爷明见详察!"县主大怒,喝声:"利口凶徒!你将公子打死,还要花言强辩,皇城法地,岂容如此凶恶强徒,若不动刑,怎肯招认!"吩咐先将这红脸贼狠狠夹起来。

　　当时差役正要动手脱张忠靴子,岂知这时来了一位铁面阎罗。此人姓包名拯,一路巡查到此。若论包爷身为开封府尹,此时不是圣上差他做个日巡官,乃是包公因目下奸党甚多,恐防作弊陷民。是日不打道,不鸣锣,只静悄悄带了张龙、赵虎、董超、薛霸四个亲军,各处巡察。才近酒肆坊中,只见喧哗人拥,包爷住轿,唤张龙、赵虎去查问何事。两人领命而去,回来禀道:"大老爷,有三位外省人氏张忠、李义、狄青,将胡制台的公子打死于酒肆中,县主老爷在此相验问供,是以喧闹。"包爷一想,这老胡奸贼,纵子不法,横行无忌,几次要捉他破绽,无奈他机巧多端,无从下手。这小畜生有了今日,正死得好,地方除一大虫了。

　　想未了,有知县到来迎接,曲背拱腰,称言:"卑职祥符县接见包大人。"包爷就问:"贵县,这三个凶身哪一个招认的?"知县道:"上禀大人,这三个凶身都不招认,卑职正要用刑,却值大人到此,理当恭迎。"包爷道:"贵县,这件案情重大,谅你办不来,待本府带转回衙,细细究问,不由他不招认。"县主道:"包大人,卑职是地方官,待卑职审究,不敢重劳大人费心。"包爷冷笑道:"你是地方官,难道本府是个客官么?张龙、赵虎,可将三名凶犯带转回衙。"二人应诺,一同带住三人。包公转店,再验尸首,并非拳刀所伤,只是破了天灵脑盖。当下心中明白,登轿回衙,只有祥符知县心中不悦，恨着包公多管闲事，必要带去开脱凶身，岂不教胡大人将吾见怪，只恐这官儿做不成了。便吩咐衙役，录了张酒家口供，将公子尸首送来胡府。

却说胡坤一闻儿子身亡，愤怒不已，夫人哀哀啼哭，痛恨儿子丧于无辜。忽报祥符县到来，胡坤命后堂相见。知县进来叩见毕，低头禀道："大人，方才卑职验明公子被害，正要严究凶身，不想包大人到来，将三名凶犯拉去，为此卑职特送公子尸身到府，禀明大人定夺。"胡坤说："包拯如此无礼么？"知县道："是。"胡坤道："包拯啊，这是人命重大事情，谅你不敢将凶身开脱的。暂请贵县回衙吧。"知县打拱道："如此卑职告退了。"

知县去后，胡坤回进后堂，一见尸首，放声悲哭。又见夫人伤心，家丁丫头也是悲哀，胡坤长叹一声道："只为爹娘年老，单养成你一人，爱如掌上明珠，儿呵！指望你承嗣香烟，今被凶徒打死，后嗣倚靠何人？贼啊，我与你何仇，竟将吾儿打死，斩绝我胡氏香烟，恨不能将你这贼子千刀万剐。"闲话休提，是日免不得备棺成殓。

却说包公带转犯人升堂坐下，命先带张忠，吩咐抬起头来。张忠深知包公乃是一位正直无私清官，故一心钦敬，呼声："包大老爷，小民张忠叩见。"包公举目一观，见他豹头虎额，双目如电，紫红面庞，看他是一个英雄之辈，如挑他做个武职，不难为国家出力，即言道："张忠，你既非本省人，做什么生理，因何将胡伦打死？且从实禀来！"张忠想道：这胡伦乃是狄哥哥撩下楼去跌死的，方才在知县跟前，岂肯轻轻招认。但今包公案下，料想瞒不过的，况且结义时立誓义同生死，罢了！待我一人认了罪，以免二人受累便了。定下主意，呼声："大老爷，小民乃山西人氏，贩些缎匹到京发卖，与李、狄二人，在万花楼酒肆叙谈。不料胡伦到来，不许我们坐于楼中，领着家人七八个，如虎如狼，打上楼来。只为小人有些膂力[1]，打退众人下去，后来胡伦跑走上楼，与小人交手，一跤跌于楼下，撞破脑盖而亡。虽是小人不是，实是误伤的。"包爷想道：本官见你是个英雄汉子，与民除害，倒有开脱之意，怎么一刑未动，竟

---

[1] 膂力：体力，力气。

是认了？若竟开脱，未免枉法，罢了，且带下去，再问这两个吧。

主意已定，喝声："带下去，传李义上来。"当下李义跪下，包公一看，李义铁面生光，环眼有神，燕颔虎额，凛凛威仪。包爷道："你是李义么？哪里人氏？这胡伦与你们相殴，据张忠说，他跌坠下楼身死，可是真的么？"原来李义亦是莽夫，哪里听得出包公开释他们之意，只想张二哥因何认作凶手，待我禀上大老爷，代替他吧。想罢说道："启禀大老爷，小民乃北直顺天府人，三人到来贩卖缎匹，在万花楼饮酒，与胡伦吵闹，小的性烈，将他打下楼，堕扑身亡。"包爷喝道："张忠说是他与胡伦相争，失足坠楼而死，你又说是你打死的，难道打死人不要偿命的么？"李义道："小的情愿偿命，只恳大老爷赦脱张忠的罪，便沾大恩了。"包爷听了冷笑道："张忠说是他失手伤的，李义又说是他失手伤的。一个胡伦，难道要二人抵命？此中定有蹊跷，且待我带狄青上来讯问。"吩咐李义也退下，再唤狄青上堂。

包爷细看小英雄十分英俊，不由心中爱惜。原来包公乃文曲星，狄青乃武曲星，今生虽未会过，前世已相会，故当时包公满腹怀疑，此人好生面善，但一时记认不起，呼道："你是狄青么，哪省人氏？"狄青禀道："小民乃山西省太原府西河人，只为到此访亲不遇，后逢张、李，结拜投机。是日于楼中饮酒，不知胡伦何故，引了多人跑上楼，要打吾三人。小民等颇精武艺，反将众人打退下楼，吾将胡伦丢抛下楼坠死。罪归小民，张、李并非凶手，大老爷明见万里，开脱二人之罪。"包爷暗忖道：这又奇了！别人巴不得推诿，他三人倒把打死人认在自己身上，必有缘故。想来三人是义侠之徒，同场做事，不肯置身事外，所谓甘苦患难，死生共之。但三人抵一命，决无此情理。想张忠、李义，像是凶手，狄青如此怯弱，决不致打死人。大约他因义气相投，甘代二人死的，本部且将他开脱，再问张、李二人吧。于是把惊堂木一拍，大喝道："你小小年纪，说话糊涂，看你身躯怯弱，岂像打斗之人，况且胡伦验明被跌身死，如何这等胡供，岂不知打死人要偿命的！你莫不是疯痴的么？"喝命攉他出去！早有差人将狄青推出去了。旁边胡家家人看见，急上前禀道："大老爷，这狄青既是凶身正犯，因何将他赶出？"包爷道："他乃年轻弱质，不是打架之人。"家丁启上："大老爷，他自己招认作凶身的。"包公道："他乃冒认，欲脱张、李二人之罪，本部欲将张、李二人再讯，狄青并非凶犯，留他怎的？况且一人抵一命，公子之命，现有张、李二人在此，何得累及无辜？"家丁说："求恳大老爷，切勿放走凶手，只恐家老爷动恼了。"包公怒道："你这狗才，将主人来压制本府么？"扯签撒下，大喝："打二十板！"打得家丁痛哭哀求，登时逐出。包公本欲将张、李一齐开脱了，乃无此法律，不免暂禁狱中再处。即时退堂。有众民见包公审三人，将狄青赶出，打了胡府家人，好不称快。只为胡伦平日欺侮众民，被害过多，今日见三人乃外省人氏，打死他儿子，犹如街道除去猛虎，十分感激三人，实欲包公一齐放脱了他们。你言我语，不约同心，想来好善憎恶，个个皆然。

不知张、李如何出狱，且看下回分解。

第八回

说人情忠奸辩驳　演武艺英杰纵横

话说众人喜得打杀了胡伦公子,除去本地大患。却说狄青被包公赶逐,出了衙门,不解其意。一路思量:包大人将吾开释了,难道我父亲做官时与他是故交?但我幼年时,父亲升到本籍山西省做总兵,包爷初在朝内做官。今虽将我罪名出脱,还不知两位弟兄怎么样了?狄青正在思想,只见衙役等押出二人,连忙上前道:"二位贤弟出来了么?愚兄在此守候多时了。"二人说:"哥哥,你且回店中,等我二人作甚?"狄青道:"候你二人一同回去。"二位微笑道:"小弟回去不成了。"狄青道:"不知包大人如何断你二人?"张忠道:"包大人没有怎么审断,只传谕下来,将我二人收禁候审。"狄青道:"你二人监牢内去,如此我也同去。"二人道:"大哥你却痴了。你是无罪之人,如何进得狱中?"狄青道:"贤弟说哪里话来!打死胡伦,原是我为凶手,包大人偏偏不究,教我如何得安?岂忍你二人羁于缧绁[1]之中!我三人不离死生,方见桃园弟兄之义呢。"张忠笑道:"哥哥,你今日就欠聪明了。吾二人是包大人之命,不得不然,你是局外之人。况且这个所在,不是无罪之人可进得的。吾还有一说……"便附耳细言道:"这件事情,包公却有开释之意,小弟决无抵偿之罪,哥哥可放心回去,对周成店主说知,拿一百两银子来使用便是了。"狄青闻言叹道:"屡闻包大人铁面无私的清官,若得他开脱你二人,我心方定呢。"谈谈说说,不觉到了牢中,狄青无奈,只得别去。回归店中,将近情达知周成店主,吓得他一惊不小,就将货物银子,兑了一百两,交付狄青。次日到狱中探望二人,分发使费。少停回转行中,心头烦闷,日望包公释放二人。按下不表。

再说胡坤府内之事,家丁被打回来,向家主禀道:"包爷审理此事,

---

[1] 缧绁(léi xiè):捆绑犯人的绳索。这里喻监禁。

将一个正犯狄青释放,小人驳说得一声,登时拿下打了二十板,痛苦难堪。"胡坤听了,怒道:"可恨包拯,竟将正犯放走了,又毒打家人,如此可恶!包黑贼真不近人情了。"吩咐打道出衙,一路往孙兵部府中而来。原来孙秀因庞洪入相,进女入宫为贵妃,他是国丈女婿,故由通政司升为大司马,成为名声赫赫的大权奸。这胡坤是庞国丈的门生,故孙、胡二人十分交厚,宛然莫逆弟兄。胡坤不去见包公,名正言顺,说秉公之论,反鬼头鬼脑来见孙秀,显见他不是光明正大之人了。当日孙兵部闻报,吩咐大开中门,衣冠整整地迎接。携手进至内堂,分宾主坐下。孙爷问道:"不知胡老哥到来,有失远迎,望祈恕罪。"胡坤道:"老贤弟,休得客气。愚兄此来,非为别故。"当将此事一长一短说知,又道:"孙贤弟,吾平日本与包拯不投机的,今又打吾家丁,欺我太甚,故特来与你相商。但狄青是个凶身正犯,他已放脱了,有烦老贤弟去见这包拯,要他拿回狄青,与张、李一同审作凶身,一同定罪,万事干休。如若放走了狄青,势不两立,立要奏明圣上,究问他一个坏法贪赃之罪,管教头上乌纱帽子除下!"孙兵部听了大怒道:"可恼,可恼!包黑贼欺人太甚,胡兄不必心焦,愚弟亦与包拯不合,为此事且代你走一遭,凭他性子倔强固执,吾往说话,谅包拯不得不依。"胡坤道:"如此足感贤弟,有劳了。"孙秀当日吩咐在书房备酒,二人饮酒,谈至红日西沉,胡坤方才作别回衙。

次日,孙秀一直来至开封府,令人通报。包公一想:孙秀从不来探望我的,此来甚是可疑。只得接进衙内,两下见礼坐下。包公道:"不知孙大人光降,有何见教?"孙秀冷笑道:"包大人,难道你不晓得下官来意么?"包公道:"不晓得。"孙秀道:"只为胡公子被人打死,理当知县审究,却被包大人把人犯带回衙来。"包公道:"孙大人,这件案情知县办得,难道下官管不得么?"孙秀道:"管是管得的,但不应该将个凶身正犯放脱,不知是何道理?"包公道:"怎见小小少年狄青是凶身正犯?"孙秀道:"这是狄青自己招认的。"包公道:"是孙大人亲眼目睹么?"孙秀道:"虽非目睹,难道那胡府家人算不得目睹么?"包公道:"如此只算得传来之言,不足为信。倘国家大事,大人可以到来相商,如今不过是一件误伤人命,不是什么大不了的事情。若要私说情面,休得多言。"孙秀道:"包大人,你说的都是蛮话。"包爷冷笑道:"下官原是蛮话,只要蛮得有理就是了!

第八回　说人情忠奸辩驳　演武艺英杰纵横

但这胡伦是自己跌扑楼下而死，据你的主见，要三人偿他一命。你岂不晓得家无二犯，罪不重科？比方前日有许多人在那里饮酒，难道俱要偿他的命么？为民父母，好善乐生，应当矜恤民命。况且此案下官未曾发落，少不得还要复审，再行定夺。"孙秀道："包大人，你一向正直无私，是以圣上十分看重，满朝文武人人敬你。岂知今日此桩人命重案，偏存了私心，放了正犯，胡坤岂肯甘休？倘被他奏闻圣上，你头上乌纱帽可戴得牢稳么？"包爷听罢，冷笑道："孙大人，下官这乌纱时刻拼着不戴的，只有存着一点报国之心，并不计较机关利害。"孙秀道："包大人，据你的主见，这狄青不是个凶犯，应得释放的么？"包公道："不是凶犯，自然应放脱的，少不得也要奏知圣上。这胡坤不奏明圣上，下官也要上本的。"孙秀道："你奏他什么来？"包公道："只奏他纵子行凶，欺压贫民，人人受害的款头。"孙秀道："这有什么为据？"包公冷笑道："你言没有凭据么？这胡伦害民，恶款过多，我已查得的确，即现在万花楼之地，亦是赶逐居民强占的。况且张忠、李义、狄青三人乃异乡孤客，这显见是胡伦恃着官家势力，欺他们寡不敌众，弱不敌强，哪人不晓。岂有人少的，反把人多的打死，实难准信。倘若奏知圣上，这胡坤先有治家不严之罪，纵子殃民，实乃知法犯法，比庶民罪加一等。即大人来私说情面，也有欺公之罪。"这几句话说得孙秀无言可答，带怒说："包大人，你好斗气，拿别人的款头，捉别人的破绽。我想同殿之臣，何苦结尽冤家，劝你把世情看破些吧！"包公言道："孙大人，这是别人来惹下官淘气的，非我去觅人结怨。奏知圣上，亦是公断，是是非非，总凭公议。倘若我错了，纵然罢职除官，我包拯并不介怀的。"

当时包公几句侃侃铁言，说得孙秀也觉惊心。想来这包黑子的骨硬性直，动不动拿人踪迹，捉人破绽，倘或果然被他奏知圣上，这胡坤实乃有罪的，悔恨此来反是失言了。此时倒觉收场不得，只得唤声："包大人，下官不过闻得传言，说你将凶手放脱了；又想大人乃秉正无私的，如何肯抹私瞒公，甚是难明，故特来问个详细，大人何必动怒？如此下官告辞了。"当下孙兵部含怒作别，一直来到胡府，将情告复。又将包拯硬强之言，反要上朝劾奏胡兄的话述了一遍。胡坤听罢这番言语，深恨包公，是晚只得备酒相待孙秀。讲起狄青，言他乃一介小民，且差人慢慢缉访查明下落，暗暗拿回处决他，有何难处。

不表二奸叙话，再言铁面清官包公，见孙秀去后，冷笑道："孙秀啊，你这奸贼，虽则借着丈人势力，只好去压制别人。若在我包拯跟前弄些乖巧，你也休想，真个刮得他来时热热，去时淡淡的。"又想：胡伦身死，到底因张忠、李义而起，于律不能无罪，故我将二人权禁于囹圄中，这胡坤又奈不得我何。

不说包公想论，再说狄青自别张忠、李义之后，独自一人在店中，寂寞不过，心中烦闷。只因弟兄二人坐于狱中，不知包爷定他之罪轻重，一日盼望一日。当有周成笑呼："狄公子，有段美事与你商量。"狄青道："周兄有何见教？"周成道："小弟有一故交好友，姓林名贵，前一向当兵，今升武职，为官两载。日中闲暇，到来谈叙，方才无意中谈起你的武艺精通。林老爷言，既是年少英雄，武艺精熟，应该图个进身方是。我说只为无人提拔，故而埋没了英雄。林爷又说，待他看看你人品武艺如何。依吾主见，公子有此全身武艺，如何不图个出身？强如在此天天无事，若得林老爷看待你，就有好处了，不知公子意下如何？"狄青想道：这句话却是说得有理。但想这林贵不过是个千总官儿，有什么稀罕，有什么提拔得出来？又因周成一片好意，不好拒却他，即时应诺，整顿衣巾，一路与周成同来拜见林贵。

当日林老爷一见狄青，身材不甚魁伟，生得面如敷粉，目秀神奇，虽非落薄低微之相，谅他没有什么力气，决然没有武艺的。看他只好做文官，武职休得想望了，便问狄青："你年多少？"狄青道："小人年已十六了。"林贵道："你是年少文人，哪得深通武艺？"狄青道："老爷，小人得师指教，略知一二。"周成道："林兄长，不要将他小觑，果然武艺高强，气力很大。"林贵哪里肯信，便向狄青道："既有武艺，须要面试，可随吾来。"狄青应允。林贵即刻别过周成，带了狄青回到署中，问狄青："你善用什么器械？"狄青道："不瞒老爷，小人不拘刀枪剑戟，弓矢拳棍，皆颇精熟。"林贵想：你小小年纪，这般夸口，且试演你一回，便知分晓了。即同到后院，已有军械齐备，就命狄青演武。狄青暗想：可笑林贵全无眼力，轻视于我，且将师父所传武艺演来，只恐吓煞你这官儿。当时免不得上前叫声："老爷，小人放肆了。"林贵道："你且试演来。"小英雄提起枪，精神抖擞，舞来犹如蛟龙翦尾，狮子滚球，真乃枪法稀奇，世所罕有。随营士卒，见了心惊，林贵更觉慌张，深服方才周成之言非谬。枪法已完，又取大刀舞弄，只见霞光闪闪，刀花飞转，不见人形。一时人人喝彩，个个称扬。林贵登时大悦。舞完大刀，剑戟弓矢，般般试演，实是无人可及。林贵不胜赞叹，暗道：肉眼无能，错觑英雄！便问："狄青，你的武艺哪人传授你的？"狄青道："家传世习的。"林爷道："既是家传，你父是何官职？"狄青道："父亲曾为总兵武职。"林贵道："原来将门之种，怪不得武艺迥异寻常，吾今收用你在营效用，倘得奇遇，何难显达？恨我官卑职小，不然还借你有光了，今且屈你在此效力。"狄青道："多谢老爷提携！"狄青思算，欲托足于此，以图机会，不然即做了千总官儿，亦不稀罕的。周成店主得知此事，心中喜悦，以为狄公子得进身之地了。是浅人之见如此，但他一片好心，故狄公子也不忍却他之意，权在林贵营中羁身。

不知如何图得机会进身，且看下回分解。

第九回

急求名题诗得祸　报私怨越律伤人

慢言狄青在林贵营中候用。其时七月方残，始交八月。前时西夏赵元昊兴兵四十万，攻下陕西绥德、延安二府，一直进兵偏头关。有杨元帅镇守三关口。三关一曰偏头，二曰宁武，三曰雁门，全是万里长城西北隘口重地，屡命名将保守。如今关内亦是兵雄将勇。上月杨元帅已有本告急回朝，仁宗天子旨命兵部孙秀，天天操演军马，挑选能将，然后发兵。时乃八月初二，选定吉日，谕集一班武职将官，要往教场开操。是日，城守营正值林贵，将教场命人打扫洁净，铺毡结彩，安排了座位。各款预备，以俟孙秀下教场不表。

却说狄青在教场中，独自闲玩，不觉思思想想，动着一胸烦恼，长叹一声道："吾蒙师父打发下山，到了汴京，已有二十多天，不见亲人，反结交得异姓骨肉，实是义气相投。岂知不多几日，惹起一场飞灾。想我虽在营中当兵效用，到底不称我心，不展我才，就是目下兵困三关，我狄青埋没在个小小武员名下，怎能与国家出力，真枉为大丈夫啊！"当时，小英雄双眉交锁，自嗟自叹，又想：目下正是用兵较武之际，只可惜我狄青任有全身武艺，又不便恳求林爷，将自己推荐。这孙兵部焉能晓得石中藏玉，草里埋珠，这便怎么是好？自言自想，走过东又走过西，只见公案上有现成的笔墨在此，不免在粉墙上面题下数言，将姓名略现，好待孙兵部到此细问推详。倘得贵人抬举，便可一展安邦定国之略了。想罢，即提起羊毫，写了四句诗词于粉壁间，后边落了姓名，放下笔说道："孙兵部啊，你是职居司马，执掌兵符，总凭你部下许多将士，焉能及得我狄青仙传技艺。"眼见红日沉西，径自回营去了。

次日五更，教场中许多武将兵丁，纷纷聚集，队队排班，盔明甲亮，旌幡招展，人马拥挤。当时天色黎明，尚未大亮，壁上字迹，没有人瞧见。少停，鼓乐喧天，孙兵部来到教场。各位总兵、副将、参将、守备、游击、

第九回 急求名题诗得祸 报私怨越律伤人

都司、总管等,五营八哨,诸般将士,挨次恭迎,好不威严。孙兵部端然坐下公位,八位总兵分开左右,下边挨次侍立,两名家将送上参汤用过。时天色大明,偶然看见东首正面壁上有字几行,不知哪人胆大,书于此壁。只为往日开操,此壁并无一字,孙秀如今一见,命张恺、李晁二总兵,往看分明。二位总兵奉命向前,细将诗句姓名记了,上禀部台道:"粉墙上字迹,乃是诗词,旁边姓名书着,乃山西人姓狄名青。"孙秀闻言,想来狄青还在京,又问:"其词如何?"张恺将其诗呈上:

玉藏璞内少人知,识者难逢叹数奇,
有日琢磨成大器,唯期卞氏献丹墀。

孙秀当下想来一些不错,料是前日打死胡公子的狄青,却被包拯放走了他。虽则同名同姓,天下所有,怎的却又是山西人氏,想必他仍在京中,未回故土,但未知安身在于何处。倘然为着胡伦之事,查捕于他,恐怕结怨于包黑,不若借此事问罪,何难了结这小畜生的性命。想罢,传知八位总兵,道:"作诗之人,诗句昂昂,寓意狂妄,你等须要留心细访其人,待本帅另有规训于他。"众人同声答应,旁边闪出一员总兵道:"启上大人,卑职冯焕,前日查得兵粮册上,有城守营林贵麾下,新增步卒,姓狄名青,亦是山西人氏。"孙兵部听罢,喜形于色,即传谕道:"暂停演操,着林千总引领狄青来见本部。"一声军令,谁敢有违。

当时孙秀心花大放,暗言:狄青呵,谁教你题诗句,这是你命该如此。少停来见本部时,好比蜻蜓飞入蛛丝网,鸟入牢笼哪里逃。此时弄翻了,这包黑子哪里晓得,还能来放脱他么!想还未了,家将领进营员林贵到案下,双膝跪下,呼声:"大人在上,城守营千总林贵叩见。"孙秀道:"林贵,你名下可有一新充步兵狄青么?"林贵禀道:"小弁名下果有步兵,姓狄名青,蒙大人传唤,已将狄青带同在此。"孙秀道:"如此快些唤来见本部。"林贵只道是好意,恨不能狄青得遇贵人提拔,是以满心大悦,忙带同他到来参叩。此时,狄青跪倒尘埃,头不敢抬,孙秀吩咐抬头,呼声:"狄青,你是山西人氏么?"狄青道:"小人乃山西人氏。"孙秀道:"前日你在万花楼上,打死了胡公子,已得包大人开脱,你怎不回归故土?"狄青道:"启禀大人,小的多蒙包大人开释了罪名,实乃感恩无涯,如今欲在京中求名,又蒙林爷收用名下,故未回归故里。今闻大人呼唤,特随林爷到来参见。"

孙秀听了点头，暗想正是打死胡伦之狄青，登时怒容满面，杀气顿生，喝声："左右，拿下！"当下一声答应，如狼似虎抢上，犹如鹰抓雏儿一般。若论狄青的英雄膂力，更兼拳艺绝群，这些军兵焉能拿捉他，只因国法为重，这孙秀乃一位兵部大臣，此时身充兵役，是他营下之人，哪里敢造次？这是有力不能用，有威不敢施，只得听他们拉拉扯扯。当时旁边林贵吓得面如土色，又不敢动问。孙秀复喝令将狄青紧紧捆绑起。狄青急呼道："孙大人呵，小人并未犯法，何故将吾拿下？"孙秀大喝道："大胆奴才，你缘何于粉壁上妄题诗句？"狄青禀道："若言壁上诗句，乃是小人一时戏笔妄言，并未冒犯大人，只求大人海量开恩！"孙兵部喝声："狗奴才，这里是什么所在，擅敢戏笔侮弄么？既晓得本部今日前来操演，特此戏侮，显见你目无法纪，依照军法，断不容情！"吩咐林贵："将他押出斩首报来！"狄青呼道："大人，原是小人无知，一时误犯，只求大人海量，恕小人初次。"说罢，又跪下连连叩首。林千总也是跪在左边，一般的求免死罪。孙兵部变脸大喝道："休得多言，这是军法，如何能看面情！林贵再多言讨情，一同枭首正法。"林千总暗想：狄青必然与孙贼有甚宿仇，料然难以求情得脱的，只可惜他死得好冤屈。逆不过兵部权令，早将小英雄紧紧捆绑起，两边刀斧手推下。狄青见此情形，只是冷笑一声道："我狄青枉有全身武艺，空怀韬略奇能，今日时乖运蹇，莫想安邦定国，休思名入凌烟，既残七尺之躯，实负尊师之德。"不觉怒气冲天，双眉倒竖，二目圆睁。不一时，推出教场之外，小英雄虽然不惧，反吓得林贵非常忧惊，教场中大小将官士卒个个骇然。又见林贵被叱，哪得还有人上前讨救。

当时军令森严，不许交头接耳，到底军众人多，暗中你言我语道："狄青死得无辜，孙兵部实乃糊涂之辈，全不体念人苦当兵，也是出于无奈。他纵然一时戏写了几句诗词，犯了些小军法，也不该造次将他斩杀的。"有人说："孙兵部乃是庞太师一党，共同陷害忠良，想这狄青是忠良后裔，是以兵部访询得的确，要斩草除根，不留余蔓，也未可知。况且狄青是一小卒，入队尚未多日，怎能尽晓军法，尽可从宽饶恕于他。有意陷害于人，也就狠心过毒了！"

不表众将、众兵私谈，再表狄青正在推出教场之际，忽报来说，五位王爷千岁到教场看操。孙秀吩咐将狄青带在一旁等候开刀。是时兵部躬身出迎，林贵带狄青在西边两扇绣旗里隐住他的身躯。林贵附耳，教他待王爷一到，快速喊救，可得活命。

却说兵部迎接的王爷，第一位潞花王赵璧；第二位汝南王郑印，是郑恩之子；第三位勇平王高琼，高怀德之子；第四位静山王呼延显，呼延赞之子；第五位东平王曹伟，曹彬之子。此五位王爷，除了潞花王一人，皆在七旬以外，在少年时，皆是马上功名，故今还来看军人操演。当下五人徐徐而至，许多文武官员伺候两边，林贵悄悄将狄青肩背一拍，狄青便高声大喊："千岁王爷冤枉，救命呵！"一连三声，孙兵部呆了一呆。有四位王爷不甚管闲账的，只有汝南王郑印，好查察军情，问："什么人喊叫？左右速速查来！"当下孙兵部低头不语，接了五位王爷坐下，一同开言问道："孙兵部，因何此时尚未开操？"孙秀道："启上众位千岁，因有步卒一名，在正对公位的粉壁上胡乱题诗戏侮，将他查明正法，故而还未开操。"郑王爷问道："诗句在哪里？"孙秀道："现在对壁上。"汝南王踱上前去，将诗词一看，思量这几句诗词，也不过自称高才，求人荐用之意，并非犯了什么军法。想孙秀这奸贼，又要屈害军人，本藩偏要救脱此人。即踱回坐下。早有军兵禀复："千岁，小人奉命查得叫屈之人，乃是一名步兵，姓狄名青。"王爷吩咐带他进来，汝南王呼道："孙兵部，此乃一军卒无知偶犯，且姑饶他便了，何以定要将他斩首？"孙秀呼声："老千岁，这是下官按军法而行，理该处斩的。"千岁冷笑道："按什么军法？只恐有些仇怨是真。"一言未了，带上狄青，捆绑得牢牢地跪下，王爷吩咐："放了绑，穿上衣。"狄青连连叩首，谢过千岁活命之恩。王爷道："你名狄青么？"狄青俯伏称是。王爷又问："你犯了什么军法？"狄青道："启禀千岁，小人并未犯军法，只为壁上偶题诗句，便干孙大人之怒，要立时处斩。"郑千岁听了，点头言道："你既充兵役，便知军法，今日原算狂妄。孙兵部，本藩今日好意，且饶恕他如何？"孙秀道："狄青身当兵役，岂不知军法厉害，擅敢如此不法，若不执法处斩，便于军法有乖了。"王爷冷笑道："你言虽有理，只算本藩今日讨个情，饶恕于他吧。"孙秀道:"千岁的钧[1]旨,下官原不敢违逆,但狄青如此狂妄,轻视军法,若不处决,则千万之众,将来难以处管了。"郑千岁道:"你必要处斩他么?本藩偏要释放他。"一旁激恼了静山王道:"孙兵部,你太无情了!纵使狄青犯了军法,郑千岁在此讨饶,也该依他的。"四位王爷不约同心,一齐要救困扶危,你言我语,只弄得孙秀哑口无言,发红满面。深恨五人来此,杀不成狄青,又不好收科,只得气闷闷地言道:"既蒙各位千岁的钧旨,下官也不敢复忤了。但死罪既饶,活罪难免。"汝南王道:"据你说便怎么样?"孙秀道:"打他四十军棍,以免有碍军规。"郑千岁道:"既饶死罪,又何苦定打他四十棍,且责他十棍也罢。"二人争执多时,孙秀皆以军法为言,众位王爷觉得厌烦了,勇平王大言道:"若论军兵犯了些小军律,念他初次,可以从宽概免。如责他四十棍,也过于狠毒,也罢,且打他二十棍,好待孙兵部心头略遂,不许复多言了。"孙秀听了大惭,不敢再辞,即离了座位,悄悄吩咐范总兵用药棍,范总兵应允。原来孙秀平日间制造成药棍,倘不喜欢其人,或冒犯于他,便用此药棍。打了二十棍,七八天之内,就要两腿腐烂,毒气攻于五脏,就呜呼哀哉了。打四十棍对日死,打三十棍三日亡,打二十棍不出十天外,打十棍不出一月,也就要死的。

范总兵当日领命将药棍拿到,按下小英雄一连打了二十棍,痛得好厉害。打毕,禀上千岁,已将狄青打完了缴令。王爷命且放他起来。孙秀吩咐:"除了他名,撵他出去!"然后发令人马操演。此日金鼓齐鸣,教场中闹热操演,只有狄青被药棍打了二十,苦痛难忍,血水淋漓,真觉可悯,出了教场而去。不知性命如何,且看下回分解。

---

[1] 钧:旧时的一种敬辞,下级对上级所用,如钧旨、钧座、钧谕。

第十回

受伤豪杰求医急　济世高僧赠药良

慢言教场中操演军马，却说狄青被药棍打了二十，痛楚难当，虽是英雄猛汉强健之躯，也难忍此疼痛。一程出了教场，连心胸里也隐痛起来，可怜一路慢行迟步，思思想想，暗道：这孙兵部好生奇怪！吾与他并非冤仇，为何将我如此欺凌？若无千岁解救，必然一命呜呼了。想我狄青，年方二八，指望得些功劳，为国家出力，以继先人武烈，岂知时命不齐，运多钝蹇[1]，受此欺凌。但想孙秀，你非为国家求贤之辈，枉食厚禄，职司兵权，倘我狄青日后得有寸进，不报此怨，誓不立于朝堂。当下鲜血淋漓，不住滴流，犹如刀割一般，走了半里之遥，实欲走回周成店中，不想痛得挨走不动，不觉行至一座庙堂，不晓得何神圣，只得挨踱进庙中，权且在丹墀上卧下歇息。呼喘叫痛之余，约有半个时辰，来了一位本庙司祝老人，定睛一看，动问道："你是何人？睡卧于此。"狄青道："吾乃城守营林老爷手下兵役，因被孙兵部责打二十根，两腿疼痛，难以行走，故于此处歇止片时。"司祝道："这孙兵部可与你有什么怨仇，抑或误了公干事情？"狄青道："非与他有仇，亦不是误了公干，只一时犯了些小军法，被他责打二十军棍，痛苦难禁。"司祝道："久闻孙爷的军棍，比别官的倍加厉害，军人被打的，后来医治不痊，死过数人。你今着此棍棒，必须赶紧调治才好。"狄青道："不瞒尊者说，吾非本省人氏，初至京城，哪里得知有甚高明国手？"司祝道："医士甚多，只不能调愈得此棒毒，只有相国寺内有位隐修和尚，他有妙药方便，是吾省开封一府，有名神效的跌打损伤诸般肿毒方药。这和尚比众不同，他为人心性最清高，常闭户静养，只有官员偶然来交往。又有一说，他既与官宦相交，心性定然骄傲，却又不然，生来一片慈善之心，倘得医治人痊效，富厚者定然

---

[1] 钝蹇（jiǎn）：很不顺利。蹇，困难。

酬谢千金玩器，如遇贫困人，苦切求恳，即方便赠送方药，也常常有的。"狄青听了，说："多蒙指教。"司祝言罢，进内去了。

狄青思量，既有此去处，不免挨去求和尚调治，但我今身上未有资财，只得去恳求他发个善心。等调理好，张、李兄弟在店中尚有银子，借些来酬谢也使得。想罢起来，踱出庙门，一步挨一步，直向相国寺行来。行不远，到得寺前，只见闭着寺门，只得忍着疼痛，将门叩上几下。里面走出来一位小和尚，言道："你这人因何叩门，到此何事？"狄青道："小师父，吾狄青有急难来求搭救，只为我身当兵役，却被棍棒打伤，要求和尚大师父调治。"这小和尚听了，进内禀知。去半刻而回，言道："大和尚呼唤你进内相见。"狄青忍着痛，随了小和尚进至里厢，一连三进，一座幽静书斋，一位和尚坐在当中交椅上，年纪已有花甲，丰姿健旺，双目澄清，容颜潇洒，开言道："你这人来求药调疾的么？"狄青见问，即倒身下拜，将情形一一达知。老和尚见他如此痛楚，便唤徒弟扶起，言道："你既受此重伤，十分痛苦，何须跪倒尘埃，如此更然痛上加痛了。贫僧是出家人，总以救人为心。又念你山西远省，孤零外客，决不计较分毫。我素闻这孙兵部为人嫉贤害能，胸襟狭小，军中有人得罪了他，常被用药棍毒打，每难活命，实是大奸大恶之人。在贫僧看你的痛苦，直透心内，必是被他用药棍打伤的。这奸臣制造成毒药棍，伤害人死的已多。"言罢，引狄青至侧室禅床睡下，将窗门紧闭，又细问狄青一番，便道："你今受孙贼毒害了。他用药棍打你两腿，不出三天就腐烂，至七天之内，毒传五脏，纵有名医妙药，也难救解。"狄青一闻此言，心内大惊，口称："大和尚，万望慈悲，搭救我异乡难人，叨感恩德如山。"这隐修听了笑道："贫僧既入修戒之门，六畜微命，尚且惜生，何况同类之人。你今受此重伤，吾若坐视不救，何用身入修行之域？"当时在架上取下一小葫芦，倒出两颗丹药，一颗调化开，教他先吃下，一颗汗后再服。回身又取出草药三束，一束善能解毒，一束善能活血，一束善能止痛。就命小和尚一齐捣烂，用米醋化开，涂搽于两腿之上。狄青搽药之后，越觉痛得厉害，大叫一声："痛煞我也。"足一伸一缩，登时昏晕过去，遍身冷汗，滚流不住。小和尚见他昏迷不醒，也吓一惊。大和尚又唤道："徒弟，快取油纸将他伤处封固，再取被褥一张，与他盖好身躯，

第十回　受伤豪杰求医急　济世高僧赠药良

这一颗丹丸，待他汗止后，化开而服。"一时天色已晚，小和尚端进斋膳，殷勤服侍，按下慢提。

却说教场孙兵部，见天色已晚，吩咐暂止操演，明日再操。五位王爷一同起驾，孙秀恭送。

再说林千总回到署内，闷闷不乐道："狄青，你具此英雄伟略，何难上取功名？岂知祸起壁上几行字迹，险些一命难逃。你今虽得汝南王救了，久闻这奸臣造成药棍一条，伤人不少，倘或被他仍用此棍打你，又是难逃一命。但今未知你走在哪方，痛在哪里，使吾一心牵挂不安。也罢，且差人查访他便了。"

不谈林贵差人查访，且言狄青虽遭药棍伤害，幸得隐修的妙药调治，当日内服丹丸，外敷仙药，毒气尽消。一连过了五六天，腐烂处已皮光肉实，行动如常。这隐修和尚实乃济世善良之辈，调愈了狄公子，尚怜他行走未得如常，且冒不得风，既无财帛相谢，反将公子留下，飨膳之费仍是他的。看来真乃救急扶危为心，不以资财为重之辈，在出家人中如是存心，亦不可多得。

狄青在寺中已有数天，又调服了几次丹药，症已痊愈。想道：这和尚如此救济，得调理痊愈，我赤手到来，飨膳所供，亦是他的。今日无物作谢，不免将此血结玉鸳鸯，相送与他便了。但思此宝乃我七岁时母亲交付。母亲对我说，此物乃三代流传家宝，外邦进贡一对与朝廷，圣上赐与祖父，乃雌雄一双。一只雌的祖母已交付姑母，一只雄的与我母亲收拾。如今交我佩于身边，一见鸳鸯，如见生身之母，至今已有九载。今日无可奈何，只得将此宝送与和尚吧。主意已定，向腰间解下香囊，取出玉鸳鸯，但见霞光闪闪，不由叹道："宝物啊，你出产番邦，祖父叨先皇恩赐，伴我多年，今日不想要分离了。但今见此鸳鸯，不觉又想起我的姑母。曾记幼年时，母亲常说，父亲有一同胞妹子，似玉如花之美，被先帝选上朝中。后来得闻凶信，已归黄土，可怜尸柩还在京邦，不得归乡入土，想来也令人心酸。想我姑母虽则身死，未知雌的鸳鸯存于何所？鸳鸯好比夫妇一般，前日成双成对，岂料今朝又归别人，实乃不得完叙。"

狄青正自言自想之际，只见小和尚含笑到来，言道："官人，你今患症已痊愈了。"狄青道："多感你师莫大之恩，无可酬报。"小和尚道："你手中弄的是什么东西？"狄青道："此乃血结玉鸳鸯，因思量大和尚活命之恩，怎奈我并无财物相谢，故将此宝送他，聊表微忱，有劳引见。"小和尚微笑道："难得你有此心，来吧。"小和尚当即引着狄青来至静房，拜见隐修，狄青叩谢活命之恩，跪拜在地。大和尚微笑道："些小搭救之情，何足言谢。"起位扶挽小英雄，狄青递上鸳鸯，隐修一见此宝，连忙问其缘由。狄青将此物来历说明，言道："深沾活命洪恩，无以报答，只有随身小物，聊表寸心，伏望勿嫌微薄收领，小子心下略安。"隐修听了，微微含笑道："吾既入戒门，必以方便救济为怀，哪个要你酬谢？况此物乃是你传家之宝，老僧断不敢领情。"狄青恳切说了一番，隐修只得收受放下。狄青自思，身体已痊愈了，便要拜辞出寺，隐修道："且慢，你患伤虽愈，还未可多动，且从缓耽搁三两天乃可。"狄青道："还动不得么？"隐修道："这孙贼用毒药汁，浸淫棍棒，他一心要绝你性命，非用药快速，不出十天之内，毒气传于六腑，难以挽救。今幸而安痊，到底两腿尚弱，且再静耐数天，服些丹丸，便永无后日之患了。"狄青听罢，应诺依命，隐修又吩咐徒弟引他回到禅床安息去了。

却说隐修平生所爱者，乃古董玩器之物，如今狄公子做人情相送，一时满心欣然，拿起玉鸳鸯看弄一番，笑道："果然好一件宝物。我想狄青有此奇宝，必非等闲人家之子，老僧要问个明白才得放心。"说罢，把玉鸳鸯装入香囊，霞光闪射于外。

又过了三天，此日乃八月初十，隐修正在禅房闲坐，忽小和尚报说："静山王爷到来。"原来静山王呼延千岁，与这隐修和尚时常来往，两人交谊甚厚。这一天呼延千岁骑马，带着八名家将，来到相国寺门首。隐修忙出来迎接，遂至静堂参礼毕，递奉过香茗，隐修请过千岁金安。王爷言道："吾倒忘记了。"隐修道："千岁忘记了什么？"王爷说："本藩有丹青一幅，想送与你，不想连次忘怀了，当真记性平常。"隐修道："千岁爷为国分忧，记大不记小，贫僧改日到府领赐便了。"王爷四边一看，只见禅榻清净，迥绝尘埃，幽雅得很，不觉叹道："你修行无忧无虑，可比活神仙，我等为官，政务纷繁，实不如你自得逍遥。"隐修道："承千岁谬赞，念贫僧在此，无非靠着十方田土，供应三尊圣佛，闲来数卷经书消遣，多蒙王爷抬举，贫僧借以有光。"王爷笑道："你却会言语，今日本藩不往看操，且取棋来与你下几局吧。"隐修向香囊内拿出棋子。王爷偶然看见囊中一只玉鸳鸯，毫光四射，带笑把头一摇，道："你这和尚果是个趣客，这玉鸳鸯是件至趣妙东西，但非民间所有，哪一位老爷送你的？"隐修微笑道："原非民间之物，只可惜雌雄不得成双。"王爷道："是了，倘得雌的配成一对，价值连城，可以上进得朝廷的。不知你多少银子买下来的？"隐修笑道："不用得银子，只因贫僧医痊一人，他送我作谢。"王爷道："你这光头倒也得此便宜奇货。"当时王爷放下这玉鸳鸯，隐修已将棋子四围排开，摆下对坐交椅，棋盘棋子全是象牙造成。

不知二人下棋后，狄公子如何拜别老和尚，且看下回分解。

第十一回

爱英雄劝还故里　恨奸佞赐赠金刀

却说静山王正在与隐修长老下棋，方完了局，有一小和尚趋进禀道："启上师父，今有狄青在外，要拜辞师父，因见千岁爷在此下棋，故等候于外厢，不敢进来。"隐修道："狄青要去么？教他且耐半天吧。"小和尚应诺而去。王爷听得狄青之名，接言问道："这狄青是何等之人，是你徒弟还是外来人？"隐修道："千岁，这狄青乃营守林千总部下的步卒。"王爷道："他在此何干？"隐修道："只为此人前数天被孙兵部打了二十药棍，故来见贫僧，求吾医治，今已痊愈了。"王爷道："想这狄青乃一穷兵，恐没钱钞谢你。"隐修道："不瞒千岁，贫僧原不冀他酬谢的，倒亏了他有知恩报恩之心，方才那个玉鸳鸯乃他三代家传之宝，送吾作谢。"静山王听了，看看隐修，冷笑道："你方才不说明白此物来因，莫非你贪财爱宝，有意图谋他的？"隐修道："千岁责备贫僧太重了。我并非有贪图之心，实乃他恳切相送，迫吾收下的。"静山王道："此宝是他世代流传之物，竟然一旦送了你，你是出家之人，不该受领他的才是。"隐修道："贫僧原推却不肯受领，但他十分恳切，只得权且收下，待他辞去时，归还于他。"王爷想道：曾见八月初二操兵，有一步卒名狄青，人才出众，器宇轩昂，必然就是此人。可恨孙秀狠毒，要屈杀此人，亏得汝南王郑兄一力保全了狄小卒性命，不然，身在鬼门内去了。但想这孙秀打他二十大棍，原要陷害他之意，却不知是何仇怨，待本藩问个明白。想罢，便道："和尚，本藩有话问明，快些唤他来见孤家。"隐修道："千岁，他乃一小军，怎好胡乱进见？"王爷道："这也何妨，速速唤来！"当时隐修领命，亲往外厢唤进小英雄，狄青一见王爷，连忙拜伏在地，不敢抬头，口称："王爷在上，小人重罪千斤，望乞饶恕！"王爷道："狄青，你且抬起头来。"狄青领命抬头。当日呼延千岁犹恐不是教场中的狄青，故命他抬头认个明白，细认之下，果然不错，正是教场中题诗步卒，便问："狄青你

第十一回　爱英雄劝还故里　恨奸佞赐赠金刀

是何方人氏？"狄青禀道："上启千岁爷，小人家在山西省。"王爷道："你既然远隔山西，今到京中何事？"狄青道："小人落难困苦，原到此访寻亲人不遇，一身漂泊无依，后蒙总爷林贵收用，权且当兵苦挨。"王爷道："莫非你与孙兵部有什么宿仇？"狄青道："与他从无瓜葛，即壁上题诗，也无干犯，不知是何缘故，他要借端杀害小人，非众位王爷解厄，难免身首分开。"王爷道："狄青，本藩前日看你诗中寓意不凡，乃一英雄大器，抑或你素性狂妄，一时胡乱，可明白说与本藩得知。"狄青道："不瞒千岁，小人六韬三略，兵机战策，均颇精通，膂力强大，箭法纯熟，前日已在林爷处当面试演，并非狂妄大言。"

静山王想道：看不出这小狄青，身材不甚魁伟，相貌斯文，竟具此英雄技艺。他口夸大言，看来非假，但不知他胆量如何？待本藩试他一试，便知分晓。便呼道："狄青，你言孙兵部与你并无仇怨，奈他一心要计害于你，莫非与你祖父有宿仇，也未可知。"狄青道："小人也如此思量，足见千岁英明。纵然祖父之仇，小人全然不得而知。"王爷道："你前日多亏郑千岁搭救，方免一刀之苦。乃孙兵部的威权厉害，如虎似狼，又言死罪既免，活罪难饶，打你二十无情棍。此位大和尚，说这奸臣制造药棍，曾经伤害过军民几命，如今原要绝你性命，是以又用此药棍打你。若非这隐修大和尚与你调治，便凭你英雄好汉总是死，铁石将军命也亡。"狄青道："小人原知老师父大恩。"王爷道："狄青你虽然两次死中得活，只忧孙秀终难饶你，又生别的计较谋害于你，也未可知。"隐修在旁笑道："千岁虑得不差。"王爷道："你既然武艺精通，明日去了结孙秀，免你终身之患，出了怨气，你意下如何？"狄青道："千岁啊，吾若得手持三尺龙泉剑，不斩奸臣誓不休！"静山王道："本藩赠你军器，敢放胆往除奸贼么？"狄青道："千岁爷若有军器赐付，小人立刻便取奸臣孙秀首级，以复千岁尊命。"王爷道："倘画虎不成，反类了犬，你便怎的好？"狄青道："如弄不倒此人，小人殒残[1]一命，有何相碍，何须畏惧！"王爷听了笑道："果见高怀，是个英雄胆量，且随本藩回到府中。"狄青应诺，

---

[1] 殒（yǔn）残：狄青自嘲自己是未死而生命侥幸保留的人。殒，死的意思；残，不完整，残缺。

王爷又问："这玉鸳鸯是你送与和尚的么？"狄青道："小人沾大和尚活命深恩，故将此物相送。"王爷道："此鸳鸯是雄的，再还有雌的成双么？"狄青正要开言，忽记忆着前次老人教我，逢人且说三分话之训，即转口道："禀知千岁爷，鸳鸯原有一对，只因雌的日久遗失，如今只有雄的。"王爷道："此物既然是你三代家传之宝，不当轻易送归别人。"狄青道："小人见受了和尚大恩，无可报效，故将此物相送，略表寸心。"王爷听了点头道："和尚，本藩做主，你且将此物还了狄青，如若你少什么玩物，本藩送你几款便了。"隐修道："贫僧本来不领他的，况千岁的钧旨，岂敢不遵！"当日幸得呼延千岁爱惜小英雄之心，隐修即取出玉鸳鸯送还，狄青无奈，只得收回，装入囊中。王爷取出黄金二小锭道："和尚，此微资权作狄青医药之费，你且收下。"隐修道："贫僧不敢受领千岁厚赐。"狄青道："千岁，如此且待小人有寸进之日，再行报答深恩便了。"王爷道："既如此，金子且留下作香烛之费便了。"

　　隐修只得领谢过，王爷吩咐狄青出外伺候，他二人仍要下棋，一僧一俗，同比高低，一连着了七盘，王爷赢了三局。小和尚连进香茶，二人随用，言语之间，无非论着狄青气概不凡，必非久于人下的。言谈之际，不觉日落西山，静山王别了隐修，带了狄青及家将，一路随行，回到府中。到次日早起，王爷传唤家人，请过先王金钻定唐刀。家人领命，即时两人扛到，王爷一见，俯伏叩礼毕起来，叫道："狄青，今付你先王金刀一口，着你立斩孙秀首级，你今敢有胆量去么？"狄青一闻此言，接刀答应道："谨遵千岁钧旨！"勇气抖抖，别了王爷，一路跑出王府。王爷又着家丁刘文、李进二人远远随后。

　　原来这柄金刀，乃是宋太祖遗留下的，只恐后日国家出着奸佞之臣，不肖子孙，败紊朝纲纪律者，人人可拿出此刀，不论王亲国戚，也能割下首级，并不执罪凶手。此刀现贮在潞花王、汝南王、静山王、东平王、勇平王五位王爷府中，一日一轮，谨敬供奉。若问金刀轻重，上镌刻一百斤。

　　此日静山王大喜，思量狄青真乃英雄烈汉，倘然此去斩却孙秀，实乃初出场的第一功，除孙贼不啻收除狼虎，还去命他灭却庞洪，真足清除朝野。

　　却说狄青提起大刀，高高擎起，一路跑来踱去。有官署里人认得此金刀乃先王遗下的，又见此位小英雄拿起跑走，吓得惊慌躲避，认得金刀的，人人害怕。当日狄公子初到汴京，哪里得知何处是孙兵部府中，一路逢人便问，细细思量着孙秀暗害，心中愤怒，一心要找寻他了决冤家。王爷先已打发刘文、李进远远跟随在后，以为照应。狄青一程先走，并不知有人随后。好容易来到孙府，偏偏孙兵部这日不在家，往庞国丈府中去了。狄青问明缘故，只得转回。孙府中众家人甚觉惊骇，想道：这壮士拿了先帝金刀，一胸忿气而来，寻问老爷，幸而老爷往庞府去了，若在府中，只怕性命难保。到底为着何由，要杀我家老爷。内中有一家人名孙龙说道："吾认得此人名唤狄青，在教场中被老爷打了二十棍，结下冤家的。"众家人道："如此快速去报知老爷才好，不然老爷不知其故，一路回来，逢着此人就不妙了。"当下孙龙上马加鞭，急忙忙而去。

却说庞洪、孙秀翁婿二人正在书斋中吃酒，到巳牌时，忽报："孙龙要见孙老爷。"当即传进孙龙，翁婿二人动问何故，孙龙道："禀上太师爷、大老爷，不好了！今有狄青手持先帝金刀，来到府门，要寻找大老爷，有门上回说不在衙中，他又往别处去找寻了。小人只恐大老爷不知情由，回府恐有不测，特来禀知。"庞洪听了骇然，说："有这等事！"孙秀更觉一惊，唤孙龙且在外厢伺候，庞洪吩咐赏了他酒膳。当下孙秀急忙忙呼道："岳丈，我想狄青被药棍伤得深重，是个必死之徒，已达知胡兄，欢欣不尽。不知今日哪人与他医调好，叫他弄起此事来，若非孙龙来报知，则小婿几乎遭他毒手。"庞洪道："贤婿，据吾算将起来，今日乃呼延显值管金刀，这老匹夫与你并非冤仇，如何干起大事来？"孙秀道："岳丈，如今教我怎生回去？"庞洪道："你且留宿在此，这小畜生等候得不耐烦，自然去了。"孙秀道："呼延显，平日间吾不来算计你，你反来欺我么？况且狄青何等样人，擅把先帝金刀胡乱与他。"庞洪道："贤婿，呼延显这老匹夫，少不得慢慢和他算账。"

却说小英雄气昂昂提刀，到了天汉桥，乃是来往经由的要道。心想：奸贼必经此桥，不免在此等候，一刀结果他的性命，岂不胜于往来跑走。当时坐下桥栏，吓得经由之人尽是惊慌，不知何故。还有胆小者，犹恐退后不及。只有刘文、李进远远立开闲谈，只愿得壮士一刀，了却这孙贼，免得纵容下人，强买民间什物，乘机诈取民财，多端扰害。

不表二人之论，且说狄青坐于桥栏，等了半天，已交午刻，不觉腹中饥饿了。只见桥左旁边，有一间面饼店，他就提刀放开大步，跑进店来，呼道："店主，快些取面来食。"早已将大刀放在店里，坐上桌位，有众食面客人，不明此壮士的原由，能提持此大刀，更有店主甚觉骇异不明，只得煮了一盆香料三仙焦面，送至桌上。狄青见众客人，慌慌忙忙地算结了钱钞账，一刻间走跑去尽。狄青问道："店主，众人因何如此慌忙？且不用惊慌，吾的金刀不是胡乱杀人的。"店主道："壮士如此英雄，能提百斤金刀，想必事有来因，方才动起先帝金刀，求言其故。"狄青道："此刀不杀别人，只斩孙秀奸贼。"店主道："可就是孙兵部么？"狄青道："不差！"店主道："他是害民贼，正该杀的，时常纵容家丁强买民间之物，借端如狼似虎，人人忿怨，不意这奸恶人也有今日。"这狄青正食得爽快，忽闻桥面一片喊呼，人声嘈杂，顷刻许多人飞跑上桥，又闻有人大呼"要性命的快走呀！"倏忽间排山倒海的一般，多上桥中，口称"赶快逃命"而去。

　　当下狄青看见许多人疾奔，不知何故如此慌乱。欲知详细，且看下回分解。

第十二回

伏猛驹误入牢笼　救故主脱离罗网

却说狄青看见远远一匹骏马，跑上桥来，想来必然是匹癫狂之马。即跑出店，走上桥栏，大声喝道："逆畜，休得猖狂，吾来也！"当下让过众人，迎上前去。店主道："此人真乃装着狐假虎威，来骗食酒面，趁看狂马而去，不拿出钱钞来，且收藏他这大刀便了。"店主正要呼伙伴来扛抬大刀，有刘文、李进跑至店来，喝声："奴才，这是先帝金刀，我们呼延王爷府中拿出来的，你敢动么！"店主道："不敢，王府人来，本当白食的。"刘、李二人，只不管他，且扛回金刀，仍出桥旁。只见狄青立在桥中，迎面跑来一匹骏马，生得高大雄胖，浑身好像朱砂点染，四蹄生来如铁，光身并无鞍辔，向狄青扑面冲来。

原来此马乃东番进贡朝廷，名曰火骝驹，只因此马凶恶得很，圣上赐与庞国丈，岂知马性顽强，不伏鞍辔拘锁，反伤陷了几名家丁。只为钦赐之物，故制囚笼，将它困禁了。这火骝驹不伏拘禁，力势凶狠，天天吵闹。这日却被它挣脱了笼厩，逃走出府外。家人飞报太师，庞洪听了，忙唤能干家人，上前追赶，谕令众人如有能降伏得此马，不拘军民，也须请到府中领赏，众家人领命，一程来追赶火骝驹，跑近桥边，只见一位少年，揪住火骝驹，还是纵跳不已，嘶怒如雷。众家人看见此人生得堂堂仪表，力能挽擒此马，十分惊骇，看不出此人气力有这般大。当下狄公子手挽马鬃，那马挣跳不脱，前蹄掀，后脚踩，恼了狄青，喝声："逆畜，强什么！"狠力一捺，马已按倒尘埃，不能挣跳。

公子性起，连连踹它几脚，痛得极了，滚来滚去，叫跳不出来。又复狠狠踹踏几脚，这火骝驹虽则雄壮，怎经得英雄虎力威狠，登时踹破肚腹，肠多已泻出，横倒于桥边。众人观看的愈多，人人赞叹英雄力大，又有庞府家人走上前拉住小英雄，同声称说："壮士，我们这狂马乃庞府跑走出来的，伤害于人，无人可制。方才相爷有言，若得有人制伏此马，请到府中领赏。"狄青笑道："谁要望他的赏，吾不去的。"众人道："壮士不来，太师爷必要责备我们。况且壮士踢死此马，乃是一位英雄无敌之人，速往见太师爷，还有重用于你。"当时你也扯，我也拉，狄青也觉可笑。真乃生来心性粗莽，也忘记了拿回店内金刀，只随着相府家人一同而走。后面刘文、李进不住呼叫："狄壮士！不要随他去，快快回转来。"当日观看的闲人，何下千百，一片喧嚷之声不绝，狄青哪里听得到呼唤，随了众人，径向相府而去。那刘、李只得扛了金刀回归王府。

却说庞洪、孙秀在书房吃酒已完，仍谈及狄青之事，只见几个家丁前来说道："禀上太师爷，火𫘪驹逃至天汉桥，遇一少年，十分猛勇，揪住马儿，按倒在地。踹踏几脚，此马登时穿腹而死，为此小人等带了小汉子回来，禀知太师爷，可有赏赐否？"太师道："此人能降伏狂驹，是个英雄之辈，且唤他进来。"家丁领命，出外去唤狄青。庞洪即蹀出书斋，在中堂坐下，狄青已倒身下拜。若讲到狄青在汴京未及一月，是以不知孙兵部就是庞太师女婿，也不晓得庞洪是个大奸臣，所以到他府中。当时跪倒尘埃道："太师爷在上，小人叩头。"庞洪说："英雄少礼，你尊名高姓？"狄青道："小人姓狄名青。"太师道："你是狄青么？原籍何方？"狄青道："世籍山西。"庞洪听了不语，暗思：此人是吾贤婿大仇人，不意他反投入吾府，正如囚进铁网牢笼。待老夫款留在府，断送了这个畜生，方免了贤婿大患。想罢道："狄壮士，老夫有言在先，如有人能除伏此狂驹，必当重用。难得你如今除却狂驹，是位盖世英雄，天下稀少。目今兵犯边关，杨元帅受困，你如此英雄，岂可埋没。你且在我府中耽搁几天，待老夫奏明圣上，保举你到军前效用，建立功劳，你意下如何？"狄青哪里知他暗算机谋，闻他此言，跪倒连连叩头道："若得太师爷抬举，小人三生有幸，深沾大恩。只为小人前时有犯孙爷，只忧他不肯容留于我。"国丈道："不妨，待老夫保举你，岂惧他不收。——家将，且引壮士往后园楼中少歇，备酒款待。"家人领命而去。

这狄青竟忘记奉命杀孙秀之事，随了庞府家人，到后园丹桂亭中饮酒，真乃是个有头无尾的莽少年。独有庞太师大悦，蹀回书房，只见孙秀已睡在醉翁床上，太师喜欣欣叫道："贤婿，且大放宽心吧！狄青已入我彀中[1]了！"孙秀闻言，忙立起来问其缘故，太师就将他自投到此一一说知。孙秀大悦，喜扬扬说道："岳丈，这小畜生听了呼延显使唤，仗着金刀，如此猖獗。今日难得上苍怜悯，使他自投罗网，反自遭殃，实乃快事！"太师道："贤婿，如今放下愁肠，早些回府吧。"孙秀当下谢过太师，回衙中而去。

且说太师是晚差唤四名得力家丁，要将狄青弄得大醉，然后待夜深放起火来，将他焚死，明日另有金银赏劳。内有一名家将，名唤李继英，此人生来心雄胆壮，拳艺精通，上前禀道："太师爷，这贼狄青如此狠恶，不独太师爷动恼，小人等也气愤于他。但思皇城之内，放火惊扰不安，终为不美。"太师道："依你便怎生打算来？"继英道："据小人的主见，一些不难。三位不用多劳，且待今夜小人进往苑中，与狄青假作厚款，弄他大醉，何难一刀了决他性命。神不知，鬼不觉，即夜埋了尸首，泄却兵部大人之气，岂不省烦，强如放火惊扬。"太师听了继英之言，点首笑道："如此更妙。但你虽有些本事，犹恐独力难成，倘然制他不得，反为不美。"继英道："太师爷，不是小人夸口，倘若杀不得狄青，愿将小人首级献上抵当；如若杀了狄青，只求太师爷提拔，小人便是感恩。"太师道："既如此，着你往取他首级，老夫且提拔你做个美地头七品县官。"继英道："还求太师爷再赏酒筵一桌，待小人将他劝醉如泥，方好下手。"太师准请，命备酒于园中。

是晚国丈排夜宴于书房，独对银灯自酌，言道："狄青，你先遭了药棍，又得医治不死，不想今日依从呼延显持刀来杀吾婿，你图杀命官，应该重罪。但此刀乃先帝遗留之物，人人杀却，也无偿罪，幸喜有救星，小畜生，今夜遭我毒手。但呼延显这老狗，我的女婿与你并无仇怨，因何怀此毒念，有日教你一命难逃，方见我老夫手段！"

不表国丈之言，却表李继英一路进园，思量当初随着狄广老爷在边关，多亏先老爷长育加恩，不异亲生儿女。自从恩主归仙之后，又遇水灾，西河一县人民，俱遭水难。我在水中，得逃性命，自奔投相府，已将八载，吾时常在此想念着夫人小主遇水之灾，未知生死。今朝得逢公子于此，

---

[1] 彀（gòu）中：比喻牢笼、圈套。

力降狂驹,反遭罗网,但吾李继英曾受先老爷恩德,今日小主有难,岂可坐视不救!故特领此差,搭救了小主离灾,方见吾李继英知恩报恩之心。思想未了,不觉已进至花园,只见星光灿灿,月白如银。

当下狄青用过晚膳已久,正站立于桂花亭中,只见寒露霏霏,金风拂拂,此时人静心清,不觉满胸烦闷。思起下山之日,仙师有言说知,教吾至汴京,自得亲人会合,到今还未得一会。又曾记遭水难时,与母分离,今已八载,不得重逢,谅来骨肉沉于波浪中了。又不知张忠、李义身在囹圄,何时脱离。只恨孙秀妒嫉,险些将我身首分开,幸亏得众位王爷相救,孙贼用药棍打我二十,几乎丧命,又蒙隐修调理痊愈,恩德如山,使我铭心刻骨。又思到一段念头,不觉顿足,悔恨心粗,拍胸道:"不好了!呼延千岁赐吾金刀,往杀孙贼,为降除狂驹,将金刀抛弃在面店中,我之罪大如天了。若不杀孙秀,也不打紧要,失去金刀,千岁爷岂不动怒。此时夜又深,难以出相府,不免挨到天明,早晨取回金刀,杀了孙秀,千岁爷必然提拔吾,强如在此庞府。"正在思量,又见有人送来酒筵一桌,叫道:"壮士,太师爷敬你是英雄汉子,方才传言备酒设筵,以待壮士,尽欢赏月,勿要辜负良宵。"狄青道:"方才已领太师爷的赐了,如何一而再乎?"家丁道:"太师爷赏的酒食,有什么稀罕,还要狠狠地提拔你呢!"狄青道:"因何用着两副杯箸?"家丁又道:"太师爷只恐壮士寂寞,特命李继英兄来陪你用酒。"狄青道:"你们李继英是何等之人?"家丁道:"此人乃是太师爷得用家将。"狄青听了,暗自思忖,那李继英之名,十分熟识,但一时想不起来。若问狄青九岁时已遭水难,主仆分离,已经七八载,故不能记忆。正在自言之际,李继英早已到了,扛酒馔家人已转身而去。继英到亭中,呼声:"壮士。"狄青问:"足下是何人?"继英道:"小人姓李名继英,特奉太师爷之命,着我来奉敬数杯。"狄青道:"哪里敢当!"二人坐下,用酒一番。

时交二鼓,一轮明月当空,四顾无人,继英细观公子,长叹一声,立起身子,把首一摇。狄青不解其意,便问:"李兄好好饮酒,因甚登时发此长叹?"李继英离坐,双膝跪下,呼声:"小主人,你可知今夜有大难临身否?"狄青道:"李兄,因何如此相称?未知劣弟有何大难?且请起再说。"正要伸手挽扶,继英起来将手一招,二人同跑至登云阁,足踏扶梯,步

第十二回　伏猛驹误入牢笼　救故主脱离罗网

步而上，秋风阵阵，卷透衣襟。继英道："公子你不认识小人了。"狄青道："想继英之名，似甚善熟，奈一时记认不来。"继英道："公子，我昔日跟随先老爷，多蒙恩育，故今不改别名。自从老主人归仙之后，小主人长成九岁，忽遇水灾，小人水里逃得性命，流落至汴京，无奈一贫如洗，只得投于相府羁身，时思主母、公子逢灾，存亡未卜。今幸公子脱难长成，只可惜不晓得狼虎共同群，难脱此祸。"狄青听罢道："不错，如今记起你来了。但你言语不明，快些说明吧。"继英道："公子，你与孙兵部不知结下什么大冤仇？"狄青道："我与他风马牛不相干，不知他为何生心害我？"继英道："公子你难道不知孙兵部是庞太师的女婿么？"狄青道："吾实不知他是翁婿。"继英说："太师言你要杀他女婿，为此今夜款留于你，公子岂不中了奸谋毒害？犹如蝇投蛛网，鱼入纱缯，焉能飞遁？"狄青听了，双眉逆竖，怒目圆睁道："如此言来，庞贼也要害我了！"继英道："他是翁婿相通，要谋害公子，是以小人特讨此差以搭救公子。"狄青道："只要你通知消息，我明白了。待我今夜打出庞府去，明日还来报仇。"继英说："公子，此事不可，你虽则英雄胆壮，但思侯门如海，断断不易逃出。况且他家将人多，狠勇者不少。"狄青道："纵使他庞府千军万马，我何惧哉！"继英道："你纵然打出相府去，太师爷明知小人通风，岂不将小人处治，一命难逃。"狄青道："倘不打出相府，如何得脱离虎穴？"继英道："我先已打算好，园门已经封锁，难以私逃，即此一带围墙，如此高耸，也难爬跨。只有对壁盘陀石旁有棵树，高接云霄，公子若爬上树，就可跨得过高墙了。墙外也有大树相接，即是韩琦吏部府第。"狄青道："韩吏部可是庞贼奸党？"继英说："非也，韩爷乃赤心保国无私之臣，我太师几次欲除害他，却无办法。公子权且走过韩府，暂避一宵。"狄青道："继英，今夜若非你通知消息，我定然遭其奸害，受你大恩，理当拜谢。"言罢低头便拜，继英也忙跪下，叩首道："公子不要折杀小人，且请起，事不宜迟，休得耽搁，快些脱离此地为高。"

二人下了登云阁，即至盘陀石，公子扳着大树，继英又恐有人进园，东西四瞧，只见寂寞无声，才略觉放心。当时狄公子爬上古树，又跨过高墙，双手扳过隔墙大树。过得隔墙大树，望下有三丈余，也觉心寒，只得扳枝立而不下。

未知如何逃脱，且看下回分解。

第十三回

脱圈套英雄避难　逢世谊吏部扶危

话说狄公子跨过隔墙，登大树，只见亭楼画阁，正是韩府后园。却说韩琦官居吏部尚书，年近六旬，为朝廷社稷重臣，忠心耿耿。深疾目前奸佞弄权，朝中五鬼当道。其时相得厚交，不过范仲淹、孔道辅、赵清献、文彦博、包拯、富弼几位忠贤而已。只因西夏兵困三关，韩爷日夕忧心为国，近于月中夜观星象，只见武曲星金光灿灿，该当有名将出现，保邦护国。但不知何方埋没了英雄将士，以至边夷外敌屡见侵凌，皆由外无良将，内有奸臣之患。此夜韩爷用过晚膳，在庭前少坐片时，其夜乃八月十二，将近中秋，天晴气爽，万籁无声，但见：

　　月射光辉窗透影，庭留芬馥桂生香。

当晚韩爷踱进花园，更觉皎洁无尘，风敲竹韵，月媚花容。韩爷命童子炷上炉香，跪于月下，祷告上苍，悯恤生命，早降安邦定国之彦，以攘外敌侵凌。告祝一番，起来仰观星斗，正应武曲星显现，缘何不见将士名闻于朝？韩爷正在思量，四下观望，却缘何不见狄青在树中？其夜虽然月色光明，但树大枝丛，是以看不见树上有人。但狄青在树上，听得韩爷上告苍天之语，都是为君忧民之心，果乃中流砥柱之臣，下去见他，必无妨碍。想罢，飞身而下，反吓得韩爷一惊。定睛一看，乃一位少年汉子，穿着长袍短袄。韩爷连忙喝道："你是何人？好生大胆！更深夜静，从空而下。"狄青忙即跪下，呼道："大人在上，小人姓狄名青，山西人氏。只因庞太师要将小人谋害，园门已封闭了，小人无奈，只得越垣而过。久闻大人爱民忠君，清廉刚正，望乞宽容，渡延蚁命，世代沾恩！"韩爷听了，暗想："庞洪奸贼，今夜又要陷害人了。今天早晨闻老管门言，有位小英雄名狄青，持了定唐金刀，要杀孙秀，莫非反给他们拿下？"想毕，即呼道："狄青，你与庞、孙有何怨仇，以至他们生心要谋害？"狄青当将七月内至汴京，得林千总收用，入为步兵等情说起，

第十三回　脱圈套英雄避难　逢世谊吏部扶危

又说至领令持刀刺杀孙兵部，后至降除火骝驹。韩爷听了打死火骝驹，即拦止道："今日降伏狂驹者，即是你么？"狄青道："正是小人。"韩爷道："妙，妙，看你文雅之姿，不像个很有力气之士，不道却能收除狂驹，乃是个英雄无敌之汉了。前月番邦贡来此驹，殿前侍卫四人降它不伏，后得石玉小将方得拿下，拘于马厩。你既降伏狂驹，以后又如何？"狄青道："小人降伏狂驹，早有许多家丁要小人至相府领赏。小人不允，家丁都说，太师爷还要重用，不由得扯的扯，拖的拖。我闻要重用我，心下亦有思图机会之意，当时见了庞太师，他大赞赏我之英雄技艺，殷勤款留在后园楼中，暗图杀害。"韩爷道："你难道不知孙秀乃庞太师的女婿？"狄青道："小人果也不知，幸有他家将李继英通知消息，教我逃到此园。"韩爷道："此人为何有此好意？"狄青道："李继英本乃我父旧日家丁，只因身遇水灾，分散以后，投归相府。承他不负先人之德，故来搭救通知。"韩爷听了道："你父何等之人？"狄青说开了，便忘却逢人且说三分话之意，答道："先君狄广，在故土身为总兵武职。"韩爷道："你祖何名？"狄青道："先祖考狄元，先帝时，官居两粤总制。"韩爷听了，不胜大喜，道："原来你是一位贵公子，世交谊侄。吾中年时，与你今先君在朝，十分相得，曾有八拜之交，不啻同胞谊切。后来山西地方，盗贼猖狂，本处官不能禁制，故先王命狄广哥哥，出镇山西，已将三十载，后也一音不闻，谅是登仙，亦未知他后裔几人。前七八载，山西警报山水灌注，伤坏了数万生民，只道狄门灭尽了。喜得今日叔侄相逢，且生来气宇非凡，更具此英雄武略，今宵一会，令老夫喜得心花大开。但愿你大展谋猷，光大先人伟业，老夫之深望也。"狄青听了道："小人身已落魄，怎敢妄想？"韩爷双手扶起道："如今不必如此相呼，竟是叔侄相称便了。"

狄青领命，即称："叔父请上，待侄儿拜见。"韩爷道："不消了。"即手挽狄青一路回进书房。只见桌上银灯，尚还光亮。狄青立着不敢坐，韩爷再三命坐，二人方对坐交椅中。问及："贤侄，如今不知令堂还在否？"狄青道："叔父听禀，自吾父归天，小侄年方七岁，与娘苦挨清贫两载。九岁时身遇水灾，西河一县，万民遭殃，母子被水分离，至今七载，母亲还未知生死。"韩爷道："你曩者在何方耽搁？"狄青道："侄儿被水时，幸得王禅老祖救到峨眉山上，收为门徒，传授武艺及将略兵机，在仙山七载，思亲念切，日夕愁怀，奉师命下山之日，又不许我回归故土，言一至汴京，自得亲人相会，不料至今仍未见娘亲一面。"韩爷听了，更觉喜形于色，因道："怪不得贤侄有此英雄伎俩，原来是王禅老祖门徒。"是晚便又吩咐家丁，备设酒筵，二人把盏畅饮，款叙中韩爷询道："你武艺精通，须要寻个进身之地。待有机会，老夫自然替你荐拔。"狄青道："叔父，小侄虽略有些武技，奈无提拔之人，只得守株待兔而已。"韩爷道："你言差矣！说什么守株待兔？大丈夫立身处世，须要扬名显亲，虽有千难万苦，何须计较？通观出类拔萃之人，多出身微贱，你今正当少年发奋之期，岂可灰心。你无非碍着庞、孙翁婿，但众奸恶贯满盈，何能远遁长存。贤侄可想得来？"狄青道："叔父，小侄非是夸能，我学得满身武艺，亦时思为国效力，奈何机会不就，倘能一日风云相助，小侄亦不让于旁人。"韩爷听了，不觉抚掌欣然，连称："妙，妙！贤侄，你有此大鹏奋翮[1]之志，何虑云龙风虎之会无期，果然志量高大，非老夫所能限量。"狄青道："此乃小侄妄言枉想，岂敢当叔夫谬赞。"当夜你一言我一语，更觉投机，叔侄情深谊切。

按下韩府长谈，却说庞府内家丁李继英见狄青跨过了高垣，心头放下，转身步进书房，只见庞太师独对银灯，持杯自饮。李继英上前禀道："太师爷，小人已将狄青弄得大醉如泥睡了。请太师爷赏口龙泉与小人，好待下手。"太师笑道："狄青果然弄醉了。如此与你宝剑一口，速速割他首级来回话。但此人能力打狂驹，乃英雄猛汉，你往除他，须要小心！"继英道："太师爷不必费心，狄青已醉得懵懂了，何难一刀结果了他。"当时李继英怒气顿生，恨不得一刀挥去这老奸贼脑袋，还防一身独力难逃，只得忍耐住了。早已将私积百余两白金，束系腰间，再持相府灯笼，挂了宝剑，哄骗出七重府门。

此时已交三鼓，庞府众家人有睡的，有未睡的，府门尚未下锁。李继英只言奉太师爷之命，差往孙兵部府中有话，慌忙走出七重府门去了。列位，为何七重府门可瞒？只为平日庞太师也有夜差家人往兵部府，况李继英平时行为，光明正大，是以人人信服，并无拦阻盘诘。继英出了

---

[1] 翮（hé）：鸟的翅膀。

第十三回　脱圈套英雄避难　逢世谊吏部扶危

府门，犹如鸟出牢笼，鱼脱金钩，骗出城关，如飞而去。

当夜庞太师独持酒杯，不觉沉沉大醉，和衣睡在沉香榻中，内外家丁也各自睡去。庞太师酒醒后，已是五鼓初交，自然先去上朝。朝罢回来，早有管园官禀报，逃走了狄青。庞太师一听此语，大惊失色，即查问李继英。内有家丁几人禀上："昨夜三更将近，李继英出府，称言奉太师差往孙大人府中，但昨夜一去未回。"太师道："他一人出府门，抑或与狄青同去？"家丁道："他独自一人去的。"太师道："好大胆奴才！定是将狄青放走了。"当下心中大怒，步进园中，四围一瞧，园中墙垣高有三丈，园门四路封锁，难道腾云飞遁的不成？行过东，又步至西，偶然看至盘陀大石，与旁边大树紧紧相连，说声："是了！狄青定然逃往隔壁韩吏部府中而去。"看罢，即踱回中堂，吩咐家丁四十名，两人一路分头去追捕李继英。又发令往兵部府中，取兵三千往围韩府前门后户，但要搜查狄青回话。当日孙秀闻报，也怒气冲冲，踏穿靴子，骂声："狗奴才，好生放肆！"又恨韩吏部窝留逃卒，顷刻点起三千铁甲军，一齐来至韩府，重重围困，呐喊喧天，吓得韩府家丁惊慌无措，不知为着何由，即时禀报道："大人不好了！今有庞太师点兵数千，将吾府中前门后户团团围困，声言要献出狄青，万事甘休，如若大人窝留不放，即打进门来，于大人也有不便之处。"韩爷道："有此异事，你等何须大惊小怪，老夫自有道理。"狄青在旁，听了大怒，道："叔父且休惧，数千军马，只赐小侄一口兵器出府，可杀他马倒人亡，才算小侄手段非弱！"韩爷听了摇首道："贤侄，休得将杀人两字作玩耍，他是命官，你是子民，岂有强民擅杀官兵而无罪律？这老奸好生刁滑，你如杀伤他兵，必来奏劾老夫。吾自有主意，且玩弄得他糊糊涂涂，不敢来查。"

正在言论之际，忽闻一片喧闹之声，韩府家人禀道："庞太师亲自到府来了。"韩爷道："这老贼亲自来查正好，贤侄且这里来。"韩爷不慌不忙，引狄青到一所三丈高楼，上书一匾曰"御书楼"，此乃先王钦赐韩爷校阅典籍，上有圣旨牌位，除了皇上，不许别人擅进此地，如有人私进，即以侮君论罪。韩爷引狄青进楼，开了重门，着他在内，仍复封锁。然后出来，吩咐家丁大开府门。当有庞太师登时踱进通名，韩爷不免衣冠迎接，施礼分宾主中堂坐下。韩爷开言道："请问老太师，本官并未干犯国法，因何私差许多军马，围困吾家？"庞太师道："韩大人，为人倘若欺瞒，自然败露。你将狄青窝藏在哪里？速速放交出来，即不敢唐突吵扰了。"韩爷道："本官也不明什么狄青，太师既带兵在此，谅来要搜查了。你且查来，我并不阻挡。"太师听了，点头称是，即唤众兵速速搜来。众兵领命，如狼似虎，内外中堂尽搜，单单剩下御书楼，余外也不见有什么狄青。众兵家人等只得禀上庞太师，太师狐疑不决，不知他已早放去狄青，抑或留藏在御书楼上。韩爷冷笑道："老太师，这狄青在着御书楼上，为什么不搜查下来？真乃枉用多军了！"

不知狄青有没有被搜查捕捉，且看下回分解。

第十四回

感义侠同伴离奸　圆奇梦贤王慰母

却说庞太师听了韩吏部讽刺之言，也觉没趣，又收不得场，无奈何，只得传令众家丁：三千兵丁，不分日夜，在此守候。狄青必藏在御书楼，如今是韩琦的硬话。老夫岂有不知！又道："狄青啊，你藏也藏得好，少不得连累及老韩了。"说完，吩咐打道回府而去。当有三千兵卒，日夜轮流看守，日给饮食，往庞府领用。狄青在着御书楼内，十分恼恨，但遵着韩爷之言，只得忍耐。韩爷见庞洪去了，拍手冷笑道："庞奸贼啊，纵使搜不出狄青，也不消用许多守候之人，劳兵费饷，直比愚夫呆子，乃是自作自弄。"

不表韩爷之言，却说静山王回来已晚，不是他有心不问金刀之事，只因是夜饮酒过多醉了。一觉睡到四更时，朝罢回来，方才记起，即唤刘文、李进至前，二人叩首上禀道："千岁爷，昨夜狄壮士在天汉桥等候孙兵部未遇，却将庞府中的火骝驹踢死后，被庞府中邀去，至今还未见回来。"千岁道："金刀放在何处？"二人言道："狄青弃了金刀去收除此驹，为此小人将金刀请转回来。"千岁道："因何不即禀明？"二人道："只因千岁爷昨夜赴宴，回来已经沉醉了，故未得禀明，小人该当有罪。望乞姑宽。"千岁听了，道："你们去吧！"又想：可笑狄青有勇无谋，要除狂马，就将金刀抛弃了，倘或失去此刀，怎生是好？本藩一片真情，有心提拔你，岂知你如此鲁莽心粗，一事误，诸事也误了，还望你掌什么帅印兵符。你今到了庞府中，犹如困入毒蛇窠里一般，如此不中用的东西，我也难以照顾了。

按下静山王不表，再说庞府中一班狼虎奴才四十名，分为二十队，分路去查捉李继英。追赶出关，加鞭拍马，不敢少懈。二十路人，你走一路，我跑一方，倘一路之人拿了李继英，二十路之人，一众有功同赏。有庞喜、庞兴同伙一路，不从官街大道，只向私路盘查。

话分两头，先表李继英一路逃出皇城，他原虑得庞太师差人追赶，是以不从官街而走，却由小路而奔。其时日已过午，腹中觉得饥了，只跑一程，见有酒肆一所，是个僻静之方。当下继英将身直进坐下，呼酒保拿上好酒馔，鲜鱼鲜肉时菜，排开一桌，一人独自举杯，十分悠闲，倒觉开怀。一边饮酒，一边思量，叹道："吾李继英虽出身贫寒，也是轰轰烈烈之汉。自幼身进狄门，先主归天之后，还指望小主长成，早日袭荫为官。岂知主人突遭水难，一家骨肉分散，流落汴京，只得身投相府。难得今日公子脱得水灾，长成了，可恨孙秀、庞洪与他结下深仇，昨晚险些中了他奸谋暗害。我想韩琦老爷是个忠良之官，昨夜必然将他留救，从此我心略为放下。庞洪啊，你是奸刁万恶之人，势焰滔天，算计多人，我也不问，若要害我小主人，是不得不搭救的。纵弄得我奔投无路，也尽我一点报主之心。但今虽脱离虎口，奈无家可走，不如回转山西，另寻机会便了。"

　　不表李继英正在思想，再说庞兴、庞喜二人，一路逢人便问，查过东来又过西，不论茶坊酒肆，也要看看，即招商旅店、古庙庵堂，也进去瞧瞧。二人寻得心焦起来，便商量道："李继英不知去向，人来人往，知道他打从哪路途走的，吾二人定然空奔波了。"又行至一所三岔路的去处，只见一座高耸耸的酒市，二人也是同行同走，进去查看，只见内厢三进，四围桌椅两边排，却是静悄悄并无一人在此用酒。店主一见，问道："客官要用酒么？"二人道："非也，我们要寻一人。"店主笑道："里面一人也没有的。"庞喜道："没有就罢了。"正要跑出来，忽听得楼上喊道："店主取酒来！"店主答应。庞兴道："楼上还有人吃酒，快些看来！"二人进至楼中，李继英只道是酒家送酒到楼，忽然见了庞喜、庞兴，顿觉呆了。庞兴叫道："继英，做得好事！为什么放走了狄青，自己脱身而去？故违主命，该当何罪！我们特奉太师爷之命，前来拿你，快快回府吧！"李继英说："二位大哥，我是不回去了。"二人道："你为何不回去？"李继英道："弟在相府七八年，多无差处，但狄青是我故旧小主，不忍他死于非命，故特将他放走。二位大哥啊，我想世间万物尽贪生，为人岂有不惜命？如今放走了狄青，我原该有罪，如若回去，太师爷怎肯轻饶于我。今日好比鳌鱼得脱金钩钓，岂有再回之理！"庞喜道："李继英休得多说，

第十四回　感义侠同伴离奸　圆奇梦贤王慰母

快些与我二人回去见太师爷！"李继英道："二位大哥若要我回去，万万不能了。"又叫酒保且添两副杯箸来二位饮酒。店主应诺下楼而去。兴、喜二人大呼："店主不用去拿杯箸，哪个要饮他的酒！"店主下得高楼，兴、喜二人即时变了面目，喝声："李继英！你当真不肯回去？"继英道："我是断然不回去的！"庞喜道："你当真不回去，休怪我们动手了。"他二人一齐跑上，抢过去要拿捉李继英，却被李继英一拳飞去，打倒庞兴，当胸一托，好不厉害，庞兴已仰面跌于楼上。庞兴爬起身来，还不肯甘休。一拳飞到面门，又被李继英左手一接，右掌一拍，已打下楼来。庞喜抢来，又被继英飞脚打去，跌抛数尺，打得二人满身疼痛，只喊："好打！"当下店主拿上杯箸两双到楼，一见大惊道："客官不要殴打！"李继英道："打死这两个奴才，我抵偿他们的性命！"店主道："不可！倘若当真打死了，岂不累及我开店之人么？三位且吃酒吧。"二人思量：不料李继英有此本事，实难和他相争，我二人何苦与他结冤，回去只说不见就是了。庞兴呼道："李兄，不必多言了，既然你不肯回去，我们且回去复禀太师爷便了。"李继英听罢，微笑道："早些如此说，我也不敢得罪，二位且请过来吃酒吧。"庞喜道："我们没有酒东。"李继英道："都是我叫的酒肴。"二人道："如此叨扰了。"李继英道："哪里话来，同伴弟兄，何烦客套！"店主问道："客官可是做贼盗的么？不然何以争打一番，又同饮酒？"李继英喝声："胡说！这二位是我同伴弟兄，我们是庞府中来的。再有上品佳肴美酒，且拿几品来用用。"店主领命，登时取到，三人一同把盏，尽欢畅饮一番。二人问道："继英兄，我们方才不是了。但今不知你到哪处安身，又缺少盘费，怎生主张？"继英道："二位哥哥，不必为我担忧；行程川资，我尽足用。"庞喜道："继英兄方才说转回山西，你却迂了。在庞府太师处，吃的现成茶饭，穿的现成衣冠，仗着太师爷的威权，好不荣耀。那狄青到底与你有甚相关，你将他放走了，抛却富贵荣华的大门风，只落得孤零飘荡，苦受风霜。纵然你回得山西，一事无成，怎生是好！"继英道："二位哥哥，人各有心，吾当初跟随狄老爷之日，待我不异儿子一般。今日小主人有难，理当搭救，保全了先主人一脉香烟，吾李继英纵有不测，死在九泉，也是心安了。那庞太师行恶，势如烈火，杀害多少无辜，日后终于无好报应的，我断不欲与巨奸作伴。况男子志在四方，六尺身躯男子汉，何愁度日无依？"庞兴听了道："继英兄果然言之有理。"便对庞喜道："我家太师爷作恶多端，后来绝无好处，倘有什么祸事临门，想逃遁也迟了。古云：识时务者为俊杰。不如趁此时另寻机会，与李继英兄作伴同行，你意下如何？"庞喜道："正该如此！但不知继英兄肯允否？"李继英笑道："二位老哥，既愿同行甚妙。"庞兴又道："只是我二人盘川未曾拿得，空空两个光身，如何远遁？不若转去盗他些银两，连日同行，岂不更美。"

李继英道："不消如此，二位倘能决志同行，盘费都是我的。"兴、喜道："叨扰你的酒钞，怎好又花你的川资，这实不该当。"李继英道："弟兄同志，何分彼此？"当时三人叙谈，甚为亲密，下楼会了酒钞，一齐出了酒肆门，一路而行，径向山西而去。道经天盖山，有数十强徒，手持利刃，要打劫东西，却被继英抢了钢刀一口，杀死几人，余外的四散奔逃，亦有逃走回山中去的。原来此座山岗，乃是张忠、李义聚集地方，他二人一去两月多不返，这些小喽啰，天天在此打劫，今被李继英占夺此山，三人在此，暂且羁身落草，小喽啰伏其使唤。此话暂停，后文自有交代。

再表汴京潞花王讳赵璧，乃是赵太祖嫡元孙，当时年方十五，生来相貌堂堂，与当今嘉祐皇手足之称。不幸父王早已归天十余载，他父排行第八，即八大王赵德昭，上文选狄妃已有叙明。如今他子袭父职，封为潞花王，先帝已敕赐南清宫居住，仍授着打王金鞭。宫中建造一座嵌宝龙亭，供奉着太祖龙牌。

有一天，潞花王在宫中，夫妻朝参母后毕，坐于两旁，宫娥送上参汤用罢。潞花王一看，说道："王儿上启母后，为什么愁眉双锁，带着忧容，未知有何不悦？伏望母后说与儿媳们知之。"狄后闻儿动问，便道："儿媳啊，只因昨夜三更得了一梦，未知主何吉凶，想起来，甚觉烦闷不悦。"小王爷道："不知母后有何梦兆，怎生梦来？"狄后说："儿媳，为娘的梦见饮宴之间，取一肉馅，方入口中，咬个两开，内中有肉骨一块。不料那骨将牙齿撞得疼痛，滤出血来：将骨肉染遍了，其馅即圆合了。想来牙损见血，滤于骨肉，其梦兆谅必凶多吉少，是以纳闷不安。"小王爷听了，便道："母后休得心烦，待臣儿去召请详梦官到来详解，便知其兆凶吉了。"当时潞花王辞过母后出堂，想来包拯、韩琦乃是博学之臣，即差内监往召二臣。

　　包拯先来，韩琦后到，上银銮殿，参见千岁。王爷道："二位卿家，休得拘礼。"即命赐座。内侍献茶毕，潞花王即将母后之梦说明，早有包爷道："微臣粗知浅见，只知判断民情，圆梦幻事，从来不懂。"王爷道："包卿不明详解么？"包爷道："臣详解不来。"王爷又道："如此，韩卿可详解否？"韩爷道："臣略能详解此兆。"王爷道："其意如何？"韩爷道："其梦肉开见骨，齿血滤于骨肉之间，太后娘娘必主骨肉重逢，乃是吉兆。"王爷道："应在何时？"韩爷道："臣思馅缺复圆，该应于十五月圆之日。"包公暗喜道：韩年兄为人学问广博，比老包高明得多了。包公正在自思，潞花王微笑道："果然如此，实是奇了！"韩爷道："臣据理而详，该得此兆，但未知验否？"潞花王道："包卿你职事冗繁，且请先回府，韩卿少留，待孤家禀复母后，再行定夺。"当时包爷别去，韩爷待潞花王进内禀知母后。

　　不知狄太后如何主见，且看下回分解。

第十五回

团圆梦力荐英雄　奉懿旨勇擒龙马

　　当日潞花王回进宫内，将韩吏部圆梦之言，一一禀知。狄太后想来，不觉倍加愁闷，追思昔日离别家乡，已将二十年，别却母亲哥嫂，以后音信无闻。后来只因水淹山西太原，狄氏宗支，无人已久，还有什么骨肉重逢之望！既然韩吏部如此言来，亦真假未分，且待来日月圆之后，准验如何。当命留下韩吏部，倘此事无差，必然厚赏于他，倘详梦不验，然后叫他回衙。当有潞花王领旨，是日款留下韩爷不表。

　　且说狄太后自思，吾儿虽云玉叶金枝，王家之贵，只可惜至亲骨肉，分散如烟，还有什么亲谊之人相会？可怪韩吏部无凭无据，反惹着吾的心酸。想念未了，不觉泪下不止。

　　却说韩爷是日被潞花王款留在书斋中，不觉心中气闷起来，反恨方才圆详此梦，或要激恼了狄娘娘。但据梦而圆，依理而详，也该有骨肉相逢之兆，但不知真验否。如若准了便好，倘或不验，太后娘娘怪着，就不妙了。早知如此，方才悔恨把梦来详，不如照着包年兄只推不懂也就是了。

　　这且慢表，再说宫中出了一事，当初有一龙马，名九点斑豹御骊鬃，乃是一条火龙变化，帮助赵匡胤骑乘，统一江山，后来此马仍归天上为龙，受玉旨恩封。不想数十年间，凡心未了，走下落在山西省，将西河县翻沉了，残害却十数万生民性命，玉帝大恼，要剐此孽龙。后得众星君保奏，目今西夏叛宋，武曲星下凡，平西保国，莫若仍贬它下去作龙马，帮助征战，将功折罪，以彰我主好生之德。玉帝准奏，故今降下此龙，在于南清宫王府后花园荷花池内，作浪兴波，好生猖獗。当日吓得管园官魂不附体，认是妖魔作怪，即来银銮殿上禀知。潞花王听了，也觉心惊。当时王府众人，多已害怕，狄太后闻之，心中烦恼，不知哪方妖怪作孽，这样猖狂，便命将园门下锁闭固，众家丁内监，人人惊恐，三言两语，早已惊

第十五回　团圆梦力荐英雄　奉懿旨勇擒龙马

动书斋韩吏部。他想：狄青乃王禅老祖之徒，向在峨眉山学艺七年，况勇力能除狂马，不免待我保荐他去收服了妖魔。如若狄青收除此妖，千岁自然将他重用，便得进身了，又可免了庞、孙之害，有何不美？主意已定，即日对潞花王说道："今有壮士狄青，本领很强，他是王禅老祖之徒，仙传武艺，非人可及，曾在天汉桥力除狂马，不如召得此人，拿了妖魔，以净宫闱。不知千岁意下如何？"潞花王道："韩卿，未知人在何处？"韩爷道："现在微臣之家。"潞花王道："既在卿府，即速将他召来。"韩爷道："这狄青踹死了庞家狂马，被他哄到府中，欲图谋害，幸亏得他故旧家人放走，逃入臣家。询起世家，原非微贱，乃臣世交谊侄，年纪青春，气宇轩昂。不想目今庞洪得知在臣处，即差兵围守于臣家，犹如抄没家产一般。"王爷听了道："可恼此老贼如此无礼！"韩爷道："臣该当有罪，不得已把狄青藏在御书楼里面。"王爷道："后来庞贼便怎的？"韩爷道："当时庞洪就回去了。"王爷道："怕他不肯回去么？"韩爷道："庞洪虽则回去，尚有数千军兵，不分日夜看守，将臣衙署前门后户也都把守了。"王爷怒道："有这等事么？老奸真真可恼！"即传差官捧了龙牌，立刻将那庞府军兵驱逐。当日差官领旨，一到韩府，将铁甲军尽皆赶散。这些军兵实在守得厌烦了，一闻此旨，一哄而散。

　　且说庞府打发四十名家丁，前往追赶李继英，先有三十八名回来，禀知李继英杳无踪迹。庞太师闻言，正在着恼，忽闻潞花王降旨，驱散了三千兵丁，更加火上添油，愤怒异常，心想：狄青小奴才，定到南清宫里去，教老夫也无可奈何了。即差人往报知孙兵部，按下休提。

　　却说狄青出了御书楼，身乘银鬃马，离了韩府。一路思量，不知此去，是凶是吉。当时进至藩王府中，千岁降旨召进，狄青双膝跪下，连头也不敢抬，三呼："臣山野子民狄青，朝参千岁爷。"潞花王道："平身！孤家召你到来，只为宫中后花园新出一妖魔，十分厉害，其形似龙，峥嵘两角，遍身血结，在那荷花池内作波兴浪，合府忙乱，今已关闭数重园门。今有韩吏部保荐你有降龙伏虎之能，从仙师学技，法力高强，倘能除了妖怪，使母后心安，当今圣上自然封爵奖赏功劳。"狄青想道：叔父真乃可笑，我虽是老祖之徒，武艺般般都晓，唯有擒拿妖法不曾学得，如何将我保举起来，这是何解？但叔父已经引荐于我，倘若推辞了，千岁爷岂不见怪？也罢，我想既为男子汉大丈夫，须要做出掀天揭地奇能，方见本领。倘若伤在妖怪之手，连叔父也没趣了。若我命不该亡，得除妖魔，千岁爷自然收用，就是那庞洪算账也不相碍了。想罢便道："野民果有降魔妙手，千岁爷不须担忧。"潞花王听了大喜，传旨备酒相待。

酒膳已毕，又是红日归西。是晚八月十四之夜，一轮明月东升，秋夜天晴气爽。银銮殿上灯高挂，南清宫内烛辉煌。夜宴方完，又闻殿内喧扰之声。宫人内监个个惊慌，都说妖怪凶狠。当晚狄青对众人说："你们只须助我皮鼓铜锣声响，便立擒妖怪了。"众人都说："全仗英雄大力，不知要用盔甲否？"狄青道："不消盔甲，只要钢刀一口。"当时内侍急忙忙扛来钢刀。好个心雄胆壮的英雄，挂起宝剑，手提大钢刀，呼人引路。众人不敢先走，内中有胆大些的内侍，引着小英雄敲锣击鼓，好比庆贺元宵佳节，方才开了数重园门，放狄青一人进去，连忙闭锁回转，在门外鸣锣擂鼓，一片响声，无非助兴。当时狄青雄赳赳提起大刀，跑来走去。花园宽大，走过东，跑过南，又走至望月堂，大喝道："妖魔怪畜，快来纳命！"狄青一路呼喝，看看走至荷花池前，未到池边，先已水高数丈，跳出一怪，遍体朱红，看来原是一条火赤龙，张牙舞爪，真有翻江倒海之势。大吼一声，好比雷鸣。当下狄青大喝道："逆畜，来试试钢刀。"说完，擎起刃尖，指定火龙，龙立于岸，池中水势定了，波浪不兴，但闻耳边狂风大作，呼呼响亮，园内落叶纷飞。此龙咆哮之声不绝，张开大口，摇尾昂头，月光之下，红鳞闪耀，钢刀鲜明。狄青与火龙相斗，已有半个时辰，两下武艺，轩轾[1]不分。狄青手中一松，大刀坠地，急忙回身退后，跑走如飞。却被火龙赶上，张开血盆大口。狄青反吓了一惊，原神现出，火龙方知他是武曲星。只见红光一道，透上青霄，大吼一声，在地滚滚碌碌，红光过后，只闻嘶鸣之声，化成一匹火龙驹，约有五尺高，遍身红绒毛，闪闪生光，双眼与月映射如灯，两耳血红，头上当中一角色青，生来异样无双。当时狄青立定看着，不觉称奇，笑道："方才交斗时，明是一条火龙，倏忽之间，变化为马，莫非上天赐赠此奇马与我？"便又呼道："龙驹，你若肯随我狄青，可将头点上三点，如若不肯归我，就

---

[1] 轩轾（xuān zhì）：比喻高低优劣。

第十五回　团圆梦力荐英雄　奉懿旨勇擒龙马

摇上三摇。"说话未了，马头顷刻连点三点。

当时狄青大喜，即慌忙下拜，望空拜谢上苍，即扳上马角坐上，徐徐走回，连叩园门，却不见开，只为外面敲锣击鼓，喧闹之声不绝，左右园门皆叩不开，一时心中喜悦，在园中往来驰骋。其时约有二更时候，园外众人且住了锣鼓，一同忖度道："狄青进园，约已有三四个时辰，他与妖龙相斗，料然胜负已分。狄青收除了妖怪固好，倘怪物吞了狄青，开园门就不好了。"你一言我一语，只得静听了一回，即开了园门，一同涌进，不见有人，又不闻妖物吼叫之声。东西四望，不但不闻妖怪兴波作浪之声，即狄青也不见了。岂知此座花园宽大，周围有四五十里，当下只见远远有一人一骑而来，快如闪电，即时跑至。只见狄青高与檐齐。又见他在马上呵呵大笑，得意洋洋，往来驰骋，见了众人，连忙下马，呼道："众位侍官，我已将妖怪收降了！"众人道："妖怪在哪里？"狄青道："此龙驹便是了。"众人看来，此马果然生得超群出众，便一同往见千岁爷。当下潞花王闻知，心中大喜，登时传命召来。狄青一手牵着龙驹，一见千岁爷，即下跪禀道："小民已收服火龙，不料化为此马。"潞花王一见龙驹，连称奇事。又看此马生来过于高大，遍体红毛，中央生了一只独角，果然异于凡马。狄青道："启千岁爷，此马乃火龙变化，世所罕有之物。今千岁爷府上出此宝驹，料是祥瑞之兆，必须装成一副鞍辔乃可。"潞花王道："你言有理。"即传旨将孤家追风驹鞍辔卸下来，装配此驹之上，当时内侍领旨而去。王爷又传命备排筵宴。当夜王府中人七言八语，都称奇异。早有宫娥一众奏知狄太后去了。

且说韩琦在书斋闻知，连忙跑至内殿，见了此驹，欣然喜悦，便道："人间罕有罕闻！"看罢，又呼道："贤侄，算你盖世奇能，所称王禅老祖之徒，庶不愧也。"狄青道："叔父，此乃千岁爷的洪福齐天，小侄何能之有？"说未完，鞍辔到了，装配起来，更见毫毛光彩。当日潞花王见装配起来，此驹更加出色，即吩咐两旁侍官，扶他上马。哪知龙驹发起狠性，将头一摆，前蹄一曲，后腿一伸，险些儿将潞花王跌将下来。早有侍官把他扶下，便道："此驹不服孤家，韩卿你且试试，看龙驹服否。"韩爷笑道："千岁爷，老臣福分浅薄，如何乘坐得此宝驹？"潞花王道："休得过谦，且试试如何。"韩爷无奈，只得来乘。只为马高人矮，仍要侍官扶上。果然韩爷上得龙驹，又是依然不驯,马背一曲,头一颠一摆,几乎将韩爷跌将下来。侍官连忙把他扶下驹去。王爷又呼唤狄青道:"此龙驹是你降服它的,它必然伏畏于你,且乘骑上去看看。"当下狄青曲背打躬道:"此驹生来性烈,既然不服千岁爷与韩叔父,焉能畏服小人?"潞花王喜道:"此驹是你降服的,岂不畏惧于你?"韩爷道:"千岁有旨,你且试乘何妨?"狄青听了道:"如此小人告罪了。"即扳上当中马角,轻轻一跳,早已跨上金鞍。哪知此驹全然不动。韩爷一见大喜称奇,潞花王也喜形于色,跑上前呼道:"马啊,你真乃欺善畏恶了,偏会刁作难的,将本藩欺着!"当时狄青心中暗暗大喜,一刻走下鞍来,上前叩谢过千岁爷,即开言道:"此驹既不伏千岁爷乘坐,且待小人道它几句,待千岁爷再乘上去,看是如何。"潞花王道:"不必了,孤家的宝驹异马甚多,如今连鞍辔一并赏与你吧。"狄青大悦道:"多谢千岁爷!"

狄青受赐龙驹之后,不知如何去见狄太后娘娘,且看下回分解。

第十六回

感知遇少年诉身世　证鸳鸯太后认亲人

话说狄青听得潞花王将龙驹赏赐与他，心中大喜，拜讲道："启上千岁爷，既蒙惠赐，还要求赏一个驹名，未知可否？"潞花王道："此马乃在月色光圆之下所得，即取名现月龙驹便了。"狄青听罢，欣然下阶，与众侍臣站立。当时天色亮了，王爷吩咐，带龙驹入后槽喂料。内侍领旨，牵驹而去。是日，潞花王复诘询小英雄道："狄青，看你青年俊美，不意有此奇能，家中父母还存否？作何生理度日？几时得到仙山，拜着老祖为师？今朝降服了龙驹，免了园中忙乱，皆你之功力，明天奏知圣上，定有奖赏。"狄青见问，即道："启禀千岁爷，小人祖上，原不是无名之辈，世籍山西太原府西河县小杨村。祖父狄元，曾为两广都堂。父亲狄广，官居总镇。不幸相继而亡。小人九岁便遭水难，母子分离，幸得仙师救至峨眉山学艺，前后七载。上月七夕间，奉师命下山，一到汴京，自得亲人相遇，岂知亲人不见，反被奸臣谋害。"

当时潞花王还要再盘问他几句，忽闻说太后娘娘请千岁爷进见。他一路走回宫内，喜欣欣地朝见母后娘娘。太后开言道："王儿，方才宫监报明，已经有一位英雄汉收服了妖魔。"潞花王道："臣儿禀知母后，此人年轻，武艺无双，名唤狄青，山西人氏。他家原非下等之人，世代为官，乃一位贵公子。又得仙师带至峨眉山学艺。这英雄果然收服龙驹，此皆韩吏部所荐。"狄太后听了道："此人名唤狄青，山西人氏么？"潞花王道："山西省太原府西河县小杨村人。"太后听了，沉吟自语道："我想小杨村地名，乃是我的家乡，一村中没有别姓，单有狄姓一家。且数年之前，只闻水涨山西，西河一县全然淹没，料得我狄姓之人，尽遭水难，也未可知。莫非此少年英雄从水中逃脱了不成？他又名狄青，有些蹊跷。"便道："孩儿，你可问他祖上父亲名讳否？"潞花王想了一会，道："儿也曾问过他，他说祖上名狄元，曾为两广都堂。父名狄广，官居山西总兵。"当时狄太后一听此言,连说:"不错,不错!"言未毕,纷纷下泪,愁锁双眉,呼道:"王儿,速传旨,令狄青进见。"潞花王不明其意,忙问:"母后传他进见何事?"狄太后说道:"王儿呀,据他所言家世,乃是为娘的嫡亲侄儿了。故要询他一个明白。"潞花王听了,反觉惊骇,说道:"既然如此,即宣呼他来,问个明白便了。"即传旨召进狄青。太后娘娘坐于珠帘里面,潞花王坐于外边,狄青膝行而进,跪倒宫前,不敢抬头仰面。便有太监一名,传言道:"狄青,太后娘娘问你,你是山西省人,哪一府?哪一县?哪一乡?哪一庄?祖宗三代名讳,官居何职?母亲何姓?如今在否?一一奏明上来。若有藏头露尾,不免自取罪戾[1]。"

当下狄青不语,暗想:这太后娘娘,盘问得奇怪,因何盘问起我的家世来?但其中意思吾难猜测,且说出真情来,若论是吉是凶,只得听命于天了。于是将祖父母姓氏官职一一奏明。又说并无叔伯弟兄,止有长姐金鸾,早已出阁,次姐银鸾,早已夭亡。太后娘娘听到此处,便问道:"你既无叔伯弟兄,可有姑母否?"狄青答道:"姑母是有的,只幼时闻母亲说,进入皇宫,早已归天了。"太后娘娘闻言,暗暗惨然,泪珠滚滚,嗟叹一声。又暗思道:既说进入皇宫,为何又说早已归天了?于是又问道:"你既知姑母故世,死于何时?得何病症而死?"狄青道:"只为先皇点选秀女,进朝时,小人年幼,不知详细。至稍长时,只闻母亲说,姑母进京之后,即已归天。"

原来此段情由,上书已经叙明,当时被选进宫时,圣上将狄氏赐配八大王,孙秀暗中播弄,狄广中其奸计,认真以为妹子已死,故狄公子长成八九岁,孟氏夫人也告知他姑母身死于进宫之后。如今狄青见问,即如是而对。狄太后听了,一时也猜摸不出,但其余说话,一一吻合。不觉肝肠欲断,带泪呼道:"狄青,你既是狄广之儿,有何凭据?"狄青一想,便道:"禀上太后娘娘,小人有家传血结玉鸳鸯一只,幼年时,母亲与我佩系于身。曾记鸳鸯原有一对,雄的留下,雌的送与姑母进朝,但不知姑母故后,雌的落于何处。"太后带泪,将身上所佩那只雌的鸳鸯摘下,命狄青将雄的献上来,仔细一看,真是一双无异,一色无分。

---

[1] 罪戾(lì):罪过之意。

第十六回　感知遇少年诉身世　证鸳鸯太后认亲人

太后娘娘看过此宝，传旨命将珠帘卷起。狄太后珠泪盈腮，抽身出外，连呼道："侄儿啊！"狄青见如此光景，登时发呆惶恐，伏倒尘埃，开言不得。早有潞花王见母后唤他侄儿，自然不错的，即起立说道："请起！"狄青道："千岁，小人乃一介贫民，还祈不要错认了。"太后娘娘听了，带泪双手扶起狄青，呼道："侄儿啊，老身即是你的嫡亲姑母，你方才说的家世一一相符，且有这玉鸳鸯为证，不错的了。何用疑惑，速速起来相见。"当下潞花王微微含笑对狄青道："真是骨肉重逢，不期而会，皆由天赐，何必多疑？"即呼内侍备下香汤，侍狄爷沐浴，又命宫娥取套衣冠。宫人启禀："千岁爷，不知用什么服饰与狄爷更换？"潞花王道："即取孤的服饰，与狄爷更换便了。"内监宫娥领旨去了。这时太后娘娘手挽狄青，呼道："我那侄儿，作姑母的今日与你相见，如见你爹娘一般。喜得你长成，得延一脉，生得仪表堂堂，威风凛凛，若非韩琦圆梦，逆龙作祟，今日怎能姑侄相逢？"狄青呼道："千岁爷，太后娘娘啊，吾实无姑母的，只恐错认了。"狄太后言道："你方才说有姑母的，怎么又说没有，是何道理？"狄青道："姑母原是有的。"太后道："如今在何处？"狄青原要说出已经身故，便思她如此相认，又不好如此说，只得转口道："只是进宫之后，一直信息全无，不知详细了。"太后呼道："侄儿啊，我是你嫡嫡亲亲姑母，两无错讹的了。我生身故土是小杨村，与你父身同一脉，我父官居两粤都堂，有家传玉鸳鸯一对。况我进宫之后，并无差池，山西那时进宫秀女，并无第二个姓狄的，我想来决无舛错，你还疑惑不认么？此时尚有巧合成对玉鸳鸯足以为据，一些不差，雌的我所收拾，雄的你母谨藏，若非这玉鸳鸯，几难相信了。"狄青暗忖，师父之言验了，果有亲人相见。于是连连叩首，呼道："姑母大人在上，侄儿不孝，罪大如天。只为侄儿九岁时，母子分离，六亲无靠。后得王禅老祖救脱水难，在峨眉山学艺七年，今朝不期而会，与姑母相逢，何异旱苗得雨、枯木逢春，实在不胜欣喜。"当时潞花王更喜形于色，上前拍拍狄青肩上道："太后与你初见，弟不知是表兄，多有委曲，以后只以弟兄称呼便了。"狄青道："岂敢如此僭越[1]，贵贱悬殊，决无此理。"潞花王道："既是至亲，何分贵贱！"

---

[1] 僭（jiàn）越：超越本分，冒用在上的名义或物品。

狄太后道："侄儿且起来，沐浴更衣，再行相见。"狄青领命，辞过太后母子，侍官领他沐浴慢表。

当下狄太后呼道："王儿，你且看此鸳鸯好否？分别多年，今日始得成双。"千岁爷将鸳鸯接来细看，连声称妙，只见血彩闪烁，口吐霞光，即说道："请问母后，此对鸳鸯既是一件宝贝，不知此物产在何方？"狄太后道："孩儿，此对鸳鸯，原出于北番外邦，进贡朝廷，先皇钦赐与你外公，为娘得了雌的，雄的留与你母舅。为娘时时想念雌雄两宝，以为没有会期，岂料鸳鸯今日重逢，追思昔日，倍觉惨然。"潞花王道："这却为何？"狄太后道："王儿有所不知，此对鸳鸯，狄门已经传了三世，真是镇家之宝。今日为娘见鞍思马，你外祖母与舅舅得病而亡，倒也罢了，只是你舅母遭殃被水而亡，骨肉沉流波底，不得共享安闲，哪得不伤心啊！"潞花王禀道："母且免愁烦，今喜得表兄长成，气宇不凡，外祖、舅父母留得英雄好后裔，此乃天不负善良之报。况表兄生得如此品貌昂昂，何难光前裕后。待明日进朝奏知圣上，封他一员大将，还有哪个敢欺侮他？"狄太后道："王儿，说什么武将，明朝传我之命，要当今封他一个王位。如若不封，说为娘的必定要动气了。"潞花王应允，狄太后又道："韩吏部洞明奥理，圆梦准验，如今且请他回府去。若赠他金帛财宝，谅他也不领受，须奏知当今升调，以奖其劳。"

正言语间，狄青已沐浴更衣，穿着潞花王服饰，看来愈觉威仪赫赫，即上前拜见姑母。太后娘娘见了，心花怒放，当时表兄弟一同叙过礼，宫人内监，俱来叩见狄王亲。太后娘娘又呼："侄儿，且往前殿会宴后，再来叙谈。"狄青领命告辞，退往前殿去了。

当时日已正中，潞花王带着笑脸，把情形传知韩吏部，着他先归衙署，候日加封，即差内官送他回府。此时韩爷喜悦万分，不觉暗暗称奇说："哪知狄太后即狄广哥哥之妹，陈琳奉选回朝，已将二十年，老夫亦未深知，谁料我详梦，却如此神准。"

不表韩爷欣悦，却说潞花王陪伴狄青筵宴，弟兄开怀畅饮，自未刻言谈交酢，不觉斟酒数巡，已是时交二鼓。用过夜膳，潞花王传令内监宫人，不必多人在此伺候，只留下四名侍官，伺候狄王亲。

潞花王辞别回宫安寝慢表。却说狄青已经饮酒过多，虽酒量不低，他的酒性却不甚好。大凡酒量与酒性,却有两般之别,吃酒多而不醉者为之好酒量;吃酒多,醉而不狂暴者,谓之好酒性。狄青的酒量虽高,而酒性却也平常,前者在万花楼上打死胡公子,也因酒性平常之故,如今又要因酒后弄出事来了。当夜宴毕,已有三更时候,他仍未安寝,却于灯下想起了两个奸臣,因道:"孙兵部、庞太师啊,我与你一无瓜葛,又并无冤仇,为什么二次三番,要害我性命!"越想越怒,大呼:"可恼!可恼!你这两个恶毒之贼,真难涵容,今夜必要斩了这狠毒奸臣,以免后患。"当时怒气冲冲,即要抽身,便呼侍官两人,快提灯笼,便要出府。侍官禀道:"狄爷,时交三鼓了,要往哪里去?"狄青到底醒中已醉,醉中又醒,暗想倘若言明要往杀孙兵部,他们必不肯与我去的,不若哄骗他们,便说道:"往韩吏部府中去便了。"

欲知狄青如何杀孙兵部,且看下回分解。

第十七回

狄公子乘醉寻奸　包大人夜巡衡事

当下王府侍官禀道："狄爷，夜已深了，请明早去吧。"狄青喝道："吾必要去的，你敢阻挡么！"内侍不敢违逆，只得点起灯笼。这狄青穿的是潞花王服饰，腰下又悬了一口宝剑，两名侍官持了一对南清宫大灯笼，一重重地由府门而出。一连出了九重，方到王府头门，跑出官街大道。正好一天月色，万里无云，街衢中家家户户肃静无声，只闻鸡声唱叫不休，犬吠流连不绝。两侍官不觉向南往韩府而来，狄青指着南方道："此道往哪里去？"侍官道："此地是往韩吏部府中去的。"狄青道："如今不往韩大人府中去。"侍官道："狄王亲，不往吏部府，要往哪里去？"狄青道："吾与孙兵部有深仇，如今要往他府中，仗着三尺龙泉宝剑，今夜必取这奸臣脑袋！"侍官听罢，吓了一惊道："狄王亲，这是行凶之事，万万不可！"狄青喝道："谁言杀他不得，只须我一剑，便把他挥成两段了。"侍官不敢多言，只得引着往孙兵部府而去。

过了天汉桥，不觉已至孙府衙门，照壁高昂，府门前有大灯笼照耀，又有千总官把总官四围巡查。一见了南清宫的灯笼到来，吓得惊惶无措，躲避不及，心下慌忙，不暇细看，竟认作潞花王驾到。俯伏尘埃，声称："王爷。"狄青听了，呼呼冷笑道："你们夜深在此，却是何因？吾不是妄乱杀人的，只手中宝剑，要砍奸臣的头颅。"众员禀道："启千岁爷，小人等乃孙兵部衙中巡查的。"狄青道："既如此，快快唤孙秀出来见我！"众员禀道："孙大人不在府中。"狄青道："他不在府中，哪里去了？"众员禀道："孙大人往九门提督王大将军衙中赴宴去了。"狄青道："可是真么？"众员道："小臣们怎敢哄骗！"狄青听了，又吩咐向王提督衙中去。侍官应诺，提灯引道，急步往九门提督衙中而去。

列位须知，由孙兵部府往提督衙中去，必定要过天汉桥，故今狄青仍要回转天汉桥。持了宝剑，随着侍官，三人将上桥栏，狄青不觉酒涌上来，两足酸麻,醉醺醺地东一步,西一摆,侍官二人,左右扶定,叫道:"狄爷仔细些才好!"狄青道:"我要杀孙秀奸贼!"侍官道:"狄爷沉醉了。明日杀他,也未为迟。"狄青喝道:"胡说!吾今夜不取孙秀脑袋,枉称英雄!"口中说话,四肢已酥麻了,此刻一步也难移,侍官只得扶定在桥栏立着。狄青此时甚是糊涂,便大呼:"孙秀!你这狗奴才!躲过了么?"侍官叫道:"狄爷,孙秀是怕惧了,果然躲过了。"狄青道:"奸贼呵,躲得好,弄我找寻得好!但今夜不除了你这害民奸贼,非为大丈夫!"当时狄青身体困软,凭你英雄好汉,也用不出本事来了。算来非狄青酒量不高,易于沉醉,只为王府中的美酒,比不得等闲之家,这酒性好,比药力还烈,是以狄青醉得沉沉不醒,手插剑尖于地上,侧身合眼,已入睡乡了。侍官二人,心焦意闷,只得一手持灯笼,一手扶住,伺候立定。

  不多时,只见远远有灯笼火把来了。一匹白马,一座大桥,原来正是孙秀、庞洪二人。只为提督大将军王天化的母亲庆祝寿辰,这王天化乃庞洪的得意门生,故此夜翁婿二人,在提督衙门中设宴庆寿,梨园演唱,还有许多文员武吏,在府堂畅叙。翁婿饮酒到三鼓终方回。两乘轿马正要过桥,早有家将跑转回禀道:"启上太师爷,桥边上有潞花王爷坐在桥栏之上,像有些酒醉一般。"二人齐道:"有这等事,快些下轿马便了。"一翁一婿,慌忙急急步上桥栏一看,俯伏跟前,呼声千岁。只为狄青手插宝剑于地,头已低下,是以庞洪、孙秀看不出脸面来,只见南清宫的灯笼,又是一般服饰,自然是潞花王了。二人俯伏在地,呼道:"千岁,臣庞洪、孙秀见驾,愿王爷千岁千千岁!"两个侍官,平素也怪着二人,是时并不作声,听他跪在此地。两个奸臣的膝儿跪得已疼痛了,实在不耐烦,又朗言道:"臣等护送千岁爷回府吧。"狄青醉中闻言,头略抬一抬,二人一见,顿觉骇然,抽身而起。庞洪即呼:"贤婿,贤婿,你看此人容貌,并非潞花王。"孙秀道:"果不是潞花王,吾认得此人是狄青。"登时吩咐家丁,把火一照,喝令众军上前捉拿,早有侍官二人,阻挡喝道:"此人捉拿不得的,太后娘娘闻知,你们之罪还了得么?"庞洪喝道:"他乃有罪之人,还敢穿此服饰,冒充王爷,这是万死不赦的罪,为什么捉拿不得?"侍官听了,心中着急,大喝道:"此人乃是太后娘娘嫡亲内侄,你们还敢动手么?"庞洪大喝道:"休得胡说!"孙秀呼家丁,将三人一并拿下。

两名内监看来不好，跑走如飞，一直回归王府内宫报知。

却说狄青虽有英雄奇能，此时醉得麻软如泥，糊糊涂涂，不知所以，故被他们紧紧缚定，还不知觉。于是数十个家丁，见他昏迷不醒，只得扛抬回衙。狄青一柄宝剑，也被庞府家丁拿去。方才跑得两箭之路，只见远远一对红灯笼，一乘小轿，坐着一位官员。庞洪是妄自尊大之人，全无忌惮，在轿内命家丁喝问："哪个瞎眼官儿，还不回避么！"原来此位官员来得凑巧，乃是正直无私的包龙图，夜来巡察地方，在此不期相遇。他本非奉着圣上旨意巡查，皆因他勤于国政，不辞劳苦，自要查察，如有强恶顽民，乘夜抢夺，酗酒行凶等事，即要捉拿处治。当有张龙、赵虎禀道："启大人，这前面庞太师、孙兵部来了。不知为什么拿了一位王爷服饰的人，请大老爷定裁。"包爷听罢，言道："这两人又在此作祟了！"吩咐与他相见，可将此位王爷放了绑。张龙、赵虎领命，上前叫道："包大人在此，请庞太师、孙大人且住。"一见赫赫有名的包闸刀，庞、孙两府的众家丁也自心惊，即抛了狄青远远地走开。一旁董超、薛霸已将狄青松绑扶定，孙秀、庞洪一见大怒，齐呼："包大人哪里来？"包爷道："下官巡夜，稽察到此，二位哪里来？"庞洪道："去提督府赴宴回来。"包爷道："老太师，为何将这位王爷拿着？"庞太师道："是什么王爷，乃是一名逃兵狄青，冒穿王爷服饰，假冒王爷，如今将他拿下定罪。"包爷听了狄青之名，暗思：前日将他开豁了罪名，后来又在教场题诗，几乎死在孙秀钢刀之下。前两天闻家丁传知，他力降狂马，被庞府人邀去，不知今夜怎的穿了潞花王服饰，又被他们拿下。原来狄青逃往韩府，又往南清宫降龙驹，姑侄相会事情，包公尚还未知，当下心内猜疑，便开言道："本官来稽查巡夜，那狄青是个犯夜小民，待我带回衙中查究便了。"孙兵部呼包大人道："这是逃兵小卒，应该下官带回去的。"包公道："你说哪里话来，狄青兵粮已经大人革退了，还是什么逃兵？只好算犯夜百姓，应下官带去。"孙秀道："这人却与你不相干，是我营下的革兵，休得多管！"包公道："胡说！这是下官犯夜之民，干你什么？"庞洪道："包大人太觉多招多揽了！这狄青非你捉捕，何必要你带去？"包公道："老太师不必多言争论，一同去见驾，是兵是民，悉听圣上主裁。"庞洪听了便道："此话倒也说得不差。"三人都不回衙，径往朝房来伺候圣上，按下慢提。

却说王府的两名内侍，跑回南清宫，进内报知。是时潞花王已安睡了，狄后娘娘尚未安睡，正与媳妇欣喜谈论，一闻此话，心中惊怒，忙传内监宣召潞花王。王爷闻言，心中带怒道："狄表兄为人真是狂莽，你现今是王家内戚，不应夜出持刀杀这奸臣，如今偏偏又遇着这两个冤家，被他拿去，孤不去解救，谁人替他出力？"太后道："吾儿，你今不必往寻庞洪、孙秀，且亲自上朝，往见当今，将此段情由剖奏明白。若要将我侄儿为难，为娘是断不肯甘休的。"潞花王道："谨遵懿旨！"太后又道："须对圣上说知，必要体谅我的面情，推恩封赠他一个王爵。"潞花王应诺。

当时已是四更将近，潞花王梳洗已毕，穿上朝服，用过参汤，嵌宝金冠头上戴，蓝田玉带半腰围，上了一匹雪白小龙驹，三十六对内监跟随，灯火辉煌引道。

慢表年轻千岁来朝。其时五鼓初交，狄青已经酒醒了，说道："宝剑哪里去了？"董超道："没有什么宝剑。"狄青道："孙秀脑袋在哪里？"薛霸道："休得如此，你方才已被孙兵部拿下，难道不知么？"狄青道："奇了！果有此事么！"即把眼睛一抹，圆睁虎目，立起来骂道："孙秀，你这奸恶奴才！"口中骂，又要迈步动身。旁边四名旗牌军扯住道："休走！不要痴呆，孙兵部乃圣上的命官，你敢杀他？倘杀了他，你还了得！"狄青道："我若杀此奸臣，情愿偿他一命罢了。"四人道："此地乃官员叙会之所，休得啰唣[1]！"狄青道："我缘何在于此地，你等是何人？"四人道："我们是包大人手下旗牌军，方才你已被拿，全亏我家大人查夜而来，始得放脱，免了此灾。如今包大人、庞太师、孙兵部带你前来面圣，且不要作声。"狄青听罢道："不意有此等事，真乃妙妙！罢了，且静悄悄在此伺候便了。"

当日上朝大小官员先后而来，叙集于朝房中候驾。时交五鼓，只听得钟鸣鼓响，文武百官朝参，叙爵分列两行。圣上降旨："哪官有奏，即可启奏，以待圣批。"早有庞太师出班奏道："臣庞洪，昨夜与孙兵部拿得逃兵狄青一名，身穿着潞花王的服饰，张着南清宫的灯笼，假冒王爷的刁棍。如今拿下，该得奏闻，以候圣裁。"天子正要开言，有包爷出班

---

[1] 啰唣（zào）：吵闹寻事。

奏道："臣启陛下，昨夜臣巡查街坊，稽察奸匪，时交四鼓，不想一名犯夜之民，被孙兵部捉获。但思臣是文官，定例管理百姓，他是武职，定例管理军兵。狄青兵粮已经革去，例应归文官究办。伏唯陛下降旨与臣，将此犯夜之民，并冒穿王爷服饰的情由，询察明白复旨，未知圣意如何？"当时圣上有旨："狄青不论是兵是民，总以假冒王爷为重，即着包卿询明复旨定夺。"包爷称言领旨。翁婿二人，面光扫尽，只得归班不语。

不多时潞花王驾到，直上金銮殿，朝参已毕，即将狄青在王府降伏龙驹，母后问起，因有玉鸳鸯为凭，方知是姑侄等事，一一奏明。天子闻奏，心中也觉骇然，想来母后原是狄青姑母，是朕表兄弟了。又传言呼道："庞卿，你也太觉荒谬，不该混拿御戚，倘母后得知，罪干非小。"庞太师听了，吓得伏倒丹墀，抽身不得，孙兵部在旁亦是一般。只有包公大喜，暗道：不意这狄青竟是显贵王亲，却弄得两个奸臣着急，倒也爽快。当时又有胡坤在右班中，听见圣上斥责庞太师，并知狄青是圣上内戚，暗暗怒气冲天，自思不能相报孩儿之仇了。

当下狄青如何处分，且看下回分解。

第十八回

狄皇亲索马比武　庞国丈妒贤生心

却说是日嘉祐君王，喜色冲冲，传旨宣御戚上殿。值殿官领旨，出午朝门外，引见官乃包龙图。狄青闻召，即向包公叩头道："小人乃一介小民，穿了这等服饰，如何见得皇上？"包公道："圣上不问则已，倘若问你，即说太后娘娘赐你穿的，便无碍了。"包公领了小英雄至金銮殿，三呼拜舞已毕，圣上钦赐平身，细观狄青气宇轩昂，好一位英雄好汉，便道："御戚可将你世系细细从头奏来。"狄青听了，将祖上世谱官职一一奏明。圣上闻奏，喜色洋洋，又遵着母后懿旨，即封赠为王。狄青一闻上言，伏倒丹墀不起，奏道："虽蒙陛下天恩浩大，感荷无疆，但无功而受此重爵，恐于理有碍，免不得满朝文武批论不公。"天子道："卿既为御戚，理宜推恩赐封，况又有太后之懿旨，谁可批论？御弟休得过辞。"狄青道："臣启陛下，念小臣并无寸功于国，格外恩封，众文武大臣纵不敢议，即小臣亦无颜立于朝廷之上，故断然不敢遵旨受封。"当日潞花王巴不得狄青受职，岂知他偏偏不受，心中甚为不悦，便道："表兄，这是母后娘娘懿旨，断不可违的。"狄青道："千岁啊，微臣蒙太后娘娘与万岁隆恩，原不敢违逆。但无功于国，而虚受此恩，问心殊觉有愧。臣有一言，启奏陛下。"天子道："你且奏来！"狄青道："伏乞万岁降旨，令英雄武将与小臣比武。臣若强于一品者，愿受一品职，胜于二品者，受二品职，过于三品者，受三品职。如此，上不负太后陛下之恩，下不干满朝文武之议，臣列于班寮之中，庶不致抱惭尸位，如此量材受职，方见大公至正之理。"嘉祐君王听了，微笑道："御弟之言有理，朕准依，即传旨文武诸卿，明日清晨伺候，朕亲临御教场，看众臣比武。"各员领旨。又道："御弟二人自回王府，明天早往御教场中。"潞花王、狄青称言领旨。时已辰刻，候驾退回宫，群臣各散。

潞花王表弟兄回归王府，进至内宫，挽手同参太后娘娘。狄太后呼道："侄儿，不是姑母埋怨你，原不该夜深人静，出外行凶，杀这奸臣。若非内监回来报知，又是牢笼之鸟了。"狄青道："这并非是小侄妄生事端，只因想起孙秀奸贼，顷刻难忘，时刻想杀这奸臣。不料到了天汉桥，酒醉得糊涂了，呆呆不醒，反被二奸贼所获。多蒙包大人稽查救脱，奏明圣上。"狄太后道："既得包大人开脱，但不知圣上封赠你什么官爵？"潞花王道："圣上遵着母后懿旨封他王位，岂知表兄偏说，无功不愿受此重职，反讨教场比武，然后封官。故今圣上已经降旨，明日清晨亲临御教场比武。"太后娘娘听了，登时不悦，呼道："侄儿，你为人真不知进退了。不费吹毛之力，即加恩封你为王，正是平步登天，如何还要恃勇逞强，教场比武，这也太欠主张了。"狄青道："姑母大人，不是侄儿不知进退，吾自幼自命为顶天立地奇男子，必要光明正大的行为，不受别人背后议论，方觉无愧，况且情面上为官，有甚稀罕！若武艺高强升用，乃是至正之理。此是侄儿一生立志如此，难以勉强屈节。"狄太后道："侄儿，你言虽有理，但满朝武将不少，内中岂无本领强于你的。常言道，强中还有强中手，切勿过于自负，倘比不过他人，即要当场出丑了。别人耻笑还可，若被一群奸党笑论，连我为姑母的也没光彩了。"狄青道："姑母娘娘不须过虑，虽然满朝强似我者有之，而弱于我者亦不少，侄儿自有主见，姑母切莫挂念。"

狄青虽然如此说，但太后娘娘心中不乐，唤声："王儿，虑只虑庞洪、孙秀与他结下冤仇，党羽之中，岂无武艺高强的，定然被奸臣托嘱，暗中算计。况且刀枪乃无情之物，万一失手，便伤身体，如何是好？"潞花王摇头道："儿也想到这点，无奈表兄不听劝言，倘有差池，岂不是遂了众权奸之愿么？"狄太后想了一会，呼道："我儿，为娘的有个道理在此。若要保全侄儿无害，且暂借太祖的金刀盔甲，与他穿戴，还有何人敢在他身上动一动么？"潞花王道："母后之言，甚属有理。"狄太后即时领了宫娥太监，来至中殿太祖龙亭位前，焚香俯伏，禀知太祖公公，要求借用盔甲，以保全嫡侄之故。告祝罢，有司管龙亭太监就将八宝金盔金甲，一齐请出。两名内监，一人捧甲，一人捧盔，太后娘娘接过，谢恩而回。还有一柄金钻刀，是日乃东平王值管，潞花王亲身往取，请回府中，以备明朝之用不表。

第十八回　狄皇亲索马比武　庞国丈妒贤生心

且说两奸雄是日退朝，孙秀与胡坤随着庞洪回至相府。庞太师心中大悦，呼二位道："不想那小畜生是个呆子，现成的一个王爵不要做，反要比武艺，我不知他什么想头？"孙兵部道："岳父啊，如今冤家愈结愈深了，总要将这小畜生收拾了才好。"庞太师说："这也何消说得。"胡坤道："不知老太师可有什么摆布之法？"庞太师道："一些也不难，待我传请几位厚交武将王天化、任福、徐鉴、高艾到来，教他比武之时，将狄青决了性命，何用费力！"孙、胡二人听了大喜，说道："果然高见不差。"当下庞太师即差家人，分头相请，只说请至相府芳园，赏桂玩菊。又吩咐备列酒筵。不一刻先后而来，吃茶已毕，邀至待月亭，七人就位畅叙。少时八音齐奏，雅韵铿锵，酒过数巡，徐鉴问道："老太师，不想狄青就是狄太后嫡侄。孙兄，你三位欲收拾此人，如今反把狄青弄得这个势头了。"高艾道："若是狄青受此重职，朝廷上好比山林出了大虫一般，靠着太后娘娘势力，必然横冲直撞，我们岂不倒了威风！"孙秀听了点头道："二位想的不差。"胡坤道："原为此事，故请诸位仁兄到此酌量。但凭小卒如此猖狂，这还了得！"殿前太尉任福笑道："列位老年兄，这狄青乃太后娘娘的内侄，与圣上御表相称，看来难以作对，这个冤家只可解不可结的了。"庞太师听了，双目圆睁，怒道："任兄之言，未免欠通，你难道不闻恨小非君子，无毒不丈夫？这狄青乃吾翁婿所深嫉，胡兄的大仇人，如何容得他过？"王天化问道："不知老师意欲如何？"庞洪道："老夫特因此事，请各位贤兄到来商议，明日比武之时，将这小奴才一刀一枪，决他性命。"王天化道："老师，若要决他性命，不是难事，只恐太后娘娘加罪，圣上诘责，这便如何是好？"庞洪道："此事不妨。从来比武争雄，律无抵偿之例。如若太后有甚话说，自有老夫与你分辩，万岁诘责，有老夫可以力保，包得无事。"王天化道："如若老太师保得无事，即在吾王天化身上，立取狄青脑袋便了。"庞洪道："这事老夫包保得，定无妨的。"孙秀、胡坤齐呼："王将军，你既以英雄自称，一言既出，驷马难追，不可更改，才算你英雄胆力。"王天化道："孙、胡二兄，说哪里话来，俺明日若不取狄青首级，愿将自己首级献上。"孙、胡二人大悦，道："休得言重。"计议已定，复又畅叙，交酬劝酢，时交三鼓，四人方才告别归衙，孙、胡也各回府不表。

再说次日，皇上亲临教场看比武，非同寻常。御教场中打扫干净，彩山殿上，铺排整齐。龙亭座位，铺着虎皮毡褥，殿旁围绕玉石栏杆，说不尽奇灯异彩，兰菊芬芳，金炉浓霭。东西两旁，又设立位次，好待公侯将相，按序排班。

五更初漏，文臣武职，纷纷入朝见驾，众王侯大臣俯伏金阶，三呼万岁毕，奏请皇上往御教场看比武，未知何时起驾，候旨定夺。圣上旨下，于辰刻起驾，令一品文武大臣随驾，二品三品俱往教场伺候。当时一交辰刻，皇上用早膳毕，排齐金銮起驾，侍卫数百名，太监数十对，一路笙歌嘹亮，香烟满街，到了教场外，早有二三品文武官数十员，俯伏两旁，恭迎圣驾。天子下了八宝沉香彩辇，太监们、侍卫等随到彩山宝殿，升登龙位，文武臣再行参见已毕，分班站立。潞花王奏道："狄青已带来教场中候旨。"天子降旨，召狄青进见。狄青闻召，即顶盔贯甲，俯伏阶下。天子一见狄青用赵太祖盔甲，顿觉慌忙，立起来迎接。

原来赵太祖驾崩之后，遗下一顶八宝金盔，一副八宝黄金甲，一柄九环金钻定唐刀。遗旨将此盔铠藏在南清宫，另用八宝龙亭，敬谨供奉。四名内监逐日司管。这柄金钻刀，发与五位王爷府上，轮流值管。若请得此刀，可先斩后奏，请得盔甲出，满朝王亲御戚、王公、大臣也要俯伏恭迎。即当今天子见了此盔甲，亦如见了赵太祖一般。今狄太后欲使侄儿不受他人之害，特请了金刀盔甲与狄青用，故天子开言，忙问潞花王道："御弟，这副盔甲是哪个主意与他用的？"潞花王奏道："是母后借与他用的。"嘉祐王道："如若表弟能用此盔甲，即宋室江山，也可让与他了。御弟即速回宫，请问母后，如何臣下可用王家之物，尊卑无序，君臣难以辨别了。"当下庞洪等暗喜，潞花王听了，一想主上之言，原是不错，即时辞驾回宫，禀明母后。狄太后闻言想道："这原是我失于检点，免不得满朝文武私论，但今已借与侄儿，决不能再收还的。你只得对圣上言明，只不计较是先王之物，只作狄青自用之物便了，我但有一言，倘狄青有甚差池，总要当今留心。"潞花王应诺拜辞，上马加鞭，回至彩山殿上，将母后的话一一奏明。嘉祐皇上一闻此言，不觉微微含笑道："母后真自多心，原来借此盔铠金刀与狄青用，无非是恐防别人欺侮。但他是一王亲御戚，众臣自然看朕情面，谁敢欺他。"

第十八回　狄皇亲索马比武　庞国丈妒贤生心

当下狄青三呼万岁，天子降旨平身，又传旨意道："三品武员先与狄青较武。"三品武员称言领旨，天子又言："御表弟须要小心。"狄青领旨，下了彩山殿，手执百斤九环大刀，豪气昂昂。有庞家翁婿，胡坤、冯拯与丁谓、陈彭年、陈尧叟等一班奸党，巴不得将狄青一刀两段。只有包拯、呼延显、韩琦、富弼、文彦博、赵清献等一班忠臣都望狄青取胜，以扫奸臣之兴。只见三品武员中，闪出一位总兵官，姓徐名銮，年未满三十，生来一张紫膛脸，海下短短微髭[1]，身高七尺，顶盔贯甲，来至彩山殿俯伏见驾。

不知比武胜负如何，且看下回分解。

---

[1] 髭（zī）：嘴上边的胡子。

第十九回

御教场俊杰扬威　彩山殿奸徒就戮

且说总兵徐銮俯伏奏道："臣徐銮，愿与狄王亲比较。唯手持先帝金刀，将人压制，还有哪个敢与交手？伏唯陛下降旨，着令狄王亲换用器械，方好交锋。"有旨意下来："太后有旨，金刀盔甲，不作先王之物，不须转换，只作狄青自用之物，卿家不烦过虑。"徐总兵领旨下殿，骑上花骢驹，雄赳赳手持丈八蛇矛，两旁战鼓震天，四围肃静。狄青金盔金甲，手执金刀，威风凛凛。有徐总兵在马上拱手道："狄王亲，小将徐銮奉旨与狄王亲比较武艺，望恕粗率。"狄青也横刀打拱道："请总戎大人指教一二。"言毕，放开架势，狄青飞动金刀，徐銮纵马挺枪，急架相迎。徐总兵虽然武艺不弱，怎当得狄青刀重力强，徐銮枪上一连三挡四架，枪如秤钩，手疼臂麻，兜转马道："难对敌也！"狄青一见，也不追赶，喜洋洋道："如此东西，也来胡混！"又大呼道："哪位出马？"当日三品班中，几员武将都在徐銮之下，见他交手，只挡招得三四架，自忖不用献丑，是以三品班中，无人出马。

庞洪等暗暗心慌，不道他一个小卒，有此高强武艺。这时只见二品班中，闪出一位带刀指挥，姓高名艾。年方四十上下，身长八尺余，脸如淡烟，丰眉环目，身穿黑甲，头戴乌盔，手提大斧。二人拱逊已毕，双双迎战。若论高艾本领，比徐銮高两倍，他由武进士出身，官升到指挥，二品之中，算他头等英雄，斯时恶狠狠飞动大斧，当头砍劈，狄青金刀急迎，二马相交，已有十余合。高艾气喘吁吁，招架不住，连忙退后，连呼："狄王亲果然厉害，小将无能了。"高指挥退归班内，不独潞花王与一众贤臣心悦，即嘉祐君也是蔼蔼龙颜，喜得此英雄小将，真乃寡人之幸。只有庞、冯、孙、胡众奸羞愧成怒，满面通红。又有长沙小将石玉，官居御史，欣羡狄青武艺高强，思量欲与他交手，见个高低，但思他一者是太后内亲，二者乃忠良之后，倘或胜了他，日后也不好相见，不如退步为高。

第十九回　御教场俊杰扬威　彩山殿奸徒就戮

不表石玉思筹，当有二品班中，见高艾已败，武将人人不敢出班。忽一品班中，跑出一员猛将，声如巨雷，此人乃九门提督王天化，生来青蓝面，头大腰宽，獠牙露齿，身长九尺，宛像唐时单雄信转生。这王天化乃庞洪心腹门生，已先奉着太师之托，今日要取狄青首级。他穿戴上金盔金甲，手执青铜大刀，坐下浑红点子马，飞奔而出，大呼道："狄王亲，小将今日奉旨比武，倘有妄动得罪之处，休多见怪！"狄青回称："言重，不敢当！小子武艺庸常，还望将军大人疏容一二，足领厚情。"王天化听了，冷笑道："休得谦言！"

当日王天化原自恃英雄无敌，故不将狄青放在目中，岂知被他金刀一撇，王天化在马上一连退后两步。想来他乃一少年庸劣之躯，没有什么狠勇，岂期如此厉害。当下使尽平生技力赛战，将青铜刀紧紧挥去，左右飞腾。那狄青见他第一刀架开，即一连两晃，知个无用之辈。但想来他乃官高职显，且相让一二。只是持刀一架一挑，并不回刀。当有潞花王见此，心中暗急：想来九门提督王天化，有名无敌大将，倘或狄青败于他手，母后定然不乐了。

当日不独年少藩王心头着急，众位老贤臣也人人惊惧，恨不能两边住手。石玉暗暗思量：狄青与王天化杀个平手，倘吾石玉出马，何难杀败这王提督。但比武场中，不可协助。斯时只有庞、冯、孙、胡四奸暗喜道：想来名不虚传，蓝面王你何不早早一刀砍下，取他脑袋，还要挨什么时候！此时，嘉祐王细细观看二人比武：想来狄青谅难取胜，倘有措手不及，就不妙了，母后怎肯甘休？想罢，即忙降旨鸣金，两位英雄方才住马歇手。两旁军校扛抬过大刀，二人相拱揖逊下马，二驹小军牵过一边。二人同到彩山殿上，两边俯伏，君王开言道："卿家的武艺均平，略无伯仲之分，今天比较一场，谁高谁下，不必认真。"即下旨命狄青受一品之职。狄青道："臣启奏陛下，今天亲临御教场，各献武艺，岂可不分高下？既不分高下，微臣焉敢受职？这事断然不可。"天子道："依卿主见如何？"狄青道："微臣之见，自然分个高低才是。"王天化暗想道：吾看狄太后娘娘面上，故不伤害你，岂料你不知进退，定要见个高低，这回只恐你性命难保了。嘉祐君王闻奏，也无主意，庞太师自言道：这小畜生焉能斗得过王天化，吾也明透了王天化之意，到底碍着狄太后怪责，故不敢将狄青伤害。如若不能断送狄青，枉你王天化平日称雄逞勇，也罢，待老夫唆动他来断送这小畜生，才得遂愿。即忙出班俯伏奏道："臣启陛下，从来比较武艺，定然见个高低。谅来王天化碍着太后娘娘面上，是以带着三分情，让过狄王亲。如今立下生死状，彼此有伤，皆不计及，方可再比。伏唯吾主准奏。"嘉祐君王一闻此奏，冷笑言道："金殿比武，不是阵中厮杀，岂可弄假成真？况二人武艺，一般骁勇，方才已见，如今何用再比，还立什么生死状？你存心将狄青欺弄，倘或狄青有甚差池，太后娘娘已有言在先，要在寡人身上赔交狄青，你可抵挡否？"狄青也暗言道：老奸贼，想岔了念头，吾无非逊让三分，他即疑我难胜王天化，故特来请旨立文书。若将王天化了决了性命，有何难哉！岂不是你这个老奸贼害了王提督？当时即出奏道："臣愿立生死文书。"天子未及开言，潞花王道："表兄，你知立了生死文书，万一有伤，母后定然与万岁吵闹，你因何如此痴呆不悟？"狄青听了，微笑道："千岁勿虑，我狄青虽死钢刀之下，全然与万岁毫无干碍，太后娘娘何得追究？且请陛下降旨，立了生死文书，以待微臣决个雌雄。"嘉祐君王道："贤御表弟休得狂躁，既然立了生死文书，倘被伤了，决无抵偿性命，寡人劝你受职为高。"狄青说得有些厌了，便高呼道："陛下，臣今日断不敢受职，如要受职，除非取下王大将军首级。"狄青此言，激得王天化怒气顿生，大言道："如若立了生死状，不断送你一命，誓不称雄！"登时蓝面涨成紫色，呼道："陛下降旨，立了生死文书，待臣再见个高下。"

当今只得准奏，内侍传取文房四宝即于殿下，各立生死文书，大意是：御教场中比试，即遇伤身，并无抵偿的原由。各立一纸，各觅一位大臣见证画押。王天化见证是庞太师，只有狄青见证没有一人书押填名。众王侯大臣想来，狄青本领怯于王天化，若做个见证，倘他被伤，太后娘娘追责，祸必连及了。别的事情，倒也何妨，只此等重大事，哪里有此呆人担当？众位大臣不约同心，故他见证无人。只有潞花王心急，带着怒容，圆睁双目，看看狄青，暗暗言道：世间有此执性呆人，圣上也如此思谕，不须再比，以受官爵，岂不现成的一品朝臣之贵。因何执性不依，实乃自寻死路。倘失手与王天化，只干连着圣上与孤家与母后淘气了。

慢言赵千岁心中烦恼，且说石玉想透机关，自语道："据我看来，狄

第十九回　御教场俊杰扬威　彩山殿奸徒就戮

青之技艺,远在王天化之上,方才见他所用刀法,乃是虚招浮架,并不发刀。察其情,又肯立生死状,定然很有本领,可胜王天化的。可哂[1]众臣无此胆量,做个证人,待本官与他做个见证也何妨。虽然狄青亲死于王天化之手,即太后娘娘执责,将我处决,无非将一命结交了此位英雄。"想罢,即出班见君王道:"陛下,臣石玉愿为狄王亲作证人,伏乞准旨书名。"嘉祐君王准奏,石御史即填名书押,乃复归班。这时有勇平王高千岁顿然不悦,双目注看石玉暗道:可哂贤婿为人,知识全无,倘然狄青被他伤了,连你也一命难保。当时意欲阻挡,无奈圣上已准旨,又书上姓名。

不表年老王爷烦恼,且说狄青得了证人,二纸文书,呈于龙案上,嘉祐君王对王天化道:"卿家须要谅情些,狄青乃朕内戚。"王天化道:"臣领旨。"王天化自语道:生死状已经立了,还有什么谅情的?

且说二人离了彩山殿,各自上马提刀,战鼓复响,九环大刀一起,青铜刀架迎,火光迸出,闪烁交加。二马飞腾,已有三十合,还未见高低。

若论王天化,也有千斤臂力,当日只因立了生死文书,取这狄青首级,故今舞动大刀,左右上下砍发,尽着生平技艺,相为比较。狄青想道:方才且让你三分,如今玩真了,让你不得,定要取你脑袋。即将九环金刀紧紧挥迎,杀得王天化只有抵挡之力,并无还刀之功,越觉两臂酸麻,双手振痛。正思量败走,却被狄青顺转刀口,向着王天化太阳斜半面劈下,叫喊得一声:"王天化!"只见王天化身分两段,跌于马下。狄青笑道:"王将军,小子狄青得罪了,伏祈勿责!"将刀一摆,下了雕鞍,庞太师等见了大惊,呆着双目。包公、石御史、众贤臣大喜,人人欣羡英雄武艺。

再表狄青身躯只得七尺余,王天化身有一丈之高,怎能从他上体劈下?只因现月龙驹,比王天化的浑红马高了三尺,故而两英雄原是一般高低。

当日劈死了王天化,各位武员将士人人吐舌摇头,哪里还有一人再敢出马。若云王提督身死,虽是庞洪挑唆,但他趋炎附势,混交奸臣党羽,身居重职,不思报国忠君,未尝无罪。而今一死,真所谓咎由自取了。

当下君王降旨,着狄青去了盔甲,更换一品朝服。狄青即称"领旨"。

---

[1] 哂(shěn):引申为微笑;打趣;互相揶揄嘲弄。

庞太师出班奏道:"臣启奏。"天子道:"庞卿有事,且奏上来。"庞太师道:"狄青虽云王家内戚,但未受正封,乃一子民,擅敢无礼,当驾前杀了大臣,应得有罪,未便赐其一品之职,望我王裁夺。"

不知嘉祐君如何处分,将狄青拟罪否,且看下回分解。

第二十回

将英雄实至名归　会侠烈情投意合

　　当下嘉祐君王听了庞太师之奏，未及回答，即有潞花王道："臣思比武者，各逞技艺，况有御前众臣，人人共见，立下生死文书，是乃铁案，断无异言。即王天化伤了狄青，亦不能加罪，老国丈不知是何居心，既唆言立生死状，何以出尔反尔。欲拟狄青之罪，则唆使立状者，其谁之咎？"天子闻言，点头开言道："御弟之言，明而更公，庞卿勿得多辩！"即宣狄青更换一品朝衣。当日天子英明，将庞太师面光扫尽，此老奸贼羞惭满面，呆呆不敢声辩。孙、冯、胡三人也恼得脸涨通红。狄青卸下金盔金铠，着人送回南清宫收管。九环金刀，送还王府收藏。狄青更换朝衣一品蟒袍，气象轩昂，俯伏君前。君王降旨道："钦赐御表弟平身，你有武艺奇能，即受王天化之职，勿得固辞。"狄青谢恩起来，排驾回銮，众文武随驾相送。君王又降旨道："恩赠用侯礼收殓王提督，世禄其子。"王天化夫人闻报，哀哀痛哭，满门老少，恼恨庞太师害了王提督。

　　不表收殓事情，却说潞花藩王手挽狄青同归王府，进宫朝见，太后娘娘好生喜悦道："难得贤侄儿年少英雄，今日已足抑尽众奸，可与先人争光，并为你姑母壮气。"

　　闲文少表，即日潞花王传旨，着令王提督家属人口限三天以内迁出衙署，以待狄王亲接印。新任提督先往呼延府拜见静山王，谢了前日赠刀除奸之情，复去谢韩琦叔父，然后拜望各位王侯大臣，并谢石御史于教场内作证。皆是款留酒宴，有的领，有的辞，不能尽述。

　　次日，狄青朝罢回来，又往拜包爷，谈论一番，不觉已交辰刻。包爷款留，狄爷不好推辞，叙间说起庞、孙翁婿二权奸，狄青道："未知缘何与晚生结此深仇？好教吾难以揣测。"包爷听了，微笑道："狄王亲，你还不明，据下官看来，不因别故，只为胡伦之父胡坤，他乃庞洪党羽，拜他门下，孙秀是以相助。如今朝中奸党成群，犹如蛆附蝇聚，焉有美虫。你前者伤了胡伦,下官看你是个有用英雄,又除民害,特此开释免究,故此贼怀恨在心。上日借着演武厅题诗为由,将你执责要斩,也是为此。"狄青听至此间,方觉醒悟道:"包大人明见,猜测不差。"包爷道:"王亲大人,下官想来,也要怪你。是你原有差处,当日也不该恃勇将胡伦打死。他虽犯法,害民不少,死有余辜,论理唯官吏可杀。若非下官知你是有用英雄,将你开豁,一经别官办理,定然依律偿命了。"狄青道:"这原是大人恩德。"包爷又道:"前日既奉命执金钻刀杀这孙秀,事已不成,缘何又力除狂马,使庞府家丁诱去,是你躁莽不知机之过。并且前夜大醉如泥,又要持刀往杀孙兵部,亦你之差。况子民杀官,事关重大,杀不成,又醉中被他拿下,这原是你少年心性轻妄,不谙事体。今既拘于官箴[1],以后须要切戒,方不误大事。"狄青听了道:"大人金石之言,多方教谕,晚生敢不佩服。种种提拔之恩,没世不忘!"包爷道:"休得言重,下官不过度理而言。即今你虽高官御戚,但庞老贼是圣上所爱之臣,宠妃之父,从不畏惧别人。官高势重,暗害明谋,人人怯惧,你宜时刻当心。"狄青点头应诺,又道:"敢问大人,这张忠、李义未知怎样处分。"包爷道:"下官原知二人亦是少年英雄,不愿他归入重典,只拟个误伤人命,断个缓决之罪。"狄爷道:"足见大人保赤之诚。"包爷又道:"比武之事,下官想来,可发一笑。"狄爷道:"敢问大人为何可笑?"包爷道:"笑这庞、孙、胡三奸,千般打算,厚交党羽,又唆使立下生死文书,欺你再无本事可胜王天化。这王天化乃武状元出身,故有千斤臂力,今奸党庞洪将你计算,反把王天化一命断送了。可笑这般奸党,空费心思,今王天化已死,反害他妻少无夫,子幼无父,也觉可怜。"狄青道:"包大人,不是我晚生夸能,倘有日捉得奸徒破绽,定然斩草除根。"包爷听了,只是点首称是,暗道:你虽是英雄,原是个鲁直之人。朝中多少能臣,也扳他不倒,初任的少年,虽有些志气,焉能即可办得来?当日谈论多时,重酌交酬已毕,狄青作谢而别,却归王府,别无多叙。

再说王提督夫人米氏,遵着潞花王钧旨,三天之限,衙署已迁清楚。择了吉时,狄青进衙内,有相得大臣多来作贺,衙役伶人数百恭迎,别

---

[1] 官箴(zhēn):旧时官吏们对皇上所进的劝告或劝戒。

有一番庆闹。

又表狄太后喜得狄青，惜爱他如亲儿一般。缘他是个将门之子，要将太祖金盔铠甲，赐赠侄儿，狄青推辞道："先王之物，为臣下者不敢动用。"太后又传旨照式造成盔铠一副，九环金刀一柄，又将血结鸳鸯一对，镶嵌在金盔左右。此宝能除诸邪妖物，刀枪箭石不入。狄青谢恩拜受。

却说石御史这日闲坐衙中，想道：我与庞洪有不共戴天之仇，父亲一命，被他暗害。又想上年与母初至汴京，屈指光阴又已一载，早经送母还乡，托了姐丈夫妻二人代本官承欢膝下，略觉无虑。但思去秋与母亲分别，到了汴京，寻觅父亲，中途困乏，后来得授御史之职。可恨庞老贼伤吾父亲，未知何日得雪深冤！不觉为官一载，毫无成就。又想这奸贼又与狄青作对，不知为甚因由？前数天狄青比武，这些武将都不是他对手，又伤了王提督，当日老奸臣满面愁容，定然二人合谋暗算狄青，故请旨立生死状，亦是此意。吾自幼习武，多言本官狠勇，岂期又出一狄青英雄，不在吾下。但我二人都是庞洪眼中钉，况狄青乃狄太后一脉之亲。上日他来拜望在先，前日因他在王府中，不便答拜，如今已归署所，不免前往答谢他。

当日石郡马端正衣冠，高乘银骢白马，十六对家丁拥护相随，一时来至提督府门，急令人通报进内。若照官规，自有尊卑之叙，狄青因他是勇平王之婿，又曾与自己作证人，是个义侠之辈。况御史与提督，文武不相统属，吩咐大开中堂门，恭身迎接进后堂。分宾主坐下，叙说寒温一番。复提及庞太师，石爷道："那贼是个弄权不法的大奸臣，不知何以与王亲大人作对？乞道其详。"狄爷将包公忖度胡伦之事，一一说明，御史听了，微笑道："这老贼好没分晓，为着他人事情，将这个冤家担在自己身上。但思王亲虽是英雄之汉，怎奈庞贼阴谋狠毒，甚于蛇虎，倘被他暗起波澜计算，难出奸臣圈套，这便如何是好？"狄爷听了冷笑道："石大人，庞洪奸谋，吾也早为防备，且削除奸佞，此志不忘。"石爷听了，点头道："倘然如愿，本官也感大人之恩。"狄爷道："郡马何出此言？"石爷道："一言难尽！"即将庞洪陷害父命，此仇未报，细细说明。狄爷听罢，说道："原来郡马也是有心人了。"石爷道："狄王亲欲削除奸佞，只消请了太后娘娘懿旨，何难削除庞贼众奸佞乎？"狄爷道："哪里话来！

若靠了太后娘娘势力，将人压制，则尽可杀人不偿命了。此言说来恐被人哂笑。难道庞贼就没权势倾消的日子吗？"石爷听罢，自觉失言没趣，即道："足见狄王亲丈夫气概，下官失言了。"登时告别。狄爷道："下官出言狂妄，莫非郡马大人见怪？"石爷道："非也，莫逆之交，岂因言语芥蒂？"狄爷道："如不见怪，再请坐片刻，奉敬数杯薄酒，略表敬心，然后回府如何？"石爷道："不敢叨扰，后日再领情，告辞了。"狄爷殷勤款留不住，只得送别了。

石御史回到府中，心想狄青原是气度清高之英雄，只因吾思报亲仇，心急口快，不觉失言了。

不表石爷赞美狄青志量宏高，心中敬爱，且表狄青闲中无事，思量身仕王家显贵，想出几条心事：一者撇不下生身之母，未知死活存亡；二来抛不下张忠、李义两英雄，自万花楼一别，吾今日已身荣安享，他们还在牢中受苦，不知何日得出？吾一心还期安邦定国，扫除佞贼，灭尽内奸，方遂吾志。

不表英雄思念，却言狄氏娘娘，这天心中大悦，只因想起：姑侄重逢，狄门香烟有靠，追思往事，如同梦境。自离故土，已经二十年，南清宫内身作王妃，生了王儿赵璧，未及半载，陈琳救得太子进宫，八王爷收育为己子，抚育一十六年。自太子一经救出，即晚碧云宫即遭焚毁，可怜李后遭难，只落得刘氏太后安享逍遥，当今王儿哪里得知真情，认仇人为嫡母。数载之后，八王爷殡天，又经数载，先帝真宗得胜还朝，不一载亦驾崩，立太子登基嗣位，至今二载。老身今已安享大福，但心牵故土，难得今日姑侄重逢。喜得侄儿虽然年少，生来烈烈英雄，心性清高，不肯无功受禄，自要教场比武，立下生死状，令人惊心。岂料他自有本领，伤却王提督，目今已受一品高官，但未成配，须要寻觅贤淑娇娥匹配，重整先人庙宇坟茔，振作家声，方不负侄儿显贵，也完了我的心愿。但连日不会侄儿，心殊怅怅，不免宣来，谈谈此事便了。顷刻即传懿旨。狄青闻召，端正衣冠，来至王府内拜见。太后娘娘心头怡悦，一旁赐座。内监递过龙井茶一盏。狄太后开言道："侄儿，你父弃世，母子相依，又逢水难，你得仙师搭救，但母亲未知生死，你今思念否？"狄青道："提及吾母，使吾心更为悲切，一自耽搁仙山七载，日日思念母亲。但想当初身入波涛之内,怎得复有人相救,想来娘亲定然不在世了。"狄太后听了,不禁心酸下泪,不语半晌,叹道:"贤侄儿,你今已身荣一品,无如故居府第,先祖庙宇坟茔,被水坍塌,已成白土,今须重整门墙为是,未知侄儿意下如何?"狄青离位道:"姑母大人训谕,敢不如命!"太后道:"虽然如此,但你乃一武员,哪能抽俸办理,待吾发出黄金四千两,差两名得力官员,前往料理可也。"狄青谢道:"姑母大人费心。"狄太后又呼道:"贤侄儿,为姑母还有要事说与你知,你今年少,官居一品,无如内助尚缺,待吾与你细选贤淑作配,以主中馈便了。"狄青道:"姑母此说,且慢酌量,待侄儿觅得母亲着落,如若她果不在世,便终身不娶了。"太后听了摇首道:"如此是痴儿了!枉你是一英雄汉子,理上欠通,你不闻不孝有三,无后为大。人子岂能斩绝宗支!即你母亲不在阳世,亦要继后传流,愿你今日听信吾言,倘得你香烟有赖,吾做姑母的复有何忧?"狄青道:"谨依训谕金言。"

谈言未毕,潞花王已至内宫,表兄弟相见,欣然喜色。叙礼复坐,谈论一刻,设筵对酌,欢叙间已是红日西沉。狄爷吃酒至半酣,用过晚膳。狄太后恐防侄儿酒醉糊涂,又往外厢生事,故只打发随从人等回衙,将狄青留宿王府。次日饭后,狄青方拜别太后娘娘,又辞过潞花王,回至署中。后来狄太后择了吉期,发出黄金四千两,文武官两员,径往山西西河修建坟茔第宇而去。不关正传,不须详言。

不知后文如何交代,且看下回分解。

第二十一回

荐解征衣施毒计　喜承王命出牢笼

话说左都御史胡坤，前者儿子胡伦死在狄青之手，反被包公将他开释，几次杀他不成，如今又是狄太后内侄，当今御戚，官封一品，哪敢动他。一天孙兵部与胡御史，并车排道，来见庞太师，计议一番。庞太师定下一计，道："胡贤兄与贤婿，不必心烦。老夫想来，杨宗保一连数本催讨征衣，已经赶制完成，定本月十五日起运。且待老夫保奏狄青做名正解官，那石玉小畜生，也是容他不得，保荐他为副解官，好将两条狗命，一刻倾消。"孙秀道："岳父大人，解送征衣，如何害得他二人性命？"庞洪道："贤婿未知其详。前仁安县王登有书到来，说他金亭驿舍中有妖魔作怪伤人，王县丞乃老夫的门下，待吾修书一封，托他照书而行，这二畜生还不中计么？"孙秀未及回言，胡坤道："石玉曾斩过白蟒怪蛇，狄青曾降伏龙马，这两名奴才何曾畏惧什么妖邪？倘然此计不成，也是枉然。"庞太师冷笑道："我此计不成，还有奇谋打算，修书一封，寄交潼关马总兵。此人名应龙，是吾心腹家丁保升的，一见了老夫的信，岂敢迟误。教他如此如此，他不在仁安县死，也必在潼关身亡，你等思此计妙否？"孙秀、胡坤听了大悦道："此计大妙！"登时二人告别。

到了次日，庞太师奏知圣上道："三十万军衣，已经制备完成，唯缺能员押解。臣遍观满殿文武，皆不可领此重任，唯狄王亲、石郡马智勇双全，此去可保万全。乞吾主准奏。"天子旨下："依卿所奏！"即旨召二英雄至金阶，朝谒已毕，旨命钦赐平身，道："二位卿家，只因边关杨元帅催取军衣，以应急用，三十万军衣已经赶齐，唯缺英勇解官。兹有庞卿保荐二卿解送征衣，狄表弟为正解官，石郡马作副解官，不知二卿可往否？"狄青一闻此旨，想道：又是庞洪用的奸谋，吾今若不领旨，被他笑我无能，没此胆量。解送军衣，也非难事，即差吾往边关破敌也何妨。想罢，即奏道："臣无尺寸功劳，身受陛下之恩，不啻天高地厚，敢不遵旨而往。"天子又道："石卿之意如何？"石玉想：狄青已领旨，本官岂得推辞？即奏道："国家有事，臣下自当代劳，臣何敢忤旨？"天子又道："狄卿，解送一事，律有限期，限一月解至。如违一天，打军棍二十，如误两天，耳环插箭，若三日不至者，随到随斩。这是军法无情，将在外，君命有所不受，杨元帅执法，即寡人也不便讨饶。卿家二人也须立定意见，可行则行，不欲前往者，待寡人另派差官解送。"数句言词，乃圣上暗点狄青勿往之意。岂期狄青会意差了，想：圣上也用反激，但我有现月龙驹，不消半月可至，有何惧哉！即奏道："臣愿遵定限期，如若违误，甘当军法！"天子道："倘卿果误了限期，杨元帅执法无情，必然处治，母后定然着恼，即朕也不安。"狄青道："臣既不误限期，难道杨元帅还要执法吗？"天子听了，舒颜点首道："传旨与兵部，挑选三千锐兵，备下文书旨意。且待调回招讨使曹伟，为后队进发。"当时狄青又想：李义、张忠二人尚留于囹圄之中，不如趁此机会，奏明圣上，将他二人释放出狱，庶不负当初结义之情，又得同伴前往，有何不妙？即奏道："臣启陛下，臣未遇之时，与张、李二人在酒肆中饮酒招灾，误伤了胡公子，曾经包待制判询明白，发于狱中。但误伤人者，原无抵偿之律，二士虽系小民，但武艺超群，不在臣下，当初结义金兰之日，许以患难相扶。伏乞陛下开恩，旨赦二人，与臣共往边关，以防路途险阻，或可将功抵罪。"圣上准奏，即命包拯询明定夺。是日退朝不表。

单提狄爷回衙，坐下未久，有内役禀知石郡马拜访，狄爷闻言，即开中门迎接进内，分宾主坐下。只因二人乃年少英雄，情投意合，今者又共往边关，故石爷特来拜望。当时二人见礼已毕，石爷道："狄哥哥，吾料庞洪荐吾二人解送军衣，谅非好意，须要提防小心。"原来石玉年长狄青三岁，只因狄爷是王家内戚，故有少长兄弟之称。狄爷微笑道："虽然庞贼群奸，设了奸谋，难困吾英雄之汉。贤弟，你若介怀畏怯，吾自抵挡。"石爷道："哥哥，说哪里话来？小弟岂是怯弱卑劣之夫，如惧彼奸谋百出，吾亦不愿在朝为官了，一心还要报复不共戴天之仇呢！"狄爷听了，点头道："足见英雄胆量，如今须早打点动身。"石爷道："这也自然，还要请问，方才启奏，这张忠、李义的缘故，请诉与弟知。"狄爷即将与二人结义，在万花楼上打死胡公子之事，一一说知。石爷听了，微笑道："哥哥既然结交两位生死兄弟，理当救出牢笼，及早关照包大人，好教他复奏圣上。"狄爷大悦道："贤弟高见不差。"时交中午，狄爷款留，双双持盏欢叙闲谈，一言难尽。

酒膳已毕，石爷谢别，随从多人回府，内有彩霞郡主动问丈夫："未知圣上相宣何事？还祈达知。"石爷道："郡主未知其详，只因庞太师这奸贼，在圣上驾前，荐举本官与狄家哥哥，解送征衣往边关应用，故有旨宣召。"郡主听了，登时不悦道："君家，你今领旨否？"石爷笑道："君王有命，为臣岂得推辞？"郡主道："君家，你可知庞贼奸谋狠毒，当时已把老公公谋害了。如今又妒忌你为官近帝，犹恐君家要报复父仇，是以平地立起风波。今荐你往边关，定然差心腹人，在前途等候暗算，要斩草除根，如何去得？"石爷道："郡主休得多虑，本官与狄兄乃是英雄烈汉，岂畏庞贼诡谋？今既领旨，岂容推却？即赴汤蹈火亦所不辞。郡主何用挂牵！但愿平安回朝，夫妻再叙。"当时郡主花容惨淡，眉锁不开，咬牙切齿，大骂奸贼，只得将此情由上达双亲。高王爷闻得此言，心头大怒，郡太夫人气愤不过，骂道："庞贼，万恶奸刁，千刀万剐，不足尽其辜。贤婿在朝，吾得相依，今又使什么奸谋，荐他前往边关。吾年老夫妇，只有一女，贤婿此去，吉凶未卜。倘被奸臣害了，倚靠谁人？"勇平王也是一般愁闷。

慢表高爷不乐，再言狄太后娘娘，心中烦恼，即日宣至狄青，开言唤道："侄儿，缘何全无主见，只听奸臣调弄？况今隆冬在即，朔风凛冽，大雪纷飞，倘然风雪将侄儿阻挡，违误限期，杨宗保军法如山，岂认得你是王亲国戚，定然受亏了。教吾不胜挂念，不免待吾打发王儿伴汝同往。"狄青道："姑母，休得挂牵，侄儿有此龙驹，一月光阴，也能转回。"太后想起侄儿乃是鲁直之人，即道："你一人自然仗了龙驹，一月可以回来，只今三千兵丁，难道都有好坐骑么？侄儿还是不往为妙。"狄青道："吾乃烈烈男子大丈夫，些些小事，看得甚为平常，管教此去，即月回朝，毫无阻碍。"狄太后想道："侄儿乃是执性的硬汉，须由他去，只命王儿伴他同往。"原来太后爱惜狄青，一来惧庞洪暗算，二来恐他耽误了限期，杨宗保执法无情，故要潞花王同往，可保无碍。此是妇人情爱之见，岂期狄青看得不甚介意，再三推辞。潞花王道："倘果然误了限期，杨元帅

第二十一回 荐解征衣施毒计 喜承王命出牢笼

岂肯谅情，况且又是庞洪所荐，不知他又玩用什么阴谋？莫若待弟伴你前往，方可无虑。"狄青听得厌烦了，即言道："姑母娘娘，侄儿性命只付于天，或死或生，自有定数。若仗姑母千岁势头，压制别人，反被群奸哂笑，非为丈夫。"说罢，辞别娘娘，回衙去了。

当时太后娘娘想下一个主意，即传懿旨，往天波无佞府，宣召佘氏老太君。旨下，佘太君不敢停延，即离天波府驾銮车径至王府，恭朝太后，三呼行礼。狄太后命宫娥扶起，赐座于旁，佘太君开言道："不知太后娘娘宣召，有何懿旨？"太后道："劳太君到来，只因侄儿狄青，小小年纪，初仕朝廷，不知厉害，领了当今之令，解送军衣前往边关。但此去只愁关山险阻，雨雪连绵，违却限期，只恐令孙执法森严，有干未便。"佘太君听了道："原来娘娘为此挂怀。何不先传懿旨到边关，吾孙儿怎敢违却？"太后道："吾的旨意，不如太君的手书更有效力，故而请你到来商议，由太君作书一封，由吾侄亲投与令孙，即便途中耽搁几天，也无妨了。"太君道："折枝小事，有何难处，待臣妾就此修书。"太后大喜，即唤宫娥取到文房四宝，佘太君举笔，大意只言："狄钦差领旨解送军衣，因他是太后娘娘嫡侄，狄门继后一人，倘然违了日期，须要看太后娘娘金面，从宽不究，凡事周全。"书罢，送与狄太后，太后看毕，欣然喜悦。当日佘太君不曾带得图印，立即差人到天波府取了珍藏印鉴，打上封面。太后娘娘收藏过，即排宴相待，佘太君领谢了，少停回归天波府而去。

话分两头，再说狄青是日打道亲自去见包公，只为张、李弟兄，商请包公明察，从宽复奏之意。包公道："下官原知二人可为武职，今得狄王亲奏明圣上，下官可以从宽复旨。但王亲此去，押解征衣，是庞贼荐的，谅有奸谋，路途须要提防。倘然途险阻隔，误了批期，杨元帅执法无情，不认你是王亲国戚，定然正法不饶。如今下官预修书一封，你且带在身旁，倘违了限期，关中有礼部文员，此人姓范名仲淹，可将此书投送，自有照应。"狄青领书称谢，登时告别回衙。

次日，包公上朝，奏明圣上道："张忠、李义二人，果无抵偿之罪，实乃误伤人命。二人现仍禁狱中，等候圣旨，再行释放。"圣上道："胡伦既是跌扑而死，焉能牵连张、李二人抵罪，今准狄青之奏，恩赦二人，护从押解征衣，将功抵罪，回朝赏劳升职。"包公领旨。当时气得庞、孙、胡三奸咬牙切齿，深恨包公开释二凶，料想狄青先奏明二人护解征衣，再奏圣上恩准。当日退朝，有包公回衙，释出张忠、李义，二人拜谢包大人，包公言道："狄青是太后内戚，今已官居九门提督，你二人是他保奏出狱，可到衙门拜谢。"二人听了，喜从天降，拜别包大人，一路飞奔提督衙门而来。狄爷忙吩咐两旗牌官，引进二人，沐浴更衣，然后进了中堂。三人晤会，彼此欣然。狄爷道："二位贤弟请坐。"张忠道："如今哥哥是王亲大人了，我们何等之人，焉敢望坐？"狄爷道："此言差矣！想当初结义之时，各愿苦乐相均，患难相济，岂料祸生不测，致二位贤弟身禁囹圄之中，为兄非但不能同患难，亦不能早为解纷，今始脱罪，伏望贤弟大度海涵，不怪愚兄。"

不知张、李二人听了如何回答，且看下回分解。

第二十二回

离牢狱三杰谈情　解征衣二雄立志

当下张忠、李义闻言打拱道："哥哥，你说这样话，使弟羞赧无托足之地了。"狄爷道："二位贤弟，既不见罪，且请坐下。"二人欣然落座两旁，内役献茶毕，二人一齐动问道："难得哥哥一朝平步青云，古今罕及。自从包公堂上别离，只道今生难期再会，但不晓哥哥如何一朝荣贵，还祈告知。"狄青道："言来也觉话长。"便将投在林千总处当步兵，后被孙秀迫害，幸来五位王爷救脱。最后又说了呼延千岁赠刀杀奸之事。二人道："哥哥，当日千岁赐你金刀，未知你有此胆量否？"狄青道："我自愿往，只恨杀贼不成。"张忠道："不杀这奸臣，既非英雄汉，又徒然负却静山王之心！"狄爷道："二位贤弟，有所未知。"便将力除狂马，得李继英通线逃难于韩府后园，韩琦引入王府，收服龙驹，得认太后娘娘，至比武得官之事说了。张、李道："哥哥，你既是太后娘娘内侄，如今岂惧庞、孙众奸再使刁滑？"狄青道："众奸臣须奈何我不得，但他狠毒之心未已，不知他又生什么诡计，在君前保奏我二人去解征衣。"张忠道："这奸臣定必又生恶毒计谋了，未知你今领旨否？"狄青道："二位贤弟还未知么？今日虽是庞洪恶计多端，押解军衣，乃圣上所命，如辞旨不往，一者逆忤君上，二者被庞洪哂笑，说我无此志量。若畏惧他奸谋算计辞旨不往，非为丈夫也。"张忠道："哥哥此话，言来有理，你还要何人同往？"狄青道："愚兄为正解官，有御史石郡马为副佐。"张忠道："如此，我们也要随从哥哥一同前往了。"狄青笑道："贤弟，只因你二人坐禁牢中，愚兄无日不思，故借此为由，保奏你二人出狱，随同押护征衣，将功消罪。同到边关，见机而作，立些武功，有何不妙？"二人听了道："哥哥高见不差。"狄爷道："我还有句衷肠之话，在别人跟前并不说出。"李义道："哥哥有何要话？"狄爷道："目今西夏兵犯边关，曾闻兵雄将勇，杨元帅前日有本回朝，求讨救兵，目今难以退敌。不是愚兄夸张，不独杀退边关围困之兵，即领旨往征西夏，亦不是难事？"张忠道："哥哥，如此说来，你却愚！"狄爷道："何愚之有？"二人道："你何不即于驾前，请了旨意，前往征西，显些本事与庞洪众奸看看，有何不妙？"狄爷道："我若在驾前请了旨意，也不稀奇，待我押解征衣到得边关，即在元帅帐中，也不说明。且到那时见景生情，率领兵马大破西夏，方使庞洪众奸畏服。奏凯还朝，乘机将奸党除灭，朝中方得安静。"张忠听了奸臣二字，不胜气愤道："哥哥，你前时被奸臣陷害，险些遭害。死中得活，哪里还待得及奏凯班师？小弟也甚容他不得，倘哥哥许假三尺龙泉宝剑与小弟，若不将庞、孙、胡三奸首级拿来，即将自己首级献上。"旁侧李义冷笑道："张哥哥，你且忍耐些，休思动凶。方得身脱牢灾，又思闯祸，倘若再犯时，脑袋不保了。"张忠道："三弟，虽然如此，但这些奸党令人一刻也难忍性子的。倘若杀得三人，万死不辞，并无反悔。"狄爷道："张贤弟可知今异于昔，也须耐着三分性儿。前日身为百姓，一口一身，虽然死活，有何干碍？你今刺杀了奸臣，不独自身有罪，追究起来，愚兄亦有干碍，何能到边关去？不若权且忍耐，奸臣终有败露之日，到时削除，岂不得当？"李义连声称是，张忠默默不语。当日狄爷吩咐排开酒宴，三人持盏，言谈之际，李义想起周成店主银子未曾交付，乃言道："周成店主之事，如何料理？"张忠道："不暇计及此事了。"

闲文不表，到了九月初八日，准备了三十万征衣，车辆满载。正副解官领了批文，张忠、李义押管三千兵丁车辆粮草悉备，随从二位钦差，拜别忠良，不辞奸佞。有韩爷将书一封，付交狄钦差，此书投送与打虎将军杨青，因和他有同乡之谊，见了来书，自有照应之处。狄爷作谢，将书收藏，复进王府，拜别潞花王母子。狄太后闷闷不乐，付交佘太君家书，又嘱咐道："侄儿，你虽乃少年英雄，只是程途遥远，苦冒风霜，进退小心，休得莽撞。渡水登山，非比在朝安逸，务要倍加提防。庞奸贼众党阴谋设陷，定有此事，也须时刻当心。交卸了征衣，更须早日回朝。"狄爷跪受姑母娘娘训谕。当日潞花王吩咐安排酒宴饯别，弟兄对酌闲谈，无非话别一番，不用烦言。宴毕，拜别太后母子，来至教场，三千兵丁顶盔贯甲，早已伺候。

且说石御史拜别岳父母和彩霞郡主，也是一番饯别叮嘱之辞，不表。

第二十二回　离牢狱三杰谈情　解征衣二雄立志

即时高昂骏马,已至教场。狄爷有众人书信照应,这石玉并无一书,只因狄青是正解官,石玉是副解官,正解无事,副佐亦无碍了,故石玉无人付书。

当日狄钦差带上金盔,内藏宝玉鸳鸯一对,闪闪发光,手提金刀,左插狼牙之袋,右悬锋利龙泉剑,骑上现月龙驹,真乃威风凛凛。石御史头戴银盔,坐下白龙驹,霜雪铁鞭,分插左右,手捧长枪,也是浩气昂昂。即那张忠、李义,虽无官职,也是顶盔披甲,高坐骅骝[1],押了车辆。炮响三声,旗幡飞动,离却王城,所至地方,官员都来迎接。非止一天行程,且按下不表。

且说庞洪一心图害两位栋梁小将军,早数天,差家人送书一封与仁安县,一书送与潼关马应龙总兵。

不表庞洪暗害,再说河南陈州,一连数载遇饥,地方遭劫。至第四载,更倍加饥馑凄凉,粒米无收,百姓被饿死者,填盈衢道,贫困者十不存三四,县官详文上司,是日本折进朝,君王览表,方知陈州饥馑,问治于群臣。有枢密使太师富弼奏上君王道:"老臣当日曾任职陈州,当地土豪奸恶甚多,诡谋百出,每有积聚不粜[2]者。那地方官只图贪酷,焉有为国安民者?致强恶日增,用财可以买法,即丰稔之年,粮米也不轻粜。此事必须包待制往陈州,赈济饥民,并收土恶,有粟之家,自然出粜,虽年不丰熟,而良民自得食了。"君王闻奏大悦道:"老卿家荐得其人,可谓为朕分忧。"即降旨包公往陈州开仓,赈济穷民,御赐龙凤剑一口,不问文武官员,如有不法,任凭施行处斩,然后奏闻。包公领旨,拜辞同僚文武官员,限日登程,也且不表。

再说仁安王县丞,接得庞太师来书,观毕,即赠来人白金二十两,以作程途费用。这仁安县金亭官驿中,前年传说出一妖魔,众民沸扬,远近惧怯,即汴京也有知者。只日午中有胆识英雄方敢进内,至晚间,连驿外近地,也没人行走。当日王登依了庞太师吩咐,一心要害狄、石二位钦差,心想,二人即被妖怪吞了,也非我之立心,纵然上司追究,

---

[1] 骅骝(huá liú):赤色的骏马。
[2] 粜:卖出(粮食)。

庞太师来书说，自有他一力担承无碍，还要升我官职。即差唤人役数名，将金亭驿扫得洁净无尘，铺毡结彩，四壁熏香，以待安顿钦差大人。当时衙中人役多有一番议论，内有胆小者进内洒扫，吓得胆战心寒，但迫于上人之命，不得不然。众役人道："王老爷好生大胆，此驿妖怪厉害，屡说伤人，倘或钦差大人也被伤了，这还了得。况二位钦差势头甚大，天子内戚，追究起来，焉能保得性命。倘有干连，我们也有不便之处。"当时议论纷纷，果有胆小的几人也逃走了。这且按下不表。

那仁安县王登，天天等候钦差大人，在驿外平阳大地，安排营帐，安顿兵丁。另设空场马厂。众武员束备戎装，弓箭马匹齐备。是日，忽报二位大人到了，文武官员齐迎跪接。王登跪请二位大人下马归驿，然后安顿兵丁。当日二位钦差同进了驿，齐揖见礼坐下。狄爷下令驻兵驿外，张忠、李义押管兵丁，小心巡逻征衣，在此留宿一宵。仁安县与众文武回衙，不必在此伺候。号令一下，炮响连天，安了营帐，二位钦差卸下盔甲，穿了便服，十六名壮勇铁甲军，乃随身亲役。

当时日落西山，驿内灯烛辉煌，文武官员早备酒筵，款过二钦差毕。狄爷道："石贤弟，吾观此驿，一望荒寒野地，吾二人且不安睡，明早提早赶路。"二人同志，你言安邦，我言定国。时交一鼓，更锣响敲。石爷道："哥哥，不觉说话之间，已是一更时分了。"狄爷道："贤弟，吾与你离别汴京，到此已有八九天了。吾恨不能早到边关，交卸了征衣，方得心头放下。"石爷道："小弟也是这个主意，但未知此去三关有多少路程。倘然违误了限期，杨元帅定然着恼了。"狄爷道："贤弟，这也不妨，即误了数天限期，尚可谅情，杨元帅未必见罪，自然无碍了。"石爷又道："哥哥，你看月色好光辉也！"狄爷道："贤弟，今夜月明如昼，地上如霜，曾记得八月中旬夜事，南清宫内后花园，称言有怪，岂知乃龙驹出现。愚兄得会太后娘娘，亲人团叙，犹如天上月缺而复圆，真乃光阴迅速催期快，而今又是阳春天了。"石爷道："因你之言，小弟却也想起，去年，也是中秋月圆之夜，有白蟒精变化人形，在勇平王府内摄去彩霞郡主，当时已将郡主拖入蟠云洞中，高千岁着急。是日小弟初至汴京，寻觅父亲，贫困如燃眉之急，故弟领旨，探其穴，进其巢，与怪物争持，刀斩蛇妖，把郡主救回府中。勇平王大喜，将郡主匹配了小弟，又奏闻圣上，加封

第二十二回　离牢狱三杰谈情　解征衣二雄立志

官爵,瞬息间已是一秋多,真乃光阴似箭,日月如梭。"狄爷闻言,长叹一声,也想起困乏遇张、李弟兄时苦处,因道:"世间凡事原难料,富贵穷通只在天。"

二人言谈之际,不觉二鼓初敲,登时一阵狂风吹来,呼呼耳边响亮。弟兄二人立起,四围一看,十六个亲随壮军也觉害怕。石爷道:"哥哥,此阵狂风,非正风也。"狄爷道:"贤弟,你看此风又起了。"果然一阵狂风,已将灯烛吹灭。二人默想其故,此风打从东北上吹来,明知是怪风,是时各拔出佩剑,向东北方定睛一看,里厢并无一物。只是月光皎洁,耳边仍是呼呼响亮,吓得十六名铁甲壮军呆呆发抖。狄青大喝道:"本官二人在此,妖魔敢来作祟!"正在呼喝之际,但见远远射出白光一道,跳出一雪亮人身,高约丈余,皱口攒眉,上身短小,下身尖长,飞奔而出,向石玉跟前跳蹿。石爷呼道:"哥哥,此物莫非又是白蟒精么?"言未了,见此怪扑来。石爷大喝一声,挥剑砍去。只见一道白光。

不知此物是何妖怪,且看下回分解。

第二十三回

现金躯玄武赐宝　临凡界王禅收徒

　　当时石爷大喝一声道："逆畜休得猖狂！"即挥动龙泉剑，光射寒霜。此刻人妖争敌，兵刃交加。狄青意欲上前帮助，思量且试他武艺如何，如若怯于怪物，然后相助未迟。当时石玉飞剑斩去，只见白人且斗且走，诱他至庭心。石玉一步步追出庭前，又闻狂风大作，只见两扇后门大开。前面妖人飞奔出外，外厢一带空荒，周围全是荒野。忽妖人口出人言，喝道："石玉，你既逞强，好胆子，敢出外见个高低么？"石玉大喊道："吾来也！"即飞奔走出内厢。狄爷笑道："真乃有胆量英雄也！"高声接道："贤弟，休得放走了妖魔，吾来助你。"即大步飞跑，手持宝剑，出至庭心，登时一派白光射目，两眼昏迷。即听得有人说道："狄大人不可出外。"狄青举目一看，只见一人乘着祥云，身高丈余，披发仗剑，半离地上，约与檐高，阻住去路。狄青喝道："你莫非是妖怪？"此人言道："非也，我乃北极玄武圣帝，今夜贵人在此，特来一会。"狄爷听了，惊疑不定，细看一番，开言道："或者你是妖魔，敢冒圣帝，也难分辨。"那人道："狄大人何必多疑？我乃北极玄武圣帝，只因部下神将思凡。目前俱已流入西夏，侵扰炎宋二十余载，全赖范、韩、杨、狄四人，韬略宏深，振抚西夏，保邦安民。兹有两件法宝付你，此宝名'人面金牌'，如遇西夏交兵，急难之时，将此宝盖于脸上，口内念声'无量寿佛'，自然使敌人七窍流血。这小小葫芦，内藏七星箭三支，如逢劲敌，危急之时，发出一箭，其捷如风，敌人立即死亡。今赠你二宝，今后你一生建立功劳，安民保国，赖此二物，须谨细收藏，勿得轻亵。倘成功后，二宝仍要收还。"当下狄青听了，满心大悦，双手殷勤接过，细看人面金牌，倒像孩子们玩耍之物，只是金光闪闪。

　　葫芦内三支七星箭，细细看来，约有三寸余长，两头尖小，锐利非常，霞光炎炎冲起，方知宝贝之妙。看毕，将二宝收藏皮囊中，跪伏尘

第二十三回　现金躯玄武赐宝　临凡界王禅收徒

埃,叩谢。圣帝吩咐道:"不须多礼,但叮嘱之言,还须谨记。此去多灾转福,遇难成祥,不烦多虑。"狄青道:"谨遵圣帝法旨,但小子还有义弟石玉,追拿怪物出外,未知吉凶如何,再求指示。"圣帝道:"此非怪,乃变形化物,石御史追赶,终无碍的。唯去而不返,难以相见了。"狄爷道:"石弟去而不返,怎生复旨?"圣帝道:"日后自然重逢,不必介怀。"当时圣帝使起神通,袍袖一展,高起祥云,香生馥馥,霭射飘飘,光华冉冉而去。狄爷下拜,殷殷礼毕起来,当有十六名壮军跑至,启禀道:"狄爷,方才石大人追捉怪物,还未见回来,请大人定夺。"狄青一想道:圣帝虽然如此吩咐,吾若不往追寻相助,非是弟兄手足。想罢,即跑进内厢,岂知四壁围墙,无路可通。狄青四下一看道:"奇了,方才见有门户一重,今如四围全是墙壁,故圣帝预定天机,言石弟日后自有相逢。也罢,如难以追寻石弟,亦是无可奈何。"只得坐下呆呆思想。

且说白人在前,诱石玉且战且走。石玉不肯轻饶,高举宝剑,大喝:"怪物哪里走,还不早现形迹!"趁着月光如昼,紧紧追去,不知有多少程途了。妖人复兜转步来,喝道:"休赶!"持棍当头打去。石玉哪里畏怯,持剑砍去。白怪急忙闪开,石玉飞进数步,剑如雨下,怪物架挡不及,将身一低,在地一滚,团团而转。石玉细细看来,不觉自笑道:"奇了,只言此物是怪,却原来两柄三尖枪!"即拾起来舞动。只见霞光闪闪,与月争辉,心中喜悦,连称:"妙妙!今夜幸运,皇天赠赐宝枪,不免叩谢上苍,然后回见狄哥哥。"石玉正思下跪,又闻香浓拂拂,云绕当空,一位仙翁乘云而下,五绺长髯,微笑道:"石贵人,你今虽得此神枪,只缘枪法未精,还不见你之英雄,怎能保国安民?不如拜贫道为师,再要授你兵机武艺,练习精通,才能建立奇功。你如不信,待我试演双枪之法,与你看看。"石玉道:"仙师肯教习,乃深幸也,且请试双枪一观。"言毕,遂将双枪与仙师。只见他大袖一展,枪起时左旋右转,宛似蛟龙取水,又如燕子穿梭。石爷呆呆看着,果见枪法精通,迥异寻常。试毕,呼道:"石贵人,观枪法如何?"石玉一想:也觉怪异,不通姓名,居然认识我之姓名,料是位有道仙翁。又见他枪法神奇,即道:"愿拜仙长为师,但今有王命在身,不能违误,待到了关边交卸征衣,然后拜从习艺。"道人道:"我非凡人,乃王禅也。如你到边关,决无此机会的。即夜可随吾去。"石爷道:"今夜断难从命,我奉旨解征衣,杨元帅有限定之期,倘违定期就不妙了。"道人笑道:"小小事情,不必过于介怀。"语毕,口念咒词,将枪尖挑起顽石二段,忽化作一对斑斓猛虎,爪舞牙张,向石玉奔扑。石玉大喝道:"逆畜慢来!"即拳打足踢,道人喝道:"休得舞弄!"猛虎不敢再动,道人即跨上虎背,又对石玉道:"你若骑上虎背,可胜坐马,倘若出敌,百战百胜。"石玉道:"如此甚妙。"即跨上虎背。道人一见大喜,喝声:"起。"风一响,二虎即跑上云端。石玉惊骇呼道:"倘跌仆下去,一命休矣。"王禅道:"如此胆小,焉能出得沙场,杀得上将!"言谈之间,跑得渐高,直上云霄,径往峨眉山去,按下不提。

却说狄青独坐思量,心烦不乐,暗道:方才圣帝吩咐如此,料然石弟难以相见,还不知他收除得怪物如何,也不知走到哪方,教吾实难猜测。方才果见后厢围壁中,门户遥遥,石弟追赶出外,因何霎时并无门户,想必乃神仙妙术,变化无穷。唯正副解官共事,今缺了石弟,如何复旨?不免照此直言便了。

这时天色已明,传令宣扬,众兵方知驿中有怪作祟,昨夜摄去石郡马。狄爷道:"仁安县这狗官,定有机谋。"即传王登进内问供。护从三千,闻得此事,人人骇惧。张忠、李义二人私下称奇。当时王县丞进驿参见,狄爷喝道:"刁狗官!好生胆子!驿中既有怪物,因何将本部留顿于此?昨夜已将郡马爷摄去,定然凶多吉少。你这狗官,是受人嘱托,抑或自起主谋,从实招供,以免动刑。"王登听了,惊慌无措,跪倒叩头不止,言道:"上告大人,此驿从无怪物,不知怪祟从何方而至,卑职怎敢主谋暗害二位大人?"狄爷喝道:"胡说!这不是你自主谋,定然受奸臣密托。若不明言,刀斧手斩讫。"庭下一声答应,上前扭起王县丞,解去袍服,除去乌纱帽,吓得他魂魄飞天,高声呼道:"大人饶命!此乃庞太师有书来到,押着卑职行此机谋的。他要害二位钦差大人,卑职怎敢生此恶念,立此歪心!"狄爷听了点头,骂道:"恶毒奸臣,怎知你又行此阴谋毒害!但庞贼要你行此恶谋,你既是正大之人,即挂印辞官不做,亦不行此不义之事,你今罪亦难免。"王登道:"如今卑职悔恨已晚了,虽有死无辞,只求大人姑宽,开恩一线,当衔环以报。"说罢,叩头不已。狄爷还是仁慈,且留他为证复旨,便喝道:"本官王命在身,不能耽搁,王登交府官

第二十三回　现金躯玄武赐宝　临凡界王禅收徒

禁在狱中，即着本地文武官员，访寻石御史下落，待本官公务完毕回朝，在圣上驾前，与庞贼算账。"

当时王县丞谢了大人不斩之恩，众文武官员都言"领令"。时交辰刻，文武官员备酒筵相款，犒劳三军。也无烦叙。

是日发令登程，炮响一声，旗幡飞动，文武齐来相送。张、李二将，仍押管军马征衣，只空坐骑一匹。狄爷仍令马夫牵行，好生喂料。

且说王县丞带上府衙而去，短叹长吁，恨着庞太师。暗想："方才若不说明，险些性命活不成了。"只求府尊申详上宪，闻达朝廷。庞、洪、胡闻此，更加纳闷道："狄青、石玉皆与吾作对，今石玉已经中了毒计，定遭妖魔伤害了。只有狄青仍在，只望他在潼关中计，不知可成否？"是日君王一看表文，龙心大怒，着将仁安县丞王登，定议处决。当日庞洪力与分辩保免，私下传旨命复职不表。

再说勇平王得知大恼，郡主母女，苦切万分，深恨庞贼施设奸谋，害了年少英雄。郡主呼道："母亲，去年白蟒摄去了女儿，多亏丈夫救脱，收除怪物。不意今被庞贼所害，妖魔摄去无踪，还有何人救拔，定然凶多吉少了。"王爷夫人终日安慰女儿，也且不表。

却说潼关总兵官名马应龙，前日接得庞太师来书，想来立心要害狄王亲、石郡马，本总定然依命的。但关外地方，乃本总所属，如行刺他，也须百里之外，方可下手。但此事唯飞山虎刘参将前往方妥。马总兵打算定当，传齐大小将官，明日起程候接钦差大人。

是日，狄爷来至潼关，马总兵与大小官员迎进关中坐下，众员参谒过大人，上请金安毕，竟日盛筵设款，也不多叙。当下马总兵问副使石御史，因何不见到来。狄爷将在仁安县驿中被妖魔摄去说明。马应龙听了道："有此奇事？但今潼关外面，也是地广人稀，空荒之所，王亲大人须要小心。"狄爷道："这也何妨？如今天色尚早，即速启关，待本官赶路。"总兵领命放关，车辆纷纷出关而去。马应龙送出关外而回，即日邀传参将刘庆计议。

这刘庆年方二十四岁，身高九尺，面玄黄而光彩非常，从幼得异人传授席云奇技，来去如飞，故他混号飞山虎。以前当兵出身，勤勇协力，性情刚强，先已拔为千户，今又升为参将，随同马总兵保守潼关。

年少父亡母存,一妻二子。仗着席云本领,常想征西,却不知西夏兵雄将勇,只靠席云之技,怎能抵当?是日遵召进见,打拱道:"不知总爷传召,有何吩咐?"总兵即将庞太师与狄青作对,今他来书,要结果他一命,一一说知。参将道:"总爷,既云庞太师要取狄青一命,何不方才设宴时,将他弄醉,一刀砍下头颅,有何难处?"马总兵冷笑道:"你乃粗笨之徒,哪里得知?若在关中弄死,也要执罪本官。况他有三千兵丁,十分凶勇,岂肯甘休?故特让他出关,在百里之外,你前去行刺了他,才不致归咎我们。倘谋事成了,庞太师喜悦,你我官爵定有加升了。"刘庆听了笑道:"这也不难,且末将至落雁坡,等待他来,结果他一命便了。"马总兵闻言大悦,道:"须要小心!"刘庆允诺,藏了利刃,驾云而去。

不知刺杀得如何,且看下回分解。

第二十四回

出潼关刘庆追踪　入酒肆狄青遇母

　　话说刘参将奉了马总兵之命，驾上席云，离了潼关，向前途落雁坡而来。一程追上，将已七十里，在空中缓缓随着狄青。不料他金盔上一对宝玉鸳鸯，有霞光冲起，刀斧不能砍下，故难伤狄青之命。

　　当日日已沉西，天色昏暗。狄青与张忠、李义三人并马而行，催军前进，意欲找了好地头安扎。张忠偶然抬头观看，连忙抽勒丝缰，叫道："大哥，你看空中这朵乌云，倏上倏下，正对着你头顶上，这是何缘故？"李义道："果然奇怪，莫不是妖云？"狄青道："不必论它妖云妖物，且赏它一箭吧。"即向皮囊中取一箭，搭上弓弦，照定乌云，嗖的一声放去。只见这朵乌云像流星飞去。原来这一箭已射中飞山虎的左腿，好生疼痛。兄弟三人因天色乌暗，到底不知此物是什么东西，又见天晚难行，只得在平阳大地安扎，屯了军马。是夜，军士埋锅造饭，马匹喂料。张忠、李义巡管征衣，点起灯烛，四野光辉。狄爷一人步行四野，离得平阳地，远远见有灯火光辉，再跑数十步，乃丁字长街。对面左侧有酒肆一间，店主正在将上好美酒小缸倾转大缸，香浓浓的顺风吹送来。

　　大凡爱酒之人，见了酒总要下顾。狄青想：此刻夜静更深，还不闩门，夜来还做买卖，不免进内吃酒数杯，然后回营，也未为迟。想罢，徐徐举步而进。店主一见，吓得慌忙跪下。但见此位将官，头戴金盔，身穿金甲，想来不是等闲之人，故店主跪地叩头，呼声："将军老爷！小人叩头，不知驾临何事？"狄青道："店主不必叩头，你店中可是卖酒的么？"酒保道："将军爷，此处乃卖酒馔之所。"狄青道："如此，有上好酒馔取来，本官要用。"酒家喏喏连声道："将军爷且请至这厢上座，即刻送来。"狄青进内一看，见座中并无一客，当中一盏玻璃明灯，四壁四盏壁灯，两旁交椅，数张花梨桌，十分幽静，狄青看罢，倒觉心开，拣了一桌，面朝里厢，背向街外。坐定半刻，酒保已将美馔佳酿送上，狄爷独自一人斟酌。

吃过数杯，偶然瞧着里厢西半边之内，坐着一个妇人，年纪有二十三四，面庞俊俏，淡淡梳妆，目不转睛地观看。狄青见了，心中不悦道：这妇人真乃不识羞惭，因何只呆呆将本官瞧着？父母家若养了这等女儿，大大不幸！娶她为妻子，必然家运颠倒。原来狄青乃是一个正大光明，不贪女色的英雄，故见女子目睁睁看他，恼她不是正性妇人。

当下妇人呼唤酒保进去，便问此位英雄姓名住居，多少年纪。酒保道："奶奶，他是无意到店中吃酒，过路的官长，你盘问他何事？"妇人道："你不要多管，快些问个明白。"酒保应诺，暗言：小奶奶真奇，吾在她店中两载，一向谨细无偏，今教我问此位将军姓名住居年纪，定然看中了少年郎了。不觉行至桌边，口称将军爷："请问尊姓大名，住居何处？乞道其详。"狄爷见问，遂答道："本官乃世籍山西，姓狄叫青。"酒保道："多少年纪？"狄爷听了，问道："你因何问起年纪？"酒保道："我这里奶奶请问。"狄爷心想：奇了。即言："吾年方十六岁，你好不明礼仪。"酒保道："将军休得见怪，吾回报奶奶去了。"酒保进内言知，那妇人听了，喜形于色，还要再诘。酒保道："奶奶还再问什么？"妇人道："问他世籍山西哪府，哪县，哪乡，哪保？速问他来！"酒保强着应允，一路摇头道："我们奶奶好蹊跷，但想青春女子，谁不欢乐风流，怪不得见了少年郎君，春心发动。我看此位将军，生来性硬无私，他决不来就你。"又到了桌边，呼道："将爷，休得动气，小人还要请问，贵省既是山西，请问哪府，哪县，哪村庄？"狄爷想道：为什么盘问我的根底？即说明与你知，且看你这妇人怎奈我何！即道："我乃山西太原西河小杨村人，快去通知！"酒保欣然去了，将情达知。妇人听了，急忙转身进内，叫道："母亲，外厢有一位年少将军，乃是我弟狄青，女儿不敢造次轻出，母亲快出去看来。"孟氏听了，又惊又喜："想起前七载水淹太原，骨肉分离，多入波涛之内。只道你弟死于水中，为娘时时感伤，暗暗忧思，今日万千之幸，孩儿还在世间！"狄金鸾道："母亲休得多言，快些出外厢，认明是否。"孟氏急步行走道："女儿且随娘出外！"

孟氏来至店前，金鸾在后，轻指将军道："母亲，此地不便观看，你可近前认来。"孟氏近前细看少年，点首大呼："孩儿，你可知娘在此否？"狄小姐忙呼："兄弟，母亲来了。"狄青停杯一看，立起来，抢上前，双

第二十四回　出潼关刘庆追踪　入酒肆狄青遇母

膝下跪，呼道："母亲，姐姐！可是梦中相会么？"孟氏夫人手按儿背，开口不出，泪珠滚流。狄青呼道："母亲休得伤怀，只因不孝孩儿，自那日大水分离，已经七八载，儿得仙师援救，无时无刻不挂念生身之母。今宵偶会，好比花残复发，月缺重圆。"老太太道："孩儿，你多年耽搁在何方？且起来说与娘知。"狄青道："不孝孩儿，多年远离膝下，至累老亲愁苦，罪重非轻，待儿叩禀，哪里敢起来！"孟氏道："这是天降奇灾，说来话长，且起来再谈吧。"小姐悲喜交集道："兄弟，休言自罪，且起来相见。"狄青道："方才我认不得姐姐了。"金鸾道："兄弟同胞一脉，焉有不记认的？"狄青道："只为多年离别，不期相会，一时记认不来。今日实乃天遣母子姊弟重逢。"小姐听了含笑道："也怪不得兄弟，只因水灾分离之日，你才九岁。"转身又对老太太道："且到里厢，然后言谈心事吧。"又吩咐酒保，收拾残馔闭门。

当时母子三人进内坐了，老太太道："你一向身在哪里，怎生取得重爵高官？"

狄青道："母亲听禀。"就将被水灾之日，得仙师王禅老祖搭救，习艺七年，思亲之念难止。太太听到此处，说道："为娘遭此水难，几乎性命难存，幸得你姐丈张文驾舟救了，奉养在家。你姐丈前去潼关得功，故藏身在此，不料你姐丈去年被马总兵革了职，因在此开个酒肆。"狄青道："如今姐丈哪里去了？"老太太道："他往顾客家收账去了。"狄青道："母亲，姐丈曾经作过武官，何妨乐守清贫，因何作此微贱生意？"老太太道："此乃素其分位而行，不得不然呵。"狄青道："姐姐乃女流之辈，又是官宦之女，如何管理店内生理，岂不被人议论？"狄青乃直性英雄，是以有言在口，便按捺不住，信口而出。金鸾小姐却想：因何兄弟初会，就怨言着奴？便对狄青道："此乃妇人从夫而贵，从夫而贱，事到其间，也无可奈何了。"说完，抽身往厨中再备酒馔。狄青见姐姐去了，心甚不安，反悔失言，招姐姐见怪。老夫人呼道："孩儿，你性直心粗，埋怨着姐姐。但今久别初逢，不该如此。"狄青道："母亲，这原是孩儿失言了。姐姐见怪，怎生是好？"孟氏道："不妨，待娘与你消解便了。但你方才将分离始末，才说得半途，再将怎生得官受职，明白述来。"狄青将别师下山时起，一长一短，直说到目今领旨解送征衣。孟氏闻言，心花怒放，喜道："前闻姑娘已归泉下，岂知今日仍存，身作皇家母后之尊相认孩儿，乃情深义重，何幸玉鸳鸯，也有会合之日。但儿呀，你奉旨解送征衣，身当重任，不可耽搁了程途。倘然违误了，罪责非轻。"狄青道："母亲这事不妨，姑母娘娘恐孩儿耽搁程途，过了限期，特宣到佘太君授书一封与杨元帅。还有韩叔父、包大人密书相保，倘孩儿过此限期，杨元帅也要谅情，决不加罪于我。"孟氏听了，深感姑娘用情，并各位忠良厚爱。母子谈谈说说，不觉已交二更，狄金鸾烹庖好佳肴美酒，排开桌上，请母上坐，姐弟对面，细酌慢斟，按下不表。

再说飞山虎幸而本领很好，身躯强壮，左腿带箭，忍着疼痛，缓缓落下云头，在无人之所，拔出箭头，挤出淤血。再驾云一探，知狄青落在张文酒肆中，便又缓缓落下，坐在一块顽石之上，想道：张文是我同僚好友，待我与他商量好了，去了结这狄青吧。刘庆正在思量，只见火光之下，有人一路跑来，原是张游击。刘庆欣然招手道："张老爷哪里来？"张文住步一看，笑道："原来是刘老爷，缘何一人深夜至此？"刘庆道："有话与你相商，但你从哪里回来？"张文道："收些账目，被友人款留，是以这时才回。但有何商量？快些说知。"刘庆道："非为别故，只为朝廷差狄王亲解送征衣到三关，现今已出潼关。但此人与庞太师作对，故大师有书来与马总兵，要害钦差一命，教我刺死，即加升官爵。方才驾上云头，正欲下手，不知他盔甲顶上两道毫光冲起，大刀不能下，反被他一箭射在我左腿上，十分疼痛。如今打听他进了你店中吃酒，你回去若用计劝酒灌醉他，待我前去解决此人性命，将你之功，上达太师，管教起复你的前程。"张文听了道："刘老爷，你能包定我的前程，即助你一臂之力便了。"刘庆道："都在我身上。"张文道："如此，你在此候着，一更鼓时，方好来复。"刘庆允诺暗喜，在此等候张文回音。

这张文急匆匆来至家中，将门上叩几声，酒保早已睡熟，被他梦中惊醒，起来开了店门，道："原来是老爷回来了？"这酒保为何称张文是老爷？只因张文前年作过游击，人人皆以张老爷呼之，即近处的百姓或朋友，也是称惯张老爷的。当下酒保揉开眼睛，道："老爷今早有亲眷来探访你了。"张文道："是什么亲眷？"酒保道："老爷你不知缘故，待小人说知。此人威风凛凛，气宇轩昂，穿戴金盔金甲，好一位武官。太太

第二十四回　出潼关刘庆追踪　入酒肆狄青遇母

说是她儿子,今进内与太太、奶奶三人一同吃酒谈心,老爷还该进去陪他吃数杯。"张文道:"此人姓甚名谁?"酒保道:"姓狄名青,老爷认得他否?"张文道:"如此,果然是我舅子了。"方才刘庆在张文面前,只说狄王亲,并不说狄青,是以张文全然不知。如若他说出狄青之名,张文自然晓得是郎舅,也不担承刘庆之计了。

不知张文会到狄青,如何处置刘庆,且看下回分解。

第二十五回

设机谋智拿虎将　盗云帕巧伏英雄

　　当晚张文一路进内，万分喜悦，到了中堂，果见一位金甲将军，坐于妻子左侧，丫环侍立两旁，当中老太太一同举杯。又闻妻子道："兄弟再饮数杯酒，包你姐丈会回来的。"言未了，张文进来，言道："待我来陪伴一杯可否？"金鸾登时站起，呼道："相公，我家兄弟在此。"狄青见姐姐起位，也站起来，抬头一观，呼声："姐丈。"太太也道："贤婿，我儿到此。"张文喜道："岳母呵，你今眉锁得遇钥匙了，真乃可喜。"郎舅二人，殷勤见礼，对面坐下，丫环又添上杯筷，重新吃酒。饮了数杯，张文又问起狄青别后之事，狄青将前后事情一一告诉。张文听罢，大喜道："不料兄弟少年英雄，早取高官，人所难及。"又问狄青道："你在前途，可曾遇有刺客否？"狄爷道："我前途并未逢什么刺客，姐丈何出此言？"张文道："如此，还算你造化，险些儿一命送于乌有了。"

　　当时老太太母女闻言大惊，狄青道："是什么人行刺，你何以得知？"张文听了冷笑道："都是庞贼起了风波，致书马总兵，要将你的性命结果，故差飞山虎在前途等候。"狄青道："我在途十多天，并未遇见什么刺客，如今姐丈既知刺客，在哪方埋伏？"张文道："你出关后，可曾发一箭么？"狄青道："途中果见乌云当头，或上或下，不知何物，故发箭一枝。这团乌云，犹如鹰鸟飞去，到底不知什么东西，正在狐疑。"张文冷笑道："你有所不知，此段乌云乃是马总兵手下的参将，姓刘名庆，诨号飞山虎，曾遇异人传授席云之技，来去如飞，算得绝技。方才刘庆对吾说知，身驾乌云，要来行刺，不知何故，你头盔上两道红光冲起，大刀不能砍下。又说反被你一箭伤了左腿，如今打听得你进我家中，叫我灌醉你，待他来取首级。事成之后，许复我前程。当时他说狄王亲，我不知何等之人，岂料竟是舅弟！"狄青听罢，大怒，母女亦深恨奸臣恶毒。老太太道："这玉鸳鸯原是一件宝贝，若非姑娘好意，将此物配于盔上，早已身赴黄泉了。"狄青道："姐丈，

第二十五回　设机谋智拿虎将　盗云帕巧伏英雄

这奸臣如此恶毒，数番计害。待飞山虎来，小弟有宝剑先结果此人，后回关斩马总兵，他也是一班奸臣党羽。"张文道："贤弟且慢，休得动恼，这飞山虎虽有行刺之心，乃是希图官高爵显之故。此人秉性坚刚，最有胆智，虽人非出众超群，也算得一员英雄上将，只可用计将他降伏，不可伤其性命。"狄青道："倘或不肯服我，便当如何？"张文道："不妨，他平日与我相交，不啻同胞之谊，吾说话无有不从。须用如此如此计较诱引他落在圈中，还忧他不降服么？"狄青听了喜道："姐丈真乃妙算！"孟氏母女，也觉欣然。

当时母子四人，酒已不用，金鸾命丫环收拾去了。张文将狄青藏在前楼阁中安睡。若论张文曾作过武官，所以正室宽大，就是厅堂书斋楼阁，内外都是幽雅洁净，不染尘俗之气。不比庸俗酒肆，灶旁是床帐，堂中是堆柴之所。当下张文秉烛，命丫环将方才余馔搬出堂中，两双杯筷，一壶冷酒。这是张文的设施，只因要收服这刘庆，故设此圈套，只言与狄青二人一同对饮，酒未完而狄青已先醉了。又唤醒酒保，吩咐道："少停刘老爷来时，不可说出狄老爷是我郎舅至亲，不要先去睡，犹恐要你相帮之处。"酒保应诺。

张文即开了门，提了火把，来至街中。一见这飞山虎，只言狄钦差已沉沉睡去，如今睡于后楼中了。刘庆闻言，心头大悦，呼道："张老爷，既然狄钦差被你灌醉，待我前往赏他一刀，你的前程即可起复了。"张文道："刘老爷，且慢慢的，倘或被他得知了，你我不是他的对手，如何是好？"刘庆冷笑道："张老爷，不是我夸口，只一刀，管送他性命，若再复刀，不为好汉了。"张文道："既如此，与你同往便了。"

二人进了店中，将门闭上，引刘庆至方才摆列酒馔之所，呼酒保收拾杯筷残羹，吩咐再取几品好馔，上品美酒，说："吃个爽快，再下手不迟。"飞山虎等至三更，腹中饥乏了，况是好酒之徒，心中大悦道："张老爷之言有理，果是肺腑兄弟，说得吃酒二字，是我意中所喜。但一到你家，便吃酒叨扰，小弟有些过意不去。"张文道："刘老爷，你若说此言，便不是知交了。"刘庆喜道："足见厚情，但方才收拾的余馔，可是狄钦差食残余的么？"张文说是。当有酒保排开几品佳肴，一大壶双烧美酒，备办的如此速捷，皆因店中尚有余多，二人对坐，你一杯，我一盏，张文是有心算他，酒多虚饮。飞山虎一见酒，便大饮大喝，顷刻一连饮了三大瓶。张文加倍殷勤，不一刻时间，飞山虎吃得醺醺大醉，心内糊涂，喃喃胡说，睡于长板凳上，呼呼鼻息如雷。张文连呼不觉，即唤酒保取到麻绳，将他紧紧捆牢了。张文自言自语道："刘参将的本领，我却不怕，只防他一个席云帕厉害，不免搜出来便了。"言下即解脱衣襟，内有软布囊一个，裹着席云帕子，即忙取了，腰间一把尖刀，也拿下来，一一收拾停当，然后加了一道麻绳绑着，犹恐他力挣得脱，便拿了尖刀帕子，回到后楼中，对狄青说知。狄青接过尖刀，怒气冲冲，说："可恼这伙奸臣，必要害我一命，我却不怪刘庆，他不过奉命而来。只有庞洪、孙秀这两虎狼，行此毒计，今生不报复此仇，枉称英雄了！"将尖刀撩于地下，又将席云帕拿起一看，道："姐丈，此物取它何用？"张文道："吾弟有所不知，飞山虎的一生本领，全仗此帕来去如飞，今夜盗了他的，就不是飞山虎了，且待他醒来降服他，然后送还。"狄青笑道："果然算无遗策，非我所及。"郎舅二人，言谈不能尽述。

时交四鼓，四唱鸡声，飞山虎悠悠酒醒了，呵欠一声，一伸缩，动弹不得，叫道："哪个狗囊，将我捆绑了！"用力一挣，身躯一扭，挣扎不脱，便高声："哪个狗奴才，将我捆绑，还不松脱我么？"旁边酒保笑道："刘老爷哪个教你贪杯，吃得昏迷不醒。那狄王亲是我们老爷的亲舅子，我们老爷是他亲姐丈，你今落在他圈套中，只怕今夜要一命呜呼了。"刘庆听了，怒目圆睁，大骂张文。郎舅二人同跑至外厢，张文抚掌笑道："刘老爷为何如此？"刘庆骂不绝口："我与你平素厚交，不异同胞，何以哄骗我来，将我捆绑了，莫非欲陷害我性命么？"张文道："非也，刘老爷，休得心烦，这狄钦差原与小弟郎舅之亲，他是当今太后嫡侄，贵比玉叶金枝。况他奉旨解送征衣，身担王命，职任非轻，你今害了他性命，一则狄门香烟断送了，二来征衣重任何人担当？即你害了他，圣上追究起来，太后娘娘怎肯甘休，即庞太师也难逃脱。你与马总兵难道脱得干系么？"刘庆道："张文，既有此言，何不明说？将我弄醉，捆绑身子，是何理说？"张文道："我不下此手，谅你不依，活活一位狄王亲，岂不死在你尖刀之下么？"狄爷又唤道："刘参将，你既食君之禄，须要忠君之事，不应该听信马应龙的恶意要伤害于我。况我与你平素非冤非仇，并无瓜葛，你今夜依着奸臣，害我一命，天网恢恢，奸党有恶贯满盈之日，臭名扬播，千秋难洗。即庞

第二十五回　设机谋智拿虎将　盗云帕巧伏英雄

洪作奸为恶，我也深知，他日还朝，定不姑饶，必要削除奸党，肃正朝纲，即马总兵也难脱斧钺。你莫怨别人，要怨那大奸大恶之徒。"张文又呼道："刘老爷，你与我相交已久，何殊兄弟。但你立心不正，妄思图害钦差，即杀你不为过。惟念昔日交情，不忍加诛，劝狄王亲收录麾下，随往边关，倘得立功，何难封爵。你原乃一位烈烈英雄，何必依奸附势，受奸人牵制？不见古今来作奸犯科，难得善果，若听愚言，便是你知机之处。"飞山虎听了，想道：已入圈套，况他郎舅串通，将我捆绑，不依他也不能。狄青是太后嫡侄，官高势重，年少英雄，虽太师身为国丈，焉能及得此人？况太师为奸作恶，立心不善，张文之言，果也不差，后来必无善报，莫若听他之言，随钦差到三关，倘若得立战功，岂不强于在此为副佐武员？想罢，便道："张老爷有此美意，何不同我商量？"张文笑道："刘老爷，若不如此，你未必肯丢此参将。"狄爷又笑道："可惜你乃堂堂七尺之躯，不与国家效力，反附和奸臣，欺天害理，真乃愚人了。"飞山虎呼道："王亲大人，原是小将差了。"张文又呼道："刘老爷，如今果愿随从我家舅子否？"刘庆道："固欲与狄王亲执鞭左右，只忧马总兵忿恨，要害我的家属。且待我回去，搬取家眷便了。"张文听了言道："所见不差，接来我家中同住，未知尊意何如？"刘庆道："张老爷若肯相容更妙，但今狄王亲有王命在身，料难耽搁，请先自登程，待小将安顿了家眷，随后而来便了。"狄爷道："你言是也。"

当时张文跑过来，将绳索轻轻解脱了。飞山虎上前见礼毕，又将怀中一摸，不觉呆了，即呼道："张老爷，吾这席云帕子被你收藏了，快些交还我，回关去回复马总兵。"张文冷笑道："若将席云帕交还，你回去只恐不来了。"飞山虎道："君子一言，驷马难追，哪有食言爽约之理？况乃兄弟之间，何用多疑？刘某乃愚鲁之夫，岂是奸诈之徒？"张文道："这也不相干，你且回去，携了家眷来，方能还你。"飞山虎无奈，只得别了狄王亲，辞过张文，向潼关而去。

话分两头，单表刘庆徒步而走，一日回至潼关，不觉天色已明。当日早晨，马总兵起来升帐，坐于大堂，自言道：昨日飞山虎一去，狄青性命定已完了。正在思量，忽见小军报道："启禀大老爷，今有参将刘老爷进见。"马总兵传命，请他进来相见。小军领命来到关前，请进飞山虎。

不知飞山虎怎生回复总兵，如何脱身逃走，且看下回分解。

第二十六回

军营内传通消息　路途中痛惩强徒

　　当下刘庆传进，参见过总兵大人。马应龙一见开言道："刘参将，承办之事成功否？"飞山虎道："马大人不要说起，昨夜白跑一趟。小将一驾上席云帕，追赶至三四十里外，已赶上狄青，方欲下手，不想他头盔上有什么宝贝，一程追去，刺杀不成，反被他一箭射中左腿，只得不追而回。"马应龙道："果有此奇事么？但庞太师久有除谋狄钦差之意，若害他不成，被他看得我们是个无能之辈了。"飞山虎道："大人不须烦恼，待小将另设机谋，必要取他性命，才算小将不是夸口。"

　　当日马应龙点头喜悦。刘庆辞别，回至家中，将言告知母妻。刘妻道："妾无有不依，但我乃女流之辈，出关之事最难，况怎能瞒得马总兵共出潼关？"刘母也道："媳妇之言不差，须要打算而行，不可造次。"飞山虎笑道："母亲、贤妻，不必过虑，如今不用出关，明日只须如此如此。"母妻二人应允。

　　按下刘庆家属商量不表，且说张忠、李义，只因那夜狄哥哥一人信步去了，候至天色微明，还不见他回营，只得分途找寻。先说狄青是夜原恐二人找寻，辞别母亲。孟氏太君唤道："孩儿，我母子分离八九载，死中得活，难得今日天赐重逢，实乃万千之幸。你身承王命，为娘不便牵留，但今夜人马安屯了，不用趱程[1]，谈谈离别后事，到了天明，送你登程便了。"狄青不敢违背母命，是夜母子姊弟，说说谈谈，不觉天已发晓。狄青一心牵挂着征衣，又恐防张、李二弟找寻不着，故差张文姐丈，前往军营，通知信息。说明一红脸的名唤张忠，一黑脸的名唤李义，他二人是吾结义兄弟，有烦姐丈前往言明，以免他们找寻。张文领诺，登时抽身出门，行走不及三箭之途，将近军营，只见一位红脸大汉，踩步

---

[1] 趱（zǎn）程：赶路。

第二十六回　军营内传通消息　路途中痛惩强徒　‖ 131

而来。张文迎上前欠身问道："将军可是姓张么？"张忠住步说："是也，你这人一面不相识，问我何干？"张文道："将军可是张忠否？"张忠喝道："你是何等之人，敢问我姓讳么？"上前一把抓住。张文道："将军不必动恼，我奉狄王亲之命，前来寻你。"张忠听了道："狄王亲今在哪方？"张文将情由一一说知。张忠听了，即忙放手不及，笑道："多有得罪，望祈原宥！狄钦差一命，又多亏张兄保存，实见恩德如天，待吾叩谢便了。"正要下礼，张文慌忙扶定道："张将军，小弟哪里敢当，且请到前边弟舍相见如何？"张忠道："前边一带高檐之所，是尊府么？如此，兄且先回，待弟找寻李义兄弟一同到府便了。"张文道："李兄哪里去了？"张忠道："亦因不见了狄哥哥，故我二人分途寻访，不知他找寻到哪方去了，待我去寻他回来。"张文道："如此，小弟回去等候二位便了。"

慢表张文回归告知狄青，却说张忠寻觅李义，东西往返，已是日出东方。只见前途远远有人叫喊哭泣，驻足远观，但见前面有三十余人，都是青衣短袄。又见后边马上坐着一人，横放着一个妇女，犹如强盗打劫光景，拥向前来，那女子连呼救命。张忠一见，怒气顿生，抢上几步站定，大喊一声："狗强盗，休得放肆！目无王法，抢夺妇女，断难容饶的！"一众闻言，犹如雷声响发，反吓了一跳。只见他一人，哪里放在心上，便蜂拥上前，动手打他，却被张忠一拳一脚，打得众人躲的躲去，奔的奔逃。张忠将马上人拉下，扶定妇女站立一边，一连几拳，打得那人疼痛不过。又喝道："狗强盗，怎敢青天白日之下，擅抢人家妇女，难道朝廷王法，管你不得么？打死你这贼奴才也不为过。"那人喊道："大王爷，勿要打我，望乞宽饶。"张忠喝道："你是什么样奴才？说得明白，饶你狗命。"那人叫道："大王爷，且容我说明：吾本姓孙，世居前面太平村，哥哥孙秀，在朝职为兵部。我名孙云，号景文。"张忠喝道："你这奴才，就是孙兵部弟兄么？"孙云道："是也，且看我哥哥面上，饶了我吧。"张忠喝道："看你哥哥面上，正要打死你这个畜生！"孙云道："大王，恳乞饶命！不要打我，以后再不敢胡为了。"张忠冷笑道："你没眼珠的奴才！我不是强盗，为何呼我大王爷。我且问你，这女子是哪里抢来的？说得明白时，便饶你性命，若是含糊，登时活活打死。"孙云未及开言，旁边妇人哭告道："奴家在前面村庄居住，离此不过三里。丈夫姓赵，排行第二，耕种度日。这孙云倚着哥哥势头欺人，几番前来调戏，强要奴家作妾，丈夫不允，前数天暗使几人，将我丈夫捉拿了去，如今还不知丈夫生死，今晨天色未明，打进妾家，强抢了我，喊叫四邻，无人援救。今得仗义英雄，援救奴家，世代沾恩！"张忠听了，怒气倍加，道："竟有此事，真乃无法无天了，可恼，可恼！奴才，你拿她丈夫怎样摆布了？"孙云道："英雄爷，不知何人捉她丈夫，休得枉屈我。"张忠听了，喝声："你不知么？"一拳打在他肩膊上，孙云叫痛，抵挨不过，只得直言道："收禁在府中。"张忠道："既在你府中，放他出来，方才饶你。"孙云哀恳道："望英雄放吾回去了，就将赵二放回。"张忠道："不稳当，放他出来，方才饶你。"孙云只得大呼躲在林中之人，急急回府，放出赵二。众虎狼辈，多已跑散，单剩得家丁孙茂、孙高远远躲开，吓得魂不附体，又不敢上前救解，探头探脑地听瞧。一闻主言，连忙跑回府中。

这边张忠拔出宝剑，喝道："孙云这畜生，你哥哥是个行为不法的大奸臣，与我等忠良之辈，结尽冤家，你这狗囊，应当行为好些，以盖哥子之愆[1]，缘何倚势凌人，藐视国法，强抢有夫妇女，该当斩罪！"孙云苦苦恳求，声声饶命。正在哀恳之间，孙高、孙茂拥了赵二郎前来，哭叫道："将军老爷，吾即赵二郎，请将军饶了孙二爷吧！"张忠冷笑道："你是赵二郎么？"那人说："小人正是赵二。"妇人也在旁边说道："官人，吾夫妇亏得此位仗义军爷救援，才得脱离虎口，理当拜谢。"赵二道："娘子之言有理。"登时下跪，连连叩首。张忠道："不消了，你被他拿到家中，可曾受他欺侮否？"赵二道："将军爷不要说起，小人被他捉去，不胜苦楚，将我禁锁后园中，绝粮三日，饥饿难熬，逼勒我将妻子献出。小人是宁死不从，被他们日夜拷打，苦不可言。今日若非恩人将军救拔，小人一命看来难保了。"张忠听罢，言道："你既脱离虎口，且携妻子回去吧。"赵二道："将军爷，今宵我夫妇虽蒙搭救，得免此祸，只虑孙云未必肯甘休，我夫妻仍是难保无事的。"张忠说："既是如此，你且勿忧，待我将这狗畜类一刀分为两段，为你除了后患。"

张忠将孙云大骂，方欲动手，只听得后面一声喝道："休得猖狂，我

――――――――――
[1] 愆（qiān）：罪过，过失。

第二十六回　军营内传通消息　路途中痛惩强徒

来也！"张忠回头一看，只见一长大汉子，一铁棍打来。张忠急用剑架开，左手一松，却被孙云挣脱了，孙云即呼孙高、孙茂道："二人在此打听，这个红脸野贼，是何名字，哪里来的，速回报知。"二人领命。当时孙云满身疼痛，一步步跑回家中。

且说张忠一剑架开铁棍，大怒喝道："你这奴才，有何本领，敢与我斗么？"那人大喝道："红脸贼，你老子行不更名，坐不改姓，我名潘豹，诨名飞天狼。你这奴才，本事低微，擅敢将吾孙云表弟欺弄么？你且来试试俺的铁棍滋味，立刻送你去见阎王老子去。"言未了，铁棍打来，张忠急将宝剑相迎，各比高低。赵二夫妻在旁，巴不得张忠取胜，方能保得夫妻无事而回，倘或红面汉有失，就难保无虞了。夫妇一边私言暗祝。若说张忠本领，原非弱与飞天狼，但这护身宝剑太小，不堪应用，飞天狼的铁棍沉重，势将抵敌不住，即大喝道："飞天狼，我的儿，果然厉害。赵二郎，我也顾不得你了，快些走吧！"他便踩开大步，望前而奔。潘豹哪里肯放松，大喝道："红脸贼，我定要结果你的狗命！"说着一程追去。这张忠飞奔而逃，喝道："潘豹，我的儿，休得赶来。"

不说张忠被他追赶，且表当下赵二夫妻，心惊胆战，妇人说："官人，你虽无力，也该相助，跑去看看恩人，吉凶如何。若有差池，我夫妻该避脱虎穴，方免后患。"赵二道："娘子之言不差，你且躲于树林中，我即转回。"言罢，飞步赶去。

先说赵娘子躲在树林之内，遍身发软，早有孙茂、孙高看见，孙茂道："你看赵娘子独自一人在此，我与你将她抢回府去，主人必有厚赏。"孙高听了大喜，二人向前，不声不响，背了妇人就走。这妇人惊慌叫救，那孙高背着她言道："你喊破喉咙，也不中用的。"一头说，一路奔。可怜赵娘子喊叫连声，地头民家，知是孙家强抢，无人敢救。

此时将近太平村不远，真乃来得凑巧，前面来了离山虎李义。他与张忠分路去找寻狄青，寻觅不遇，一路看些好景，又无心绪。忽一阵风吹送耳边，只闻姣声喊哭，甚觉惨然。抬头一看，远远一人，背负了一女人，后面一人随着，飞奔而来。离山虎大怒，使出英雄烈性，大喝道："两个畜生哪里去！清平世界，擅敢强抢妇女！"提拳飞至，孙茂喊声"不好"，拔脚飞跑。只有倒运的孙高，背负女子走不及，丢得下来，被李义拉定，挣走不脱。妇人坐在地上痛哭。李义问道："你这妇人，是哪里被他抢来的？这两个奴才怎样行凶？速速说明。"当下妇人住哭，从始至末一一告知。李义听了，怒目圆睁，大喝道："奴才！仗了主人的威势，擅自行凶，今日断难容你，送你归阴吧。"说完，倒拿住孙高两条大腿，他还哀求饶命。李义哪里睬他，喝道："容你这贼奴才不得！"当时妇人慢慢上前，深深叩谢，李义摇头道："你这妇人，何须拜谢，你丈夫哪里去了？"妇人道："将军爷，奴丈夫只因红脸英雄斗败了，被飞天狼追赶，丈夫前去看他吉凶如何？小妇人亦不知追到何方。"李义道："如此说来，是吾张哥了。但从哪条路去？"妇人一一说明，李义听了，心中着急，抛了妇人，一程赶去。这妇人仍从旧路一步步地慢行，不免心惊胆战。

慢表孙茂逃回家中报信，且说当日张忠被飞天狼追赶得气喘吁吁，幸得李义如飞赶到，呼道："前面可是张二哥否？"张忠只恨逃走得迟慢，哪里听得后头呼唤之声？那赵二郎一程追去，慌慌忙忙，正在四方瞧望，欲寻个帮助之人。一见黑脸大汉赶上呼唤，心中大喜，说道："好了！救星到了！"

不知李义赶来，救得张忠否，且看下回分解。

第二十七回

因心急图奸惹祸　为国事别母登程

却说潘豹只顾追赶张忠,哪里顾得后面有人赶上,却被李义飞趱上数步,一刀望他顶门落下,喝道:"贼徒狗命活不成了!"飞天狼喊了半声:"痛死也。"一颗首级,砍落尘埃,头东身西。李义呼道:"不中用的东西!强狼什么!"便将刀穿上飞天狼的首级,一路赶上来呼道:"张二哥不要走!"张忠被飞天狼赶逼昏了,呼道:"贼奴才,休得追赶!"口中喊叫,飞奔而逃,李义赶上,夹领伸手抓定,张忠回头,喝道:"毛贼还不放手!"李义道:"同伴合伙,还唤毛贼么?"张忠方知是李义,问道:"三弟,你从哪里赶来?"李义放手道:"二哥,你这等没用,日后如何出师对垒?"张忠道:"三弟,我斗此人不过,只因宝剑太轻,不称使用,却被他赶得逃走无门。"李义刀尖一起,呼道:"二哥,你观此物是什么东西?"张忠一看是首级,笑道:"三弟,你的本事胜于愚兄了。"李义道:"这一毛贼,如今凶不得了。"说完,将刀一撒,首级撩去丈余。李义又呼道:"二哥,这班奴才如此凶恶,白日抢夺妇女,不知是何等样的恶棍。"张忠即将孙云借势为恶一一说明,李义听罢,带怒喝道:"可恶奴才,借着哥哥势头,欺压善良,真乃目无王法了。"

言还未了,赵二到来,欣然道:"二位将军爷,小人夫妻得蒙搭救,且请到茅舍,受我夫妻拜谢,尊意如何?"张忠道:"这倒不消,我二人有国事在身,耽搁不得。但你的姓名,我却忘了。"他道:"小人名叫赵二。"张忠道:"马上挣逃去的人是孙云,乃孙兵部之弟,后来救孙云的是何人,你可认得此人否?"赵二道:"他是孙云中表之亲,诨名飞天狼潘豹,平素如狼似虎,本事高强,与孙云交通为恶。倚恃官家势力,欺凌乡里,人人受害,个个生憎。"李义道:"二哥,若论孙秀,是我狄哥哥仇人,他的兄弟如此不法,这还了得!不若我二人到太平村,杀尽孙家满门,方才出得这口怨气,好使百姓安宁,方显得我等胆量。"张忠道:

"三弟主见不差，去吧。"赵二道："二位将军，动不得的。若杀孙云，不独我们夫妻性命不保，即本地百姓，也要累及了。"李义道："我们杀了孙云，乃与民除害，缘何反害了地头百姓，此何故呢？"赵二道："若将孙云杀了，朝中孙兵部得知，二位将军已去了，他奏闻圣上，地头百姓，必然尽被其害。"张忠道："不妨，我二人乃狄王亲部下副将，今奉旨解送征衣，前往三关。今日倘杀了孙云，禀明狄王亲，自然拜本朝廷。圣上知道为国除奸，保安黎民，必然追究孙兵部恶弟，在家借势横行，立时加罪，攀倒了孙兵部，地方上自然永保太平了。"赵二听罢，大喜道："如此小人引路便了。"

当日张忠、李义随着赵二行了不上二里，驻足指道："前面一带高大墙门，便是他的府第了。"李义道："你且等在这里。"二人一人提剑，一人执刀，一同跑到孙府门外，喝道："孙云我的儿，你仗了孙秀之势，强抢有夫妇女，这等无法无天。今特来取你脑袋！我二人名唤张忠、李义，随同狄钦差大人，解送征衣到三关上去，今日路见不平，拔刀相助。你这狗奴才，即速出来受死，若再延迟，吾二人就杀进来了。"当下守门人飞报孙云，孙云大惊失色，连说："不好了！他杀了飞天狼表兄，料必厉害，众家丁哪里是他对手！"吩咐速速关门。家人大小吓得魄散魂飞。

幸得有位西席先生，名唤唐芹，乃教训孙云儿子孙浩的。唐芹道："东翁不用慌忙，古言柔能克刚，待晚生出府，以柔制他，管叫两位粗豪，转刚为柔而退。"孙云道："先生出去，倘被他们杀将进来，如何是好？"唐芹道："晚生包得不妨。"便叫家人开了府门，一见就招呼道："二位将军，请息雷霆之怒。"二人问道："你是何人？"他道："小人叫唐芹。昨闻狄钦差大人解送征衣，迤逦行来，不啻一路福星，更兼帐下张、李二位将军，乃英雄盖世，安民保国，相与布化，到处均沾德泽。"唐芹要解劝二人，自然要奉赞他几句。二人冷笑道："我们原与国家效力，意在收除刁奸恶棍。"唐芹道："二位将军之言是也。二位原是当世英雄，要到边关立战功的，那孙云没用东西，何足轻重，杀之不费吹灰之力。杀便杀了，但杀之污了器械，二位将军，饶了他如何？"张忠喝道："休得多言！这孙云可恶，不守王法，强抢有夫之妇，捉得丈夫，几乎弄死，岂得轻恕！不须多说，速叫他出来纳命！"唐芹道："二位将军是明理之人，岂不知孙云是个村

第二十七回　因心急图奸惹祸　为国事别母登程

愚俗汉，不读圣书，不明礼法。皆因表亲飞天狼不好，教唆他行此坏事。如今这恶徒被二位杀了，谅孙云再不敢胡行了。望祈二位将军赦他，老汉再不令他蹈前辙了。"张忠道："本当赦他强抢妇人之罪，但他哥哥孙秀，乃狄王亲仇人，断断饶他不得。"唐芹道："二位不知其详，若说孙兵部与孙云虽是弟兄，岂知两不投机，犹如陌路一般。故兄官居兵部之职多年，孙云没有官做。况且冤有直报，德有德酬，狄钦差与兵部有仇，理该去寻兵部算账，若将孙云抵折，岂不屈杀他，请二位将军恕了他吧。"李义听了，道："孙云果与孙秀不投机么？"唐芹道："老汉怎敢欺瞒二位将军。"张忠道："三弟，我们原与这孙云无冤无仇，不过一时气愤。况冤家乃孙秀，他既与兄不睦，且饶了他吧。"这时李义气已平了，便道："走吧！"二人踩开大步走了。唐芹喜道："好不中用的莽夫！来时雄赳赳的样子，不烦老汉舌尖几点，一阵烟去了。"

当时唐芹进内，将言对孙云一一说知，孙云听了唐芹之言，不觉怒从心上起，恶向胆边生，说道："原来这班狗党畜类，与哥哥为仇，我孙云倘不害他，终有一日被他们害了。欲保全孙家免祸，不如先下手为强。"想定一计，暗弄机关，瞒着唐芹，回到书房，写下密书一封，取出五百两黄金，明珠四颗，打发一个心腹家人，名唤孙通，将书并金珠物件，吩咐如此如此，速去速回，不许泄漏，回来重赏。孙通领命而去。要知孙云用计，下文自有交代。

却说两位莽英雄不杀孙云，依原路而回，赵二一见问道："将军，未知孙府中被杀得如何？"张忠想道，一盆火性承应去杀人，焉好说出一个也不曾杀得之话？只道："孙云已被我一刀割下脑袋了。"李义接言道："杀得干干净净，鸡犬不留，快些寻你妻子回去吧。"赵二称谢不尽，叩头起来，往寻妻子回家不表。却说李义道："二哥，可曾寻着狄哥哥？"张忠道："早已寻着了。"李义道："既已寻着，方得心安。"张忠又将狄青会母，飞山虎行刺，反被降服，一一说明。李义听了此言，拍掌笑道："原来狄哥哥母子重逢，姐弟叙会，真乃可喜。我二人同往拜见狄家伯母，不知你意如何？"张忠道："且先回营中去，看看征衣，然后再去未迟。"

二人回营，见红日已有丈余高，是辰时中了。这时倏然黑云四布，日光顿蔽，李义道："二哥，你看天色像要下雨，如何是好？"张忠道："三弟,若非下雨,定然风雪,倘耽误在中途,征衣就过限期了。"李义道:"二哥,算来批文御旨上,限期十三日解至关前,今日已是初二了,还有十几天途程,不知可赶得及否?"张忠道:"前六载,吾曾由本省至陕西一次,若一刻不停步,决不致误了限期。"李义道:"限期过了无碍,有太后娘娘谕札,难道杨元帅不谅些情么?"张忠说道:"倘迟两三天,杨元帅未必执责吾狄哥哥,只忧天下雨雪,军士受苦,我们去催促哥哥登程便了。"李义道:"张文家中,我却不认得。"张忠道:"贤弟勿忧,愚兄得知。"

当时吩咐军士造饭,好打点登程,弟兄一同来到张文家中,张文迎接进内,见了秋爷,两人同道:"狄哥哥,你今天母子重逢,同胞完叙,弟等特来拜见。"狄爷道:"二位贤弟,且先请坐。"遂进内禀知母亲。老太太大喜,传请二位英雄进内堂。狄青引路,张文在后,二人一见老太太,纳头叩拜,老太太双手挽扶道:"二位贤侄请起,我儿前日飘荡到汴京,他乡落魄,得蒙二位周旋,使老身感激不尽。可恨众奸结党,设计施谋,今又保奏我儿解送征衣,在仁安县几乎被害。如今出了潼关,安保无虞,全仗二位贤侄照应,老身铭感殊深。"二人道:"伯母大人言过重了。"当下二人告坐,狄爷与张文陪吃过茶,老太太道:"贤侄,今日奉解三十万军衣,非同小可,我儿为正解,你二人本不相干,蒙结义为手足,全仗二位贤侄,一路上小心保护,老身才得放心。"张、李道:"小侄自然关心检点,因程途不过所差十一二天了,老伯母且请宽心。"张文又对狄青道:"贤弟久别初逢,理当谈谈别后事情,流连数日,无奈限期迫促。且待交卸了征衣,再来叙话便了。"狄青道:"深感姐丈美情,母亲在府,全仗照管。"张文道:"这也自然,何须挂虑。"狄青道:"倘刘庆来时,教他早到边关。"张文应允。

言语间早膳到来,四人用过,只为行色匆匆,离别言辞,尚难尽谈,张忠、李义哪有工夫说出孙云的话来,是以当时众人尚未知情由。狄青又进内辞别姐姐,彼此谈几句分离之话,然后转出,拜别母亲、姐夫,张忠、李义也辞别老太太、张文,出门而去。当日老太太若不见儿面,倒也罢了,母子离别多年,才得相逢,即时别去,未免心酸。但因迫于王命,不得不天各一方,只有张文夫妇安慰不表。

单表狄钦差与张忠、李义二人回至营中,众将士纷纷迎接。狄爷传

第二十七回　因心急图奸惹祸　为国事别母登程

知众将兵，本官已用过早膳，如今立刻登程。众军士领令，拔寨起程，狄青仍是身披甲胄，骑上现月龙驹，张忠、李义也坐上高骏骅骝马随侍。两旁数十辆车，征衣在前，粮草在后。不想是日果然天昏地暗，雨雪霏霏，一连四五天，寒风凛凛，众军士着急。张忠道："我们大抵要停顿了。"狄爷道："贤弟，今天已将晚，寻个地头屯扎便了。"

不知路途上征衣有无阻隔，且看下回分解。

第二十八回

报恩寺得遇高僧　磨盘山险逢恶寇

当日众兵将三千军马，冒着风雪而走，张忠马上叹道："苍天，何不方便数天！"李义道："二哥，果然有此大雪，何不待我们到了边关再下，纵使下到明年也何害？"

次日，狄爷传知军士各换上油衣，并将油套裹在车辆之上盖好，弟兄三人也用上雨笠折子，仍复催趱前进。雨雪交加，狄爷思算程限不多，只得三四天，如若多耽搁一天，就违一天限期。虽有几封客书倚靠，到底以不违限期为妙。是以雨雪虽大，日则兼程趱赶，夜方屯扎，一连三天，众军士滑足难走，叫苦悲嚎，颇有怨言。狄青对张忠、李义道："二位贤弟，今天雪比往常倍加，军士们声声呼苦，于心何忍。无可奈何，只得暂且停扎，待雨雪小些，再行前进便了。"张忠道："此地一片荒郊，在此屯扎，恐有不测，须要寻个稳固地头安顿才好。"狄爷道："二位贤弟暂且停车，待吾往寻个好地段安扎。"张、李允诺。李义道："哥哥寻了地段，速速回来。"狄青点首，即提金刀拍马而奔，一瞧四处荒冈野岭，好似一片银河。计到三关，路途差不多有三百里，原望两天到得三关，交卸了军衣，消了御旨，方可了事。岂料连天雨雪纷飞，军士叫苦，目击情形，顿增愁闷，只得安屯，把限期耽误了。想来耽误了限期，杨元帅军法虽严，自然看太后情面，还有几封书暗助，料得杨元帅决不加罪于我。

一路思量，策马往寻，岂知龙驹跑得快捷，不知不觉已有二十里路程。隐闻远寺钟声传来，狄青见是一座寺院，十分高兴，不觉满心大悦道："这个地方，可以停屯了。"想罢，迎着雨雪，复加鞭而走，奔至山门首，只见石狮东西对立，左种松，右栽柏，山门朱油红漆，直竖金字牌，是"报恩寺"三个大字。狄青跑进头门，下了龙驹，内厢走出两位僧人，笑容满面，年方四十上下，合掌曲背，呼道："狄贵人老爷，我家师父知大驾到来，故打发贫僧在此恭候。难得果然是贵人到来，方见家师之言可信，且请至里厢叙谈。"当下一人牵马,一人引道,代狄青拿着金刀。狄青听和尚之言,觉得奇怪,素未晤面,先知姓名,真乃令人疑惑难猜。

到了内厢,就有一位老和尚下阶相迎,但见他貌古神清,三绺长须,双目湛澄,挂一串珊瑚念珠,手执龙头杖,身高九尺,腰圆背厚,宛似天神下凡。狄青见他前来迎接,想他定是有德行高僧,不敢怠慢,先打了一躬。那和尚只两手略略一拱,道:"王亲大人,何须拘礼。"狄青一想:本官深深打躬,这和尚只拱手而答,必然是个大来头的和尚了。便开言道:"请问老和尚法号、年纪?"老僧道:"大人请坐,待老僧上告一言,老僧法名圣觉,问年纪,自唐至今三百八十五年了。"狄青道:"如此,老和尚是一位活佛了。"和尚道:"王亲大人,老僧的父亲乃唐朝尉迟恭,吾俗名宝林。"狄青听了言道:"原来大唐天子驾下,尉迟老将军的后裔,小将不知,多有失敬之罪了。"和尚道:"王亲大人休得谦恭,贫僧失于远迎,望祈恕罪。"狄爷道:"哪里敢当!老师父既然是唐朝大功臣之后,因何作了佛门弟子?"和尚道:"王亲大人,你也未知其详,只因大唐贞观天子跨海征东之日,老僧也随天子远征。岂料大海洋中,波浪大作,险阻无涯,君臣将士个个惊惶。当日天子志诚,祷告上天:若得波涛平息,能平服高丽,回朝情愿身入佛门,潜修拜佛。祷告才毕,果然波浪平静,安渡东洋。后来征服东辽,班师归国,我王不忘此愿,要去潜修佛道,有王亲御戚文武大臣,多方劝谏,万岁乃天下之主,臣民所瞻依,岂得潜修佛教,效愚民所为。我王说,君无戏言,况祈许上天之语,不依众臣所谏。当时老僧自愿代圣修行,我王大悦,即于此处,敕赐建造报恩寺,是如此来头。"狄青道:"原来有此缘由,足见老师忠心为主,真是万世流芳。今下官尚要请教老师。"和尚道:"大人意欲何为?"狄爷道:"下官只为奉旨解送军衣,前往边关。哪知这几天雨雪纷飞,军兵苦楚,又无地安营,特到此欲借宝寺安屯一二天,若得雨雪一消,即行前进。"和尚摇首道:"不须借扎此地了。你们数十万征衣,全行失去,休想此处安屯了。"狄青变色道:"倘失去征衣,下官性命就难保了。"和尚道:"大人,这征衣来时还未失去,此刻恐已被人劫去了。然此乃定数,你且在此权宿一宵,贫僧有言奉告,大人不必惊心。有失自然有归,从中因祸得福,老僧断然不误你的。"狄青听了,心下惊疑,看来此僧清高超群,又言有失有归,因祸得福，想必定有奇遇，不免在此耽搁一天，明早再行吧。

不表狄青权宿寺中，与圣觉禅师叙话，却说杨元帅自真宗天子钦命镇守三关，只因杨延昭弃世后，朝中武将只存几位王爷，但年纪高迈，少年智勇者却稀。唯杨宗保年二十六七，袭了父职。后至仁宗即位，加封为定国王，敕赐龙凤剑，主生杀之权，三关上将士，专由升革，先斩后奏。他为帅多年，冰心铁面，军令森严。是日升坐帅堂，言道："本帅自先帝时，已奉旨镇守此关，只因父亲去世，袭了父职，执掌兵符。此关平靖十余载，岂知近年来西戎连年入寇，兴动干戈，内有权奸当道，外有敌兵犯境，怎能坐享太平？屈指光阴，守关二十六载，自西戎兴兵，争战多年，本帅止有保守之能，而无退敌之力。目下隆冬冰雪之天，帐下军士数十万，专候军衣待用，连连有本回朝催取，不料此时还未解到。前日正解官有飞文到来，说在仁安县驿中，被妖怪将副解官摄去，本帅犹恐有弊端欺瞒，是以飞差查探，不料果有此事，已经奏本进朝去了。但限期一月，今日已是二十八天期，因何征衣御标不见到来。狄青既为钦命之臣，定知隆冬兵丁苦寒，早该急趱程途到关，为何耽误限期，可怜数十万兵丁寒苦，实是惨伤。"杨元帅公位在中央，左有文职范仲淹，官居礼部尚书。右坐武将杨青，年高七十八，仍是气宇轩昂，年少时已随杨延昭身经百战，两臂膊犹如铁铸之坚，曾经见二虎相争，被他力打而服，故人称打虎将，官封无敌将军。还有多少文官武将，都在帐外东西而列。当时范爷见元帅嗟叹，微笑道："元帅不必心烦，圣上命狄青解送军衣，决不敢在中途延误。况今限期未到，何须过虑。"元帅道："范大人，如此天气阴寒，兵丁惨苦，倘或被他再耽迟三五天，可不寒坏了众军。"范爷道："元帅，这狄青既为朝廷御戚，岂不体念军士寒苦，或于限内到关，也难定论。"元帅道："范大人，狄青既然奉旨，限了军期，莫非仗着王亲势力，看得军士轻微，故意耽误日期。"杨老将军笑道："元帅，说哪里话来？如此连天雨雪，三十万征衣，车辆数百，途中好生费力。定然雨雪阻隔行程，如要征衣解至，除非雨止雪消。"元帅道："老将军，若待雪消衣到，众军士已冻死了。"范爷道："元帅既不放心，何不差位将官，到前途去催，不知元帅意下如何？"元帅道："大人之言有理。"元帅正要开言，只见部下一将匆匆跑上帅堂，身长九尺，背阔腰圆，

第二十八回　报恩寺得遇高僧　磨盘山险逢恶寇

面如锅底，豹头虎目，上前打躬道："元帅，小将愿领此差。"一声响震如雷，此人乃焦赞之孙，名唤焦廷贵。元帅道："焦廷贵，本帅着你往前途催趱征衣，限你明日午刻回关缴令，如违定斩不饶。"焦廷贵手持短刀，身乘骏马，带上干粮火料，离关飞马而去。

此话暂停，且说三关之内，相离一百里之遥，有座磨盘山，山上有两名强盗，乃嫡亲手足。长名牛健，次名牛刚，强占此山已有一十二年，喽啰兵约有万余，粮草也足够三年之用，这两名强盗无非打劫为生，不想做什么大事，故杨元帅道他蝇虫之类，不介于怀。又有李继英自在庞府放走狄青，与庞兴、庞福，踞了天盖山为盗。只因庞兴二人，心性不良，只得一月，李继英见他残害良民，难以相处，分伙而去，路经磨盘山，又结识牛家兄弟，他二人向与孙云有事相通。是日清晨，孙云有书送来，二人看罢，牛健道："原来孙二老爷要害狄王亲，叫吾劫他征衣，你意下如何？"牛刚道："哥哥，孙大老爷乃庞太师女婿，并且孙云前时向有关照，我们岂可逆他之意？况有金宝相送，有什么劫不得？"牛健道："劫是劫得，但这狄青与我们并无仇怨，劫了征衣，害他性命，于心不忍。"牛刚笑道："哥哥，若狄王亲往日与弟兄相交，今日也原难劫他的，妙在一向无交，正好行此事了。"牛健闻言，只得回了来书，白银五两，赏了来人，立时召集众喽啰，吩咐已毕，忙着人请来三大王李继英，牛家弟兄起位迎接。牛健笑言道："三弟，方才孙二老爷有书到来。只因孙大老爷与狄钦差有仇，如今狄青奉旨押解征衣到三关去，胡孙二老爷托着我们劫取征衣，使他难保性命。有劳三弟管守此山，我兄弟各带喽啰五千，下山去劫掠他征衣。"李继英听了，想了一番，摇首道："不可劫他征衣，这是朝廷之物。二位哥哥，休得听孙云之言，莫贪此无义之财才是。"牛刚道："三弟之言却像痴呆，哥哥不可听他之言。"继英又道："二位哥哥，那孙家乃是奸臣一党，奉承着奸臣，非为英雄，你二位果要劫掠征衣，我等就断了结义之情便了。"牛健闻言，怒形于色，二目圆睁，喝道："胡说，你是异姓之人，如何做得我们之主！"李继英想道：看他们如此，料想阻挡不住，不免待吾预先通个信息，叫狄公子准备便了。这继英带着怒容，气冲冲，单身上马，提了双鞭，匆匆而去。牛健弟兄也不相留，即时兴兵下山。

却说李继英到山入伙之时，只说是天盖山的英雄，牛家兄弟并不知他是庞府的家人，为私自放走狄青逃出来的。若知此缘由，必不对他说此事了。当日李继英冒着风寒雨雪，跑马如飞，岂知一来道途不熟，二来性急慌忙，走错了路途，故不能保得征衣。是以张忠、李义不知缘由，不得准备，这且不表。

却说牛健弟兄各带五千喽啰，留下二千守山寨，各执兵器，杀下山来。牛氏兄弟在此山为寇，已十二年，哪个僻静地头不熟，料想东京来必从此道经过，如今果然不出所料。原来上一天，张忠、李义等候狄钦差择地安营，岂知去久不回，张、李二人只得商量屯扎荒郊，埋锅造饭。

不知强盗杀来，是否劫得征衣，且看下回分解。

第二十九回

信奸言顽寇劫征衣　出偈语高僧解大惑

话说李义说道:"张二哥,今天风霜雨雪已消了,但狄哥哥昨天往寻地方扎屯征衣,因何至今不见回来。待他一回,好赶到关了。"张忠道:"三弟,我想这狄哥哥实有些呆痴,前数天一人独出,险些被飞山虎结果了性命。今日又不知哪里去了。"正言之际,忽有军士飞报:"启上二位将军,前面远远刀枪密密,不知哪里来的军马,恐防征衣有碍,请二位将军主裁。"李义喝道:"有路必有人走,有人马必持军器。我们奉旨解送征衣,谁敢动它一动,轻事重报的戎囊,混账的狗王八!"军士不敢再多言,去了未久,又来报道:"启上二位将军,两彪军马杀近我营来了。"张忠、李义齐言:"有这等事!"一同出外观看,果有两支军马,分东西营杀进,刀枪剑戟重重,喧哗喊杀,大呼:"献出征衣。"牛大王五千喽啰,冲进东营,二大王五千喽啰,杀入西营,张忠、李义连呼:"不好了!"即速上马,取家伙不及,李义拔出腰刀,张忠抽出佩剑,喝令众军抵敌强人。岂知牛刚、牛健的人马,分左右杀将进来,好生厉害。但闻高声叫喊:"献出征衣。"张忠、李义心慌意乱,各出刀剑迎敌。张忠挡住牛健,李义敌截牛刚,东西争战,哪里顾得征衣,三千军士又不知喽啰多少,喊战如雷,早已惊慌四散,纷纷逃窜,各自保全性命去了。当下三十万军衣及粮草盔甲马匹,尽数被劫上磨盘山而去。

再言张忠与牛健对敌,手剑短小,抵挡大砍刀不住,只得纵马败走。却被牛健追了三四里,幸得李继英遇见,一同奔来接战,张忠复回马,二人杀退牛健,也不追赶。

且说李义与牛刚大杀一场,亦因腰刀短小不趁手,放马败走。牛刚见他去远,不来追赶,带领喽啰回归山寨,却遇牛健,兄弟喜悦而回。先表李义败回,心中大怒道:"可恨,可怒!不知哪里来的强盗,如此厉害。"又有败回军士聚集报道:"启上将军爷,征衣、粮草、马匹,尽被劫去了。"

李义一听，连声说："不好了！"又问："张将军哪里去了？"军士道："杀败而逃，不知去向了。"李义正在烦恼，张忠已至，又多出一个李继英，未明缘故。继英细细说知，方知磨盘山上的强盗受了孙云之托，来劫征衣。李义听了大怒，悔不当初杀却这奴才。又道："二哥，不若我们带了军士，杀上山去，夺取军衣回来如何？"张忠道："三弟不可，方才我二人已被他们杀败了，保也保不住，哪里夺得转来！"李继英道："军衣果在他山中，且待狄爷来时，再行商量吧！"李义道："你们且在此招集败残军士，监守空营，待我去找寻狄哥哥回来便了。"张忠道："焉知他在哪里，何方去找寻？"李义道："人非蝇虫之类，身长七尺之躯，藏得到哪里，有什么找寻不到？待我去找回哥哥，将山中一班狗强盗一齐了决。"说完，怒气冲冲，加鞭而去。张忠与继英只得守了空营等待，也不多表。

且说磨盘山牛氏兄弟带了一万喽啰回到山中，将三十万军衣，收点停屯了，犒赏众喽啰，弟兄开怀乐饮，谈笑一番。牛健忽然想起，拍案说："贤弟，不好了，此事弄坏了。"牛刚道："哥哥，因何大惊小怪起来！"牛健道："贤弟，征衣劫差了。"牛刚道："到底怎生劫差了。"牛健道："三十万军衣，乃是杨元帅众兵待用之物，被我们劫掠上山来，杨元帅岂不动恼么？他关内兵多将广，经不得他差出大军前来征讨，我弟兄虽有些武艺，哪里抵挡得过他，可不是征衣劫坏了么？"牛刚听了，顿然呆了，连声说："果然抢劫得不妙了。杨元帅震怒，必不甘休的，哥哥，不如今宵速速送回他，可免此患。不知你意下如何？"牛健道："贤弟，这是你撺掇我去抢劫的，如今劫了回来，又叫我送回，岂不是害了我么？"牛刚道："如今已劫错了。悔恨已迟。杨元帅大怒，他兵一到，这万把喽啰必不济事了。不若及早送还的妙。"牛健道："我兄弟做了十余年山寇，颇有声名，劫了东西，又要送还，岂不倒了自己威名？而且被同道中讥笑不智了。"牛刚道："如若不然，怎生打算？"牛健道："朝廷御标，杨元帅征衣，擅敢抢劫，还敢大胆送回，只可将脑袋割下送献，方得元帅允准。"牛刚道："果然中了孙云之计了。"当时一个着急一个慌忙，思来想去，不住吃酒。到底还是牛健有些智略，呼道："贤弟，我有个道理在此，我们不免连夜收拾起金银粮物，带了征衣喽啰，奔往大狼山，投在赞天王麾下，定然收录。若得西戎兵破了三关，西夏王得了大宋江山，你我做一名军官，岂不一

第二十九回　信奸言顽寇劫征衣　出偈语高僧解大惑

举两得？"牛刚喜道："哥哥妙算不差。"二人算计已定，传知众喽啰将征衣车辆数百，驾起推出山前，并粮草马匹，一齐载出。二人收拾财物，然后纷纷放火烧焚山寨，下山而去。

再说焦廷贵奉了元帅将令，匆匆来到荒郊，日夜马不停蹄，已是时交五鼓，寻觅钦差不到。他在马上思量：奉了元帅将令，催取征衣，岂知鬼也不遇一个。元帅限我明天午时缴令，如寻至天大亮，回关缴令，就来不及了。如今我不往远处找寻了，且进前边数里看看吧。于是他手持火把，不觉行了数里，猛然抬头一看，只见火光冲天，山丘一片通红。焦廷贵在马上道："这座山乃磨盘山，山上两只牛，做了十多年强盗，从来没有一些儿孝敬我焦将军。如今山上放火，不免待吾跑上山去打抢他些财宝用用，岂不妙哉！"言罢，拍马加鞭，赶到山峰。只见寨中一派火光，哪有一人，便道："两只顽牛都已走散，想是财宝一空了，下山去吧。"打从山后抄转，且喜明月光辉，天犹未亮，跳下山脚，有座驿亭，进内仍有明灯一盏。焦廷贵此时腹内饥饿，就将干粮包裹打开，食个痛快，解下葫芦，将酒喝尽，已是醉饱，且将马拴于大树下，打睡于驿亭中。

此言慢表，却说牛健、牛刚弟兄一路投奔大狼山，行至燕子河前，但无船只可渡，只得绕河边而进。到了大狼山，天色大亮，阳和日暖，雪霁冰散，吩咐众喽啰将军衣、车辆、粮草、马匹停屯山下，弟兄上山求见赞天王。有军士进内禀知其事，赞天王顿时升座金顶莲花帐，百胜无敌将军子牙猜对坐，还有左右先锋，大孟洋、小孟洋坐于两旁。赞天王传令，速唤牛氏弟兄进见。牛氏弟兄进至山中帐下，同见赞天王已毕，仍然跪下。赞天王开言问道："你二人叫牛健、牛刚么？"弟兄二人说："然也。小人乃磨盘山上强民，乃同胞手足。"赞天王道："你二人既然在磨盘山为盗，而今到此何干？"二人禀道："启大王，小人久已有心要来投降麾下，愧无进身之路，幸喜得宋君差来狄青，解送军衣到边关，道经磨盘山，已被小人杀退护标将兵，劫掠军衣到来，投献大王。又有三年粮草，并财帛马匹，精壮喽啰一万二千，伏乞大王一并收用，小人弟兄，当效犬马之劳。"赞天王道："孤打听得朝中狄青乃一员虎将，况三十万征衣，岂无将兵护送，你弟兄有多大本领，杀退得解官，抢劫得征衣，莫非杨宗保打发来的奸细，欲为内应么？"二人道："大王，小人并非杨宗保打发来的奸细,现在磨盘山已火焚山寨,乃是有凭有据的。三十万征衣,余外金银,万余喽啰,马匹粮饷,都在山下,并没有丝毫隐瞒的。"赞天王听了,吩咐大孟洋下山去查明。大孟洋领命,立刻下山逐一检验讫,即回帐中禀知,赞天王方才准了,收录兄弟二人。一万二千喽啰兵注名上册,粮饷归仓,马匹归厩,金宝收贮了,又将三十万征衣散给众兵。这些西戎兵,多是皮衣裘裤,比了大宋军衣,和暖得多,是以众兵用不着,原封不动,待等狄青一到,原璧奉还。此是后话,也不烦言。

却说狄钦差上一夜在报恩寺安宿,至次日早晨乃十月十三日,红日东升,急忙忙洗漱用茶已毕,就去告别老僧,圣觉禅师微笑道:"王亲大人,征衣昨夜已失,但愿有归回之日,大人也不必介怀。如今贫僧有偈言[1]数句相赠,大人休要见笑。此去便有应验。"狄青细思,这老和尚未逢面即知名姓,是个深明德性、潜修品粹的高僧,故一心恭敬,敬领偈言。当下这老和尚向袖中取出一束,递与狄青,狄青双手接过,口中称谢道:"得蒙老师指示,感德殊深。"将出束来一看,有诗四句,诗曰:

  匹马单刀径向西,高山烟锁雾云迷,
   半途刺客须防备,莫教群奸逞意为。

狄爷看罢偈言,收进皮囊,又道:"小将此去边关,不知吉凶如何?还求老师再指迷途,更见慈悲之德。"老和尚道:"大人乃保宋大臣,纵有凶险,自能逢凶化吉,何须多虑。"狄爷听了道:"老师妙旨不差,就此拜别。"早有少年僧牵出龙驹,狄爷坐上,执起金刀,出寺而去。

再说焦廷贵在驿亭中睡醒转来,一轮红日,早已出现东方,揉开二目,说道:"不好了!"插回腰刀,拿起铁棍,急匆匆解下马,跨上征鞍。只为奉元帅将令,要是日午后赶回关中,杨元帅军令森严,一过期限回关即要领罚,是以焦廷贵睡醒,急忙忙地跑走。当时一心回关缴令,只碍着积雪结成冰块,一见太阳就消化了,马要快时,地滑难行。这焦廷贵生来性情躁急,说:"不好了,我赶回关去,尚有七八十里路程,如今已是辰时,这马又行走不快,如何是好?罢了,不要坐这老祖宗,丢下它吧。"想完,忙跳下马,撇在路旁,不知造化何人,书中也难交代。

---

[1] 偈(jì)言:佛经中的唱词。

第二十九回　信奸言顽寇劫征衣　出偈语高僧解大惑　∥149

　　当下焦先锋一程踏冰跑走，反觉快捷，只见前面来了一位黑脸将军。原来此人乃是李义，一路找寻狄钦差，路逢焦廷贵，问道："黑将军可见狄钦差否？"原来李、焦二位英雄的尊容，黑得不相上下，所以李义称呼他"黑将军"。焦廷贵见问，喝道："你这黑人，擅敢与焦老爷拱手么？"李义道："不瞒将军，吾乃狄钦差帐下副将，名叫李义，诨名离山虎的便是。"焦廷贵道："离山老虎果然凶，吾今与你斗上三合，强似我者，才算你为离山虎，如怯弱于我，只算煨灶猫。且看铁棍！"言罢，当真打来。
　　不知二人如何交战，焦廷贵如何回关缴令，且看下回分解。

第三十回

李将军寻觅钦差　焦先锋图谋龙马

当时李义见铁棍打来，短刀架过，叫道："将军休得动手，吾要寻觅钦差老爷，哪里有闲暇与你交斗！"焦廷贵道："说了半天闲话，你今要寻觅哪个狄老爷？"李义道："便是正解官狄王亲。"焦廷贵道："他与你一路同走，一营同住，何用找寻？"李义道："只因他昨日单身独马，觅地安营，至今未见他回转，故往找寻。"焦廷贵听了，喝道："胡说！他既择地安营，怎说不见回转？吾奉杨元帅将令，催取征衣，你反言不见了正解钦差，莫非你得他钱钞，放他脱身走了么？"李义怒目喝道："这狄钦差又没有什么罪名，怎说吾贪他财放走？你这人言来太狂妄了！莫非你暗中陷害了钦差性命，反向我们讨取么？"

当下两人一个言贪财放走钦差，一个言暗中图害他性命，二人都是狂妄粗蠢之徒，争论不休。少停，焦廷贵道："吾今奉元帅将令，来催趱他军衣，怎说吾图害了钦差？倘你这鸟人，激恼了吾焦将军，就要动手了。"李义微笑道："你来催取军衣，休得妄想。军衣三十万已被磨盘山的强盗尽数劫掠去了。"焦廷贵道："此话当真么？"李义道："吾半生未说谎言，为此往寻狄钦差，前去讨取回来。"焦廷贵道："没用的饭囊，你还说去找那磨盘山的强盗么？如今山鬼也没有了，不知走散在哪一方，且请拿下吃饭的东西，去见元帅！"李义听了，吓了一惊，道："不好了！既然强盗奔散，劫去征衣，不知藏在何处，狄钦差未回，怎生是好！可恼强徒，狄钦差性命休矣！"焦廷贵见李义着急，便道："李将军不用着忙，既失了军衣，只求焦将军在元帅跟前讨个面情，元帅决不会计较了。"李义道："焦将军，你休得哄我。"焦廷贵道："谁哄你！"李义道："如此，不如分头去寻觅钦差，倘遇狄钦差，焦将军须要对他说个明白，征衣虽然失去，幸喜军兵未有伤亡，现驻屯荒冈，要他速速回营定夺。"焦廷贵应允，各自分途。

第三十回　李将军寻觅钦差　焦先锋图谋龙马

却说焦廷贵虽是个粗莽之徒，心里倒有些主意，想道：这班强徒既烧了山林，毁了巢穴，又不见投到我关，定然劫了征衣，犹恐元帅发兵征剿，想来立身不定，投奔大狼山而去。正在一路思量，心中恼怒，忽然远远望见马上一员将官，真乃威风凛凛，金甲金盔金刀，盔顶上毫光隐现，便又想道：这员小将的坐骑，在冰雪堆中跑走如飞，更见马相如此奇异，一片淡赤绒毛，定是龙驹，不免打他一闷棍，抢夺此马，回关献与元帅乘坐，岂不美哉！焦廷贵打定主意，将身躲在一株大树背后，等待此将过来。

且说当日狄青别了圣觉僧，依他偈言，望西大道而奔，行了不觉二十余里。果见烟起路迷，封罩树林。狄爷自言道：老僧偈言验了，果然烟封林径。岂知此路是磨盘山后，山寨虽然焚毁，山后却顺着风，故烟锁山林。狄爷想道：既烟迷道途，定然有刺客了。犹恐被他暗算，即发动大刀，前遮后拦，闪闪金光飞越。焦廷贵在大树后，闪将出来一看，不觉呆了，想道：此人好生奇怪，难道知吾要在此打他闷棍么？一路而来，舞起大刀，劈前挡后，做出几般架势来。他的刀法紧密，哪里有下棍之处？一闷棍也闷不得他，不免做个挡路神吧。若不抢夺他马匹，不见老焦的厉害。想罢，即跳出迎面横棍挡住，大声喝道："马上人休走，腰间有多少金银，尽数留下来！"狄青住马一观，原来乃一条黑脸大汉，手提铁棍，要讨金银。狄青亦不着恼，徐徐答道："本官只有一人一骑，并无财帛，改日带来送你如何？"焦廷贵喝道："你不遇我，是你造化，若遇了，路途钱定然要拿出来的。"狄青道："身边实在没有钱。"焦廷贵道："当真没有么？"狄青道："果真没有。"焦廷贵道："罢了！航船不载无钱客，你既经由我径，必要路途钱了。若果没有钱钞送我，且将此马留下折抵，便放你去路。"狄青道："要本官的坐骑么？倘若不送此马，你便怎样处置？"焦廷贵道："不容你不送。你若不送此马，我手中家伙强蛮了。"狄青道："吾固愿送你，只因同行伴当不愿，如若同伴允了，本官即送你了。"焦廷贵道："你伙伴在哪里？"狄青金刀一摆，大喝道："狗强盗，此是本官的伙伴，今无别物相送，且将金刀送你作路途钱。"金刀连连砍发，焦廷贵铁棍左右招架，哪里抵挡得住，震得双手疼痛，大刀已将铁棍打下地了，大叫："不好！真厉害！马上将军，饶恕了小将，休得动手。"狄爷冷笑道："你今要钱钞马匹否？"焦廷贵道："不要了，让你去吧。"

狄爷道:"速速与本官送来路途钱,好待趱程。"焦廷贵道:"我既不要你的钱马,你反讨我的路途钱,有此情理否?"狄爷道:"没有钱钞送上,定然不去。"焦廷贵道:"我不知你这俊俏人如此厉害,如今真的没有钱钞携来送你。"狄爷道:"既无钱相送,且将一件东西抵押,就趱程了。"焦廷贵道:"没有什么东西,也罢,且将这副盔甲奉送如何?"狄爷道:"不要!"焦廷贵道:"朴刀、铁棍送你吧。"狄爷道:"要它没用处,焉抵得你身上的好东西。"焦廷贵道:"这不要,那没用,难道我身边还有什么好东西么?"狄青微笑道:"休得胡说,只要你的脑袋。"焦廷贵喝道:"这东西实乃奉送不得。"狄青道:"这也何难,只消本官一刀撇下了。"焦廷贵道:"这东西实难送的,倘拿下送你,教我拿什么物件饮食?"狄青喝道:"既不肯将脑袋相送,本官伙伴强蛮了!"说着,提起金刀,正要砍下,焦廷贵慌了,高声喝道:"你这人不要错认我为强盗,我乃三关上杨元帅麾下焦先锋,你若杀我焦廷贵,杨元帅要与你讨命的。"

狄青听了此言,住手想道:边关有个焦廷贵,乃是当初焦赞之孙。想他既为边关将士,为何作此奸歹之事。即喝道:"你乃杨元帅麾下先锋,缘何在此做这般勾当?莫非你贪生畏死,假冒焦先锋么?"焦廷贵道:"哪里话来!我乃一个硬直汉,哪肯假冒别人姓名!"狄青道:"既非假冒,应当在关中司职,缘何反在此劫掠,这是何解?"焦廷贵道:"我奉元帅将令,催取狄钦差军衣。只因此乃关中众兵急需之物,限期已满,还不见军衣到关,限我午刻回关缴令。跑近此山,见此匹坐骑,甚是不凡,急欲劫回关中,送与元帅乘坐,此是实言。"狄爷道:"元帅差你来催取征衣么?本官乃是正解官狄青。"焦廷贵厉声喝道:"你是何等之人,胆敢冒认钦命大臣,罪该万死!"狄爷笑道:"一钦差官,有什么稀罕,何致冒认起来。"焦廷贵道:"你既是狄钦差,缘何一人一骑耍乐,却何以不见征衣?"狄爷道:"现屯在前途,不出二十里外的荒郊中。"焦廷贵听了大笑不已。狄爷道:"你发此大笑,是何缘故?"焦廷贵只是笑而不言。狄青道:"你这人莫非痴呆么?"焦廷贵道:"我虽则半癫半呆,只是你们管的征衣尽行失去了。"狄爷闻言,着惊道:"果然应了老僧之言了。"焦廷贵还在那里呼笑不休,狄爷道:"焦将军,你既知军衣失去,必知失在哪个地头所在。"焦廷贵道:"你追寻失衣的所在,莫非要我赔还你么?"

第三十回　李将军寻觅钦差　焦先锋图谋龙马

狄青道："非也，只要焦将军言明失却在哪方，我自有道理。"焦廷贵道："失在大狼山赞天王贼营里边。朝廷差你督解军衣，应该小心防守，怎么尽数失了，反来诘问于我，还不割下脑袋来，往见元帅。"狄青道："失去征衣，原是下官疏失。既然失落大狼山，我即单刀匹马立刻去讨回，岂惧贼将强狠。倘若缺少一件，也不算好汉。"焦廷贵道："你这人好是痴呆的了！管也管不牢，还出此妄言，单刀匹马取回，你今在此做梦么？大狼山赞天王、子牙猜、大小孟洋，英雄无敌，且有十万精兵。杨元帅血战多年，尚难取胜，你这人身长不过七尺，一人一骑，不要说与他交锋，被他一唾，你也要淹倒了。休得痴心妄想，你若知权识变，早些听我好言，最好逃之夭夭，待我回关禀明元帅，只说强盗劫去征衣，杀了钦差，你即回去，隐姓埋名，休想出仕，以毕天年，方保得吃饭的东西。"狄青听了此言，不觉动恼，双眉一耸，二目圆睁，叫道："焦将军休得小视本官。我岂惧怯赞天王等强狠，我自有翻山手段，管教他马倒人亡，才显得我狄青平生本领。"焦廷贵道："我今听你说此荒唐之言，真乃要河边洗耳，不堪听的。"狄青道："焦将军，难道你不知么？"焦廷贵道："岂有不知，固知你是太后娘娘嫡亲内侄，但太后的势头压不倒西戎兵将。"狄爷喝道："胡说！谁将势头来压制贼帅，本官在京刀劈王提督，力降龙驹马，赫赫扬扬，谁人不晓。今宵定必服了赞天王，单刀一骑，大破十万西兵。"焦廷贵道："倘你杀不得赞天王，讨不转征衣，那时一溜烟走了，叫我老焦哪处去寻，实信不得你。"狄爷道："我亦不与你斗弄唇舌，倘杀不得赞天王，愿将首级送你回关缴令。我倘讨回征衣，烦焦将军在元帅跟前与下官讨个情，将功折罪，可允准否？下官不知大狼山在于哪方，还要劳你指引。"焦廷贵道："你果除得西夏将兵，即征衣失去，元帅也不敢加罪了。大狼山路程，小将更为熟识，如今不必多言，就此去吧。"说完，拾起铁棍，踏开大步而走。一双飞毛腿，不弱于狄青现月龙驹。

　　却说那焦廷贵是个痴呆莽汉，说话牛头不对马嘴。方才李义明说被磨盘山强盗劫去征衣，是有凭有据实事。他并不提起，反说征衣现在大狼山赞天王营中，此是焦廷贵见磨盘山放火烧尽，随便猜度猜度。不想果然被他猜准了，反助着狄青立下战功，这实乃出于意外。当日二人迅速前行，已有数里，前面燕子河并无船筏可渡。若对河能走，只得五里之遥,倘沿河周围而走,却有十多里。狄爷勒马,二人商量,只得绕着河边而走。幸喜龙驹跑得快捷,焦廷贵两腿如飞,一连跑了十里,其时日交巳刻了。相近大狼山不远,又只见远远一座高山,连天相接,密密刀枪如雪布,层层旗幡似云飘。又闻吹动胡笳,声声嘹亮,有巡哨的巴都军四山巡逻,许多番将驰骋如飞。狄爷看罢,呼道:"焦将军,前面这一座高山,一派旗幡招展,莫非即大狼山么?"焦廷贵道:"正是,只恐你今见了此山,魂魄已消了,还敢前往对垒争锋否?"

不知狄青如何答话,到山讨战胜败怎分,且看下回分解。

第三十一回

勇将力剿大狼山　莽汉误投五云汛

当下焦廷贵激诮着狄青，狄青却不着恼，只道："焦将军，休得多言，你且看下官去讨转征衣，才见我言非谬。"焦廷贵道："你果能杀得赞天王，讨得回征衣，就算你有仙人手段。但我不能帮助你，只好远远在此树林之中等候。"狄青允诺，一连打马三鞭，飞跑到半山，高声喊道："叛贼赞天王，抢掠了征衣，速速送还，万事全休，有胆的出来会我，否则本官即杀上山来了。"早有巡哨军进寨报知。是日赞天王与众将同在帅堂吃酒寻乐，吹番笛，唱番歌，正在热闹之际，小番进言跪报："山下有一小将，单刀独骑，十分猖狂，要讨还征衣，与大王会阵。如无将士出马，他即杀上山来了，请速定裁。"赞天王道："宋将有多大本领，如此狂言。他若讨取征衣，且还他便了。"子牙猜道："不可，我自兴兵以来，威名远震，个把宋将，纵然强狠，岂可一朝示怯，还他征衣！"赞天王道："孤这里众兵原不用这些征衣，还了他也无所损失。"子牙猜道："大王若将征衣还他，敌人只道我等惧战，畏怯于他，断然还不得的。"言未了，又闻报："山下小将自称解官狄青，必要与大王见个高低，若再迟延，他就杀上山来。"赞天王道："宋将如此猖狂，反要与孤家对敌，可恼，可恼！"传左右抬过兵器盔甲。

这赞天王生来面似乌金，两道板眉，豹头虎额，凛凛神威，狮子大鼻，口阔唇方，两耳长拖，眼珠碧绿而圆，海下花须，半如炭色。身长一丈二尺，声如巨雷，他乃圣帝跟前一大龟化身。穿挂上镔铁铠甲，手持流金铛，骑上乌骓马，不异金刚神汉，实乃西夏国首位英雄。赞天王想道："孤家屡上沙场，未逢敌手，狄青单刀独骑杀来，取他首级，不费吹毛之力。如若多带兵丁，杀了他一人，反被宋人说我以众欺寡了。"故赞天王不带一卒，拍马加鞭，一声炮响，冲下山坡。子牙猜、大小孟洋齐至山峰观看。

赞天王跑出山前，高持流金铛，大喝道："宋朝来的无名小卒，有多大本领，敢来大王额上捏汗么？速速回马，还可保全性命！"狄青道："番奴休得无礼，吾乃大宋天子驾前，官居九门提督，狄青是也。吾金刀之下，不斩无名弱将，快通上姓名。"赞天王道："孤乃西夏王御弟，今奉命为监军总督，赞天王是也。"狄爷大喝道："叛逆畜生，还不知我主嘉祐王，乃仁德之君，文忠武勇，屡次对你宽容，我主以悯惜生民为心，故不行征伐，是你造化。今又胆大将本官数十万军衣劫掠，今日断难饶你狗命。"赞天王喝道："狄青！休得妄夸大言，孤自兴兵七八载，百战百胜，杨宗保尚且不敢出敌，你乃黄毛未退的小儿，休来送死。况我国自唐末时，已世代称王，今日兵雄将勇，取你大宋江山易如反掌，且吃我一铛！"言未了，一铛打来，狄青金刀，毫光闪闪地挑开。若问赞天王身高一丈二尺，比狄青七尺之躯，虽则龙马高大，还比赞天王短了三尺多。他虽是刀法精通，然赞天王实力很大，狄青与他兵刃交锋七八合，觉得两臂酸麻，难以抵敌。斯时欲败而不可败，欲战又不能战，这焦廷贵在树林中，出头一瞧，高声大喊道："大狼山翻不转，赞天王杀不成，军衣讨不还，流金铛敌不过。"这几句话送到狄青耳边，激恼得他只得拖刀而走，赞天王拍马追赶。狄青心想：圣帝赠我的法宝，今日危急之际，不免试用起来才是。便勒住马缰，急向皮囊中，取出七星箭一枝，呼念："无量寿佛。"登时祭起一道金光，飞绕空中。赞天王眼昏神乱，兵刃低垂，七星小箭犹如流星一般，嘤嘤作响。焦廷贵大呼道："好个戏法来了！"只听得空中一声响，宝箭飞射下来，金光四射，向赞天王头盔心射下，复飞起空中。此时赞天王痛得难当，马上翻身跌下。焦廷贵一见，飞步赶上，拔出腰刀，将头砍下，把发束住在铁棍上，踏扁铜盔，收藏怀内。狄青将手一招，收回七星箭。焦廷贵好生喜悦，道："不想你有此妙法，来弄倒了赞天王。这等看起来，打破大狼山却是容易了。"狄青道："焦将军自去收拾番奴首级。"焦廷贵答应道："且再收了子牙猜，收还征衣，攻破大狼山，回见元帅缴令吧。"狄青允诺，大呼道："子牙猜，我狄青在此，速将征衣献还，倒戈投顺，便饶你等狗命，若再延迟，我即杀上山来，不饶一卒。"

且说子牙猜见赞天王被他杀下马来，大惊道："不好！"番兵扛来铁铠，即刻上马，提持兵器。这子牙猜生得面方而长，淡青颜色，浓眉高竖，两耳张风，阔额大鼻，颏下根根赤短须，身高一丈余，膂力不亚于赞天王。

第三十一回 勇将力剿大狼山 莽汉误投五云汛

只见他手执金楂槊,约数百斤沉重,乘上一匹追云豹,十分凶恶。当即带领一万番兵,一声炮响,飞奔杀下山来,大喝道:"小小宋将,本事低微,用此邪术害人,有何稀罕!"狄青大喝道:"来将可是子牙猜么?"子牙猜道:"既知本先锋大名,还不献上首级,还敢多言猖獗,且看金楂槊!"当头打来,狄青大刀急架相迎。若论子牙猜力量,虽则次于赞天王,然而力气强于狄青。当日二员猛将,你一刀,我一槊,杀得征尘四起,番兵喊声如雷。正在战杀之际,焦廷贵大呼道:"不要平战,再变一套戏法,我又要割脑袋了。"

当时狄青眼看抵敌不住,虽然未闻焦廷贵之言,然而却有此意。于是左手架槊,右手向怀中取出金面牌带上,念声:"无量寿佛。"焦廷贵笑道:"如今不弄戏法,竟在此演戏了,狄钦差真乃趣人也!"子牙猜见了此法宝,登时昏了,目定口呆,手足低垂,金楂槊跌于地上。只听得半空中一声响亮,一阵霞光,子牙猜喊了一声,七窍流血,直僵僵地翻于马下。狄青一刀,枭去首级。焦廷贵大悦道:"妙妙!戏文做得果然高!"一万番兵,吓得四散奔逃,狄青也不追赶。焦廷贵又将首级拾起,悬于棍上,仍踏扁头盔,塞于怀中。大叫道:"狄大人已经收了二凶番,余人不足介意,快些杀散山番蛮将,取得征衣回转。"狄青收回宝牌,大呼道:"杀不尽的鼠辈,快下山来,会吾祭刀!"当有大小孟洋,吓得神魂不定,登时提刀上马,尽领十万番兵,众副将杀下山来。犹如山崩海倒一般,将狄青团团围困,喊声连天。狄青纵然武艺精通,但数十员番将,十万番兵,究竟非同小可。狄青飞动大刀,连杀番兵数百人,无奈兵多将多,不能杀出重围。焦廷贵远远瞧见势头不妙,挑起两颗首级,如飞跑去,要先回边关报知元帅,添兵帮助,此话慢提。

却说狄青被番将密密围住,左冲右突,杀得血染征袍,番将坠马者不少,众兵亦不敢逼近他马前。那狄青跨下现月龙驹,乃一龙马,异于寻常,见势危急,忽然大吼一声,吓得偏将与两孟洋的坐马纷纷跌倒,反将众兵踏死甚多。狄青趁此持大刀急劈,杀出重围而去。两孟洋与众将都吓一惊道:"狄青这匹马,分明是马祖宗也。"只得吩咐小番,将两个尸骸抬上山去,令牛健弟兄好生成殓,保守山寨,自己带了十万兵,到八卦山去见伍大元帅,待他尽起大军与杨宗保算账,并捉拿狄青。当日一路旗幡招展，往八卦山而去，大狼山单剩牛健弟兄，一万喽啰兵把守。

且说狄青杀出重围，跑下山来，不见番兵追赶，放心住马。想来戎兵众盛，一人难以讨取征衣。息憩一会，又见大队军马，往山后远远去了，不知何故，即拍马又奔上山峰，大喝道："鼠辈！还不送转征衣，必要杀尽了才送么？"正在痛骂，牛健弟兄觉得惊慌，吩咐一万小兵放箭。狄青正在观望，只见箭如飞蝗骤雨，纷纷射来，将金刀舞动，纷纷撇下山中，一支也近不着他。但此时日短夜长，早已黄昏天气了。狄青心想：今天料难讨还得征衣，不如回营，明日再来讨索便了。

慢说狄青回营，先说焦廷贵棍梢上挑了两颗首级，喜色洋洋，来到燕子河边，绕河而走。这焦廷贵虽然走得快，然绕河而走，将有二十里，到了五云汛上，已是初更了。此时月色光辉如昼，一路想道：到得关中，请到元帅救兵，已来不及了，狄钦差胜负已见，不必急走回关，也不用枉费气力，不免先到五云汛上李守备衙中，不忧这官儿不请我焦老爷吃酒。想罢，转向五云汛来。只见守备衙门关闭了，只有巡哨兵丁，在此敲梆打鼓。更筹已是一更天，一对守备府提灯，甚是光辉。焦廷贵到了府门，大呼小叫，将门敲得犹如擂鼓，大喝道："门上有人在么？快些叫李守备出来迎接我焦将军！"当下惊动了把守门兵，跑出一瞧，只见一位黑脸将军，手持腰刀铁棍，挑着两颗人头，鲜血淋淋，好不害怕。不敢怠慢，呼道："此位哪里来的，到此何事相商？"焦廷贵开口就骂道："狗王八！我乃边关杨大元帅帐前先锋焦老爷，难道你不认得么？"这兵丁听了，惊吓不小，慌忙跪下道："小役不知将军爷驾到，望乞宽容免罪。"焦廷贵道："我又不来杀你，又不罪你，为何这等畏惧？好个胆小之人！只这两颗人头要卖，如今卖不去，速唤李守备出来买了。"这小兵诺诺而去，一重门一重门叩开，有丫头传进话来，守备李成听得大惊，忙与沈氏奶奶酌议道："边关这焦廷贵，呆头呆脑，不知哪里将人杀害，拿人头来强卖诈银子，若不将他招接，必有是非寻扰。"

这李守备妻沈氏，虽乃一妇人，却有些胆识。她胞兄沈国清，在朝现为西台御史，拜在庞洪门下，也是不法奸臣。李守备单生一子，乃沈氏所出，名唤李岱，父子同守五云汛。这李岱年方十八，习学武艺，目下已为千总武职。当下沈氏听了笑道："老爷休得惧怯，这焦先锋将人头发作,无非借端强取些东西。"李成道:"他若要我的财帛,这就难了。"沈氏道:"他是上司,老爷是下属,上司到来,理当迎接。如他来要财帛,你只说我是穷乏小武员,实难孝敬。闻得此人是位贪酒之客,你且请他吃个醉饱,管教他拿了人头,远远到别方去发利市,也未可知。"

不知李成如何打发焦廷贵出衙,且看下回分解。

第三十二回

贪酒英雄遭毒计　冒功宵小设奸谋

　　当下李成听了沈氏之言，大喜道："贤妻高见不差。"即换衣冠，出至府堂道："不知焦将军夜深到来，迎接不周，卑职多多有罪。且请将军至中堂落座如何？"焦廷贵道："李守备，这两颗脑袋。你可认识么？"李成道："实认不得。"焦廷贵道："你真乃一个冒失鬼了，与我拿此宝贝去吧。"李成允诺，将双手接过铁棍、人头道："焦将军请进来。"焦廷贵进至内堂坐下，喊道："李守备，比如上宪来到你衙中，该当孝敬东西否？"李成道："该当孝敬的。"焦廷贵道："我今亲自到此，说什么周与不周的迎接，只明欺我好性子，难道你颈上多生一颗头么？"李成道："焦将军请息怒，如若将军常常来惯的，自然不时伺候，但将军忽然而来，卑职其实不知，伏唯谅情宽恕。"焦廷贵道："也罢，你既出于不知，不来多较。但我今夜杀尽大狼山敌人，如今要转回三关，尚有百里多路，未带得盘费，进不得酒肆，是以将两颗首级售与你，速将盘费拿出。"焦廷贵对李成说此蛮话，无非希图些酒食，李成心中明白，想道：他说什么杀尽大狼山，我想大狼山兵多将勇，他如此莽夫，焉有此手段。这两颗首级，不知哪个倒运的被他杀了，在我跟前夸张恐吓。即道："焦将军，你身无坐骑，怎说杀尽大狼山强盗，莫非哄我的。"焦廷贵道："好个不明白的李守备，你岂不闻将在谋而不在勇，兵贵精而不贵多。为将者于军伍中畏怯而退，乃庸懦之夫，非英雄将也。"李成道："大狼山赞天王、子牙猜、两孟洋，英雄盖世，更有十万雄兵，杨大元帅尚且不能取胜，焦将军只得一人，如何杀得尽他将兵？"焦廷贵冷笑道："你言我杀不得西夏兵将么？这是赞天王的首级，此是子牙猜的首级，乃本先锋一手亲杀的，难道是我偷盗来的？好个不识货的李守备！"李成道："果然是焦将军亲除此二巨寇，立此大功劳，实乃可喜可贺。但不知怎生杀法？还望将军说明。"焦廷贵道："不瞒你，我一箭射倒赞天王，割下首级，一朴刀砍死子牙猜，取他脑袋，

第三十二回　贪酒英雄遭毒计　冒功宵小设奸谋

杀得大小孟洋十万西夏兵四方逃奔，杀得好爽快。"李成道："请问将军，并无弓箭，如何射得赞天王？"焦廷贵喝道："以下属盘诘上司么？多管闲账！"李成诺诺连声，不敢再问。焦廷贵道："两颗人头，我要回关报功的，实不能卖与你。但我既到此，你是下属，今天怎生相待？"李成道："卑职是个穷小守备，实难孝敬，只好奉敬三杯美酒，聊表微忱，且暂屈一宵如何？"焦廷贵道："请我饮酒么？也罢，只要酒吃得爽快，便不深究余外的事了。"

李成诺诺连声，进内与妻相议道："外厢焦廷贵说是箭射赞天王，刀砍子牙猜，现有两颗首级在此。我今欲思谋了焦廷贵，拿首级往见杨元帅，与孩儿李岱冒了此功。待杨元帅奏知圣上，定然父子加封官爵，岂不留名千古么？"沈氏听了大喜道："老爷好高见！"即时传令众丫环，往东厨安排酒馔。那焦廷贵说话荒唐，哄着李成，将功冒认，称己之能，岂知弄出天大祸事来。

当夜李守备存心冒此功劳，故将蒙汗药放在酒中，焦廷贵是个贪杯的莽汉，见此美酒佳肴，畅饮大嚼，食尽不休，吃得东歪西倒，不一刻已遍身麻软，动弹不得。

李守备一见满心大悦，便对儿子说明，李岱是个胆怯少年，听了说道："爹爹，此事行不得的，还要商量才好。"李成道："我主意已定，还用什么商量？"李岱道："爹爹，孩儿想这焦廷贵，乃是杨元帅麾下的先锋，倘或果然杨元帅差他出敌，立了功劳，而今爹爹弄死他，前往冒功，元帅不信，盘诘起来，一时对答不及，就要败露了。倘然机关一泄，此罪重大如天，那时父子难逃军法，反惹人耻笑，望爹爹参酌乃可。"李成听了冷笑道："孩儿你真乃一痴呆人了。这是送来的礼物，焉有不受之理，我与你暗中杀了焦廷贵，神不知鬼不觉，拿了两颗首级到关，只言十三夜父子二人在汛巡查，只见赞天王、子牙猜在汛口上图奸百姓之妻，吾父子不服，吾一箭射死赞天王，你一刀杀了子牙猜，连夜拿了首级，特到辕门献功。杨元帅定然欢欣，自然申奏朝廷得知，稳稳一二品的前程，强如守备微员，无人恭敬，千总官儿，到老贫穷。"若问富贵荣华，谁人不妄想的，当时李岱听了父亲之言，竟如上梯一般的容易，其心已转，便道："爹爹，此事要做得周密便好。"李成道："有什么做不周密，杀了焦廷贵，便放心托胆,到三关去献功,轩轩昂昂,做位大员,好不快意。"李岱道:"爹爹既然如此,须要杀得焦廷贵暗秘才好。"李成道:"这也自然。你去取一条大绳,即将焦廷贵牢牢缚住。"李岱只是浑身发抖。李成骂道:"不中用的东西!这一点点的小事,就要发抖。"李岱道:"爹爹,这个勾当,孩儿实在没有做惯,故弄不来的。"李成道:"现现成成一人杀不来,如何上阵打仗交锋?"李岱道:"爹爹,所以孩儿只好做一个千总官儿玩玩。"李成道:"如此且闪开些,待我来!"李岱道:"爹爹,小心些,不要反被他杀了。"李成喝道:"休得多言!"即拿起尖刀,叫道:"焦廷贵,不是我今天无理;进禄加官,谁人不想,今日杀了你,休得怨我不仁。"

　　正言语间,不知为什么心也惊,胆也不定,两臂也酸麻起来。李岱在旁想道:我家爹爹有些硬嘴。便问道:"爹爹为何不下手杀他?"当时李成走上前两步,不觉胆破心寒,莫言下手杀人,连刀也跌下地了。李岱道:"爹爹何故呆呆不拾尖刀?"李成道:"我儿且来帮助我,一刻可成就此事。"李岱道:"儿已有言在先,此事我实在弄不来的。"李成道:"罢了,还是我来。"提刀不觉手软发抖,又是跌下,想道:莫非这焦廷贵不该刀上死,应该水里亡的不成?也罢,不免将他抛入水中便了。又等候了一会,已是二更时候,这李成恐防众人得知,事机泄漏,故待至夜静更深,丫环家丁睡去,外面兵丁人人睡熟,才叫守门的王龙开门,父子二人,取到棍索,把焦廷贵扛抬起来,出了府门。趁着月色,一路匆匆而走。沈氏在府中等候父子回来,想道:今夜害了焦廷贵,决无人知,倘明日父子辕门报此大功,杨元帅定然喜悦,差官回朝奏知圣上,岂不加官封爵,奴亦诰封,好不荣光。

　　慢言沈氏胡思乱想,却说李成父子急忙忙扛了焦廷贵,李岱道:"爹爹,将他抛在哪里?"李成道:"且到燕子河送他下去。"李岱道:"前面有山,涧中有水,抛他下去,纵使淹不死,也冻死他。"李成道:"此算倒也不差。"二人扛抬至山前,见这山涧,月光之下,约略深有丈余,却不知水之浅深。即将焦廷贵抛下,父子二人回转,岂期失手,连铁棍也跌了下去。

　　当时父子欣然跑归,仍是一轮明月当空。沈氏正在等候,且喜父子回来,尚有余馔,夫妻父子,吃过数盏,李成道:"夫人,这段事情,神不知,鬼不觉,我与孩儿拿了首级,连夜到关去献功如何?"沈氏道:"老

第三十二回 贪酒英雄遭毒计 冒功宵小设奸谋

爷,如此快些登程。"当夜李成拿了赞天王、子牙猜二颗首级,与儿子李岱上马出府。沈氏闭门安息。

话分两头,却说狄钦差杀出重围,走马如飞,来到燕子河边,已是月色澄辉。当夜狄青到了燕子河边时,乃焦廷贵束手待毙之际,故一事再分二说。这燕子河隔五云汛有十里程途,是日狄钦差下大狼山,不见焦廷贵,一到河边,方才想起大营在河那边。绕河边走,倒有十五六里,如何是好。只因已有一更时候,心急意忙,要赶回营中。但大水汪洋,无船筏载渡。正要沿河跑走,加上几鞭。岂料这龙驹闻言,直立不动,狄青道:"奇了!莫非龙驹思渡水不成!"不意此马连点头三回,前腿一低,后尾竖起,嘶了一声,即要飞下河中。狄青扣定缰绳,便道:"马儿下不得水也!一下水,你我不能活命了!"此马闻言,倍加纵跳,早已飞奔于水波上了。狄青紧挽丝缰,身不由己,只得随马下水。但见此马发开四蹄,在水面犹如平地。月照河中,马蹄跃水,金光灿辉。狄青初时也甚惊惶,及至到了水中,不觉大悦,笑道:"妙妙!此马世所罕有,能浮水面,是奇见也。但是我在南清宫降妖,你出身原乃金龙化成马匹的,故仍善伏水性。"半刻工夫,已将狄青渡过燕子河,乘着月光,一程跑过数十个山冈。一到了荒郊大营扎屯之所,高声呼道:"张忠、李义,二位贤弟可在么?"

原来当晚张忠、李义与李继英找寻不见狄爷,三人正在烦恼,征衣被劫,又寻狄青不遇,粮草也尽被劫走,营中几千军兵,人人饥寒。忽闻呼叫之声,狄青人已到了营中来了。三人齐道:"狄爷虽然回来了,但征衣已被抢劫。"狄青道:"我已得知,粮草马匹全失,此乃小事也。"又问李继英缘何到得此方,继英见问,即将逃出相府后事一一说知,又要叩头参拜,狄青连忙扶起。继英接过金刀,带过马匹,付交小军去了。张忠、李义道:"狄哥哥,你去找寻地头安顿征衣,一日夜不见回来,却被磨盘山强盗劫抢了征衣,连夜放火烧山,逃走而去,如今只剩下一座空营寨了,看你如何到得三关,向杨元帅复命。"狄青道:"贤弟,征衣失去也不妨,乃是小事。"张忠、李义道:"失了征衣,还是小事,必要失了江山,才算大事不成!"狄青道:"贤弟不知其详,征衣虽然劫去,今日已立了大战功,杀却赞天王、子牙猜,退去十万西兵,到关也可将功赎罪了。"张忠道："哥哥愈觉荒唐了。赞天王、子牙猜，英雄盖世，杨元帅尚且不能取胜，你虽是一员虎将，到底一人一骑，他有十万雄兵，十分劲锐，哪里杀得过他？休来哄着我们了！"狄青道："我非谬言哄你们。"即将报恩寺内得遇老僧人，赠送偈言，路遇焦廷贵，方知磨盘山的强盗劫去征衣，献上大狼山。我单刀匹马，与焦廷贵到了大狼山，箭除赞天王，金面收子牙猜等情，细细说明。李义道："哥哥你既收除得二贼首，也该割下他两颗首级，前往三关献功，难道无凭无据，杨元帅便准信了不成？"

不知狄青如何答说，如何到关，且看下回分解。

第三十三回

李守备冒功欺元帅　狄钦差违限赶边关

当下狄青闻李义之言,即道:"贤弟,这两颗首级,由焦廷贵取下,难道他没有到营中?"李义道:"并未有一人到此。"张忠道:"不好了!焦廷贵拿了首级回关,冒功去了。"狄青道:"不妨,此人是杨元帅的先锋,乃一硬直莽汉,决非冒功之辈。"继英道:"他先回关通知杨元帅,也未可知。"狄爷又问继英道:"方才你言孙云早有书与强盗,劫去征衣,但不知此人是怎生来历,要害我们?"李继英道:"小人自逃离相府,与庞兴、庞福同到天盖山落草存身,不料二人残杀良民,吾因劝告不听,与二人分伙。偶到磨盘山,又与牛健兄弟结拜为盗,不想孙兵部之弟名孙云,将金宝相送,要牛氏兄弟打劫征衣,陷害主人。我再三相劝,二人不允,只得与他们分手,一心想下山通个信息与主人,不料心急意忙,走错路途,来到营中,征衣已失。如今既立了大战功,料失去征衣之罪可赎,不须在此耽搁,趁此天色已亮,即可动身。"狄爷听了道:"你言有理。"李义又将遇见孙云强抢妇女,二人搭救之事,一一说明,并道:"可恨这奴才又通连两名狗强盗,将征衣粮草,尽数劫去,弄得我们众人,受饥忍寒,好生可恶。"狄爷道:"这孙云抢劫妇女,又串通强盗劫征衣,理应擒拿定罪。但无实据,即今趱程要紧,不能追究,暂且丢开。计程急走,明日到关,过限期六天,幸圣上外加恩限五日,明日到关,实过限一天。"连夜拔寨,狄爷上了龙驹,张忠、李义、李继英三人,同上坐骑而行。三千兵丁人饥马渴,一同赶趱三关不表。

且说李成、李岱拿了两颗首级,趁着月光,一路飞跑,到得三关,已是巳牌时分。父子下了马,早有关上的参将游击等把守官员问道:"你是五云汛的守备李成、千总李岱?"二人称是。参将道:"你父子离开本汛,到此何干?这两颗大大人头,哪里得来?"李成道:"卑职父子射杀赞天王、子牙猜,此乃两寇的脑袋,特来元帅帐前献功。"众武员听了,又惊又喜说:

"妙,妙！才智的李成,英雄的李岱！"二人连称不敢当。中军官道:"你且在此候着。"父子应允。

再表杨宗保元帅是日用过早膳,端坐中军帐中,浩气洋洋,威风凛凛,左有尚书范仲淹,右有铁臂老将军杨青,下面还有文武官员,分列左右。杨元帅开言道:"范大人,想这狄青,为钦命督解官,押运征衣,期限一月,又蒙圣上宽限五天,今天尚还未到,想他仗着王亲势头,故意耽延日期,他若到时,不即处斩,难正军法了。"范爷道:"元帅,这狄钦差倘或不是王亲,故意怠惰迟延,也未可知。他乃朝廷内戚,岂敢迟延,以误圣上边兵,尚祈元帅明见参详。"杨青老将道:"解官未到,只算故意耽迟,即迟到一天,不过打二十军棍,何致斩首?元戎的军法,也太严了。"杨元帅想道:范、杨二人,因何帮助狄青,莫非狄青先已通了关节,还是二人趋奉着当今太后?便道:"杨将军、范大人,如若狄青心存为国,顾念全军冻寒之苦,还该早日到关。如今限期已过,况雪霜漫天,众军苦寒,倘遭冻死,此关如何保守?"范爷道:"关中苦寒,未为惨烈,他在途中奔走,迎冒风霜,倍加苦楚。"杨青道:"如若要杀狄钦差,须先斩焦廷贵。"杨元帅道:"焦廷贵不过催趱之人,怎能归罪于他?"杨青道:"元帅限他十三日午时缴令,今日十四还未回关,此非故违军令么?"杨元帅听了,默默不语。正在沉想之间,忽见禀事中军跪倒帐前道:"启上元帅,今有五云汛守备李成、千总李岱同到辕门求见帅爷。"元帅道:"他二人乃守汛官儿,怎敢无令擅离职守,又非有什么紧急军情来见本帅,且与吾绑进来！"中军官启道:"元帅,那李成、李岱有莫大之功,特来报献。"元帅道:"他二人又不能行军厮杀,本帅又未差他去打仗交锋,有何功可报,何名可立?"中军道:"启禀元帅,这李成言箭射赞天王,李岱杀死子牙猜,现有两颗首级带至关前,求见元帅。"元帅道:"有此奇事！传他二人进见。"范爷听了微笑道:"元帅,吾想他父子二人,毫无智勇,如何将此二寇收除?此事实有可疑。"杨青道:"如此听来,是被鬼弄迷了,元帅休得轻信。"杨元帅道:"范大人,杨将军,且慢动恼。若言此事,本帅原是不信,但想李成父子,若无此事,也不敢轻来此报。况且现有两颗首级拿来,那赞天王、子牙猜面容,岂不认识?且待他父子进来,将首级一瞧,便可明白了。"

第三十三回　李守备冒功欺元帅　狄钦差违限赶边关

当时李成父子进至帅堂，双双下跪，口称："元帅在上，五云汛守备李成、千总李岱，参谒叩首。只因卑职父子，箭射赞天王，刀劈子牙猜，有首级两颗呈上。"杨元帅当令左右提近，还是血滴淋漓，元帅细细认来，点首道："范大人，老将军，看来两颗首级，果是赞天王、子牙猜的，请二位看明是否？"二人细认道："果是不差。"心中却觉得李成父子一向无能，今日如何立此大功，有些蹊跷。范爷道："元帅，那首级虽然是两贼首的，但不知李成父子怎么取来，也须问个明白。"元帅道："这也自然。"便发令将两颗首级辕门号令。又唤李成道："你父子二人，有多大本领，能收除得此二寇？须将实情说与本帅得知。"李成道："帅爷听禀。前天卑职父子，同在汛岸巡查，已是二更天时候，只见二人身高体胖，踏雪步月而来，吃得酒醉沉沉，并无器械护身，询问卑职，此地可有姿色妓女。当时我们见他不是中原人声音，即动问他姓名，这黑脸大汉，自言是赞天王，紫面的是子牙猜。卑职父子，见他二人已经醉了，即发一箭射倒赞天王，儿子李岱顺刀劈下了子牙猜，将二人首级割下。今到元帅帐前请功。"

这李成若言在疆场中交战立功，自然众人不信他，说是深夜了，观他酒醉，无人保护，手无兵器，趁此出其无意中下手，说得有理可凭。不但杨元帅，便是范爷、杨青俱已信以为真了，一同出位言道："此乃贤乔梓[1]莫大之功，国家有幸，宁靖可期了，且请起！"李成道："元帅，范大人，老将军，吾父子毫无所能，全仗天子洪福齐天，元帅雄威显著，是以二凶自投罗网。卑职父子，偶然侥幸，何敢当元帅如此抬举，实为惶恐。"元帅欣然扶起李成，礼部范爷挽起李岱，扶他们父子二人起来。元帅吩咐摆下两个座位，父子俱称不敢当此座位。元帅再三命坐，范、杨二人亦命他们坐下说话，李成、李岱只得告罪坐下。帅堂上吃过献茶，元帅又吩咐备酒筵贺功。元帅道："难得贤乔梓除此二凶，大小孟洋，不足介怀了。待本帅申奏朝廷，贤乔梓定有重爵荣封。今日本帅先奉敬一杯，以贺将来。"李成、李岱道："元帅爷虽有此美意，但卑职断然当不起的。"当日帅堂摆开酒宴，李成父子正吃得高兴，忽闻报进狄王亲奉钦命解到

---

[1] 乔梓：指父子。

三十万军衣,现有批文呈上。元帅将批文拆开,上填三十万军衣,九月初八在汴京出发,圣上加恩限期五天,算今天十月十四,只是过限期一天。元帅吩咐,将狄钦差绑进。范爷道:"元帅,狄钦差此刻到关,只算差得半天,且念他风霜雨雪,路途劳苦,应该免绑才是。"杨青老将军也道:"元帅须要谅情些。护载数百辆车、三十万军衣,途中雨雪难行,昨天期到,今日方来,虽说过了限期,不过差得几个时刻,便要绑了钦差,元帅太觉无情了。"元帅暗想,二人定是受了狄青贿赂,所以屡次帮他,便道:"既然如此,免绑,有劳二位出关点明征衣,倘差失一件,仍要取罪。"二人领命。一同出关。范爷东边立着,杨将军西边拱立,开言道:"足下是钦差狄王亲否?"狄青道:"不敢当,晚生狄青,请问大人尊官?"范爷道:"下官礼部范仲淹。"狄青道:"原来范大人,多多失敬了。"深深打拱,向锦囊中取出包待制书一封,双手递与范爷,言道:"此书乃待制包大人命晚生送与大人的。"范爷接过道:"重劳王亲大人了。"狄青道:"岂敢。"此地不是看书之所,范爷就将书藏于袖中,想着:包年兄料得狄青在途中必耽误限期,要我周全之意。又问道:"包年兄与各位王侯,近日如何?"狄青答说:"都很安康。"又向囊中将佘太君之书信取出,揣藏怀内。又向杨青打躬道:"此位老将军是何人?"杨青道:"某乃安西将军杨青。"狄爷道:"原来杨老将军,多多失敬,有罪了。"连连打拱,杨青还礼。狄青道:"吏部韩大人有书,命晚生带上。"打虎将军笑道:"原来韩乡亲不曾忘记我铁臂杨。"此间不便开书,揣于怀内。杨将军不问忠臣,反诘奸党情形,狄青便将冯拯、丁谓、王钦若、吕夷简、陈尧叟、庞洪、孙秀一班奸佞,倚势陷害忠良,恶似狼虎,君子退贬,小人日进的情形说了一遍。范、杨二人嗟叹一声道:"圣上原是明君,但太仁慈,致奸臣胆大弄权,滔天焰势,十分可慨。"范爷又道:"狄王亲,元帅如今正在着恼,只因天寒地冻,征衣待用,理该及早到关。限期在于昨天,今日方至,莫非你果有意延迟?"狄青道:"范大人说哪里话来?晚生虽则愚昧少年,但岂不知天气严寒,征衣乃众将兵待用之物,况且仰承王命,焉敢故意延迟,以取罪戾。奈因途中风霜雨雪,兵丁寒苦,难走程途,不得已停屯,如今延迟一天,不过只差半日。"范爷又问道:"征衣可齐到了么?"狄青道:"到齐了,如今俱屯在大狼山。"范爷听了道:"是何言也!元帅

第三十三回　李守备冒功欺元帅　狄钦差违限赶边关

委我们点明征衣，方好散给众军人，如何反说屯于大狼山，此是何解？"狄青道："大人不用查点了，谅也无差错的。"范爷道："休得闲谈，速令众兵押车辆到来，方可查点给散。"狄爷道："大人，这些征衣已经失去了。"范爷道："怎么说失去的？"狄爷道："被强盗劫去，解往大狼山去了。"范爷道："抢去多少？"狄爷道："三十万尽数抢劫去了，一件也不留存。"范爷听罢，高声说道："不好了！如今是捆绑得成了。"杨将军道："杀也杀得成了，有什么理论说情的？快些去吧，勿来此混账，休得耽搁，且走回朝中，不要在三关上做孤魂怨鬼了。"

不知狄青如何答话，是否被杨元帅斩首，且看下回分解。

第三十四回

杨元帅怒失军衣　狄钦差忿追功绩

当时杨青、范仲淹都道："军衣既然尽失，须要逃走回朝，方得保全性命。"狄青道："二位大人，征衣虽失，明日定然讨还。"杨青道："征衣失在大狼山，你还想讨得回么？随口乱谈，休得多说，快些遁逃，埋藏姓字，方保得性命。"狄青道："二位大人，晚生即未讨回征衣，如立下一战功，可以抵消此罪否？"范爷道："征衣尚然管不牢，被强徒劫去，还有什么大功来抵此重罪？"狄青道："小将匹马单刀，杀上大狼山，已经射杀赞天王，刀伤子牙猜，杀退西戎两孟洋，晚生虽然有罪，但此功可以抵偿。唯望二位大人明鉴推详，引见杨元帅，待晚生领些军马，克日讨回征衣。"范爷道："缘何又是你收除此二贼了，吾却不信。"杨青道："口说无凭，哪人相信，由你说得天花乱坠，且自去见元帅，由你分辩。"

当下三人进关，杨、范二人踱至无人之处，将书拆开，二人看毕，范爷道："包年兄，若是狄钦差违了限期，本部便能一力周全，无奈军衣尽失，除非代补赔了，方得完善。"杨青也道："大人，军衣一失，重罪难宽，叫我二人如何助他？除非圣上有旨颁到，方可免得，不是朝廷赦旨，哪人保得此罪！"当时二人将书收藏过。杨青又道："范大人，若在元帅跟前，说明失了军衣，定然绑出辕门，立正军法了。"范爷道："这也自然。"杨青道："且不要说明，待他自往分辩，我与你见景生情，可以帮衬者帮衬，不可帮衬者，再作道理，范大人意下如何？"范爷道："老将军之言有理。"

二人进至帅堂，杨元帅离位言道："二位大人，军衣可无差么？怎查点得如此捷速？"二人道："——无差。"元帅道："二位且坐。"范爷道："元帅请坐。"当下传狄青进见。

书中交代，前日焦廷贵若说明狄青功劳，李成断不敢冒，只因焦莽夫随便夸口，故敢将焦廷贵弄死，前来冒功，以为死无对证。是时狄青到了，李成父子全不介意，只顾洋洋然在帅堂侧吃酒爽快。狄青见了元帅，弯腰曲背，口称："元帅，正解官狄青进见。"杨元帅见他的盔甲，乃是太祖之物，想狄青虽是太后内戚，总为臣子，怎合用先王太祖的遗物，定然太后赐赠与他。其实此副盔甲，前已交代明白，狄青以臣下，不当用王家之物，故太后另行照式造了一副，赐侄儿使用。今元帅认为太祖之物，心头颇有不悦，即起位立着拱手道："王亲大人，休得多礼。"又问道："批文上副解官石郡马何在？"狄青道："启上元帅，只因副解官石玉，在仁安县金亭驿中，被妖魔摄去，未知下落，小将已有本回朝，启奏圣上。"元帅道："此事关中亦有文书到来。狄王亲解送征衣，本月十三日限满，如今十四日了，极应体恤众兵寒苦，及早赶趱到关交卸才是，为何违限？本帅军法，断不徇私，你难道不知么？"狄青道："元帅听禀，小将既承王命，军法森严，岂有不知。原要早日到关交卸，并非偷安延缓。无奈中途霜雪严寒，雨水泥泞，人马难行，故违限期一天，望元帅体谅姑宽。"范爷点头自语道：你言之有理，只恐说出不好话来，就要劳动捆绑手了，看你如何招架。元帅道："若依军法，还该得罪王亲大人，姑念雨雪阻隔，本帅从宽不较。"即呼统制孟定国，速将征衣散给军中。孟将军得令，正要动身，范、杨二人摇首暗道：不好了！不好了！只见狄爷打拱告道："元帅且慢。"元帅道："却是为何？"狄爷道："征衣已失，无从给散了。"元帅听罢，喝道："胡说！"狄青道："征衣果然尽失了。"杨元帅登时大怒，案基一拍，喝道："你既管解三十万征衣，因何不小心，想是偷安懒怠。御标军衣，岂容失却，不只欺君，且藐视本帅了。"喝令捆绑手，卸他盔甲，辕门斩首正罪。两旁一声答应，刀斧手上前参报过元帅，如狼似虎，上前要动手捆绑钦差。

这狄青两手东西拦开，叫声："元帅，小将虽然失去征衣有罪，还有功劳，可以抵偿。"元帅只做不闻。范爷接言道："元帅，狄钦差既言有功抵罪，何不问他明白，什么功劳可抵此重罪？待他可抵则准抵，不可抵再正军法不晚。"元帅将范爷、杨青一看，暗暗道：你二人说查点过征衣，一一无差，明是代他搪塞，如今还要多言插嘴。范、杨只做不知。狄青却道："若说失了征衣，小将理该正法，但元帅的罪名，却也难免。如若要执斩小将，元帅理该一同正法。今独斩我一人，小将岂是畏死之徒！元帅乃贪生之辈，没奈何将大罪卸在小将身上，只恐圣上知其情由，凭你位隆势重，天波府内之人，也要正罪的。"元帅闻言，心中着实怒恼，案桌一拍，喝道："你失去军衣，难以卸罪，故欲牵连本帅。"吩咐捆绑起来，不用多言。刀斧手应声上前。杨青问道："你的征衣，在哪处地方失去的？"元帅道："不要管他哪个地方失去。"杨青道："元帅身当天下攘寇之任，附近各处军民，皆为元帅所属，失了征衣，元帅有失察捕盗之罪。况这磨盘山离关不过一百里程途，你既为各路督捕元戎，怎可不问？缘何日久纵容，强盗竟敢来打劫征衣，这是杨元帅失捕近处强盗，比之狄青失征衣之罪，加倍重大了。"狄青听杨青如此说，便道："小将在元帅关内地方失去征衣，理该元帅赔补，如何反将小将屈杀，军法上全无此理。待吾与你回朝面见天子，情理上看谁是谁非。你今不过势大相欺，小将乃一烈烈丈夫，岂惧你存私立法的。"范爷听了暗言道：此语却是有理有窍的正论，只怕元帅难以答话，便接口道："你失去征衣，罪该万死，还来顶撞元帅么？吾且问你，将功抵罪，有什么功劳于此？"狄青道："收除西戎首寇赞天王、子牙狰，不是战功么？"元帅喝道："胡说！现有李成父子，射死赞天王，刀伤子牙狰，你擅敢冒认么？不须多说，捆绑手速将解官拿下正法！"狄青冷笑一声道："杨宗保，你真要害我么！也罢，由你便了。"当即卸下盔甲，脱去征袍，刀斧手将狄青紧紧捆绑。

旁边礼部范爷，怒气满胸，打虎将气塞喉咙，狄青厉声大骂道："杨宗保，吾明知你受了朝中大奸臣买嘱，串通了磨盘山强盗，劫去征衣，抹过本官战功，忘却无佞府三字，归附奸臣，辜负圣上洪恩，你虽生臭名万代，吾虽死百世流芳。"这几句话，骂得杨宗保几乎气倒帅堂，二目圆睁，骂道："大胆狄青，敢将本帅屈枉痛骂，速速将他推出辕门斩首！"狄青道："且住！若要斩我，须将赞天王、子牙狰首级，拿来还我，便由你杀。"元帅道："你有什么首级拿来，向本帅讨取？"狄青道："交与焦廷贵拿来，已经你辕门号令，怎说没有？"杨元帅听了，顿觉惊骇，心中有几分明白，忙问左右道："焦先锋可曾回关？"众将道："启禀元帅，焦先锋尚未回关。"范爷听了，只是冷笑，杨青道："既然狄王亲交首级于焦廷贵，须向他讨还，方得分明此事。"正说之间，偶见地下一书，拾起一看，上面写着："长孙儿宗保展观。"杨青微笑道："元戎的家书到了。"此书乃是狄青卸甲解袍时跌落下来。

第三十四回　杨元帅怒失军衣　狄钦差忿追功绩

　　当时杨元帅心中明白，哪里按捺得定，只得立起，一手还拿尚方宝剑，一手接过家书一瞧，乃祖母来的家书，只因在帅堂上，不便拆了观看，且收藏袖中。明知祖母要包庇狄青，一把尚方宝剑，发又发不出，放又放不下，正有些事在两难，便对范爷道："礼部大人，狄青说焦廷贵拿回两颗首级，不知是真是假，须问焦廷贵才知明白，你道如何？"范仲淹听了，冷笑道："狄钦差过却限期，罪之一也；失去征衣，罪之二也；冒功抵罪，罪之三也；辱骂元帅，罪之四也。将他处斩还太轻，理该碎尸，立正军法。"这几句言词，说得元帅脸色无光，只得转向西边，呼问杨青道："狄青失去征衣，原该正罪，但有此大功，可以抵偿，须待焦廷贵回关，方能明白。不知老将军怎样主裁？"杨青道："死生之权，全在元帅手中，缘何动问起小将来了？倘我劝谏不要斩他，又赔补不起征衣，此事牵连重大。我实不敢担当。"杨元帅满脸通红，只得吩咐刀斧手推转狄青，问道："狄青你既能收除了赞天王、子牙猜，可将其情由细细言明。"狄青带怒，大呼道："杨宗保你且听着！"遂将在磨盘山失征衣后，往大狼山杀了二将，交首级于焦廷贵，先回关中报知情由，一一说明。又道："我立此战功，可以抵偿失征衣之罪，你今贪冒我大功，害我一命，却是何故？"元帅闻言，心中不安，杨青笑道："妙！妙！两颗人头，三人的功劳，这官司打起来，着实好看。"元帅即吩咐传进李成父子，二人闻命，齐来进见元帅，只因官卑职小，自然该当跪下。父跪东，子跪西，启道："卑职李成、李岱，谢帅爷赐宴。"元帅问道："李成、李岱，这赞天王、子牙猜二将，乃狄青箭射刀伤的，你父子二人为何冒认了他的功劳，该当何罪？"李成见问，惊吓不小，李岱更是慌张无措。李成心想：只道功劳是焦廷贵的，故立心冒认，希图富贵，岂知乃狄王亲功劳。也罢，事已至此，木已成舟，便抵罪不招，要冒到底了。便道："元帅，实是卑职射杀赞天王，儿子刀伤子牙猜，岂敢冒别人之功，以欺元帅？"元帅道："狄青，那李成、李岱现在这里，你且与他对质。"狄青道："既捆绑了本官，杀之何难，何必多言！"元帅吩咐放了捆绑，觉得面无光彩，尚方宝剑只得放下。

　　不知后事如何，且看下回分解。

第三十五回

帅堂上小奸丧胆　山洞中莽将呼援

当时杨元帅收回尚方宝剑，呼问："李成、李岱，狄王亲在此，你与他对质分明。"李成道："是卑职父子功劳，不消对质了。"元帅又唤狄青道："狄青，若是你的功劳，为何并无一言，与他对话？"狄青道："李成父子是何等之人，叫吾堂堂一品，青衣秃首，与他讲话！"杨元帅又吩咐左右还他盔甲。狄青穿好盔甲，怒目横眉，大言道："拿首级回关者，乃焦廷贵，若要弄明此事，须待焦廷贵回关，本官与这李成父子对质，总是无用。"范爷听了点头言道："钦差大人，如何与冒功的犯人理论，也失了帅堂之威。"杨将军喝道："将李成父子拿下！"左右刀斧手，答应一声，顿时将李成父子拿下，可笑他二人一念之贪，遂至弄巧成拙。元帅即差孟定国，将李成父子看守，又传令唤沈达，速往五云汛确查，十三日晚间可有赞天王、子牙猜二人，酒醉踏雪私行。沈达得令，快马加鞭而去。再令精细兵丁查访焦先锋去处。又对范仲淹、杨青道："二位大人，且与狄钦差做个保人。"范、杨二人道："事关重大，保人难做。"元帅道："且做何妨？"言未已，也觉得面目无光，即退下帅堂，进里厢去了。

当时失去征衣的事情，却抛在一边，重在冒功之事，只等焦廷贵回关，就得明白。范仲淹见元帅退堂，笑道："元帅方才怒气冲冲，只怪狄王亲，却因理上颇偏，又有余太君书一封，要杀要斩，竟难下手。"杨青道："方才险些儿气坏我老人家，我观王亲大人，像一位奇男子，说得烈烈铮铮，才思敏捷，只待焦莽夫回来，自有公论。且先到我衙中叙话如何？"狄青道："多谢老将军。"杨青又道："范大人同往何如？"范爷应允，三人同往。这时关中众文武官员，你一言我一语，喧哗谈论，不关正传，毋容多表。

却说孟定国奉了元帅将令，收管李成父子，上了锁具。李岱叫道："爹爹，太太平平，安安逸逸，做个小武官，岂不逍遥，因何自寻烦恼？痴

第三十五回　帅堂上小奸丧胆　山洞中莽将呼援

心妄想，今日大祸临身，皆由不安天命。"李成叹道："我儿，这件事情，都是焦廷贵不好，狄钦差功劳，他说是自己之功劳，若说明钦差狄青的战功，我也决不将他弄死，也不敢冒认此功了。"李岱道："爹爹，明日追究，招也要死，不招也要死，如何是好？"李成道："我儿，抵挡一顿夹棍，即夹断两腿，也招不得的。"

不言李成父子着急，且表元帅进至帅府内堂，拆展祖母来书，从头看完，想道：若是狄青过了几天限期，孙儿敢不从命周全，奈征衣尽失，罪难姑宽，连及孙儿，也有失于捕盗之罪。如若狄青果有战功，还可将功消罪，但不知焦廷贵哪里去了，想来定是李成父子希图富贵，谋害焦廷贵，混拿了首级，到来冒功的。倘焦廷贵果遭陷害，这件公案怎生结局？是夜元帅闷闷不乐，也且慢表。

再说副将沈达，奉了元帅将令，带了数十名兵丁，向五云汛而来。焦廷贵一夜昏沉，躺在山洞中，若讲水涧，差不多有二丈深，李成将他抛下去，跌也要跌死了，虽然跌不死，天寒大雪，也要冻死了。只为李成父子走得慌忙，连铁棍一同抛下，恰恰搭在洞旁的丛树上，竟是上不着天，下不着地。一夜好睡，已是天明，药力已醒，焦廷贵却忘了昨夜事，手足一伸，大呼："不好了！哪个狗党，将吾身子捆绑了？哪个狗王八，要我焦老爷性命！"两手一伸，断了绳索，又将腿上麻绳解下，周围一看，说："不好了，此方黑暗暗，是什么所在？"又细细想道：昨天要打闷棍，打不着。后同狄钦差往大狼山，一套戏法，射死了赞天王，弄死了子牙猁，番兵大队杀来，自己挑了两颗人头，往三关讨救兵，打从汛上过，有李守备请吃酒，怎吃到这个所在来？是了！定然吃醉而回，却被歹人盗劫了东西，捆绑身躯，抛在山涧里了。想到此处，想往上爬，却是几次爬不到岸上，离岸有二丈多远，难以爬上。山高广大，人迹稀少，直到下午时分，方得一樵子经过，只闻山涧中有人叫道："救人哪！我焦老爷要归天了。"那樵夫住步，四下一瞧，道："奇了！何处声声喊救？"不觉行至涧旁，原来跌下一人，又闻他喊道："上面那人，拉了焦老爷上来，妙过买乌龟放生。"樵子道："你是将烧焦的老人么？"焦廷贵喝声："大胆的戎囊！吾乃三关焦将军，哪个不闻我的大名，岂是烧焦的老人！"樵夫笑道："原来是三关上的焦黑将军，多多有罪了。"焦廷贵又道：“我不过面貌黑色，岂是煀老焦黑的么？不必多言，快些拉我起来，到衙中吃酒。”樵夫听罢，笑道：“原来是个酒徒！”即将绳索放下，焦廷贵两手挽住麻绳，双足蹬着铁棍，幸喜这樵夫气力很大，两手一提，把他吊将起来，大呼道：“像死尸一般的沉重。”焦廷贵上得来，喝道：“不怕得罪我焦将军么？”樵子道：“焦将军，你方才言请我吃酒，休要失信。”焦廷贵道：“你要吃酒，这有何难，且随我来。”樵夫道：“焦将军往哪里去？”焦廷贵道：“且到李守备衙中，即有酒吃了。”樵夫道：“我不去的。”焦廷贵道：“何以不往？”樵夫道：“李守备那个儿子李岱，前月来吾家中强奸我妻，被我取一缸尿撒去，他方才奔去了。我今若到他衙中，此人岂不记恨前情，定然要报雪此恨了。”焦廷贵道：“如此说来，你一定不去，那么焦将军一人去了。”说罢，踩开脚步，奔走如飞，樵夫见了，发笑不已。

不谈樵夫走去，书接前文，莽汉又来到守备衙中，高声呼喊，有管门的王龙出来一看，道：“焦将军，昨夜哪里去了，为何今日又来？”焦廷贵喝道：“来不得的么！快唤这两个官儿来见我！”王龙道：“两位老爷出外去了。”焦廷贵喝道：“狗奴才，无非怕我又要吃酒，虚言相哄。我今不吃酒，只要用膳了。”大步已踏到里边来，当中坐下，双手拍案，喧声大振，呼道：“李成、李岱在哪里？”府内仆人免不得禀知沈氏奶奶，奶奶闻言，吃惊不小，说道：“不好了！焦廷贵不死，即死他父子了。”只得吩咐备酒饭出去。奶奶思量要下些毒药，怎奈日间耳目众多，反为不美。

不表沈氏心如火焚，却言副将沈达，一路上查问，没有踪迹，只因李成说是初更已尽的事情，是以汛地众百姓军民都说不知。一程又到守备衙中，查问众兵役，也说不知。只有守门王龙猜着，定然老爷害了焦廷贵，拿了人头，往三关上献功，这是胆大如天的行为。如若焦廷贵死了，倒也不妨，今焦廷贵现在，老爷公子俱有伤身之祸了。

慢说王龙自语自惊，且说那沈将军到守备衙中，进府堂内，见了焦廷贵，不觉大惊又喜，呼道：“焦将军，你吃酒好有兴，还不快些回关去！”焦廷贵一见笑道：“沈将军，因何你也到此处来？”沈达为人最是仔细，想事关重大，只有在元帅跟前方好说明，若在此处说知，倘被他癫性发作，恶狠狠弄出不好看来，不若暂瞒了这狂莽酒徒为妙，便道：“焦廷贵，元

第三十五回　帅堂上小奸丧胆　山洞中莽将呼援

帅差你催取军衣,到底军衣到否?狄钦差在哪里?为何你也违将令,耽搁限期?"焦廷贵道:"沈将军,不要说起,我昨夜酒醉,跌下山涧,险些儿冻死,还顾得什么征衣、军令的鸟娘!"沈达道:"元帅只因你违误军令,大为发怒,差我来抓你回去,如若延迟,取下首级回关。"焦廷贵道:"延迟些即取首级回去,不好了!丢了首级,用什么东西吃饭?速速走吧!"沈达道:"马在哪里?"焦廷贵道:"失掉了,铁棍也跌下山涧了。"沈达道:"不中用的东西!"焦廷贵道:"若是中用的,不在山涧中过夜了。"

慢表沈达带着兵丁、焦廷贵一同回关,且说李守备府中王龙,当日受惊不小,只悄悄到三关打听消息去了。沈氏在内堂倍加着急,呼天叫地,只愿父子平安无事回来便好。但想此事,原是老爷欠主张,及早杀了焦莽夫,方免后患,因何将他活活地抛在山涧里,岂料他偏偏不死,又得回关,如今凶多吉少,如何是好?免不得父子同归刀下而亡。

不表沈氏心中惊骇,且说焦廷贵、沈达二人,马不停蹄,到得关来,已有二更,潼关已紧闭下锁。沈达只得邀他到自己衙中,吩咐摆酒,二人双双对饮。半酣之间,沈达说道:"焦将军,如今此事要动问你了。"焦廷贵道:"沈老爷,诘问我什么事?"沈达道:"元帅差你催赶军衣,因何一去不回,反在山涧中过夜?又在守备衙中吃酒,是何缘故?"焦廷贵道:"沈老爷不要说起,我焦廷贵真乃倒运。"即将来去情形,细细说明。沈达听了点首明白,又将李成父子冒功之事,细细说知,焦廷贵怒气直冲,咆哮如雷,叫道:"沈老爷,我原想怎生在山涧中过夜,原是李成父子将我弄醉,抛在山涧里,拿了人头去冒功的,可恼!可恼!这还了得!待我连夜回去,将他狗男畜女,大大小小,齐齐杀尽,尚出不得我之气愤也。"沈达道:"焦将军去不得的。"焦廷贵道:"有什么去不得的?只消吾两足飞去,明天一早就到汛上了。"沈达道:"不然,那李成父子,已经拿下,你今不知,只要你回来质询明白,李成、李岱的性命即难保了,何劳你去杀他,是是非非,总在明天了。"焦廷贵道:"沈老爷,待我先往他家杀个痛快,留下李成、李岱!难道还没有凭证么?"沈达道:"军中自有一定之法,他虽有罪,但罪不及于妻孥[1]。你若不奉

---

[1] 妻孥(nú):妻子和儿女。

军令擅自杀人,岂得无罪!断然动不得,不可造次。"焦廷贵道:"实在气愤他不过,既沈老爷如此说,便宜了这班奸党了。"沈达道:"焦将军,明日元帅审问起来,你怎生对待他?"焦廷贵道:"吾只说狄王亲一弄戏法,斩杀赞天王、子牙猜,我代他挑了首级,道经五云汛,被李成父子用酒灌醉绑了,抛下山涧,拿了首级,前来冒认功劳,你道是否?"

不知沈达如何答话,且看下回分解。

第三十六回

莽先锋质证冒功　刁守备强词夺理

　　当下焦廷贵道："沈老爷，小将明日证他冒功，管教李成父子，头儿滚下来。"沈达道："不忧他头儿不滚下来。"
　　是夜不表，第二天太阳东升，辕门炮鼓响鸣，文武官员穿袍披甲，兵丁刀斧如银明亮，杨元帅升了中军公位，身穿大红锦袍，背插绣龙旗八面，腰围宝带赤金绦，头上朝阳金盔戴起，双足战靴蹬踏，真乃浩气腾腾，威风凛凛，是宋朝一位保国功勋。左位有范礼部，右座有陕西杨老将军，文官袍服分班立，武将戎装序次排。
　　狄青上帐见礼毕，即于范仲淹肩下就座。昨天要正军法斩首，今天元帅却命人设了座位，实乃元帅心中明白李成父子冒认战功。当有沈达上帐缴令道："启禀元帅，昨天奉令往五云汛上细细确查，据众军民说，夜深人静，并不知有无其事。但焦廷贵拿了两颗人头，道经五云汛上，被李成父子，灌得大醉，捆绑身躯，抛于山涧中一夜，直至昨天午牌时分，方得一樵夫将他救起，如今在辕门候令。"元帅道："果有此事，李成父子冒功无疑了。"吩咐孟定国抓李成、李岱到来。孟将军奉令，展出虎威，抓拿到二犯，拜倒在地。父子不啻磕头虫一般，叫道："元帅开恩，卑职父子实乃有功之人。"元帅大喝道："该死的狗官，本帅已经差查明白，五云汛上并没有赞天王、子牙猜二人酒醉夜出之事，你敢无中生有，妄捏虚言，冒认功劳么？"李成道："元帅，其时只为更深夜静，汛上军民均已熟睡，故无人得知。"元帅喝道："佞口的狗奴才，本帅且问你，因甚用酒弄醉焦先锋，捆绑抛于涧中？一心希图富贵，将人陷害，取了首级来冒功，忍心害理，畜类不如。"
　　李成父子闻言，吃惊不小，好比头颅上打个大霹雳。李岱想：这件事情，料难抵赖，不如招了，免得夹棍之苦。哪晓得李成立定主见，抵死不招，李岱无奈，只得随着父亲抵赖。李成只管向着元帅连连磕头，呼叫不已，只说："并不曾将焦先锋灌醉，抛下山涧中，岂敢在元帅台前，欺心谎语。上有青天，下有地祇，焉敢将人谋害？"元帅闻言大怒，喝令传进焦廷贵，焦廷贵一进帅堂，怒气冲冲，将李成父子踢打不已，大骂道："好大胆的乌龟李成、狗王八李岱，将我弄得大醉，捆绑了抛下山涧，害得我几乎冻死。可恼你等丧尽良心，处死你两个狗畜类，也难消我气愤。"父子二人呼叫不已，说道："焦将军，卑职父子没有此事，怎敢斗胆陷害焦将军，拿首级来冒功？焦将军休得枉屈了人，卑职父子哪有此事。"焦廷贵大怒，喝道："狗官，还说枉屈么？好畜类！"说罢，靴尖踢打不已，父子二人呼叫将军，不住讨饶。范爷喝道："帅堂之上，不许喧哗，焦廷贵休得啰唣，失了军规。"杨元帅问焦廷贵道："本帅差你催赶狄钦差征衣，为何反往五云汛而去？李成父子怎生将你弄醉？且细细说与本帅得知。"这焦廷贵乃一直性莽汉，从奉令来到军营，先遇李义，而又寻得狄青，直说到曾生心图谋狄青龙马。焦廷贵乃一直性莽英雄，从来说话，有一句说一句，即做强盗乌龟，也要说个明明白白，藏闭不住。元帅道："蠢匹夫，身为将士，立此歪心，真是个鄙陋小人。"焦廷贵道："元帅，有些缘故。当时见此马乃是一匹异色龙驹，意欲做个打闷棍人，抢了这匹龙驹回来，送与元帅乘坐。"元帅喝道："该死的蠢匹夫！"拍案大骂。两旁齐声喝住。焦廷贵慌忙打拱，又说闷棍不进，相助得功，道经五云汛，腹中饥了，只得进守备衙中讨膳一饱，不想被他父子弄醉，捆绑身躯，抛在山涧中，几乎冻死。元帅听了，冷笑一声，喝道："李成、李岱，焦先锋说的有凭有据，你们还不招认冒功么？"李成道："元帅，这些虚言，何足为据，实乃卑职箭杀赞天王，儿子刀伤子牙猜，现有两颗首级为凭。若是狄钦差之功劳，何故并无首级？卑职现有首级为凭，倒是假的？狄王亲没有首级可据，倒是真的？只求元帅将卑职父子，与狄王亲焦将军狠夹起来，便分真假了。"

焦廷贵听了怒气冲冲，抢上一步，喝道："胆大狗畜生，首级被你盗去，自然没有凭证。"然后叫道："元帅，不必问长问短，快将两个狗官正法便了。"元帅道："李成，既是你父子功劳，可晓得赞天王、子牙猜头上戴的什么盔，身上穿什么战袍？须说得对准，才可以算你的功劳。"李成想来，须要说得情形相配才好；又想焦廷贵只有两颗光光人头，没有盔甲，

第三十六回　莽先锋质证冒功　刁守备强词夺理

若说酒醉踏雪，决无有盔甲在身的，便道："元帅！这赞天王头戴狐皮帽，身穿大红袍，子牙猜身穿灰色皂袍，头上红折巾。"李成说未完，焦廷贵高声大喝道："该死的狗囊！什么狐皮帽子，明明胡说八道！"伸手向胸囊中取出两个踏扁头盔呼道："元帅！这是赞天王的头盔，这是子牙猜的头盔，无意中带藏在此。人都说我痴呆，今日也不算痴呆了。"李成想道：若我知你有踏扁头盔藏在怀内，早已拿出来了。元帅道："李成，如今还有何话说？"李成道："元帅，不知道焦将军哪里寻来此盔，搪塞元帅。揆情度理，实乃钦差失去征衣，故意买嘱焦将军为硬证，冒着功劳，欺瞒元帅的。"范爷道："李成，本部且问你，二贼既有首级被你父子乘其不备所杀，岂无身体也？倘二贼身体尚在，你父子找寻得来，也算你们之功。"范爷说话也诘得透，李成辩答也辩得妙，他道："他二人，原有四个随从同走，已将身体抢回去了。"范爷道："他马匹何在？"李成道："他是雪夜步行，哪有马匹？"狄爷听了，不觉微笑，叹道："辩得清楚，好个伶牙俐齿的恶贼！"

帅堂之上，正在审诘，未得分明，忽有军士报道："启上元帅爷，今有八卦山伍须丰，会同大小孟洋，统领三十万兵，将四城围困，要与钦差狄大人会战，要报赞天王、子牙猜之仇，十分猖獗，请元帅爷定夺。"元帅打发报军去后，想道：西兵卷地而来，我也曾会敌过红须三眼将，身高丈余，十分凶勇，在八卦山屯扎，与赞天王大狼山相隔一百二十里，两边列成掎角之势，实称劲敌。今天尽起雄师而来，想因狄青杀了他二员猛将之故。当下便道："李成，若果然是你父子二人功劳，为什么贼将伍须丰反不与你父子寻仇，偏偏要狄钦差会战？"李成道："元帅，这个缘故卑职却不晓得，那段功劳确是我父子的。"元帅喝道："佞口贼！到此仍不招认么？"忽又报："元帅爷，西兵攻打四关甚急，请令定夺。"狄青听了，起立道："元帅，既是西寇猖狂，待小将出马，借元帅之威，以立寸功。"元帅正要开言，焦廷贵道："且慢！你的仙法奇巧，但如今用你不着。元帅，李成父子既能收除赞天王、子牙猜，叫他二人出马，与西戎对垒，倘然退得敌兵，便算他功劳，倘杀败了，是个无能之辈，休想此段功劳。未知元帅意见如何？"

且说那焦廷贵虽然鲁莽，却有些见识，倘他父子出敌，必被西戎一刀一个，岂不省了多少麻烦？元帅却道："匹夫说来，乃不知进退之见，倘或李成父子杀敌不成，必被番兵冲进关中，谁敢担此干系？"焦廷贵道："不妨，倘他父子出敌，使小将随后掠阵，不许西兵冲进关来。"范爷道："焦廷贵的话也有三分道理，如若狄钦差在大狼山收除了赞天王、子牙猜，这大小孟洋，定然认识。他见了李成父子，自然说不是狄钦差，仍要觅他交战的。果然西戎两将，在五云汛被他父子所伤，大小孟洋定然有说，那时真假可分。"焦廷贵道："我愿往做个见证。"杨青笑道："范大人之言不差。"元帅听了点首，即差李成、李岱，领兵出敌。父子二人闻令，吓得胆战心惊，叩求元帅免差。元帅道："你父子身居武职，必为朝廷出力，且沙场对敌，乃武将之职，何得推诿？"李成恳告道："卑职父子虽云武职，只好查诘奸民，若要打仗交锋，实在弄不来的。"元帅喝道："身为武员，如何畏惧对垒交锋，许多将士，谁敢违我号令，你敢不遵将令么？"焦廷贵又喝："狗囊子，做了武官，全仗交锋对敌之劳，若你这般贪生畏死，朝廷何用养军蓄将？倘不遵将令，定要吃刀，你若杀不过敌人，自有我在此帮助的。"父子听了无奈，只得领了将令，道："元帅，卑职父子出关去便了。"当下给他盔甲马匹，父子二人手持抵敌兵器，带兵一万而出。焦廷贵在其后面，远远跟随。李成对李岱道："再不想冒功冒出这般事来，今日可以死得成了。"李岱道："爹爹，好好地守着汛地上，吃的现成俸禄，逍遥自在，岂不是好？只为贪富贵高官，拿了头来冒功，连膝盖儿也跪得痛破了，不想仍要死的。"

慢说父子一路出关，懊悔不已，这时关内狄爷起位道："元帅，我想李成父子，岂是西戎对手，不若令小将出马，帮助抵敌如何？"元帅道："伍须丰也是西戎一名头等上将，身为贼帅，本领不弱于赞天王、子牙猜二人，既你要出，必须小心。"狄爷口称领令，元帅复唤道："狄王亲，须带多少军马，乃可退敌？"狄爷道："须得二万兵丁，方才李成一万，共成三万尽够了。"当时元帅打发二万锐兵，与狄爷出关接应，杨青老将，同孟定国、沈达等，也带兵一万随后，另有一班武将，不须细述。炮响连天，冲关而出，杨元帅与范仲淹登城观看。

却说炮响一声，关门大开，李成父子心惊魄散。那李成提枪不起，李岱伏于马鞍，一万精兵，纷纷涌出关来。只见西戎兵将排成阵势，倒

第三十六回　莽先锋质证冒功　刁守备强词夺理 ∥183

海推山一般,剑戟如林,西夏国大元帅伍须丰坐下花斑豹,手持铜铁金鞭,足长丈余,两目光辉灿灿,在阵前讨战。

不知李成父子如何迎敌,三关如何解围,且看下回分解。

第三十七回

守备无能军前出丑　钦差有术马上立功

　　却说西戎主帅伍须丰，列开阵势，左有大孟洋，右有小孟洋，三十万兵，旌旗密布，器械森严。李成父子未到阵前，惊慌无措，几乎坠于马下，枪刀早已落下尘埃。伍须丰一马飞出，大喝道："宋将何名，为何如此惊惧，莫非不是狄青么？本帅金鞭之下，不死无名之将，快些通下名来，好送你的狗命。"金鞭高举，吓得父子二人伏倒马鞍之上，叩首不已，连连哀求道："伍大元帅，我名李成，现为守备微员，原无计谋力量，无奈勉强临阵，望元帅饶吾一命，永沾大恩。"伍须丰听了，不觉发笑道："杨宗保气数已绝，打发这样东西出阵，也罢，饶你狗命！"李成道："多谢伍元帅。"伍须丰又喝道："马上倒伏的，要死还要活！"李岱道："恳乞元帅切勿动手，对吾开恩，吾名李岱，是五云汛的千总官儿，从来不会相争相杀。"伍须丰道："你既不会上阵交锋，到来阵中何故？"李岱道："伍元帅，此是奉杨元帅所差，只因军令难违，无奈出阵，只求元帅开恩，留吾蚁命。"伏在马鞍，叩头不已。伍须丰道："果然不济，又是个没用的东西！杨宗保这般倒运，只打发此等废物来何用？本帅金鞭之下，只打有名上将，今日取了你小卒性命，岂不污了我的金鞭，饶你去吧！"李岱道："谢元帅大恩。"父子得命，暗暗心喜，焦廷贵一见，怒气冲冲，大喝道："两个狗官，为何如此畏死贪生，倒灭了我元帅之威。"李氏父子也不回话，只转身而回。焦廷贵只恐二人逃走，上前一手捞了一人，拿翻下马，交付与孟定国收管，复又带兵一万出关。

　　这边伍须丰带领众将兵，正待冲杀进关，早有焦廷贵率兵涌出，狄爷又带领二万铁甲军，金刀耀日，一齐飞出拦阻。狄爷高声大喝道："反贼奴，你是何人？且通报姓名来。"伍须丰道："吾乃西夏国赵王驾下，灭宋元帅伍须丰是也！你这无名小卒，可是狄青么，且报上名来，好送你归阴。"狄青喝道："反贼奴，既知本官名望，还不倒戈投降，献上首级，

第三十七回　守备无能军前出丑　钦差有术马上立功

且看刀！"言未了，金刀砍去，伍须丰一闪，金鞭复又打来，狄爷还刀急架，拦腰复斩。二员虎将，大战沙场，西夏兵刀斧交加，宋将喝令数万雄师奋勇齐上，西兵势倒，各自退后，自相践踏，死者甚多。

且说狄青与伍须丰连人马相比，狄青还短四尺，交锋时，伍须丰低头，狄青仰面，所以金刀发动，只好在腰膊左右。伍须丰的力量强猛，狄青不过以刀法抵挡，冲锋十余合，觉得抵挡不住，只得一马退后半箭，取出人面金牌戴上，念声无量寿佛，只听得半空中雷声鸣响，金光一闪，伍须丰一马正在追去，忽然金鞭跌地，目定口呆，直僵僵地跌下马来，八窍流红，只为他多生一目，故是八窍流血。焦廷贵一旁看见，早已飞步抢来，将他砍为两段。大小孟洋，怒气塞胸，一持大斧，一提长枪，大喝一声，飞马奔来。狄青法宝尚未收回，连念无量寿佛，金光闪闪，雷声大起，二番将翻身跌下尘埃，七窍流血。焦廷贵仍复割下首级二颗，共为一束。笑道："果是妙妙仙戏！"那三十万番兵，见主将已死，吓得四散奔逃，却被宋兵奋勇追杀，尸横遍野，血流成河。只逃走脱了数万残兵，跑回八卦山，与在山的数万兵卒同回西羌而去。

这里狄青收回法宝，焦廷贵大悦，拿了三颗首级，抛掷空中又接回，大呼："狄王亲好戏法也。"狄青意欲带兵杀上大狼山，剿除番营，因天色已晚，只得收兵回关。杨元帅喜气洋洋，与范礼部、杨老将军齐步出关。迎接进去。四人见礼，坐了帅堂，狄青刀马自有小兵牵抬去了。元帅道："狄王亲如此英年神武，今复尽除了敌寇，立此大功，本帅有何颜面执此兵权，居此重位？当即告归，托付王亲。"狄青道："小将哪里敢当，元帅重言谬奖了。"焦廷贵提了三颗人头叫道："元帅，好一段戏文！杀了三名番将，真是仙戏。"元帅喝道："匹夫，休得戏言。"吩咐拿出辕门号令。

且说狄青到关已有两天，缘何张忠、李义与三千军马并不提及，原来昨天狄青性命尚且不保，故未对元帅说明，他一到了，即交归关内大营，张、李二人守候狄钦差回旨，故略按下。当日元帅又道："狄王亲立此大功，实为可敬。"狄青道："小将罪重如山，还望元帅大度包容，小将即感恩不尽了。"元帅吩咐排宴庆功，并犒赏大小三军众将，令沈达将被杀贼兵尸首，觅地掩埋，未死的马匹及器械一一收管。又将众将功劳，一一记录毕，另行升赏。又传孟定国道："李成、李岱何在？"孟将军禀道：

"小将收管在此。"元帅吩咐即速带来，孟将军领命，即拘李成父子至帅堂，双双跪在尘埃，父子二人齐呼道："元帅，卑职是有功之人，如今不望荣华，只求元帅爷开恩复职，父子便深沾大恩了。"元帅大怒，拍案骂道："丧心毒贼！只为贪图富贵，便忍心伤人，如此心毒意狠，真乃畜类不如。"李成道："元帅，这功劳实乃卑职父子的。"焦廷贵喝道："万死的狗王八！差你出敌伍须丰，为什么一见番将，叩头不已，辱没了元帅的威名，可恶的狗官！"李成道："元帅，卑职原已说过，并不会出征相杀的。"

当下元帅喝令，将李成父子捆绑起来，推出辕门枭首，正了军法。父子二人求元帅开恩，休要屈抹父子功劳，元帅喝道："死在目前，还要强辩冒功么？"捆绑手将父子二人，剥去衣服帽子，刀斧手提起大刀，推出辕门，一声炮响，两颗人头落地，高挂辕门上号令，尸骸抛弃于荒野之外。李成衙中守门兵王龙，上日急赶至三关，不分日夜，在附近打听，方知杨元帅将父子二人一同正法。他即日如飞赶回，次日方到衙中，进内报知沈氏奶奶，沈氏闻得此言，魂飞魄散，痛哭凄凄，咬牙切齿，深恨杨宗保，发誓道："若不雪冤，不算我手段。"即日将父子的尸骸暗暗收埋，又收拾好细软物件，带了二名女仆，与王龙径回东京，与哥哥西台御史沈国清商量报仇，又是一番重大波澜，也且慢表。

却说杨元帅是日大设筵席，庆贺大功，犒赏众将士兵丁。心爱小英雄，欢叙闲言谈论国家政务，狄爷对答如流，范爷、杨将军也是大悦。四人你言我论，甚觉投机。元帅又道："失去征衣，如何上本奏明圣上？"狄青道："元帅，今日西夏贼兵虽退，但大狼山余寇未尽，且待明天，小将领兵前往，借着元帅虎威，或能尽除余寇，夺回征衣，也未可知。望祈元帅本上周全些小将之罪，便深感元帅用情之德了。"元帅道："如若夺得回征衣，免了众兵丁寒苦，本帅即行上本奏知圣上，抹去过失，只将狄王亲大功陈奏，请旨荐你执掌印令兵符，守保此关，本帅可以告退了。"狄青道："元帅休出此言，小将乃初仕王家的晚辈，全无才德，怎敢当此万钧重任？况有误失军衣重罪，只可将功消罪，元帅过奖，反使小将赧颜。"元帅道："王亲少年具此英略，本帅足以放心，重托边疆重任。我领守此关，已将三十载，军务太烦，自思年迈，反不如英年精锐。如今交此任于王亲，我回京可奉年老萱亲，年高祖母，安度春秋，以终天年。"范、杨二人道："元帅主意

第三十七回　守备无能军前出丑　钦差有术马上立功

已定,王亲休得推辞,有此大功为帅,何言赧颜?"言谈已毕,各归营帐。

次日,元帅呼狄王亲道:"如今仍劳你往大狼山剿除余寇,夺回征衣,待本帅备本回朝。"狄青道:"元帅,小将如今有事要禀明了。"元帅道:"王亲有何酌量?"狄青道:"小将有结义兄弟张忠、李义二将带领三千士兵,现在关外。他们本领不弱于小将,令他二人带兵往大狼山,自然夺取征衣而回。"元帅道:"王亲既有二将随来,何不早说?"狄爷道:"昨天小将性命几乎不保,哪有心绪及此二人?"元帅听了道:"昨日错罪王亲,休得见怪。"言罢,拨令向焦廷贵道:"本帅着你出关,速传张、李二将,到本帅营中领兵二万,前往征剿大狼山余寇,夺回前失征衣,不得有违。"焦廷贵得令而出,传知关外两弟兄,张忠、李义领了二万雄兵,提了刀枪,杀气冲冲而去。

且说大狼山牛健、牛刚兄弟二人,闻知伍须丰已死,吓得惊慌不定,皆因一时之错,贪了些许金珠,误受孙云之托,劫掠征衣,思害狄钦差,岂知奔投至此,众贼兵尽行消亡。牛健道:"谅他们必来讨取征衣,倘他领兵剿除,我辈焉能抵敌?"牛刚闻言冷笑道:"哥哥说此没用之言,如被旁人知之,羞赧难当。"牛健道:"兄弟,据你之见如何?"牛刚道:"有何难处?如今打发喽啰,在山前山后,山左山右埋伏,倘有兵来,四边发箭,他兵一退,即不妨了。"牛健道:"能有多少箭,倘放完了,便吃亏了。如劫了别的东西,还是小故,如今劫的征衣,杨元帅怎肯甘休?他兵精粮足,被他经年累月,征剿不休,我山中兵微粮寡,怎与争锋相持?"牛刚道:"哥哥,如此怎生算计?"牛健道:"我也算计不来的。"牛刚道:"罢了,我二人不若即日带兵,到西夏投奔赵元昊,或能博得一官,即可永远安身,未知哥哥意下如何?"牛健道:"贤弟,若要做官,还在本邦故土为美。据我之见,弃此大狼山,亲到辕门叩见,送还军衣。想杨元帅乃宽宏大度的英雄,倘不究前非,收录麾下,军前效力,要做小小武员又有何难,想来强如在此落草为盗,终无结局收场。况我又不思九五之尊,无非靠着喽啰在山前打劫小民,既非善行,有日年高老迈,打劫不了,岂非全无结果!我兄弟不如趁此机会,往投三关,倘杨元帅收录了,这是正路行为。"

不知牛刚如何回答,且看下回分解。

第三十八回

思投效强盗送征衣　念亲恩英雄荐姐丈

却说牛刚听了牛健之言，气昂昂道："大哥，你如此胆怯，称什么英雄？既为男子汉，须要敢作敢为，奈何一心畏怯杨宗保，要往投降？"牛健道："贤弟，你休存偏见，听我之言，方是见机。"牛刚道："哥哥，你言无有不依，如要投顺三关，却断不依从，哥哥立意要往，弟亦不敢强留。"牛健道："既然贤弟不愿同往，别有良图，也罢，与你分伙便了。"牛刚道："倒也不差。"当时牛健将在山的喽啰兵，带了三千，尽将征衣装在车辆上，出山而去。余外物件，牛健一些也不取，留与牛刚受用。牛刚道："哥哥此去，须要做个大大的官儿，荣宗显祖，荫子封妻才好。"牛健道："贤弟，你做强盗，也要做得长久称雄方妙。"牛刚笑道："且看谁算的高。"当下牛健吩咐喽啰三千，推押三十万征衣并劫来粮草，一同推下，炮响三声，离山望三关路途而去。牛刚亦不来相送，摇头长叹一声道："哥哥，你缘何如此怯惧杨宗保，劫抢了征衣，又去交还，倘然不允收录于你，那时一命难逃，反吃一刀之苦了。"

书中不表牛刚之言，且说张忠、李义领了元帅将令，带领精兵二万，将近燕子河，只见前面一标军马，直望而来。李义道："二哥，你看前边那支人马哪里来的？"张忠道："此路军马，定然是杀不尽的余寇。"李义道："狄钦差立了大战功，我二人也立一点小小功劳，你道可否？"张忠道："说得有理。"即吩咐军士杀上前去，张忠、李义刀枪并举，雄起起地大喝道："杀不尽的反贼，哪里走！"牛健一看，认得是护守征衣的二将，知他们是杨元帅麾下之人，今既去投降，必先向二人下礼，方是进见之机。即马上欠身打拱，口称："二位将军，我不是西夏反徒之党，不必拦阻。"二将道："既不是反徒，莫非强盗么？"牛健道："我原强盗，如今不做强盗了。"张忠道："你是哪方的强盗，今欲何往？"牛健道："二位将军听禀，我本在磨盘山落草。"话未说完，弟兄一齐重重发怒，骂道："狗强盗，

第三十八回　思投效强盗送征衣　念亲恩英雄荐姐丈 ‖ 189

劫抢征衣，险些儿使钦差被害，连累及我众将兵，叫关中四十万兵丁俱受冻寒之苦。今日仇敌相遇，断不容饶！"言未已，长枪大刀，齐砍刺来。牛健闪开刀，架过枪，即打拱道："二位将军，请息雷霆之怒，且容小的奉告一言。"张忠、李义道："你有话快些说来！"牛健道："二位将军，且听禀，念小人一时不合，误听孙云的言语，唆弄劫抢征衣，罪该万死，那日劫了上山，悔已不及，恐防连累钦差有罪，原要即日送还到关，不想牛刚兄弟不明，言已误劫征衣，如要送还，料杨元帅执罪不赦，不如献上大狼山。是日我心慌意乱，见事不明，就依了他。即晚放火烧山，投奔大狼山，献于赞天王，给赏众军。岂知西夏士兵所穿的都是皮袄毛衣，与我中原征衣有天渊之隔，和暖各异，故征衣原装不动。我今连劫来粮草，送还元帅，立志归投效力，伏望将军引见元帅。"张忠道："你唤何名？"牛健道："小的名叫牛健。"李义道："还有一人在哪里？"牛健心想：若说在大狼山，他二人必是寻牛刚去了，因道："他与我已经分散，不知去向了。"张忠喝道："胡说，想你们已经投顺赞天王，即为敌国反寇，今将征衣为由，其中定有计谋，莫不是差你来作奸细，探听消息不成？"言罢，大刀砍去。李义长枪又刺。牛健是有心投顺，故仍不敢动手，几次架开刀枪，呼道："二位将军，小人实有投顺之心，望勿动疑！"张、李道："你既有投降之心，且立下誓来，方准你来投降。"牛健开言道："天地昭然共听，我牛健立心投降杨元帅麾下效力，若有丝毫歹意，口是心非，上遭神明责谴，在阵过刀而亡！"张忠、李义原是直性英雄，见他立下重咒，即放下刀枪言道："我二人留些情面，但做不得主张，且带你回关，候杨元帅定夺。如若元帅允准收留，是你的造化。倘然不准投降，便与我二人不涉了。"牛健道："深谢二位将军高义，还乞周全些。"张忠吩咐众兵丁就此回关，牛健随后押着征衣车辆，仍从燕子河道而行。

　　这李义打算立功，因道："张二哥，我与你到元帅帐前，须说些谎话，也可立些功劳。"张忠道："三弟，怎生谎话，可以立得战功？"李义道："只说奉了元帅将令，杀到大狼山，杀得二牛大败，牛刚被逃脱了，牛健被擒，取回征衣，夺转粮草，如此岂不是立得大功？"张忠道："元帅案前，且勿谎言，方见光明正大，即拿回强盗，讨回征衣，也不算什么功劳。且待血战沙场，敌人授首，定国安邦，显标名姓，方为英雄，假功劳有何稀罕的！岂可效着昨日李守备父子行为！"李义道："二哥这句话深为有理，到底不说谎话好。"张忠道："这也自然。"路上二人谈谈说说，已是红日西沉，早已封锁关门，只得在城外屯扎一宵。次早，元帅升坐，中军文武官员都来参见，有焦廷贵上帐，启禀元帅道："今有张忠、李义带领大军前往大狼山，路逢强盗投降，送还征衣，现在辕门外候令。"杨元帅喜色洋洋，连称妙妙，吩咐即传二人进来。焦廷贵领令，不一时张忠、李义报名进至帅堂，参见过元帅，站立两旁。元帅虎目一瞧，二将一人面如枣色，一人面如淡墨，体壮身魁，凛凛威风，真是两员勇将。元帅开言道："张忠、李义，你二人带兵往大狼山讨取征衣，事体如何？且细告本帅得知。"二将齐禀道："元帅，小将奉令，带兵未到大狼山，在燕子河遇着牛健，将原劫征衣粮草送回，他自愿投降军前效力。小将只得带同牛健而来，不揣冒昧，准其投降与否？伏祈元帅定夺。"元帅闻言点头，又唤孟定国将征衣检点明白，散给众军兵，粮饷贮归军库。狄青点首自言道：今朝才应圣觉禅师之言，有失有归，祸中得福，毫厘不差。

当日，杨元帅吩咐捆绑牛健，进至帅堂，跪于帐前，低头伏地。元帅大怒，喝道："牛健，你占据磨盘山为盗，本帅一向全你蝼蚁之命，故未来剿灭。今日擅敢劫抢御批征衣，连累钦差，本帅都有罪名，你又投入敌人麾下，今见贼人倾尽，进退无门，方来投顺。本帅这里用你不着！"喝令刀斧手，推出辕门，斩首号令。牛健道："元帅开恩听禀，只因孙云有书，投到磨盘山，叫我兄弟将征衣抢劫，原该如山罪重。劫上山后，悔已不及，料得元帅震怒，大兵一至，我兄弟休矣。当时原思送还，都是我兄弟牛刚不明，只恐元帅加罪，教唆我发火烧山，投归赞天王部下。但今粮草征衣原装未动，今日小人改悔前非，特来献降，愿在元帅军前牧马效力，以盖前愆，伏乞开恩，留残躯于一线，足见元帅宽仁之恩。"元帅问道："孙云是何等样人？与你书信往来，且直禀上来，休得隐瞒。"牛健道："元帅，那孙云的胞兄名叫孙秀，在朝现为兵部之职。"元帅道："如此是孙秀之弟了。"又叫道："王亲大人，那孙云与你有仇么？"狄爷细将情由说明，元帅方知其故，又问牛健道："那孙云的来书何在？"牛健道："放火烧山，其书未存，亦已烧毁在山中了。"元帅道："狄王亲，如若有书留存，本帅可以上本奏明，收除此贼了。怎奈凭证全无，言词不足为据，

第三十八回　思投效强盗送征衣　念亲恩英雄荐姐丈

如何是好！"狄爷道："元帅，孙秀、孙云虽然有罪，但如今没有书信为凭，是他的恶贯未盈之故。且慢除他，小人立心不善，下次岂无再作恶之时，待他犯了大关节，再行除他，尚未为晚。"元帅笑道："狄王亲海量仁慈，非人可及。"

一旁有焦廷贵半痴半呆叫道："元帅，小将有禀。"元帅道："你有何商议？"焦廷贵道："牛健是个信人，断然杀不得。"元帅道："你怎知他是信人？"焦廷贵道："他误听孙云之言，劫了征衣，来害钦差。如今劫去又送还，从来只有拿到的犯人，没有自来的犯人，元帅是明理的，杀这自来贼寇，岂不是元帅欺着信实之人？"元帅大喝道："匹夫，休说乱语。"又问范大人怎生处置？范爷道："想大狼山余寇尽除，饶了他谅亦无妨。"杨青道："他来投顺，并无歹心，何须杀却。"狄青见焦廷贵讨饶，料与牛健有些瓜葛，便道："元帅，牛健也是一念之差，恕彼已知罪，送还征衣，免其一死。"元帅道："狄王亲既如此洪量大度，本帅未便执法，死罪饶了，活罪难宽。"吩咐松绑，打二十军棍，发在军前效力。当时打了牛健二十军棍，他忍痛起来，谢了元帅之恩。元帅道："牛健，你还有弟牛刚，如今何在？"牛健道："逆弟不愿投降，如今分散，不知去向了。"元帅道："何须猜测，定然在大狼山，少不得发兵征剿。"牛健道："启上元帅，小人尚有三千兵，求元帅一并收用。"元帅命焦廷贵将兵点明上册，焦廷贵得令而去，牛健随后而出。

这时孟将军上帐缴命，已将三十万军衣给散毕，并三千押征衣兵补归元帅麾下，粮饷亦贮归军库。狄青道："小将有言禀。"元帅道："王亲大人，有何见谕？"狄爷道："五云汛守备现今空缺，小将有一姐丈，名唤张文，向为潼关游击，被马应龙无故革除，望元帅着他暂署此缺。"元帅允准，拨令差孟定国前往起复张文。

此事慢提，当日张忠、李义经元帅命作三关副将。原来三关上官员，要升要革，要活要死，悉凭元帅定夺，先行后奏。只因先帝真宗时，杨延昭守关之日，已敕授斧钺生杀之权，至宗保袭职，复赐龙凤尚方宝剑，专授官爵，执掌兵符。当下杨元帅要备本回朝，商量荐举狄青拜帅，只因失却征衣之事须要周全。范爷道："若言失了征衣，其罪非小，大狼山破敌功劳虽大，只好功罪两消，焉得圣上准旨拜帅？"杨青道："征衣虽失，不过三天，即复还了。将此抹去，有什么证据？本上只言钦差押送征衣，依限而至，进城数天，立下战功，岂不省却许多麻烦。"元帅听了，准依此拟，修起本章，即日差将登程。吩咐回到汴京，勿与众奸党得知，须要亲至午朝门，通知黄门官传奏。另有书信一封，送回天波府祖母佘太君、母亲王氏夫人；狄青一书，送至南清宫狄太后；范爷一书，送至包待制府中；杨将军一书，送交韩吏部府上；别无言语，无非关照狄青征衣解至，并破大狼山立下血战大功。

是日只有狄青思念生身母在张文姐丈家，一心牵于两地，今日起复张文为守备，母亲定然到此，使我晨昏侍奉，为子方得安心。

不知后事如何，且看下回分解。

第三十九回

临潼关刘庆除奸　五云汛张文上任

　　当晚狄青思亲之际，杨元帅退了帅堂，众将各自归营，狄青一切无差，单单忘却一位活命恩人，此人乃是庞府上逃出的李继英。他与张忠、李义一同到此，是日元帅只令张、李进见，狄爷已忘却他在外营。忽一天继英得遇张忠，他只说要见狄爷，张忠反觉骇然，道："狄哥哥忘怀了活命恩人，待我与你传知。"这日狄爷正与杨元帅对坐，论说圣上增送岁币，与北夷契丹的失算，有张忠上帅堂，向狄爷禀知，李继英求见。狄爷听了，忽然醒悟道："怎么遗忘了他，倒显得我无情了。"传命速请他进来相见，张忠领命而去。元帅忙问："那李继英是何人？"狄爷细将得他搭救前情说明，元帅与众将都言，此等义侠之人实为可敬。正说之间，李继英已至，参见过元帅，又拜见狄爷，他即扶起李继英，再参见范礼部、杨老将军、孟、焦等一班文武官员。众将士敬他是侠烈士，不便轻慢，元帅又与他一座位，在狄爷位下。谈论数说，元帅吩咐赏酒一桌，狄爷命张忠、李义陪宴。狄爷又道："元帅，五云汛上还缺一千总官，可否命李继英补了此缺？"元帅道："狄王亲既荐他，本帅自当依命。"即着李继英莅任五云汛，李继英叩谢而往。

　　此事暂停。且说前文飞山虎刘庆依了张文之言，归随狄王亲。但碍着妻子，又不能逃出潼关，当日计算，收拾起细软物件，将家眷暂送在一所洁净尼庵安顿了，又来见马总兵。马总兵道："庞太师一心要害狄王亲，不想前月一连几次，你不下手，莫非你与他有什么瓜葛？"飞山虎道："小将与他毫无交情，焉有不下手的？但他盔上甚奇，日夜放光，冲开大刀，不能下劈。不如待小将再至三关走一遭便了。"马应龙道："狄青到关已久，你今此去更难下手了。"刘庆道："不妨，此去定取狄青首级回来，断不再误。"马应龙道："如此，速速前往！"飞山虎退出。刘庆不往别处，只往张文家去。

且说孟氏太君,自与孩儿分别,终日悬念。只因时值三冬,霜雪交加,倘道路延搁,违了限期,只恐杨元帅执法无情,虽有佘太君家书一封,不知杨元帅能否遵依宽宥。金鸾小姐时常安慰母亲,张文也道:"狄兄弟乃烈烈英雄,定然无碍的。"忽一天报进杨元帅差官到来,反吓得张文一惊,只得接进来。两人见过礼,杯茶已毕。张文问道:"孟将军到此,有何公干?"孟定国道:"只为钦差英勇,杀退敌人,即于元帅前保举张老爷为五云汛守备之职,元帅有文书在此,请看便知明白。"张文道:"有此奇事么?"张文虽做过游击,但前程已被革去,因何孟定国仍称他为老爷?只为张文是狄钦差的内戚,今已起复为守备,孟定国所以才恭敬于他。当下张文看了文书,满心大悦,要备酒款待,孟将军坚辞而去。张文进内堂报知岳母,孟氏闻言大喜道:"难得孩儿立此大功。"金鸾欣然道:"母亲,兄弟果然胆大志高,具此奇能,如今愁尽闷消了。"太太道:"此乃苍天庇佑,吾儿年纪虽小,却能立此奇功,真不容易。"当下张文选了吉日登程赴任,预早收拾物件,不用细言。

这日又来了刘庆参将,说道:"那马总兵必要谋害狄王亲,但我已将家口安顿在尼庵中,心无挂念,张老爷可收容我了。"张文微笑道:"刘老爷,真乃言而有信之君子。"刘庆道:"为人言出如山之重,岂容更变?"张文道:"我家兄弟虽然年轻,实乃英雄骁勇,方到边关,即立下大功。"刘庆道:"立下什么大功?"张文道:"首寇赞天王等五将,数十万敌兵,被杀个净尽,今又保荐我去做五云汛守备,你道奇妙也否?"刘庆道:"可惜,可惜!追悔已迟了。我悔不及早跟随狄钦差,若能早到三关,也立些战功了。孰知间阻来迟,有何面目往见钦差?"张文道:"刘老爷,何须着恼,你今未建小功,还有大功待你建立。"刘庆道:"张老爷,还我席云帕,待我克日往见狄钦差。"张文道:"你今日即是要往三关,总也迟了,如今何须性急。小弟再隔两天,也要动身,同往如何?"当时张文款留飞山虎,堂中排开酒宴一桌,二人对坐,吃得尽欢。

酒至半酣之际,谈论庞洪奸恶,马应龙附和权奸,要陷害狄钦差,张文呼道:"刘老爷,吾想庞洪、孙秀、胡坤,与狄钦差结下深仇,要图陷害,也不去说他。但马应龙与狄钦差并非宿怨,不该深信其言,竟要紧紧图害于他,比之三奸,倍加狠毒。他命你往杀狄钦差,不若你反去

第三十九回　临潼关刘庆除奸　五云汛张文上任

杀这奸贼，取他首级，拿到边庭，方显得你是为国除奸的英雄，但不知你有此胆量否？"飞山虎听了，冷笑道："要杀奸臣不难，速还我席云帕，管教取到首级来此。"张文道："刘老爷果有胆去么？"飞山虎道："畏怯不去的非是丈夫。"张文暗想道："我不过是戏言，岂知他认作为真，待我索性将他激恼，可以除却奸党。"即呼道："刘老爷，下属刺上司，罪名甚大，倘或杀害不成，反为不妙。"刘庆道："你休戏弄于我，如一允诺，即赴汤蹈火，亦所不辞。这些小事情有何难处！若无首级回见于你，即将我脑袋割送于你。"张文道："如果杀此奸臣，也算除一大患了。"

当日饮酒已毕，不觉红日归西，张文取出帕子，交还了飞山虎。又谈了一番，已交二鼓，刘庆将腰刀紧紧束系，驾上席云帕，在潼关马总兵府前降下，向府内四面观望，想道：马应龙这奸贼，谅已睡卧了，不若唤他出来，赏他一刀，即大呼道："马应龙，我乃上界速报神，今奉玉帝旨到此，即速接旨。"马应龙正在内室与夫人饮酒闲谈，二更已过，夫人先醉了，这马应龙还不住杯。想起飞山虎的本领，但愿此去一刀两段，收拾了狄青，其功不小，庞太师定然升我的官爵。正在心中思想，忽闻庭外呼唤之声直达室内，忙唤丫环小使，但时已夜深，都熟睡了。只得自持银灯，来至庭前，那飞山虎看得明白，即厉声大喝道："马应龙身居武职，当为国除奸，今不念君恩，反附奸臣，图害狄青。今我奉玉旨，斩却奸臣，断无轻赦。"这马应龙早已吓得魂散魄飞，浑身颤抖，即忙跪下尘埃，叫道："尊神在上，我实无此事。"方说得无此事，刘庆已飞身而下，顺手一刀，血淋淋头儿，滚将下来，提了人头，腾空而去。当时刘庆犹恐牵连近地官民，又驾云飞到临潼府衙内，按住云头高呼道："临潼府太守何在？"是晚太守还在灯前，批阅下属详文，忽闻空中呼唤，不觉吃了一惊，抽身出外，喝问："哪方呼唤本府？"又闻高空有人叫道："临潼府听我吩咐：我乃上界速报神，奉了玉旨所差到此。只因潼关马总兵应龙，听信庞洪奸佞之言，打发刘参将，前往边关，行刺狄钦差，此等狠恶奸臣，趋权附势，今已上干天怒。我神奉差先往边关取刘参将首级，又回潼关斩却马总兵，拿了首级复旨。我神知你是位爱民清官，是以特来报知，此非盗杀，不要累及近地官民。"说完，嗖的一声去了。府太守闻言，并不惊慌，仍又回进了书房。

原来这位临潼府太守，姓白名山，字峻高，乃是公正无私的清官。原籍江西人氏，两榜出身，年近五旬，办过多少案件，经历有年，岂不明白此事。自言道：什么上界速报神，本府闻边关参将刘庆善于席云，想必马总兵差他行刺狄青，刘庆反回刀杀了马应龙，只恐累及他人，故来本府跟前，说此谲诈之言。想罢，长叹一声道："刘庆，你不附奸臣党羽，是你正大光明的立品，但不该胆大擅杀上司。况且杀害官员，事关重大，岂不干连近地头百姓及本府官员，教我如何处置？即此无凭无据之论，实难申详上宪，有此件重案，如何了得？"想来思去，只得请刑名、幕宾两人商酌。幕宾道："太尊，这种案件倘不据此而办，恐一府文武官员都有干碍。依晚生愚见，只可据此申报，并差快马赶回汴京，密禀冯、庞二相，送副厚礼，要求他周全，方保本府官员无碍。但太尊仍要连夜进关，查看有无此事，方好播扬众官员得知，要先说明神人责备之言方妥。"白太守听了点头，顷刻传知众衙役打道，随从白太守，一路来至马总兵衙内，查看果有此事。即速差人，分头往报城厢内外各官。此时文武官员都已熟睡了，一闻此言，大为惊骇，不一刻齐到马府，进了中堂，只见尸骸，不见了首级，众官员嗟叹称奇。当时府内夫人哭得肝肠寸断。众文武纷纷议论，都说："非白太守连夜查明，是神圣显灵，有此天谴，哪里去捕拿凶手？此件大事，如何完决？"候至天明，众官员各自散去，少不得商量厚礼，申备文书本章，投达东京去了。这马府夫人只得收拾无头尸首，哭泣哀哀，不须多表。

却说飞山虎席云来到荒郊之外，将首级埋藏于泥土中，然后回见张文，细言其事。张文抚掌欣然道："刘老爷果然胆量包天，真乃英雄。"此时天色已亮，金鸾母女又惊又喜，惊则惊杀人如儿戏，喜则喜除了一奸臣，免了后患。次日，张文已收拾齐备，带同家眷，来至五云汛，汛上的兵役，纷纷迎接进衙，又有李继英也来参见上司张守备。一言交代，不须烦言。

却说飞山虎到了边关，将此情由启知狄青。狄青一闻此言，还怪他目无王法，他虽是附和奸恶之臣，纵使有罪，但非你可擅杀，又恐连累此处官民，只得将情由禀知杨元帅。元帅反称他义侠刚烈英雄，授他副将之职。又使制成四面大旗，旗上称狄青为出山虎，张忠为扒山虎，李义为离山虎，刘庆为飞山虎，四围辕门，高高竖起。此时方得四虎将，后来石玉到关,加上一面大旗,名笑面虎,又成五虎将了。

且说张文上任后,有文书到帅堂,狄青即日到五云汛见了母亲,喜色欣欣,又与姐丈、姐姐重逢。一堂欢叙,话长难述。

不知后文如何,且看下回分解。

第四十回

庞国丈唆讼纳贿　尹贞娘正语规夫

慢话狄青母子姐弟重逢，且言杨元帅身居边关主帅二十六七载，从无半点私曲徇情。唯独如今本章一道，周全狄青之罪，抹过失去征衣，单提到关即退大敌，立下战功，将李成父子冒功之事，一概不提，只候圣上准旨，拜狄青为帅。岂料偏偏有李沈氏要与丈夫儿子报仇，致使征衣事情，仍然败露，又有一番大大波澜兴出，搅扰一场。

那沈氏比杨元帅本章早到汴京三天，一路进城到沈御史衙中，进内拜见哥哥，又与嫂嫂尹氏贞娘殷勤见礼，东西而坐。叙谈各问平安毕，沈国清道："贤妹，你今初到，为何愁眉紧锁，满面含悲，是何缘故？"沈氏当下叫道："哥哥，妹子好苦！"未出言词，泪先坠下，将丈夫儿子尽死于钢刀之下的情节一一说明，故特来告诉亲兄做主。沈御史听了，吃惊不小，呼道："妹子，且慢悲啼，这段冒功事情，原是妹丈差处，叫我也难处决。"沈氏道："哥哥，妹丈虽错，但杨宗保太觉狂妄，即使冒功，也无死罪。"沈国清道："怎言无死罪，简直是死有余辜！"沈氏道："哥哥，他父未招，子未认，不画供，不立案，如何可擅自杀人？故妹子心有不甘，抵死回朝，要求哥哥做主，总要报雪此仇，他父子在九泉之下，也得瞑目。"沈国清呼道："贤妹，你且开怀，罢手为高，何苦如此？"沈氏道："哥哥，若不出头，枉为御史高官，赫赫有名，反被旁人耻笑你是个没智量之人。"尹氏夫人听了这些言辞，想来这等不贤之妇，不明情理之人，世间罕有，不嫌己之恶行，反怪他人立法秉公，言来句句无理，不愿再听下去，转身回入内室去了。沈国清道："妹子，我还要问你，古言木不离根，水不脱源，你言狄青失去征衣之事，须要真的，方可说来。"沈氏道："乃磨盘山上的强盗抢劫去的，众人耳闻目见，不只妹子一人知晓。"沈国清道："你要报仇，事关重大，为兄的主张不来，待我往见庞国丈商量方可。但有一说，这位老头儿最是贪爱财帛的，倘或要索白金一二万之多，你可拿得出否？"沈氏道："妹子带回金珠白镪约有五万两，如若太师做主，报雪得冤仇，妹子决不惜此资财。"沈国清道："如此，待我去商量便了。"吩咐丫环，服侍姑太太进内，众丫环领主之命，扶引这恶毒妇人进内。沈氏心下暗忖道：缘何嫂嫂不来理睬于我，难道没有三分姑嫂之情？便命自己带来两侍女去邀请尹氏，这夫人勉强相见叙谈，排开酒宴，面和心逆，二人对坐饮酒，不必多言。

且说沈国清匆匆来到庞府，家丁通报，见过国丈，即将妹子之事，细细言明。庞国丈想道：老夫几番计害狄青，岂料愈害他愈得福，此小贼断断容饶不得。即杨宗保恃有兵权，目中无人，做了二三十年边关元帅，老夫这里无一丝一毫孝敬送到来，老夫屡次要搅扰于他，不料他全无破绽，实奈何他不得，今幸有此大好机会，将几个奴才一网打尽，方称吾怀。但人既要收除，财帛也要领受，待吾先取其财，后图其人，一举两得，岂不为美？盘算已定，便开言道："贤契，你难道不知杨宗保，乃天波无佞府之人，又是个天下都元帅，兵权很重，哪人敢动他一动，摇他一摇。除了放着胆子叩阍[1]，即别无打算了。"沈国清道："老师，叩阍又怎生打算？"国丈道："叩阍是圣上殿前告诉一状，倘圣上准了此状，杨宗保这罪名了当不得，即狄青、焦廷贵二人，也走不开。杀的杀，绞的绞，他即势大，封王御戚，也要倒翻了。碍只碍这张御状无人主笔，只因事情十分重大，所以你妹子之冤，竟难申雪。"沈国清道："老师，这张御状，别人实难执笔，必求老师主笔方可。"国丈道："贤契，你说笑话了，老夫只晓得与国家办公事，此种闲事，却不在行，且另寻门路吧。"此刻庞洪装着冷腔，头摇数摇，只言"难办"。沈御史明知国丈要财帛，即道："老师，俗语说得好，揭开天窗说亮话，这乃门生妹子之事，只为门生才疏智浅，必求老师一臂之力，小妹愿将箧[2]中白金奉送。"国丈冷笑道："贤契，难道在你面上，也要此物么？"沈御史道："古言，人不利己，谁肯早起？况此物非门生之资，乃妹子之物，拈物无非借脂光，秀士人情输

---

[1] 叩阍（hūn）：官吏、老百姓到朝廷诉冤。
[2] 箧（qiè）：小箱子。

半纸。今日仍算门生浼求[1]老师,谅情些便足见深情了。但得妹子雪冤,不独生人感德,即李氏父子在九泉之下,亦不忘大德。"国丈道:"此事必要老夫料理么?"沈国清道:"必求老师料理。"国丈道:"御状词究用何人秉笔?"沈国清道:"此状词正求老太师主裁,除了老太师,有谁人敢担当此重事?"国丈道:"也罢,既如此说,也不必多虑了。但还有一说,御状一事,非同小可,守黄门官、值殿当驾官,一切也要送些使费,才肯用情,至省也要四万多白金。劝令妹且收心为是,省得费去四万金。"沈国清道:"即费去四万金,吾妹亦不吝惜,休言御状大事要资财费用,即民间有事,也要用资财的。"国丈笑道:"足见贤契明白,但不知你带在此,或是回去拿来?"沈国清点头暗说,未知心腹事,且听口中言,这句话明要现银了。便说:"不曾带来,待门生去取如何?"国丈道:"既如此,你回去取来,待老夫订稿。"沈御史应允,相辞而去。

当时国丈大悦,好个贪财爱宝的奸臣,进至书房坐定,点头自喜自言:老夫所忌的是包拯,除了包待制,别人有何畏怯?今幸喜他奉旨往陈州赈饥,不在朝中,说什么天波无佞府之人,天下都元帅威权很重,说什么南清宫内戚,只消一张御状达进金阶,稳将那两个狗贼一刀两段。杨宗保啊!不是老夫心狠除你,只因你二十余年没有一些孝敬老夫。庞洪犹恐机关泄露,闭上两扇门,轻磨香墨,执笔而挥,一长一短,吐出情由。写毕,将此稿细细看阅,不胜之喜,不费多少心思,数行字迹人头落,四万白金唾手得。

国丈正在心花大放,外厢来了沈御史,已将四万银子送到。国丈检点明白领受,即呼道:"贤契,你是个明白之人,自然不用多嘱,只恐令妹不惯此事,待老夫说明与你,你今回去,将言告知令妹。"沈国清道:"我为官日久,从不曾见告御状,还望老太师指教的。"国丈道:"这一纸,乃是状词稿,只要令妹眷写。"沈国清道:"幸喜我妹善于书法。"国丈道:"又须要咬破指尖,沥血在上,她虽有重孝,且勿穿孝服。"沈国清道:"此二事也容易的。"国丈道:"又须着一身素服,勿用奢华,装成惨切之状,一肩小轿,到午朝门外伺候。黄门官奏称李沈氏花绑衔刀,然而此

---

[1] 浼(měi)求:请求,拜托。

事可以假传，并不用花绑的。"沈国清点首称是。国丈又道："主上若询问时，缓缓雍容而对，不用慌忙，切不可奏称你是她的胞兄，她是你的妹子。倘圣上不询，也不可多言答话，必须将状词连连熟诵，须防状词不准，还得背诵。这是切要机关，教令妹牢牢记住为要。"沈国清听了言道："谨遵吩咐。"即时接过状词，从头看罢，连称："妙，妙！老太师才雄笔劲，学贯古今，此状词果也委曲周详，情词恳挚。"说时，轻轻藏于袍袖中，国丈早已命人排开酒宴，款留一番。少顷辞别归衙，便将状稿付交妹子，将国丈之言一一说明。这沈氏听得一汪珠泪，辞别哥哥，还至自寓内室中。若论沈氏，虽则为人蛮恶狠毒，然而夫妻情深，立心要与夫儿报仇拼得一死。即晚于灯下书正状词，习诵一番，待至明天五鼓，要至午朝门外进呈不表。

　　沈御史夜深回至内室，只见灯前静肃无声，尹氏夫人一见丈夫进来，起身呼道："相公请坐。"沈御史答应坐下，问道："夫人还未安睡么？"尹氏道："只为等候相公，故而未睡。"沈国清道："夫人为什么愁眉不展，面有忧色，莫非有什么不称心之事？"尹氏道："谁人晓得妾的忧怀！"沈国清道："是了，定然憎厌姑娘到此，故夫人心内不安。可晓得她是我同胞妹子，千朵鲜花一树开，也须念未亡人最苦，夫人，你日间冷淡她是不应该的。"尹氏听罢，叹道："相公亏你也说此言，妾之不言，无非假作痴聋，我不埋怨于你，何故相公反倒来埋怨于妾？"沈国清道："今日姑娘非无故而来，她是个难中人，姑夫甥儿都死于刀下。你为嫂嫂，当看我面上，多言劝慰，方见亲戚之情，何故这般冷落于她，反要埋怨下官怎的？夫人你却差了！"尹氏道："相公，妾非冷落令妹，可笑她为人不通情理，不怨丈夫儿子冒功，反心恨着杨元帅，强要伸冤。这事是她夫儿荒谬，冒了别人功劳，希图富贵，将人伤害，自然罪该诛戮。她如是个知情达理的妇人，即应收拾夫儿尸首，闺中自守，才为妇道，亏她还老着面颊，来见相公，打算报仇，岂非丧尽良心之人？只因她是相公一母同胞妹子，妾才勉强与她交谈。相公官居御史，岂有不明此理，实不该助她报仇，倘然害了边疆杨元帅，大宋江山社稷何人保守？奉劝相公休得为私忘公，及早回绝了她，免行此事才是。"沈御史听了笑道："你真乃不明事理之人，杨宗保在边关，兵权独掌，瞒过圣上耳目，不知干了多少弊端。"夫人道："相公，你知他作何弊端？"沈国清道："圣上命他把守边关，拒敌西戎，经年累月，不能退敌，耗费兵粮，不计其数，其中作弊之处，不胜枚举。纵然我妹丈甥儿干差了事，重则革职，轻则痛打军棍，为什么没一些情面，竟将他父子双双杀害？况且既不画供，又不立案，杀人杀得如此强狠，别人哪个不忿恨，我妹痛夫念子，焉得不思报冤仇？即铁石人心上也不甘的，夫人你错怪她了。"

不知尹氏夫人作何答话，且看下回分解。

第四十一回

逞刁狡沈氏叩阍　暗请托孙武查库

　　当时尹氏夫人听了丈夫之言，即道："不知相公如何料理伸冤大事？"沈御史道："下官也料理不来，故与庞太师酌议，费去四万银子，做御状一纸，待妹子于驾前哭告。但愿得上苍默佑，若天子准了状词，天大冤仇得翻雪了啊。夫人，是亲必顾从来说，哪管江山倒与坍。你是一个妇人，休得多管，我自有主意。"尹氏夫人自语道：奸党弄此伎俩，众忠良虽是凶多吉少，但沈氏终属女流之辈，如何起此恶毒念头。纵然奸雄主谋，御状做得狠毒，看你弱质裙钗，怎到五凤楼前，岂不是画饼充饥，惹人笑话！沈御史见夫人自言自语，便说："夫人休得多言，冤仇伸与不伸，日后自见，且请安睡去吧。"

　　不表东边却说西，庞国丈收领沈御史四万两白金，喜色洋洋，即往见黄门官言道："明日万岁临朝，有一妇人在午朝外叩阍呈御状，断断不可拦阻她，劳你奏明圣上，一切言语间帮衬些。"黄门官道："国丈吩咐，定当效劳。"只因庞太师女为庞妃，把持朝纲，赫赫有名，二品上下官员，十有其七在他门下。如今他对黄门官说了一声，哪有不遵的，是以李沈氏叩阍，名为费了四万银子，而庞太师一厘一毫也不曾破费，实乃一人受惠了。

　　次日五更三点，东方未明，已有文武官员齐集，天子登殿，香烟霭霭，晓雾腾腾，又是一番景象。朝罢，圣上有旨："文武众臣，有事出班启奏，无事即此退朝。"有黄门官俯伏启奏道："有一妇人于午朝门外，自称李沈氏，花绑衔刀，手呈御状，俯伏哀惨，称言身负沉冤，无门申诉，冒死而来，乞求万岁爷做主。小臣即将该氏驱逐，该氏称言杨宗保误国欺君，不知是真是假，小臣不敢不奏明万岁定裁。"班中国丈暗暗点头，黄门官果也能言。当时众文武个个心惊，不知真假，独有庞洪、沈国清心头坦定。嘉祐君开言道："妇女之流，泼天胆子，敢到此间，不知有何海底极深之冤，敢于午朝门外呈此御状。寡人非地头官，恕她妇女无知，从宽免究，逐出午朝门，不许再奏。"黄门官听了万岁之言，焉敢再奏，即称"领旨"。正待抽身，只见庞太师执笏当胸，俯伏金阶奏道："臣思李沈氏乃一妇人，据称身负大冤，无门申雪，故敢于吾主驾前求伸。更言杨宗保误国欺君，此事必因国家而起，陛下若不究询虚实，而该氏果有重冤，何忍听其申诉无门。如杨宗保果有误国欺君之弊，亦不便置之不理，伏唯陛下睿鉴参详。"君王道："朕思杨宗保世沐君恩，为将多年，只有保邦，从无误国，此事定然是妇人听了别人唆使而来，朕必不询究，卿勿多言。"天子果乃英明，参透此事，众位忠良大臣俱都无言，独有庞国丈满面透红，沈御史心如火炙，眼睁睁只看着庞国丈。这庞洪只得又奏道："臣思地方有司衙署，或有刁民藐视国法，以假作真，以曲作直，捏情诬告，刁讼唆弄。但万岁驾前，若非沉冤重枉，焉敢冒死而来以身试法？况有误国欺君大款，谅非海市蜃楼之虚，伏望陛下准收此状，以免此妇有屈难伸，而重臣弄法，实碍朝廷纲纪，臣戴罪宰阁，不得不冒死启奏。"嘉祐王看着国丈，心想：此事必是他从中主唆，故如此着力，也罢，寡人且看状上情由如何便了，便道："依卿所奏，着黄门官取状进呈。"黄门官口称领旨，去不多时，取到李沈氏状词，呈于龙案上。嘉祐王御目一瞧，状曰：

诚惶诚恐，稽首顿首，冒死上言。诉冤妇李沈氏，现年三十五，江南松江府华亭县原籍。诉为冒功枉法，贪赃徇私，斩宗绝嗣，屈杀害民事：氏夫李成，原任五云汛守备，仅有独子李岱，是汛千总。冤于本年十月十二日，钦差狄王亲领解征衣，已至关外荒地屯扎，悉被磨盘山强盗抢劫。至十三夜，氏夫经汛巡查，偶遇胡人赞天王、子牙猜醺醉逡巡，踏雪履霜而至。氏夫思二人乃西戎巨寇，中国大患，父子私算，乘其醺醉糊涂，有机可乘，即箭射赞天王，刀伤子牙猜，二首并枭，双功望奖，父子共赴边关，献功帅府。岂料狄钦差尽失征衣，难弥其罪，重行贿赂于焦先锋而为硬证，得以冒功卸罪，而杨宗保徇情枉法，混将氏夫及子枭首辕门，痛思氏之夫子功凭级证，奈杨宗保恃职司权，凌虐如蚁，嗟呼，人心何在，国法奚彰[1]？既掌三军司命，

---

[1] 奚彰：奚为疑问词，相当于"何"；彰，显扬。国法奚彰，国法如何显扬呢？

第四十一回　逞刁狡沈氏叩阍　暗请托孙武查库

职司生死之权，理应秉公报国，乃竟有罪得功，因功惨死。在氏冤屈沉沦，绝嗣斩宗；在杨宗保昧法欺君，专权屈杀。至彼兵符统属，势大藩王，故氏申诉无门，不得已冒死午门，沥血金阶，倘黑天翻白，虽死之日，犹生之年。衔刀上恳，乞天皇电鉴，不胜哀惨痛切之至！

嘉祐帝看罢，将信将疑，想道：若说狄青征衣尽失，依照国法，原该有罪，如无此事，这沈氏妇人怎敢轻告此词？也罢，寡人且自准她，将情由一询，看是如何。传旨："李沈氏放绑卸刀，着进金銮。"黄门官领旨，这沈氏低着头，一身淡色服饰，步至金銮殿前俯伏，两泪交流。当时圣上诘她情节，沈氏照依状词上，句句对答无差。天子想来，这款状词，十有七八是国丈专主的，故不诘问是谁人代笔主谋。只降旨道："将李沈氏发往天牢，此案未分皂白，着令九卿四相公同酌议办理，三日内复明定夺。"当时退朝，群臣各散，不必多表。

单言李沈氏，天子虽说降发她在刑部天牢，沈御史即日弄了些手脚，只与司狱官知照，说了数言，李沈氏仍归御史衙中。因姑嫂二人不甚相得，沈御史又差人悄悄将妹子送至一尼庵内暂住。一言交代，也不多提。

当日九卿四相文武大臣，奉了圣旨，在朝房公议。当初忠义重臣首相寇准、毕士安，仁宗即位元年已卒，次后相继而亡者有李太师、沈待制、孙奭，如今冯太尉、庞国丈、吕夷简秉政，欲拟狄青中途失去征衣，贿证冒功，杨宗保混昧不察，妄杀有功，误国瞒公之罪。却有左班丞相富弼、平章文彦博、吏部天官韩琦三位忠贤驳论道："那妇人乃一面之词，岂得为凭？若因此伤边关望重之臣，依私昧正，焉有此法律？如若力办此事，须当严审根究李沈氏，方得分明真伪。"当天商议不定，第二天仍复如此。次日五更将晓，天子设朝，正在君臣议论此事，忽有黄门官入奏道："有边关杨元帅差官赍表呈进，现于午朝门外候旨。"圣上传旨宣进。赍表差官进阶俯伏，三呼万岁，有侍官取上本章，在龙案上展开。天子观看，其表上叙及狄青征衣限期到关，力除西戎国五员骁将，杀败十数万敌兵，解了边关围困，特请旨荐保狄青为帅，他要告假回朝之意。天子看完，欣然大悦，开言道："庞卿，你且将杨宗保奏折看来。"庞国丈道："臣领旨。"一看本章，惊吓不小，顷刻满面通红，再不想狄青有此本领，如今杨宗保又保荐他为帅，如若狄青做了边关主帅，老夫休矣！即忙俯伏奏道："陛下明并日月，臣思杨宗保荐狄青为帅，但现据李沈氏控他失去征衣，贿证冒功，希图抵罪，而杨宗保本上却于失征衣之事一字不提，即李成父子冒功正法，因何也不陈明。是沈氏所呈确切，而杨宗保弊端显然。昧法欺君，理当究本穷源，仰祈陛下明察。"君王听罢，想道：此事叫寡人也推测不来，怎生是好？首相富弼怒气不平，出班奏道："老臣有奏。"天子道："卿家有何奏闻？"富相道："臣思此妇，敢于叩阍，必有主唆奸臣。而李成父子若不冒功，杨宗保岂有屈杀无辜？狄青果然无功，他焉肯欺君，请旨拜帅。陛下如要究明此件重案，先将李沈氏发交包拯，严究何人主唆，则李成父子冒功真假，必可彻底澄清。"

这一番话弄得君王心无定主，明知富弼所奏合理，但想此事定然国丈主谋，碍在贵妃情面，如何深究，颇觉左右两难。却见庞洪又奏道："臣思该氏冤大如天，无门申雪，到午朝门外上呈御状，实为情极冒死而来，还有哪人不畏死的与她把持。如要究李沈氏，须先究杨宗保，祈陛下降旨往边关，即将杨宗保、狄青、焦廷贵等扭解回京，发交大臣勘问，便可以水落石出了。"有吏部韩爷出班奏道："边关重地，岂可一天无帅，若将他等扭解回朝，一有泄漏，其祸非轻。契丹尚在未平，西夏叛攻未服，此事万万不可！"天子闻奏喜道："韩卿所言合理，江山为重，非同小故，三位卿家且平身。"三位大臣谢恩而起。天子道："朕思杨宗保失察征衣，狄青疏忽被劫，焦廷贵贪赃硬证，朕亦未能深信。李沈氏诉雪夫冤，亦不便置之不办，寡人差一大臣密往边关，名为清查仓库，实则暗访此事真伪，众卿以为何如？"富弼、韩琦者言道："陛下之旨甚善。"庞太师也无可奈何，不便再奏。天子看看两旁班列，即下一旨，着工部侍郎孙武前往边关。庞太师自言道：此人差得有机窍了。当时富弼、韩琦、文彦博几位忠贤，虽知孙武亦是奸臣党羽，料想杨宗保等立于不败之地，畏他什么？是日只因功罪未分，天子于杨元帅本章，也不批旨，狄青的元帅，也未封赠，且待孙武回朝，再行定夺。

不知孙武往边关如何复旨，且看下回分解。

第四十二回

封仓库儒臣设计　打权奸莽汉泄机

群臣朝罢回衙，俱各不表。单提国丈回归相府，自语道：只说几个畜生易于翻倒，岂知这昏君心中不决，反差孙武往边关查盘仓库。你这昏君主意虽好，但这差官已错用了，孙武乃孙秀从弟，又是老夫的心腹，不免请他到来，嘱咐而行，岂不善哉！想定主意，吩咐备酒席于暖香楼，然后差人请到孙侍郎，进相府拜见庞太师，二人即于暖香楼中对酌，细细商量一番。国丈道："孙兄，老夫请你到来，非为别故，一则与你饯行，二来有事相托。"孙武称谢，又道："不知老太师有何吩咐？"国丈道："狄青乃老夫不喜之人，又与你哥哥和胡坤二人切齿深仇，孙兄谅所深知。"孙武道："晚生也深知的。"国丈道："几番下手算计，不独害他不成，反被他取高官，封显爵，又得此重大战功。这冤家如此得意，实是孙、胡二人不甘心的。即杨宗保身居二十六七载边关元帅，眼底无人，不看老夫在目中，从无一些孝敬送来，私囊独饱，亦是容他不得。你是我的心腹厚交，今日圣上差你到边关，古言明人不用细说……"国丈说到此处，孙侍郎即打了一拱道："此事都在晚生身上。"国丈笑道："孙兄乃明白之人，我亦不用多言，只消回朝如此如此，便可收拾此党。"孙武连连应诺。再复把杯一刻，至晚辞别而回。道经孙兵部府，顺即进见，谈说之间，孙兵部与庞国丈不约同心。是日，胡坤亦在孙府把盏，心中大悦，总要算计狄青、杨宗保二人。孙武见二人如此，即说："庞国丈方才已说过，小弟自必当心，决不差误。"孙秀道："若得如此，愚兄感激无涯。"孙武道："哥哥、弟兄之间，些小之事，何足介怀。"孙、胡二人听了大悦，孙武告别回衙，打点动身。

不表孙武出京，且说边关赍本官尚在汴京，将杨元帅、狄钦差各书，分头送达，还有一书要送包待制，岂期包拯在陈州赈饥未回，故将书投送包府。是日韩爷将杨青来书展阅，果然狄青功劳浩大，只恨庞奸贼兴此风波，主使沈氏叩阍。当日备酒款了差官，又修书一封，带回边关，说明钦差孙武到边关明查仓库，暗访失征衣的缘故。

　　再言天波无佞府佘太君是日接得边关来书，与孙媳穆氏及众夫人等拆书一看，方知狄青初到，即杀退敌兵，众位夫人一同羡美，不用烦述，然佘太君与众夫人俱不上朝，故不知孙武奉旨出京之事。

　　又说南清宫狄太后得接侄儿回书，母子大喜，难得建此大功。那潞花王是朔望上朝，故今沈氏叩阍与孙武出京之事，也不得而知。

　　此言不表，再说庞国丈、冯太尉这天接了几封密报，方知潼关马应龙被神圣所诛，说出他用计恶处。冯太尉不知其故，只庞国丈心下大惊，二人不敢陈奏圣上，即私放一官赴任潼关总兵。

　　不表二奸欺君昧法，却说边关杨元帅见狄青力退敌兵，除灭五将，解了边关重围，一心敬重他乃当世英雄，国家有赖，随时设宴款叙，每日谈论军机，觉得两相投契。忽一天赍本官回关，元帅细问，圣旨缘何不下？赍本官回禀道："朝廷未有加封拜帅旨意，但不日之间，却有钦差孙侍郎到关盘查仓库。"元帅道："孙侍郎到关盘查仓库么？本帅守关二十余年，从未有人盘查仓库，莫非又是奸臣的计谋？"赍本官又将韩爷的回书送与杨青，然后叩辞元帅而出。杨青将书拆展，细细看明，冷笑道："可恼庞洪老贼，弄此奸谋恶计，将此美事又弄歪了。"细细说知三人。元帅道："纵有钦差到来，我何畏哉！况仓库历年无亏，岂畏盘查？"范爷道："这孙武乃孙秀族弟，庞洪心腹，料这老贼定然有计作弄，他亦必需索金帛。回京复旨，只言失征衣是真，李成父子冒功是假，我众人亦不在朝与辩，必中奸计。不妙了！须要预早打算，不着他圈套为高。"元帅道："礼部大人才高智广，如何打算才是？"范爷冷笑道："只略用半点小功夫，可先将仓库封固，只说钱粮亏空过多，要求钦差回朝周旋。想孙武乃贪婪财帛小人，送他三五万银子，求他在万岁驾前，只言仓库无亏无缺之语。孙武得了银子，自然应允，待他转身后，预差一精细将官，在前途埋伏拿下，以赃银为证，备本劾他。他即陈奏李成冒功是假，失征衣是真，圣上也不准信，自然扳顶出庞洪来，此为诈赃据赃之计，未知元帅尊意何如？"元帅听了笑道："范大人智略高明，非人所及，所虑者，孙武倘然不上此钩，如何再处治这奴才。"范爷道："定然中计的，老夫

第四十二回　封仓库儒臣设计　打权奸莽汉泄机 ‖ 209

稳稳拿定他。"狄爷点首道："这众奸臣见了财帛，岂肯放脱，元帅休得过虑。"言谈已毕，时已日落西山，堂上安排夜宴，四人就席把盏。范爷又道："孙武一到关，即依计而行，但焦廷贵跟前说明不得，倘被他痴痴呆呆泄漏机关，事便不成了。"元帅道："范大人高见！"是夜不表。次日元帅发令，将仓库悉皆封固，不许私开。

不表边关安排妙计，却言孙武一自离却皇城，自恃钦差，所到地方，文武官员多来迎接款留，厚送程仪食物。如若馈送得轻微，孙侍郎便不动身，一路耽耽搁搁，发获大财。孙武想道：这个生意果也做着了，但本官一到边关，必要将仓库查得清清楚楚，料想杨宗保领边关二十余年，亏空的谅也不少，不忧他不来买求本官！路上非止一日，到得边关，报知杨元帅，排开香案，孙侍郎气昂昂下马进关，开读诏书罢，方见礼坐于帅堂，闲言一番。元帅道："本帅职任此关二十余年，圣上从无盘查仓库旨意，如今忽差大人到来查察，莫非又是庞国丈的主见？"孙武冷笑道："元帅之言说得奇了。下官奉了朝廷旨意，只因圣上常忧仓库空虚，是以差下官到来盘查明白，岂是国丈从中起此根由？"元帅道："果是朝廷的旨意，本帅失言了。敢问大人，本帅有本还朝，请旨荐狄王亲为帅，不知何故至今没有旨意下来？准旨与否，大人必知其由。"孙武道："圣上览表之后，并不语及准与不准，下官却也不得而知。"元帅冷笑道："竟不得知么？"当时元帅也不多言，少不得酒筵盛款，只为天色已晚，是以仓库尚未盘查。

次日，孙侍郎先要暗察失征衣之事，有关内的偏将兵丁，自然护着元帅，多言征衣未有疏失。即城中百姓内有知识的，知他来访察杨元帅的底蕴，亦言不失，故孙武未能查访得的确。又访查到李成父子冒功之真假，众人都言冒功是实。这孙武又亲往打探仓库，岂知尽皆封固，自言道：杨宗保，不知你亏空得怎样，你若是个在行知事的，早在我跟前说个明白，送吾三五万两，也不为过多。本官看这银子份上，自然在圣上驾前替你掩饰，只言仓库并不空缺，还将误杀瞒公之罪，抹过几分。

是日，又进来见杨元帅，帅堂上早已安排早膳，席间孙武开言道："元帅，下官原奉旨盘查仓库，不知为何悉皆封固，难道不许盘查，违逆圣旨不成？"元帅道："孙大人有所不知，只因本帅领职二十六七载，无有一载不亏空钱粮。向来圣上不曾降过旨来盘查，本帅也便糊糊涂涂混过去的了，岂知圣上今次忽然要盘查起来，特命大人到关，本帅千方百计打算，难以弥补得足，亏空多年，一朝败露了。"孙武想了想，道："据元帅主裁，教下官不盘查了么？"元帅道："盘查是悉凭你的，但本帅亏空之处，仰仗大人周全些为妙。"孙武一想：这话我又出不得口，但他既要我周全，不免一肩卸在国丈身上，便道："元帅若要下官回朝遮饰，事是不难，圣上可以瞒得过，独有国丈瞒他不得。"元帅道："国丈如何不能瞒？"孙武道："吾实告元帅得知，国丈明晓库仓有缺，故教下官彻底清盘。"元帅道："国丈既然如此，怎生料理得好？"孙武道："下官断没有不肯周全的。"元帅道："如此，国丈那边送他二万两，大人处奉送一万，有劳大人与本帅在国丈那里说个人情如何？"孙武道："下官一厘也不敢领元帅之惠，但国丈那边还要商量。"元帅道："还嫌微薄么？"孙武道："国丈也曾言来，元帅二三十载从无些小往来，此是真否？"元帅道："果然历久并无丝毫往来，再增一万如何？"孙武道："元帅，你在此为官二十余年，职掌重位，即一年计来三千，只管二十五年，合总也有七万五千两。如依下官之请，便可不查仓库。"元帅闻言微笑道："奈本帅乃边城一贫武官，七万五千两实难措得来。也罢，国丈三万，大人二万，共成五万，再多也不能措置了。"孙武笑道："既元帅如此说，下官从命，如数五万两，不用查仓库了。"

正说之间，不防焦廷贵在左阶班部中，听了大怒，跑上帅堂，不问情由，将孙武夹领一抓，啪嗒一声，撂在地上，喝道："贪财图利的狗王八！吾元帅在此多年，从无亏空仓库！庞洪奸贼要元帅的银子，想是他做梦么！"将孙武揿按地上，哪管什么钦命大人，将拳擂鼓一般打下。孙武大骂道："无礼匹夫！你殴辱钦差，该得何罪，无非杨宗保暗使你等奴才如此的！"当时杨元帅气得二目圆睁，大骂焦廷贵，离位上前拉开，孙武方得抽身而起，还是气喘吁吁，纱帽歪斜，怒气冲冲，叫道："杨宗保你纵将行凶，可知国法！"杨元帅想道：好个妙计，被这莽夫弄坏了，早知如此，不瞒他也好。今日此计不成，范公的机谋枉用，只落得纵将行凶，辱打钦差之罪。只得骂一声道："孙武！你不该如此，圣上命你到来盘查仓库，本帅仓库每年无亏无缺，如何你反听信庞贼奸谋，图诈赃银五万两。你乃奸贼党羽，欺君误国，王法已无，本帅容你不得！"说着喝声："拿下！"与焦廷贵用两架囚车禁了，连忙写本章一道，差沈达押解到京，悉凭圣上做主。另修书一封，教沈达到京，悄悄送交天波府达知佘太君。沈达领命，带了十名壮军，押了两个囚笼，离了边关，向汴京城而去。

不知后事如何，且看下回分解。

第四十三回

杨元帅上本劾奸　庞国丈巧言惑主

却说沈达进京去了，杨元帅心头气恼，又觉可笑。笑的是范礼部设成妙计，孙武已上了圈套，恼的是不遂其谋，被莽夫弄歪了，不得不将焦廷贵一并解回朝中。纵有朝廷议罪，也必体念开恩，又有祖母佘太君周全，管保无碍。范爷长吁一声道："都是这莽匹夫将机谋泄露，虽有太君包庇无妨，只忧老奸贼又要兴风作浪了。"杨元帅道："事已至此，纵然朝廷治罪，只可听其自然。"狄爷也点头长叹道："内有奸臣，实难宁靖的。"杨青道："从今大事，不可重用此莽夫了。"

不表边关一番忠良话，且说沈达趱程，沿途无阻，到得东京地面，未进王城，先想道：若将二人解进王城，圣上未知，奸臣先晓，倘或被他谲弄[1]起来，便不稳当了，即于相国寺将二架囚车悄悄寄放僧房内，着令兵丁看守。其时天当中午，处置停妥，先往天波府内投递了元帅家书。佘太君拆书，从头细阅，冷笑一声道："庞洪何苦施此毒计，虽则如此，只好将别人播弄，我府中人，休得妄思下手。"太君吩咐备办酒席，款待沈达。当日众夫人也知此事，即差人到朝中打听消息，倘有干系情事，即要报知。

且说焦廷贵将孙武大骂奸贼不休，一程出关，也是大骂喧喧，是日在相国寺中，更吵骂得厉害。孙武欲待通个消息于庞府，无奈随行家将人等，都被杨元帅留在边庭，并无一人在身边，只得忍耐，由那焦廷贵痛骂，且待来朝庞太师自有打点，这且按下不表。

至五更三点，万岁登殿，百官入觐，朝参已毕，文站东边，武立西侧，值殿官传旨已毕，忽有黄门官奏知万岁："今有边关杨元帅特差副将沈达赍本回朝，现在午门候旨。"天子闻奏，想道：朕差孙武往边关查察，尚

---

[1] 谲（jué）弄：欺诈之意。

第四十三回　杨元帅上本劾奸　庞国丈巧言惑主

未还朝，杨宗保缘何又有本章回朝？即传旨黄门官取本进览。不一刻已将本章呈上御案。圣上龙目细细观看完毕，又向文班中看看庞国丈，明白他贪财诈赃，便道："庞卿，杨元帅有本，你且看来。"国丈领旨上前在御案侧旁细看，只见上面写道：

> 原任太保左仆射、统领粮饷军机大臣、兼理吏、兵、刑三部尚书罪臣杨宗保奏：恭仰先帝洪恩浩荡，职任边关，将近三十载；复蒙吾主陛下加恩，奚啻天高地厚，虽肝脑涂地，难补报于万一。臣铭心刻骨，颇效愚忠，敢替先人余烈，以肃六律章程；兹奉钦差工部侍郎孙武至关盘查仓库，臣即遵旨将仓库悉行封固，恭候稽查。孰意孙武阳奉阴违，诈赃索贿，仓不查，库不察，称系庞洪嘱托，言每年应得馈礼五千两，共合银十二万五千，而孙武索送七万五千，有即以二十五年计每年三千两不为过多之语。依允即不予盘查，不允则回奏仓不亏为亏，库不缺为缺。当时臣不遂其欲，在帅堂吵闹一番，部将焦廷贵忿忿激烈，不遵规束，殴辱钦差，与臣例应并罪。唯臣职领边疆重地，不敢擅离，先将孙武、焦廷贵着沈达押解回朝，恭仰圣裁定夺。臣在边关待罪，恭候旨命。谨奏。

庞国丈看罢大惊，想道：只说孙武材干能员，岂知是个无用东西，今日驾前文武众多，叫我如何对答当今？只得奏道："陛下，臣伴驾多年，深沐王恩，岂肯贪图索诈。前蒙陛下差孙武出京，何曾有言嘱托？况今孙武现在，只求万岁询他，便知明白。杨宗保刁诈异常，自知有罪难逃，诬告谎奏，无证无凭，希图搪塞，况他纵将行凶，将钦差辱打，显系恃势欺凌，伏唯我主明鉴参详。"天子道："庞卿平身。"即传旨焦廷贵见驾，当驾官领旨宣进，焦廷贵昂然挺胸，踩开大步，直至金銮殿，全然不懂三呼万岁见驾之礼，高声道："皇帝在上，末将打拱。"天子见他如此，也觉可笑！早有值殿官喝道："万岁驾前，擅敢无礼，还不俯伏下跪么！"焦廷贵道："要我下跪？也罢，跪跪何妨。皇帝，我焦廷贵下跪了。"天子倒也喜他耿直，知他不会说谎，便想先细细盘诘他失去征衣之事。

当日圣上缘何不问殴辱钦差，倒盘诘起失征衣之事？原来法律重在起因，殴辱钦差原由却为失征衣而起，故先问征衣失否，为的是向呆将讨个实信。如若失征衣事真,则孙武诈赃事定假,诈赃事假,则焦廷贵殴辱钦差之罪不免。天子想罢,便问道:"焦廷贵,狄青解到征衣究竟怎样?且明言上来。"焦廷贵道:"征衣到也到了,因不小心被强盗抢去,险些狄钦差吃饭东西都保不牢。"国丈在旁,心头暗暗喜欢,难得圣上问失征衣事,更喜这莽夫毫不包藏。天子听了失去征衣,点头又问:"焦廷贵,失在哪里?"焦廷贵道:"离关不过二百里,是磨盘山强盗抢去,哪人不知,谁人不晓?"天子道:"失去多少,存留多少?"焦廷贵道:"抢得一件不存。"庞洪想道:圣上若再问下去,射杀赞天王、子牙猜事情必败露了,须要阻当君王诘问为妙。即俯伏金銮奏道:"臣启陛下,那焦廷贵乃杨宗保麾下将官,今日已经认失征衣,此事既真,事事皆实了。狄青冒功抵罪,杨宗保屈杀无辜,李沈氏呈他冒功屈杀之语,实为确切,孙武诈赃显无此事了。焦廷贵如此强暴,岂无殴辱钦差之事?此案内情委曲,诚恐有费陛下龙心,伏祈陛下发交大臣细加严审,询明复旨,未知圣意如何?"天子道:"依卿所奏,但此事非小,不知发交何人?"国丈道:"臣保荐西台御史沈国清承办,必不误事。"

当时圣上准了国丈奏议,发交西台御史审讯。沈御史口称"领旨",早有值殿将军拿下焦廷贵,他还是高声大骂道:"你如此真乃糊涂不明的皇帝了!怎么听了这鸟奸臣的话,欺我焦将军么!"国丈大喝道:"万岁前休得无礼!"焦廷贵乃一莽汉,怎知君上的尊严,还不断大骂奸贼狗畜类,当有值殿官急将焦廷贵推出午朝门外,押回囚车而去。国丈奏道:"押解官沈达不可放归边关。"天子问道:"何故?"国丈道:"臣启陛下,倘然回关,杨宗保得知,自觉情虚,恐生变端。且将沈达暂行拘禁,待询明之后,方可释放。"天子准奏,着将沈达暂禁天牢,值殿官领旨,登时将沈达押下天牢去了。

天子退朝,当有一般大臣见天子事事准依国丈,一个个敢怒而不敢言,只有庞洪、孙秀一退朝,便命人打开孙武囚车,同至庞府。若问孙侍郎是犯官,因何沈御史既领旨审办,又不带去?只为一班奸党相连,私放了孙武,独欺瞒得朝廷耳目,仁宗时奸臣势焰滔天,大抵如此。这且不表。

当日孙武随着庞洪、孙秀至相府,胡坤亦来叙会。国丈道:"出京之日,一力肩担,怎生倒翻杨宗保之手,几乎累及老夫,实乃不中用的东西!"

第四十三回　杨元帅上本劾奸　庞国丈巧言惑主

孙武道："非我不才，他们早已暗算机关，装成巧计。"孙秀道："岳父大人，且免心烦，如今埋怨已迟了。但这焦廷贵已招出尽失征衣，只要沈御史用严刑追逼他招出狄青冒功之事，不惧杨宗保刁滑势大，即狄太后、佘太君也难遮庇。"四人正言，沈御史也到了，说道："晚生特来请教太师，这焦廷贵如何审办？"国丈道："这些小事还来动问么？只将焦廷贵严刑追究，失征衣之事，已经招出，还要他招出李成父子功劳被狄青冒去，焦廷贵又受贿硬证，杨宗保不加细察，反将李成父子糊涂屈杀。再审得孙武诈赃是假，焦廷贵殴辱钦差是真，审明复旨，将这狗党斩的斩，杀的杀，岂不快哉！"胡坤道："太师，想那焦廷贵乃铮铮烈烈硬汉，倘然抵死不招，怎生弄法？"国丈道："他抵死不招，何难之有？做了假供复旨即可。"沈御史喜悦应诺。此时堂上已排列酒宴，五奸叙酌言谈，宴毕各各告归回府。

却说沈御史进到内堂，时早过午，尹氏夫人一见问道："相公，今天上朝，因何这时候方回，莫非商议国家大事？"沈御史道："与你夫妻，说也不妨。"即将始末情由言明，尹氏夫人听了，心中不悦，顷刻花容失色，叫道："相公，此是他人之事，别人之冤，且妹子适人，已为外戚，何况李氏父子死有余辜？凡人既出仕王家，须望名标青史，后日馨香，何以入此党中，将众贤良一网兜收。此事断然不可，万祈老爷三思。"沈御史冷笑道："此言差矣！下官若非庞太师提拔，怎能高升御史，夫人你也哪有此凤冠霞帔？"夫人道："国丈今日势头虽高，但他刁恶多端，等他势倒之日，料这老奸，必然遗臭千秋。"沈御史听了这"奸"字，怒气直冲，连连骂道："不贤泼妇，出语伤人，因何风平浪静惹出闲气来？"夫人道："相公，不是妾身凭空惹你动气，不过将情度理，劝君以免灾祸罢了。"沈御史道："哪见我有灾祸来？"夫人道："老爷这般趋奉奸相……"言未完，御史喝骂道："不贤泼妇，他为何是奸相，奸从何来？你且说知！"夫人道："妾是谏劝老爷忠君为国，何须动恼？我想国丈作尽威福，陷害忠良，贪财误国，即妾不呼他奸臣，也难遮外人耳目。"御史道："你知他害了哪个忠臣？"夫人道："怎言不是？即今要扳倒杨宗保就是一桩。杨宗保乃是世代忠良，保护江山的元勋，即提督狄青，乃当今太后内戚，在边关立下大功，亦武勇之臣，为国家所倚赖。若灭害了这等英雄，君王社稷哪人撑持？老爷食了王家厚禄，须当忠君报国，方得后世流芳，趋炎附势，千秋之下，臭名难免。倘不入奸党，妾便终身戴德了。"御史听罢，怒道："可恼贱人，你一无知女流，休得多言，如再饶舌，定不饶你！"

不知尹氏夫人如何答他，且看下回分解。

第四十四回

骂奸党贞娘自缢　捏供词莽汉遭殃

　　当时尹氏夫人叫道："老爷，妾是一片忠言谏劝，岂料你仍甘心作奸臣党羽，还防日后有倾家之祸，那时方悔不听妻谏之言，反落得臭名与后人笑话！"沈御史大喝道："不贤之妇，日后纵然有倾覆之祸，与你何涉何干！"伸手两个巴掌打去，旁边众丫环趱近，扯住老爷袍袖，劝道："老爷万勿动手！"众丫环扶持主母，共归内房，夫人坐下，呼唤丫环素兰，往外堂屏后打听老爷将三关将官如何审断，即回来复知，丫环领命而出不表。

　　且言沈御史怒气冲冲，不听夫人劝谏，一出外堂，立即传话升堂，早有差人带着焦廷贵，浑身刑具，来到御史堂上。那焦廷贵高声大喝沈御史的诨号道："沈不清！你休得妄自尊大。"沈御史拍案大喝道："蠢奴才！法堂上还敢如此无礼，要怎的？"焦廷贵道："焦老爷要回边关去。"沈御史道："焦廷贵，今日本御史奉旨，审讯杨宗保乱法欺君之事，速将狄青失征衣、冒功劳，杨宗保屈斩李成父子，你受了狄青多少财贿，怎生殴辱钦差，杨宗保妄奏财贿事，细细供来，以免动刑。"

　　焦廷贵大喝道："沈不清，你这鸟御史，说的什么话，我焦老爷一概不知，休得多问！"沈御史道："本官也知不动刑法你怎肯招认！"便吩咐将他狠狠地夹起，差人领命，即将焦廷贵卸下脚镣，一双赤足，套入三根木中。焦廷贵道："这个东西倒甚有趣。"沈御史拍案喝道："焦廷贵招认否？"焦廷贵道："我焦老爷招取你狗命。"御史再呼役人，将那夹棍一连三收，两棍头又加数十锤，焦廷贵愈加大骂，大声喝道："沈不清，乌龟官，狗奴才！敢如此欺侮你焦老爷么！"御史道："焦廷贵，本官劝你招了吧。"焦廷贵大骂道："沈不清，割下我脑袋才算你的本领。"沈御史想道：焦廷贵乃一硬汉，谅来不肯招认，不免做个假供。吩咐左右，将他松了刑棍，上了镣具，发回大牢，待明天取他脑袋。

不表焦廷贵发下天牢,且说御史退堂,回进书斋,准备假口供。当有丫环素兰在屏后打探得分明,进至后堂,细细达知主母。尹氏夫人听了,登时脸上无光,珠泪汪汪,打发丫环众人都出房外,夫人独自一人将房门闭上,长叹一声,浓磨香墨,题绝命诗道:

　　妾身一殒有谁怜,虚度光阴三十年,
　　但愿夫君偏性改,纵归黄土也安然!

题罢,泪如泉涌,哭道:"可怜十余载恩爱夫妻,一旦分离,未免情伤。但今日劝谏不从,日后亦不免杀身之祸,反要出乖露丑,与其生,不如死了。"言罢,自缢身亡。

众丫环见夫人进房已久,闭门不开,众人说:"老爷从未与夫人叹气,今朝言语驳斥,骂了一番,又动手打两个巴掌,为着外人之事,夫妻惹起气来。如今夫人闭门不开,不知吉凶如何?"众丫环商议,甚觉慌忙,只得一齐动手打开房门,一见吓得惊慌无措,都说:"不好了!夫人当真寻了短见。"素兰叫:"金菊姐姐,你等看好夫人,待我往报老爷得知。"言罢急忙去了。内房丫环将汗帕解下,啼哭呼叫,灌下姜汤,夫人身体早已冰冷,哪得复醒。

不表众丫环惊惶,当时沈御史在书斋中正做完假供,写就一本要来朝奏帝,自笑道:"此一本上去,哪管你天波府势头高,杨宗保性命难存,即使狄青是太后娘娘内戚,也逃不掉狗命。"写就此本,正要去见庞国丈,只见素兰丫环跑得气喘吁吁而来,叫道:"老爷,不好了!"沈国清喝道:"贱丫头,何故大惊小怪?"素兰道:"不是小婢惊怪,只为夫人死了。"沈御史喝道:"小贱人!敢来谎我!夫人毫无病症,怎言死了?"素兰道:"夫人自缢身死,现有众人尚在房中救唤夫人。"御史道:"此不贤妇人,应该死的。"素兰听了,流泪道:"老爷,难道口头上争闹几言,就断了夫妻之情不成?可惜夫人乃一位贤良诰命,翰墨名家之女,死得如此惨伤,老爷还不速往看看夫人能救活否?"沈御史喝道:"贱丫头胡说!你们自去救她,我不管了。她如此可恶,口口声声只骂我奸臣,还有什么夫妻情分!"言未了,又见两名丫环飞奔进来,啼啼哭哭道:"老爷,夫人缢死惨伤,我们多方解救,只是不能还阳了。"沈国清趋奉权奸,厌恼夫人谏阻多言,竟将夫妻之情,付于流水,见丫环都来禀告,只得

第四十四回　骂奸党贞娘自缢　捏供词莽汉遭殃

进内房，走近身旁，立着冷笑道："尹氏，谁教你多管我的闲事！是你自寻死路，实乃口头取祸，你死在九泉，也怨恨不得丈夫。"又回身吩咐丫环道："速唤家丁掘土埋她。"众丫环道："老爷，不知怎生埋法？"沈国清道："即在后园亭中掘个土窖，以掩尸骸罢了。"众丫环齐道："老爷差矣！主母夫人曾受皇封诰命，是老爷结发夫妻，今日寻了短见，死得如此惨伤，理应开丧超度，然后棺椁入土为安才是。"沈国清喝道："贱婢！休要你们多管。"众丫环道："老爷，这是理该如此，算不得我们丫环多言。"沈国清喝道："这是不贤之妇，死何足惜，有什么棺椁成丧！哪个再敢多言，活活处死！"说罢，出房而去。众丫环听了，不敢再言，珠泪纷纷，人人悲苦，恨老爷心肠太硬，全无半点恩情。只得遵命，唤来几名家丁，带备锹锄，在后园中丹桂亭旁，掘开泥潭数尺。众丫环服侍夫人，沐浴了身体，更换新衣，头上戴些花钿钗环之物。时鼓打初更，前后有提灯引道，将夫人扛起，是日乃三月初三，新月早沉，来至后庭，家人丫环悲啼惨切，已将夫人埋入土窖中，上面仍用土泥浮松盖掩，以免压腐体骸。这是众家丁丫环怜惜夫人受屈，不忍之心，不然，日后怎生全尸，这是后话不提。是夜众家丁丫环人人叩首，个个含悲，都道："夫人受过王封，金枝玉叶之躯，惨死了不得棺椁安葬，皆老爷薄幸不情之过。"那沈国清亲至庭心，看见夫人埋于土中，说道："尹氏，你如今死了，是你命该如此，勿怨着我丈夫无情。待我来朝奉旨杀了焦廷贵，公事一毕，然后用棺埋葬便了。"说罢，回进书房，头一摇道："罢了，哪有这等多管闲事的女子，竟不畏死的，还恼她留下诗词四句，要本官改什么偏性！"说罢，命家丁手持火把，前往国丈府中，令人通报，进内相见，即将本章假供与国丈观看。国丈灯下看毕，大悦道："此本甚是妥当详明，待明朝呈进便了。"沈国清道："夜深如此，告退了。"当日算得神差鬼使，有关尹氏自尽的缘由，御史并不说明，是以国丈全然不晓。

次日，沈国清来到朝房，少停，万岁登殿。文武朝参分列，值殿官传过旨意，有沈御史出班俯伏奏道："臣奉旨审断焦廷贵，初则倔强不招，次后用刑，招出：狄青失去征衣，冒功抵罪，焦廷贵受贿为证，李成父子除寇有功，杨宗保竟不察而屈斩，钦差孙武又被他封固仓库，不许盘查，纵令焦廷贵殴打钦差，反劾孙侍郎诈赃。"又将本章供状上呈，天子看罢，龙颜大怒,骂道:"泼天大胆的杨宗保,朕只道你是边疆大臣,今日看来乃一大奸臣。深负国恩,目无王法,狄青等失去征衣,不该冒功抵罪,屈杀有功,着一并押解回朝治罪!"国丈一想,如若押解回朝,必被狄太后、佘太君出头,仍是杀不成,即出班奏道:"臣庞洪有奏。"天子道:"卿且奏来。"庞国丈奏道:"杨宗保久镇边关,兵权统属,如若押解回朝,诚恐被他风闻准备,万一途中生变,为祸非小。"天子道:"卿之见如何?"国丈道:"臣思焦廷贵招认罪名,无庸再问,莫若密旨一道,赐其刑典,着杨、狄二臣即于边城尽节,焦廷贵即于王城处决。未知我主龙意若何?"天子准奏,仍命孙武赍旨一道,即行密往边关,着令杨、狄二臣速行受命,孙兵部监斩焦廷贵复旨。二奸得差大悦。众贤臣人人惊恐,一同出班保奏,有富太师、韩吏部与天子面争辩驳,天子只是不依。众臣只落得气愤不悦,无奈此时随驾在朝,也不能往南清宫、天波府通个消息。那孙兵部奉了圣旨,一刻也不停留,即往天牢中调出焦廷贵。这位黑将军还是骂不绝口,大骂奸臣乌龟,一程骂到西郊,早有天波府家丁打听明白,飞奔回府报知。佘太君闻言大怒,即时上了宝辇,亲自上朝面圣,犹恐搭救不及,先命杜夫人、穆桂英往法场阻挡,不许监斩官开刀。若问天波府几位夫人,十分厉害,这孙秀虽乃权奸,见了二位夫人也惧怯三分。只听穆桂英喝道:"奉太君之命,刀下留人!"这孙秀哪里敢动,焦廷贵高呼道:"夫人速来搭救小将,不然活活的人要分作两段了。"二位夫人道:"焦廷贵,不要怕,如若杀你,自有孙兵部抵命。"焦廷贵道:"如此方妙!"

不知佘太君上殿见驾,救得焦廷贵否,且看下回分解。

第四十五回

佘太君金殿说理　包待制乌台审冤

却说佘太君进至金銮殿中俯伏见驾，天子即命内侍扶起，赐坐锦墩。太君开言道："未知陛下因何处斩这焦廷贵？他乃边关效力之将，又是忠良之后，即便有罪，圣上亦须念他祖焦赞有血战大功，略宽恕几分，免得断了忠良后裔，方见陛下仁慈。"天子听了，觉得难将此事原委说出，国丈暗道：君王不善言辞，何不说君要臣死，臣不得不死。我亦不敢多言辩驳，只因这位佘太君不是好惹的。当下天子不言，太君又道："陛下，臣妾夫儿都是为国捐躯，苗裔止存一脉。即我孙儿领守边关，亦将卅载，尽心报国，并无差处，乃陛下所深知。这焦廷贵随守边关，也有战功，未知犯了何罪，要处斩他？"天子见太君又问，只得说道："朕差孙武往边关查库，焦廷贵不该殴辱钦差。殴辱钦差，正如殴辱朕身。如此目无王法，理该处决。"太君道："孙武既奉旨盘查仓库，乃仓库不查，反诈取赃银七万五千两，钦差诈赃，犹如陛下诈赃，也应该将这孙武执法惩处为是。"天子又道："孙武并未诈赃，处决他岂不枉屈？"太君道："焦廷贵殴辱钦差，并无此事，杀之无辜。"天子听了，微哂道："焦廷贵殴辱钦差，已经明白招供，岂是枉屈斩他！"太君道："既重办焦廷贵，孙武何得并不追究？殴辱钦差，理该罪究杨宗保，如何独执焦廷贵？如此岂非陛下立法不当么？"天子听了太君之言，略一点头道："你孙儿果也有罪，难以姑宽。朕念他是功臣之后，守关二十余年，不忍身首两分，已特赠三般法典，全其身首了。"太君听了大怒，道："臣妾夫儿，十人死其七八，俱乃为国身亡，不得命终。即我孙儿杨宗保，守关有年，辛勤为国，陛下轻听谗言，一朝赐死，其心何忍！即如民间讼案，也须询诘分明，两造谁是谁非，方能定断，何况如此大事。不究孙武，不问宗保、狄青亲供，只据焦廷贵狂妄之言，便杀的杀，赐死的赐死。倘果是奸臣作祟，一死固不足惜，但忠良受此冤屈，一生忠义之名化作万年遗臭，岂不冤哉！

沈御史与庞国丈是师生之谊,孙武是孙兵部手足,内中岂无委曲情弊?伏祈陛下暂免焦廷贵典刑,且将杨、狄二臣取到,陛下亲自审讯。如果是实情,非但宗保之罪难免,臣妾满门亦甘愿受戮。如若陛下不分明四人罪端,先将焦廷贵处斩,是立志存私,非立法之公,何能服众臣之心!"

这时庞国丈一旁暗暗想道:今天稳稳地杀了焦廷贵,以假作真,死无对证,那边关上两名奴才易于收拾。不知哪个畜生大胆,往天波府通知消息,这老婆儿来到朝堂,说出一段狠言恶语。可笑昏君,犹如木偶一般,老夫这一段计谋又枉用了!当下又有文阁老、韩吏部、富太师等听了老太君之言,理明而公,道破奸党心肠,无不大快。那天子闻太君之言,想来有理,只得传旨道:"焦廷贵暂免开刀,仍禁天牢;孙武免责朝廷刑典,另颁旨意,召取杨宗保、狄青回朝,询明定夺。"太君又奏道:"恳陛下将焦廷贵赐于臣妾收管,决不有碍。"天子准奏,又着太监四名送老太君回归天波府内。

当时圣旨一到法场,焦廷贵不用开刀,旨上又有令孙兵部送回天波府,有杜夫人、穆桂英冷笑骂道:"奸臣佞贼,你敢向老虎头上捉虱么?"孙秀被骂得默默无言。当日焦廷贵到府,拜见老太君并列位夫人,太君道:"边关之事,实乃如何?"焦廷贵道:"狄青失征衣、立战功是实,李成父子冒功是真。孙贼一到,即诈赃数万,是以小将将他殴打。"太君道:"都是你打了孙武,中了庞洪之计。"焦廷贵道:"太君不妨。庞洪这奸贼断断容他不得,待小将往取他首级,方消此恨!"太君喝道:"休得闯祸,谁是谁非,且待元帅回朝,再行定夺。"当日,太君犹恐焦廷贵出府招灾闯祸,故意将他款留在府中,不许私出。又差人往天牢吩咐狱官,待沈达细心供给,此话不表。

话说尹氏夫人死去,寿算未终,向阎君哭诉惨死之由。阎君查阅夫人年寿有八旬以外,目下虽亡,实属屈死,应得还阳。沈国清年寿三十六,本年三月初八,应死于刀下。阎君开言道:"尹氏夫人虽冤屈了,但你丈夫本年该凶死于朝廷法律,夫人可速回阳世,到包待制那边告诉,他自有救你还阳之法。"夫人上禀阎君道:"包大人往陈州赈饥未回,尹乃一亡女,如何越境远奔,岂无神人阻隔?"阎君听言,即备牒文,差鬼卒二名,吩咐送夫人往陈州城隍司管收留,好待夫人告诉冤状回阳。

第四十五回　佘太君金殿说理　包待制乌台审冤

鬼卒领旨，送护尹氏夫人到陈州城隍那边交代。却说包拯上年奉旨赈饥，尚未回朝，前书说陈州地面，连饥数载，众民度日维艰，岁岁粟价倍增。只因蝗虫大盛，稻麦被食，十不存一。有产业之民，稍可苦度，更有贫乏之家，老弱之辈死于沟壑之中，实为可悯，故本府官员，是年申详上宪，督抚文武拜本回朝，圣上恤民，敕旨包公调取别省米粮，到陈州低价而粜，济活多少生命，人人感沾皇恩，个个爱戴包公大德。包公又命不许强横土豪积聚，倘查出有囤粮抬售的，即要拿究，施与贫民。是以恶棍土豪不敢积聚图利；官吏粮差不敢作弄卖法，人人惧怕着包拯厉害。

当日乃三月初三日，包公督理饥民粮粟，正在转回来，三十六对排军，前呼后拥。包爷身坐金装八抬大轿，凛凛威严，令人惊惧。其时日落西山，天色昏暮，忽一阵狂风，风声响过，包爷身坐轿中，眼前乌黑了，众排军也被怪风吹得汗毛直竖。包公想道：此风吹得怪异，难道又有什么冤屈情事不成？想罢，即吩咐住轿，开言喝问："何方鬼魂作祟？倘有冤屈，容你今夜在荒地上台前诉告。果有冤情，本官自然与你力办。如今不须拦阻，去吧。"言未了，又闻呼一声，狂风卷起沙石，渐就静了。包公吩咐打道回衙，用过夜膳，即命张龙、赵虎道："今夜可于荒郊之外，略筑一台，列公位于台下，不得延迟！"两名排军领命去讫。是晚立刻在北关外寻了一所空闲荒地，周围四野空虚，邀齐三十余人，搭了竹棚，中央排列公案一位。

其时初更将尽，二人回禀包大人。包公赏了众人，只携两对排军，董超、薛霸，合了张、赵二人，提灯引导。街衢中寂静无声，只闻犬吠嗥嗥。钩月早收，只有一天星斗。约行二里到了北关，包公停了坐轿，但见周围多是青青的草，又是乱丛丛的砖瓦，坍棺古冢，破骨骷髅，东一段，西一段，包爷见了，倒觉触目惊心。包爷上了台，焚香叩祝一番，然后向当中坐下，默默不言。四名排军，遵包爷命，立俟台下。包爷昂昂然坐定，听候告冤。其时远远忽有一阵怪风吹来，寒侵肌肤。四排军早已毛骨悚然，昏昏睡去。当下包爷也在半睡半醒，朦胧中只见一女鬼，曲腰跪下，呼道："大人听禀，妾乃尹氏名贞娘，西台沈御史发妻。"包爷道："你既云沈御史妻，乃是一位夫人了，且请立起。"当下包爷道："夫人，你有甚冤屈之情，在本官跟前不妨直说。"尹氏道："丈夫沈国清与国丈众奸臣欺君，审歪了杨元帅、狄青，要为沈氏翻冤，要诛杀杨元帅三人。只为妾一心劝谏丈夫不要入奸臣党羽，须要尽忠报国，方是臣子之职。不料丈夫不听，反是重重发怒，诟骂殴辱妾身。心想丈夫既归奸臣党中，日后岂无报应？倘累及妻孥，出乖露丑，不如早死以了终身。妾身自愿归阴，亦别无所怨，唯有丈夫不仁，妾虽死有不甘心之处，今已哭诉阎君，言妾阳寿未终，故求大人起尸，倘可再生，感恩非浅。"包公道："夫人，你却差了。古有三从之道：出嫁从夫，理之当然。你因丈夫不良，不依劝谏，忿恨而死，不该首告夫君，既告证丈夫，岂得无罪？"夫人道："大人，妾自求身死，有何怨恨丈夫？但妾身冒叨圣上之恩，敕赠诰命之荣，丈夫即不念夫妻之情，亦该备棺入殓，入土方安，何以暴露尸骸，仅盖泥土，辱没朝廷命妇，岂无欺君之罪？妾若不伸诉明白，则世代忠良将士危矣。如今有钦差往边关调杨、狄二臣回朝。一众奸臣究问二臣，二臣犹比釜中之鱼，若非大人回朝，擎天栋柱登时倒，宋室江山一旦倾。妾今告诉，一来为国，二来诉明委屈。但大人须速回朝，方能搭救二位功臣。迟了二臣危矣。"

包爷听了，不胜赞叹道："你一妇人，尚知忠君爱国，兼有惜将之心，真乃一位贤哲夫人了。"转声又问道："你今玉体现在沈御史衙署中么？"夫人道："现在府中后庭内东首桂树旁边，掘下泥土数尺，便见尸骸了。"包爷听罢怒道："果有此事，可恼沈御史糊涂，不通情理。你妻乃一诰命夫人，缘何暴露便埋土中，欺天昧法，莫大于此！更兼行私刑，做假状，欺瞒圣上，陷害忠良，以假作真，实在死有余辜。夫人且请退下，待本官星夜赶回朝便了。"夫人拜谢，冉冉而去。这时包公已悠悠苏醒，耳边仍觉阴风冷冷，想来似梦非梦，十分诧异。

不知后事如何，且看下回分解。

第四十六回

行色匆匆星夜登程　狂飙飒飒中途落帽

　　当晚包公醒觉起来，甚为惊异，觉得还是早日回朝为妙。下了台棚，四名排军，服侍包大人坐进轿中，持灯引道，一路回归衙署。坐下思量，定了主意，发下钦赐龙牌一面，差两名排军，将奉旨到边关拿调杨、狄的钦差阻挡住，不许出关，待本官进京见驾，候圣上准旨如何，再行定夺。两名排军奉了钧谕，持了龙牌，连夜往边关而去。

　　包爷即晚传进陈州知府，嘱咐道："本官有重大案情，即要进京见驾，所有出粜赈济一事，目下民心已靖，且交贵府代办数天，必须依照本官赈济之法，断不可更易存私；如有作弊，即为扰害贫民，贵府有不便之处，本官断不谅情，必须公办。"陈州府道："大人吩咐，卑职自当力办，岂敢存私自误，以取罪戾？大人休得多虑。"是日，包公将粮米册子，存粮多寡，粮金贮下若干，一一交代清楚，然后连夜动身。有陈州知府州县文武得知，齐齐相送，纷纷议论道："这包黑子做的事，俱是奇怪难猜，不知又是何故，不待天明竟是去了。包待制在本州粜赈饥民，众百姓人人颂德，如今我们接手代办，比他格外加厚，有何不可。"众官言语，不烦多表。

　　且说包公是夜催促行程，一心只望早回王城，一路思量道：庞洪一班奸党，妨贤病国，弄出奇奇怪怪事情，别人的财帛，你或可以贪取，杨宗保是何等之人？你想他财帛，岂非大妄人么？吾今回朝，究明此事，不由圣上不依，扳他不倒，也要吓他个胆战心寒。行行不觉天色曙亮，再走一天，将近陈桥镇不远，天已晚了。包爷吩咐不许惊动本镇官员，免他跋涉徒劳，不拘左右近地寻个庙宇，权且耽搁可也。薛霸启禀道："大人，前边有座东岳庙，十分宽敞，可以暂息。"包公道："如此且在庙中将息便是。"

　　原来一连二夜未睡，一天行走，众人劳苦，是以包爷此夜命众军暂行歇止。当夜包爷下了大轿，进至庙殿中，司祝道人多少着惊，齐齐跪接，同声道："小道不知包大人驾到，有失恭迎，万乞恕罪。"包爷道："本官经由此地，本境官员尚且不用惊扰。只因天色已晚，寻个地头夜宿，明早即要登程了，不须拘礼。况你们乃出家之人，无拘无束，何须言罪。"众道人道："大人海量，且请到客堂小坐，只是地方不洁，多有亵渎。"包公道："老夫只要坐歇一宵，不费你们一草一木，休得劳忙。"道人道："小道无非奉敬些清汤斋馔，还望大人赏光。"包公道："如此足领了。"

包爷进内，只见殿中两旁四位神将，对面丹墀两边，左植苍松，右栽古柏。包公进至大殿，中央东岳大帝凛凛端严。道人早已点起灯火香烛，包大人沐手拈香跪下，将某官姓名告祝，礼叩毕起来。是时道人筹备了上品蔬斋一席，与包公用晚膳，众排军轿夫另在别堂相款，不多细表。

当晚众道人只言包大人在此安宿，连忙预备一所洁雅卧房，请他安睡。包公反说他们厌烦，定要坐待天明。又吩咐众排军役夫，一概将息，五更天即要启程。众排军人等连日劳累，巴不得大人吩咐一言，各各睡去。单有包公在大殿上或行或坐，庙内道人紧紧陪伴，不敢卧睡，包公几次催促他们去睡，众道人道："大人为国辛劳，终夜不睡，恐妨贵体。小道等乃悠闲之民，焉敢不恭伴大人？"包公道："老夫路经此地，只作借宿，你等何必过谦。"众道人见包公十分体贴，人人感激，不一会，又恭奉清茶。至五更天，众军役揩目抻身，道人早已设备烧汤梳洗。此地近离王城不远，用膳已毕。包公先取出白金十两，赏与道人，作香烛之资，即打轿起程。众道人齐齐跪送，都道："包大人好官，用了两顿斋饭，却赏了十两白金。"

不表道人赞叹，却说包公行了一程，已是陈桥镇上，方到一桥中，忽狂风一卷，包爷打了个寒噤，一顶乌纱帽被风吹落。原来包公由西而东，这顶帽子在轿中吹出，落在桥口上。张龙、赵虎连忙抓抢，岂料四手抢一冠，也抢不及，竟滚落于桥下，露出包公光头一个。包公喝道："什么风，这等放肆！"旁立排军呆呆，有些答道："这是落帽风。"包公笑道："如此就是落帽风了。"说时，张龙、赵虎将乌纱与包公升戴好，包公一想，唤张、赵道："着你二人立刻拿了落帽风回话。"二人一想，不好了，如今又要倒运了，忙启上大老爷道："落帽风乃无影无踪之物，何处可以捕拿？乞恳大人详参。"包公喝道："狗才！差你这些小事，竟敢懈慵退避！"

第四十六回　行色匆匆星夜登程　狂飙飒飒中途落帽

二人道："并不是小人们贪懒畏避，只因无根之物难以捕拿，求乞大人开恩。"包公喝道："该死奴才，天生之物，哪有无根之理，明是你们贪懒畏劳，限你们一个时辰，拿落帽风回话。"言罢，吩咐仍回转东岳庙中等候。

却说张龙、赵虎吐舌摇头，赵虎道："张兄，吾二人今番倒霉了。一连几天，路途劳累，如今又要拿什么落帽风，这是天上无形之物，哪得捕拿，实乃我二人倒运。"张龙一路思量，又道："赵弟！此事我们办不来的，不免去觅陈桥镇上的保正，要在他身上将落帽风交出，若还交代不出，即拿这保正去见包大人，你意下如何？"赵虎听了笑道："这个主见，倒也不差。"

当下二人昏昏闷闷，去寻镇上保正，逢人便问，内中有人说，保正家住急水乡。二人又即查诘至急水乡，正值保正在家。二人动问姓名，此人姓周名全，便问二人到此何干，张龙道："吾二人乃包大人排军，只因包大人在桥上被狂风落帽，大人差吾二人找陈桥镇保正，立刻将落帽风拿回究罪。"此人道："二位上差既奉包大人差遣，岂无牌票，今既无牌票，只恐真假莫辨。如无牌票，恕吾不往。"二人道："这句话说得有理，如此你且在家中候着，待吾请了大人签牌，再来找你。"周全应允。

二人一程跑回东岳庙中，上禀包大人道："保正要签牌，方肯将落帽风拿出。"包公听了大怒，二目圆睁，喝道："两个奴才！老夫经由的地头，向不惊动别人。如今差你往办些些小事，即要惊动保正，十分可恼！"二人启禀道："大人凡要拘拿，只须凭牌票交与地方保正，便可交出犯人。"包爷喝声："胡说！地方上保正只管得地头百姓，落帽风不是保正管领，何由惊动他们。况你二人还未知落帽风下落，擅敢妄扰保正么！"二人随即再禀道："大人，落帽风实乃无影无踪之物，教小人如何捕捉？望大人开恩见谅，饶赦落帽风，早些赶路为是。"包爷喝道："胡说！凡为承当衙役，总要捕风捉影，今日有了风，还捉不着么？也罢，老夫念你二人是个不中用的，准赏差牌一面，不许惊动保正，滋扰地方，再限你们二个时辰，即拿落帽风回来问究。若再推诿，文武棍一顿打死。"二人领诺，拿了牌票，垂头丧气跑出庙中。

且说包公不是当真要拿落帽风，只因这狂风来得奇怪，身坐轿中能卷出乌纱，料有些奇异之事。这包公是爱管事的官员，又知张、赵是能干差役，故着他二人捕风捉影，又不许他们惊扰地方，既免了一番周折，又免得差吏扰民之害。当下张、赵二人一路上心烦意闷，想：如大人差我二人捉霜拿雨，也还有形可取，偏偏要捉落帽风，这就难了。二人跑上陈桥，立定了左顾右盼，有过往多人，见二人睁目而视，不明其故，有多言的人询他二人。二人说是奉包公所差，捕捉落帽风，只为伺候得久了，竟不知落帽风在何处。内有一少年道："只有桥西侧药材店一人，名骆茂丰，且去拿他看看。"有几个老成的道："多言乱说！此人乃一良善人，守分营生二三十载，并不招非作歹，你这人好没分晓。若不是此人，岂不冤屈了他！"张、赵听了，倍加烦闷，手中摩弄牌票，站得足都酸了，只得坐于桥栏上自言自语道："包大人差我二人捉拿落帽风，如今寻抓不着，回去定然受责，如何是好！"二人想不着路，如痴如呆。忽见呼的一阵狂风，迎面卷将过来，二人急忙立起，四手抢拿，只呼捉风，岂知捉得不牢，反将牌票一纸吹卷过桥，犹如高放风筝一般，已卷起半空中。二人齐道："坏了，风捉不牢，反将牌票吹去，如何回复得包大人！"

且说陈桥镇东角上有一街衢，名曰太平坊，是一所小市头。对街两厢店铺，来往行人不少，这阵狂风，实来得怪异，卷起牌票，吹至太平坊上，落在一副菜担之内。那贩菜的人见了，说道："为什么这纸当票宽大，不知何处吹来的？"遂将担子停住，双手拾起来看，早有张、赵急忙忙赶来，大呼道："落帽风在此地了！"张、赵二人赶近了，要抢夺回那牌票，此人拿牢不放，反叱喝二人狂妄。张、赵也不争辩，只双手并挽道："落帽风，你可知包大人在东岳庙宇中等候你讯问么？快些走吧！"那贩菜人吓得发抖，即大呼道："我是小本经纪，并不为非作恶，无端将吾拘扭作甚？"张龙道："不管你犯法不犯法，且到包大人跟前分辩。"不问情由，二人扭住，推推拉拉，一同走了。太平坊上众百姓一见，七言八语地喧吵，忿忿不平，一齐跟在后面，看他将贩菜的抓往哪一方去。

不知此人可是落帽风，包大人如何审究，下回分解。

第四十七回

郭海寿街头卖菜　李太后窑内逢臣

却说张龙、赵虎扭捉了贩菜小贩，有太平坊上众百姓道："这贩菜人郭海寿，清贫度日，每天肩贩些菜韭小物，进得分文养母，虽困穷而不失孝顺，是以近处地头上人，多呼他为郭孝子。素知他是个朴质守分人，又不犯法招非，包大人何故捉他，我等众人不服，也到东岳庙中看看。"一刻间拥闹得成群结队，何止二三百人。又有人代郭海寿挑了菜担，一同前往。

不表众民拥来东岳庙，先说张、赵扭拉此人，进至庙中，启道："大人，小人已将落帽风拿到了。"包公吩咐带上。二人牵他当面，喝声下跪，此人道："小人并不犯法，此二人冒捉良民，何须下跪？"包公将此人细细一看，倒也生得奇怪，年纪约二十上下，脸色半黑半白，额窄陷而两目有神，耳珠缺而贴肉不挠，鼻塌低而井灶分明，两额深而地角丰润。当下包公细看此人，哪里是什么落帽风，老夫只因风吹落帽，疑有冤屈警报，如今定然张、赵二人难以查办，竟混拿此人来搪塞，也未可知。包公装着发怒喝道："这人还不知法律么？本官跟前，胆大不跪，且细说明你的来历。"此人禀道："大人在上，小的乃经纪小民，并未犯法，故胆大不跪。"包公道："你名叫落帽风么？"此人道："小人是郭海寿，并不是落帽风。"包公道："你是何等人，居住何方？且说与老夫得知。"郭海寿道："小人乃陈桥镇上一个贫民，方出娘胎，父亲已丧，母亲苦守破窑，街衢乞食，抚养小人。我年交十五，娘亲双目失明。如今小民年纪长成十九，一力辛勤，积蓄得铜钱五百，终朝贩卖蔬菜为生。岂知近二三载，饥馑并至，家家户户日见凄惶，米价如珠，每升售至三十文。小人生理淡泊，日中只有一饭两粥，与娘苦度。幸上年十一月，圣上差包大人开皇仓平粜，方得米价如常，连及本地头官吏也好了，不敢索诈良民，恶棍匪盗远遁潜踪。本府数县，人人感德，个个称仁，但小的乃一贫民，并不犯罪，大人拿我来作落帽风，未知何故？恳大人明言下示。"包公想道：听此人说来，竟是个大孝之人了。正要开言动问，只见众百姓老少二三百人，成群拥进庙来。早有排军三十余人，阻挡呼叱，不许拥入庙宇中堂。包公远远瞧见，吩咐众役不须拦阻，容众人进来，不许喧哗。众人遵着吩咐，进至廊下，包公问道："你们许多人有甚事情？老夫在此，敢来这里胡闹么？"内有几个老人道："大人在上，这郭海寿乃一经纪之民，勤劳良善之辈，家虽贫困，而不失孝道供亲，是个孝子。况他向来安分守己，并不惹是招非，我等小民人人尽知，今日不知大人何故拿他？若是错捉了他，不能做小生理，母在破窑，必致饥饿。故吾众民到此，恳大人开恩释放他回去。倘大人不信，现有他贩卖菜担为凭，祈大人明鉴。"包公道："众民休得喧哗。"众民遵诺。包公即唤张龙、赵虎，喝道："狗奴才！老夫着你往拿落帽风，怎么混拿郭海寿来搪塞？可恶！"喝令责打，二人连忙启禀道："大人，我等有个情由启上。"包公道："容你言来。"二人道："小人们奉了牌票，四下寻落帽风，忽于陈桥又遇狂风，来得奇怪，已将牌票吹卷起半空中，只恐回不得命，一程追赶至太平坊上。只见有个挑蔬菜担人，手中拿住牌票一纸，奉大人命捕风捉影，故将他拿来。"包爷喝道："胡说！风吹落帽，风卷牌票，都是狂风作怪，只要拿风，你二人故违吾令，妄捉良民，应该重处！"二人道："大人开恩，待小的再往拿落帽风，如若打伤小的两腿，难以行走，怎能奉命去拘拿？"包公道："也罢，限你午刻拿回，如违重处！"二人谢了起来，一同跑出庙门。赵虎道："张兄，我二人今日糟了。"张龙道："赵弟，这件事情叫我们实难处置，且与你再至陈桥观望一回，同归禀上，实办不出落帽风，让他革除身役罢了。"

不表张、赵之言，却说包公叫道："郭海寿，你既然乃善良之民，本官且释放你回去，你等众民，也不必在此耽搁喧哗。"众民都说："大人开恩释放海寿，他母亲可以活命了。"包公又对郭海寿道："老夫念你是个行孝贫民，赏你五两银子，回去做些小买卖，也好供养母亲。"董超早已交他白银五两。郭海寿好生欢喜，叩谢大人，挑回菜担而行。众民都自散去，皆言包公仁德清官，也且不表。

却说郭海寿回至太平坊，将菜担寄放在相识处，还至破窑，将茅门一推进内，大呼母亲。那瞎目婆子唤道："孩儿，你去了未久，何故即回？"郭海寿道："母亲，方才孩儿挑担出了大街，未有人与儿采买，方在太平坊上，忽一纸官家牌票被大风吹来。儿方拾起，早有两位公差拉扭儿至东岳庙，有位官员，浑身黑色打扮，面色亦黑。我初不晓他是何人，只道本处官员，妄拿我的，故不肯下跪。他又查问我。有众人禀我行孝，此位官员甚为喜悦，赏我白银五两，做小经纪供亲，真乃大幸，故特回来安慰母亲。"婆子道："他如此爱民，是什么官员？"郭海寿道："母亲，你幸双目失明，如若好目，见了此位官员，只恐吓坏了你。他面貌十分凶恶，谁知竟是朝中包待制大人，名包拯，难道母亲不闻人说包公是个朝上大忠臣，为国爱民的清官？"婆子道："原来此官是包拯。孩儿，你且去请他来，做娘的有一重大事与他面诉。"郭海寿道："母亲，有何事告诉？且说与儿知晓，代禀包公。"婆子道："孩儿，我身负极大奇冤，满朝大臣除了包公铁面无私，无可伸诉。我儿代诉，终必无益，必要与包拯面言方可。"海寿笑道："母亲之言，也觉奇了，我母子居住破窑，虽然贫苦，但无一人欺侮母亲，有甚极惨之冤？"婆子道："孩儿，此乃十八年前之事，你哪里得知？速去请他来，为娘自有言告诉。"海寿道："原来十八年前事，果然孩儿不得而知，倘或包大人不来，便怎生是好？"婆子道："你去说我母有十八年前大冤，要当面伸诉，别官不来，包拯定然到的。"海寿道："既然如此，孩儿往请他来，母亲且将银子收好。"言罢，奔出破窑。

且说张龙、赵虎二人奉令商议，若等候到明日也不中用，不如回去禀复大人，悉听处治也罢。两人垂头丧气，战战兢兢，回转庙宇中下跪，禀道："大人，小的奉命捉拿落帽风，实乃无影无踪之物，难以搜来，恳大人开恩。"包公想了一想道："狂风落帽，原道有什么冤情警报，所以强押二人去搜求，既无别事，也只得罢了。况尹氏之事要紧，不如且先回朝。"当下便吩咐起轿，这张、赵二人才放了心。正要喝道出门，忽来了郭海寿，叫道："大人，我家母请你去告状。"众排军喝道："该死奴才，你莫非疯癫，还不速返！"海寿道："我家母有极大冤枉，故来请大人前往告诉，你们不须拦阻。"包公听见便道："不用阻他。"原来包公性情古怪，办事也是与人迥异。今日一听郭海寿之言，想他为什么反要本官去告状，想这妇人说得出此言，定有缘故，即道："郭海寿，你母亲在哪里？"海寿道："现在破窑等候。"包公听了，吩咐打道往破窑去。

当下郭海寿引道前行,告诉众人到门,不可叫喝,犹恐惊坏娘亲,包公也命不用鸣锣喝道。郭海寿当先,即从太平坊上经过,旁人唤道:"海寿,缘何不往买卖,只管往来跑走?"海寿道:"我母亲要包公到门告状。"众人道:"但不知包公来了么?"海寿道:"后面来的不是包公么?"众人一看,果然排军蜂拥而来,都笑道:"这桩奇事古今罕有,这婆子久住破窑,双目已瞎,年将五十,财势俱没,莫非犯了疯癫?谅她没有什么冤情告诉,又少见告状的子民,妄自尊大,反要老爷上门告状,想来原是包公痴呆。"你言我语,随走观看。海寿一至茅门,停足叫道:"大人,这里就是了。"回头又叫道:"母亲,包大人来了。"婆子道:"孩儿,且摆正这条破凳在中央,待我坐下。"海寿领命摆正。婆子当中坐下。海寿站立旁边。包公住轿,离茅屋半箭之遥,命张、赵前往叫妇人速来告诉,有甚冤情。二役领命到门大呼道:"妇人知悉,包大人亲自到此,有甚冤情,速速出来诉禀。"妇人答道:"叫包拯进来见我!"张、赵大喝道:"贱妇人,好生大胆,擅敢呼唤大人名讳,罪该万死!"妇人道:"包拯名讳,我却呼得,快叫他进来,有话与他商量。"张、赵二人又觉恼,又觉好笑道:"大人目今官星不现了,遇到这痴癫妇女。"二人只得禀知包公道:"郭海寿的母亲,是个痴呆妇人。"包爷道:"怎见她是痴呆?"二人禀道:"她将大人的尊讳,公然呼唤!要大人去见她答话。"包公道:"要本官往见她?"二人称是,包公道:"这也何妨?"言罢,吩咐起轿,有众排军暗言,包公真是呆官,如孩童之见。更有闲看之人称言奇事。

当时包公到了门首,张龙跑进茅屋,叫道:"郭海寿,包大人到来,何不跪接?"妇人接言道:"包拯来了么?唤他里厢讲话。"张龙喝道:"贱妇人这污秽所在,还敢要大人进来,休得做梦!"妇人喝道:"胡说!我也在此久居了,难道他却进来不得?必须他到里厢来,方可面言。"张龙听了,不住摇头道:"大人今日遇鬼迷了,回到京中,乌纱也戴不稳了。"又来启禀道:"大人,这妇人要大人进里边讲话。小人说,此地污秽,不可以请大人进去。她说,她居住已久,难道大人进去不得?岂不可笑!"包公听了,想道:这妇人定然不是微贱之辈,故有此大言。也罢,且进去,看她有什么冤情。

包公想罢出轿,张龙、赵虎二人扶伴。包公身高,故低头曲腰入屋内,

第四十七回　郭海寿街头卖菜　李太后窑内逢臣

细将妇人一看，约有四旬七八的年纪，发髻蓬蓬，双目不明，衣衫褴褛，面目焦瘦，而风度似非等闲之辈。郭海寿道："母亲，包大人来了。"她说："在哪里？"包公道："老夫在此。"她说："包拯，你来了么？"包公听了，又气恼，又好笑，便道："妇人，老夫在此，你有什么冤情？速速诉明。"妇人道："你且近些！"包公又近些，那妇人两手一捞，摸不着包公，又将手一招道："再近些！"包公无奈，只得走近，离不上三步，被她摸着了半边腰带，叫道："包拯，你见了老身，还不下跪么？"包爷瞪目自语道："好大来头妇人，还要老夫下跪，是何缘故？"妇人道："你依我跪下，我可诉说前情。"包公无奈，说道："也罢，老夫且下跪。"张、赵二役见大人下跪，也同跪地中。郭海寿见了倒觉好笑起来。

　　当下妇人将包公的脸上左右遍摩，摸至他脑后，偎月三叉骨，将指头撅了撅，捻了几捻，连说两声道："正是包拯了，一些也不错。"包公好生疑惑，倒觉不解，忙问："你这妇人，果有什么冤情？速速说明！"只见那妇人泪珠如线，呼道："包卿！我有极大冤情，十八年来无处可诉，前夜梦神人吩咐，想必今日伸冤有赖。只求大人与我一力担当，方得一朝云雾拨开，复见日月。"包公听她叫"包卿"，惊得目瞪口呆，忙问："不知上座果是何人，有何冤情？还请见告。"这妇人呼道："包卿且先平身。"包公果然跪得两膝生疼，连忙立起身来。

　　不知妇人诉说出什么冤情，且看下回分解。

第四十八回

诉冤情贤臣应梦　甘淡泊故后安贫

　　当下妇人道："包卿，你乃铁面无私的清官，审明过多少奇冤重案，只忧我此段冤情，审断不明白。"包公道："到底什么冤情，且细细说来。"妇人道："我原乃先帝真宗天子西宫李氏，正宫即今刘后。十八年前，吾与刘氏同时怀孕，正值真宗天子与寇准丞相往解澶州之围，御驾亲征，尚未还宫。我在宫中产下太子，宫娥内监已有知者。过了一刻，正宫刘氏忽又报生公主，谁知就此祸生不测。"包公听了，想道：若是真情，此是李宸妃娘娘了，便道："你在宫中有何人起祸？"妇人道："只为正官刘氏心怀妒毒，与内监郭槐同谋。忽一日，刘氏自抱公主到我碧云宫来，只言乏乳，要吾乳娘喂乳。当时刘氏假装美意，怀抱太子，又邀我到昭阳宫饮宴。我即同行，有内监郭槐抱持太子同往。岂知他们早把太子藏过，我也不知他等竟施毒计。后来饮宴已毕，要取回太子，她说，郭槐已送太子先回碧云宫去了。我并不多疑，回至内宫，有宫娥说，郭槐方才将太子放下龙床，已是睡熟，不可惊他，又用绫罗袱盖了。我只道是真情，揭开罗袱，要看太子，不料床上睡的乃血淋淋的死狸猫，吓得我昏了过去。方知刘氏、郭槐计害。是时天子兴兵未回，怨海仇山怎生发泄，岂知是夜刘氏、郭槐泼天大胆，又生恶计，谋害于我。即晚放火毁我碧云宫，幸得寇宫娥通知，盗取金牌，悄悄教我打扮太监，腰挂金牌，连夜逃出后宰门。临去时说明，太子已付陈琳抱去，并又指点我别无去路，且往南清宫八王爷府中，狄娘娘乃心慈善良之人，定然收匿，且待万岁回朝，然后奏明此事伸冤。当日心忙意乱，只得依此而行。"包公听了，连忙又跪下道："未知狄太后收留否？"妇人叹道："我乃女流之辈，自入深宫，从不曾到街衢一行，焉知八王爷府在哪方，故寻觅不到南清宫。可怜黑夜中孤身只影，灯火俱无，步行步跌，顾影生疑。忽觉后面似有人追迫，胆战心惊，晕跌在民家门首。岂料此家是一寡妇，姓郭，夫君上年身故，

第四十八回　诉冤情贤臣应梦　甘淡泊故后安贫

此妇中年，却已身怀六甲。当夜救我苏醒，问及来由，我亦不敢说明露迹，伪言夫死，翁姑逼勒改节，不从，私行逃避。此妇为人厚道，收留作伴，后来生下遗腹子，仅得半载，可惜此妇一命归阴，只得由我将此婴儿抚育。不到一载，又遭回禄，可怜一物未携，只逃得性命，出于无奈，远出京城。后来闻得圣上班师，岂知八王爷上年已归仙界，未及半载，又闻颁诏先帝归天。老身自知还宫无望，守此破窑，屈指光阴，已经十八载了。"包公道："请问娘娘如何度日？"妇人道："言来也觉悲惨，守此破窑，哪得亲情看顾，只得沿门求乞，以度残年，抚养孤儿长大，取名海寿。年交十二，即知孝顺娘亲，母子相依，实难苦度，幸得他一力辛勤，寻下些小生意度日。不料连年米价如珠，夏天身受蚊虫毒噬，天寒不得暖服沾身，苦挨苦度，直至今日。近数载双目失明，若非孤儿行孝供养，一命呜呼久矣。"言未了，嚎哭起来，咽喉噎塞，语不成声。

郭海寿在旁听得呆了。原来我身不是她产下的，嫡母早归泉世。包公吃惊道："娘娘，你儿子既已长成，何不教他引你到南清宫去，何以甘心受此苦楚？"妇人道："包卿有所未知，古言'画虎画皮难画骨，知人知面不知心'，倘做了蝇投蛛网，欲脱便难了。"包公道："请问娘娘，当年太子后来怎生着落？"妇人道："方才说至寇宫女通线来救，我尚未说明。那日狸猫换去太子，刘后差寇宫娥将我儿抛下金水池，幸她不忍加害，奈何欲救难救，幸遇陈琳进宫，始抱太子到南清宫，由狄氏收养数年。后八王爷归天，先帝班师回朝，颁诏立八王长子为皇太子，故我知当今是我亲儿。只可怜母在破窑挨苦，受尽凄凉，弄得双目失明，母子无依。昨夜三更偶得一梦，只见一神圣自言东岳大帝，言我目今灾星已退，有清官可代明冤。我即问清官是谁，神圣言龙图阁待制包拯，乃忠梗无私清官，教我将此段情由诉知，许我散开云雾，得见光明。我又问陈州地面，多少官员来往，哪知谁是包拯？大帝又言，要知包拯不难，他脑后生成偃月三叉异骨，是以方才摸有异骨，方肯吐露十八年前之冤。若得卿家与我断明此案，感德如天了。"言罢，泪下不止。

郭海寿想道：可笑母亲，既然是当今太后，有此大冤，遭此磨难，对我并不泄出，直到今天才知她不是我生身嫡母。但太后遭此大难，不孝要算当今圣上了。又有张龙、赵虎闻得此言，吓得魂不附体，俯伏地中，不敢抬头。包公又请问道："娘娘,那当今万岁,不知有什么凭认否?"妇人道："何尝没有记认?手掌山河,足踹社稷,隐隐四字为凭,乃是我嫡产的儿子。"包公叩伏尘埃,吐舌摇头,道："可怜娘娘遭此十八年苦难,微臣也罪该万死!"妇人道："包卿言差了,此乃是我该有飞灾,若究明此事,断饶不得郭槐,还要卿家为我表白重冤,虽死在破窑,也可瞑目了。"包公道："娘娘且自开怀,微臣今日赶回朝中,此顶乌纱不戴,也要究明此冤。望祈娘娘放开愁绪,且免伤怀。"妇人道："若得大人与我申明冤屈,我复何忧?"包公道："娘娘,且耐着性等候数天,待臣回朝将此事究明,少不得万岁也排銮驾自来迎请。"妇人应诺。

　　当日包公差人,速唤地方文武官来朝见太后。宫院赶办不及,须寻座雅静楼房,买几名精细丫头。时当三月初,天气尚寒,赶办些暖服佳馔供奉。太后双目不明,速即延医调治,若有怠慢,作欺君罪论。两名排军如飞分报。太后道："包卿不必费心,老身久处破窑,落难已久,又有孩儿侍奉,不必麻烦地方官吏。孩儿,且代娘叩谢包大人。"海寿领命上前道："大人,我家母拜托于你,祈代伸冤。"包公道："自有老夫担承。"海寿道："如此我代娘叩谢了。"包公想道:此人今虽贫民,但与太后子母之称,倘圣上认了母后,也是一个王弟王兄了。当时还礼起来,连称:"不敢当,为臣理当报效君恩。"太后道："包卿,快些请起。"包爷道："谢娘娘千岁。"起来立着,细看娘娘发髻蓬蓬,衣衫褴褛,实觉伤心。丢下龙楼凤阁,御苑王宫,破窑落难十余年,幸得孤儿孝养,实乃圣上救母恩人。慢说包公思想,众排军惊骇,窑外观看众民也交头接耳,都称奇异。再不想这求乞妇人,是一位当今的国母。一人言道："曾记前十载到门讨食,孩儿尚幼,哭哭哀哀,被我痛骂方才走去。早知她是当今太后,也不该如此轻慢她,果然海水可量,人不可量。"众人听了,皆是叹息,这且不表。

　　此时来了众文武官,将闲人逐散,不许罗唣。只见破窑门首立着包大人,众官员都来参见,说道："太后娘娘破窑落难,卑职等实出于不知,罪咎难逃。"包公冷笑道："老夫道经此地,即知太后在此,可怪你们在此为官,全然不知。少不得回朝,奏闻圣上,追究起来,你们官职可做得安稳么?"众官员皆躬身恳道："大人,格外开恩,卑职等不知太后落难,实有失察之罪,求大人海量姑宽。"包公闪过一旁道："你等到此,

第四十八回　诉冤情贤臣应梦　甘淡泊故后安贫

理该朝见太后。"众官应诺，即于窑门外，文东武西通名道职，三呼千岁朝见。海寿远远瞧见，叫道："母亲，外厢许多官员在此叩见。"妇人道："叫他们回衙门理事，不必在此伺候。"郭海寿踱出道："众位老爷，听我家母吩咐，各请回衙办事，不必在此叩礼。"众官员虽听如此说，却不敢动身，共启包公道："卑职等方才奉命，已差人速办雅室，挑选丫环，预备朝服。"包公道："如此才是！"忙进内道："臣包拯启禀娘娘。"太后道："有甚商量？"包公道："臣为国家大事，即要还朝速办，故抛下赈饥公务回朝。不想偶遇娘娘一段大冤，更不能耽搁，已着地方官好生安顿娘娘，臣即别驾，还望娘娘勿得见怪。臣回朝奏明万岁，理明此事，即排驾来迎请了。祈娘娘且放宽怀，屈居几天。"太后道："我久居破窑，何用奢华？且本地官员政务太繁，有烦包卿传知众官，一概俱免，日中不必到来。"包公辞出窑门，传谕众官道："太后吩咐日中朝见问安，一概俱免，以省烦劳。此皆太后仁慈体恤之意，但凤凰岂可栖于荒草之地？方才我言必当依办。"众官连连共诺。包公言罢，即吩咐起程，众官相送，众差役一路喝道而去。

　　不表包公回朝，当有众官见包公已去，不敢进窑门，只在门外侍候。少刻，有几位夫人各带婢女进内朝见请安，请娘娘沐浴更衣。岂知太后也不沐浴，也不更衣，说道："在窑中居住十余载，已经惯了，不必你们费心，各自请回。"众夫人俱觉不安，哪知太后执性如山，众夫人只得退出。又有承办役人，禀道："众位老爷，已经觅了雅室一所，可权为宫院。"岂知太后又说："破窑久住，不劳众官多请，且各回衙。"众官再三恳求，太后只是不允，众官无奈，只得于破窑前后，立刻唤工赶造房宇。众官商议，太后不愿更衣，只得来求郭海寿，郭海寿道："既我娘亲不愿更衣，也非众位老爷之咎，且请回衙，不然反激恼她了。"众官无奈，只得听其自然。太后百味珍馐不用，母子只是恢复淡饭清汤，仍居破窑，丫环一人不用，仍打发回去。

　　不言太后诸事，却说包公赶回京中，一进开封府，天色已晚，到了内堂，夫人迎接坐下请安，复问道："老爷奉旨赈饥，如今回来，莫非完了公务？"包公道："赈饥公务，尚未清楚。但本官因国家大事而回。"夫人又要诘问情由，包公道："国家政事，非你所知，不必动问。"夫人不敢再言，只命人备酒，与老爷洗尘。

　　欲知包公来日面圣如何，且看下回分解。

第四十九回

包待制当殿劾奸　沈御史欺君定罪

次日五更，包公进朝，先到朝房，众文武顿觉惊骇，内有几位忠良问道："包大人赈饥事已毕了？"包公回言尚未。有老奸庞洪问道："既然赈饥未完，大人何以还朝？"包公道："有要事还朝，少停便见分晓。"庞国丈心中不悦，暗想：这包黑子忽而还朝，不知何故，只愿他月月年年不在老夫目前，我便心安。

少言国丈不喜，时当五更，只听得景阳钟撞，龙凤鼓敲，圣驾登殿，文武官金阶入觐已毕。黄门官启奏万岁道："有龙图阁待制开封府尹包拯，由陈州还朝，现在午朝门候旨。"天子传旨宣进。黄门官领旨，宣进无私铁面贤臣，三呼万岁。朝参已毕，天子欣然问道："朕命贤卿赈饥，公务完毕否？"包爷道："臣赈饥未了。"天子道："卿公务未了，何故忽回见朕？"包公道："臣启陛下，臣无事不敢私回，只为奸臣欺君瞒法，国家大事，非同小故，岂容狠毒众奸，暗里误国。是以不分昼夜，奔走回朝，要奏明陛下，削奸除佞，以免江山摇动之忧。"天子道："据卿所奏，奸佞出于何方？即奏朕知。"包公道："臣知奸佞出在朝中！"君王闻奏，看看两班文武，不知又是哪人动了包黑子之怒。有几位不法奸臣都是面面相觑。天子道："满朝文武，个个赤胆丹心为国，卿家知道谁是奸臣？"包公双目直视沈御史，奏道："臣启万岁，沈国清乃是奸佞之臣。"沈御史听了，不觉大骇。君王听了，问道："包卿，怎见国清是奸臣？"包公道："沈国清是个欺君误国、藐视法纪之臣。"君王正要开口，有庞国丈出班奏道："臣启万岁。"天子道："庞卿有何奏闻？"国丈道："臣奏包拯欺瞒陛下，藐视国法，因何赈饥未完公务，又非奉旨，私离陈州，忽地回朝，摇唇鼓舌，欺压朝臣，望我王不可听他。原命他往陈州赈饥，完其公务，饥民方得沾恩。"天子听罢，正待开言，却激恼了包公，即道："国丈，此事与你无干，何故多管？"国丈被他一说，也觉无颜，只是敢怒而不敢言。君

第四十九回　包待制当殿劾奸　沈御史欺君定罪

王想道：包拯原乃正直之臣，不奉旨召，一旦忽回，想必因国家有重要事情。即呼道："包卿有奏，速即言明！"包公道："臣启陛下，杨宗保领职边关二十余秋，辛劳佐国，我主亦所深知。即狄王亲失去征衣，旬日讨回，又有大功，可以抵罪，五云汛李守备父子谋害虎将，冒功被戮，乃按照军法而办。岂料李成妻沈氏，不守妇道，胆敢前来告呈御状，冒犯天颜。我主未明刁唆之弊，委曲多端，差孙武前往边关，谁知不查仓库，图诈赃银，真乃欺君佞臣。又被莽汉愤怒诈赃，打辱钦差，犯了法律。"

包拯尚未奏完，吓得国丈魂不附体，急奏道："陛下，包拯乃无凭无据之言，他陈州远离边关数千里，焉能一一概知？况他不奉宣召，赈务未毕，众民岂不仍受饥苦？望我王令他仍往陈州救济饥民，方不误公务。"包公道："国丈何须多言，我非为国家大故，必不舍公务而私回。特为国除奸，与你何涉！"当时君王点首道："包卿，你在陈州，果然怎知边关委曲情事，也须细言朕知。"包公道："臣启陛下，臣在陈州，不但边廷之事明晰，即朝中奸权欺君坏法之事，一一尽知，容臣细奏。前数天朝内奸臣主唆匪人，叩阍上呈御状，我主但听一面之词，准状发交沈国清审办。圣上哪知他心存私意谋害功臣，不究孙武诈赃，独究失去征衣，严刑焦廷贵，不能成招。胆大沈国清假造口供，以欺陛下，若非佘太君进朝分辩，焦廷贵固难免死，即功勋元老也要一旦倾殒。此等欺君昧法之人，留为国患，必须彻底澄清，才是国家之福。"

一番言语，吓得沈御史、孙侍郎暗暗惊怕，连国丈也觉心怯。君王大呼道："包卿，你果能明其内中原由，且细细奏来。"当时包公将三月初三在陈州路逢怪风冒体，疑有冤情，是夜在北关筑台，听候申诉，恍惚间只见女鬼称言尹氏名贞娘，说丈夫是西台沈御史沈国清等情说了一遍。君王听了此言，向沈国清道："此姓名可是卿之妻否！"文班内有内阁大臣文彦博欣然出奏道："尹氏乃臣中表之戚，少有贤德，素称坚贞，正是沈国清所配发妻。"当时君王听了点头，再问沈国清。但他方才闻听包公之言，已听出神了，不禁毛骨悚然，心胆战兢，不敢抬头，君王询他，答言不出。君王见此，满心疑惑，因问他何以口也不开。旁首国丈好生着急，想来机关定然败露了。君王又问道："包卿，这尹氏可有枉屈告诉于你？"包公道："据尹氏诉说，丈夫沈国清，食君之禄，深负君恩。沈氏是他胞妹,只因妹丈李成父子冒认了狄王亲功劳,被杨元帅所杀,故特来京要为其夫报仇,沈国清挑唆她告御状。圣上准状,差官查库,孙武欺君诈赃,丈夫身入奸党,向他劝谏,不特不从,反遭其殴辱。又思丈夫作此亏心之行,日后终无好结果,故气愤自缢,只望丈夫改善离奸。此等贤妇,可以留芳青史。臣得此一信,赶速回朝,分辨清白,奏闻陛下,速办众奸。倘或忠良被其一网打尽,圣上江山谁与保守?"君王听了包公之言,便道:"朕知道矣!"三个奸臣听了,心中摇摇,不知如何是好。却听君王呼道:"包卿,唯据鬼魅之言,作不得真,算不得凭。况前数天寡人已差官前往边关,召取狄、杨二臣回朝了,且待寡人亲自问供,不必卿家费心,且不要耽搁在此,速回陈州赈救饥民,待完公务回朝,厚报卿劳。"包公道:"陛下,若杨元帅领守边关,无事平宁之日,尚且不可一天离职,何况目下兵临城下之秋,若杨、狄二帅召取进京,边疆重地,万一有失,江山即难保守,这是断然动不得的。臣斗胆已将御赐龙牌,阻拦奉旨钦差止步,恭候圣命追转。若论陈州赈饥,赈济普遍,不日即可功竣。故臣敢于交与州官代办,决无误民之虞。兹有此警报,陛下勿云鬼魅之事,尽属虚妄,臣曾历历见之于梦,只有自裁自忖。臣拿得定是真情,故敢力辩,以分清浊。伏乞我王发臣司办,是非公私,断不误的。"

君王还未开言,沈国清忍耐不住,进阶俯伏道:"臣也有奏言。"君王道:"卿家有何奏言?"沈国清道:"臣妻尹氏乃急病身亡,并非怨忿自尽,何来鬼魂警报,求请伸冤的幻事?此乃包拯与臣有隙,狂妄诬言,伏乞我主,睿圣天聪,勿准包拯妄言诬奏,仍命他速往陈州赈济饥民为上,免他在朝妄生枝节。"包公道:"臣也有奏,前时臣借圣上三件活命的宝贝,曾救了不少民命。今尹氏身死,望我主再借三般宝贝与臣,将尹氏救活,然后细细审询,定知内中委曲之事,免叫忠良受屈。"沈国清道:"臣妻身亡多日,已经备棺成殓,掩埋坟中,皮骨已消化了,焉有死而再生之日?包拯强言妄奏,无非思害臣一命。望我主勿降此旨,方免死者不安。"这一番话激得包公怒气勃勃,呼道:"沈国清!休得谎言,你妻子尹氏,曾经诰命,现受王恩,死了尚不备棺成殓,将尸掩埋泥土中。你乃一刻薄之徒,今日驾前尚敢诳奏,说什么备棺成殓,什么尸体消化!"沈国清听了此言,心中犹如火炙,浑身发抖,不敢复辩。

第四十九回　包待制当殿劾奸　沈御史欺君定罪 241

　　当日尹氏身亡时,沈国清在国丈前未曾言及,如若庞洪得知此事,定然要叫他备棺埋土的。此时国丈气得面色青红,呆呆看着沈国清,想道:不该土掩这王封诰命的夫人,实乃欺君辱爵,倘被包拯起了尸,实是罪名重大,怎能轻赦!

　　不表庞洪自语,当下包公驾前请旨起尸,君王准旨,即道:"依卿所奏,可将尹氏起尸,召回钦差,免取杨、狄二臣。此案重大,卿须严加细究,审明复旨定夺。"包公道:"臣领旨!"天子又命内侍取出先帝时高丽国入贡三件还魂活命宝贝,付赐包公已毕,忽班中闪出孙兵部启奏。他一来不服包公多事,二来帮助着孙武兄弟,连忙俯伏金阶道:"臣兵部尚书孙秀有奏,据包拯所说,尹氏的尸骸,埋于土中,如若起不出尸,包拯也该有诳奏欺君之罪。"包公道:"臣也有奏,臣据尹氏告诉之词,已知其尸骸在于沈府后花园内桂花树旁泥土之中。伏祈我主询问沈国清,便知真否。"嘉祐君道:"包卿之言甚是。"又问道:"沈卿此事有否?"沈御史听了,心中又惊又乱,身发寒战,料想也瞒不过,只得奏道:"臣妻尹氏,果是埋掩于后园桂树旁土内。"嘉祐君听了,龙颜大怒,喝道:"无礼欺君的贼臣!断难赦恕,王封命妇,不肯备棺成殓,全无夫妇之情。伦常倒置,败坏三纲,莫此为甚!"喝令值殿将军将此欺君贼臣之辈拿下,登时剥削冠带,即国丈也难开口求饶。一班奸党尽吃惊慌,满朝文武唯有骇笑。

　　是日包公领了三般法宝,别了圣驾,带了沈御史出朝而去。天子退朝,文武各散。

　　不知后事如何,且看下回分解。

第五十回

贤命妇获救回生　　忠直臣溯原翻案

　　当时朝房内与沈御史厚交的官员，你言我语，都说沈国清不通情理，将上封诰命夫人不备棺成殓，暴露尸骸于土中，原是欺君重罪。今被包拯拿定破绽，倘或起尸，被他救活，沈国清难免过刀而亡了。

　　不言奸党纷纷议论，且说包拯自己忖度，倘将孙武纵回，只恐他情虚要寻短见，反为不美，即令张龙、赵虎领了三般国宝，又邀了孙侍郎带同沈御史往他府衙而去。只有孙兵部倒也心上不安，不知包拯果能起尸与否，又见他邀了孙武兄弟，以故放心不下，便同至沈府而来。

　　当日包公缘何抹杀李太后之事不提，单奏杨、狄、孙、沈之事，只因尹氏的尸骸过不得七天，倘至七天，就难以还阳了，故以救活性命为先，将李太后之事暂且丢下。

　　且说包公进了御史衙，孙家兄弟并至，沈御史只得引至里厢，大小衙役房吏人等吃惊不小，议论纷纷，不明大人犯了何法，包公来抄没家产。当日沈御史指明埋尸之所，包爷与孙家兄弟，一同举目，果见一丛月桂，是新种植之象。包爷立差排军，将泥土扒开，扒去泥土，仍觉阴风惨惨。穴内女尸，面目如生，略不改色。包公叹息道："可怜一位贤德夫人，遭此一难！"二孙兄弟，也觉骇然。沈御史见了，心中烦闷，默默不言。包爷又道："这尸骸是你妻否？"沈御史说："是。"包公又吩咐董超、薛霸二役，小心细细起尸。两个排军领命，即将尸骸悠悠扶起，安放僻静所在，又命张、赵二人，将温凉帽子戴在夫人头上，还魂枕扶置首下，返魂香放在身上，令四排军远离，令丫环侍女近前。

　　二孙兄弟心中焦闷，不想包黑之言完全应验。正要别了包拯回衙，只见包公冷笑道："排军速将孙侍郎拿下！他是朝廷重犯，哪里放得？此法律当然。"排军领命，即上前将孙侍郎拉定。孙兵部见了大怒，挺胸直前，喝道："包拯！你非奉旨，怎生胡乱拿人？快些放了吾弟，万事全休，

第五十回　贤命妇获救回生　忠直臣溯原翻案

若不依时，与你一同面君。"包公冷笑道："这案子有你令弟在内，他原是朝廷犯人，是非且待尹氏活了，再分皂白，若询问后有罪时，应该究办，倘若错拿无辜，定罪下官。大人且请回衙，休得多管。"原来孙兵部仗着庞洪之势，党羽相连，横冲直撞，欺侮同僚，单惧包拯的硬性，当日含怒不言，吩咐打道回到庞府，另有一番忿话，不提。

单表包公令排军两人，押了孙武、沈国清一同收禁天牢。但侍郎不上刑具，只因未奉君命，止拘阻他不得回衙，恐众奸党等又生枝节。当日沈府家人仆妇，个个吓得惊慌无措。包爷在御史府中，只待救活了尹氏，然后回衙问供。又吩咐公堂上面，炷上名香，包爷下跪，叩礼当空，告视上苍，过往神祇，地府阎君，本都城隍，伏唯鉴察，说明奸臣误国之由，立心秉公报国之意。祷告已毕，仍起而坐之公堂。自有沈府家丁递送茶汤。是日天晚，将近黄昏，另行佳酿美肴送与包公用毕。不表。

且说孙兵部来到庞府谒见国丈，庞太师闻言呼道："贤婿你到沈府去过，可知事情怎办？"孙兵部道："岳丈大人，休要提起，可恼这包黑全无半分情面，一到沈府，果然于泥土内起出一女尸骸，面目如生，并未腐消。又将吾弟拦阻留下，说他是案内之人，难以释放，因与沈兄一并收禁了。倘若尹氏果被这包黑贼救活还阳，只忧究明此事，吾弟与沈兄即难逃遁了。"庞太师听罢，不胜烦恼。又深恨包拯不往陈州，特赶回朝，偏究此事，老夫也有干系，日夕使吾不安。便道："贤婿，吾想沈国清平日之间，十分精细能干，今此事愚呆了。妻死缘何不备棺椁埋葬，胡乱埋于土内？况属冬天，自然肉体不消化了。圣上三般还魂活命宝贝，出在东洋高丽，太宗时入贡，留传至今。前者包拯曾救过被冤两命，今尹氏又经包公领办，必能复活还阳。被他究出真情，二人正法，难免一刀之惨，连老夫也有碍的。今日事情破绽尽泄，即深宫通线，也难解救得两人之命。"孙兵部听了，长吁一声道："可怜吾弟一命断送于包黑贼之手！"

翁婿之言慢表，且说包公是晚用膳毕，已有一更将残，只觉得寒风惨惨，青灯一明一暗。家人侍女在旁，将尹氏夫人声声呼唤。少停初交二鼓，包爷早已传他家人于夫人睡处，远远用火盆四围烘暖，不一刻，只见夫人手足微微转动，一呼一吸。有张、赵二人远远瞧见，启上包大人道："尹氏夫人转活还阳了，手足已有活动的情形。"包爷听了言道："她还阳好了，然她在土数天，身体定沾了寒土之气，速备姜汤，与她吞下才好。"二役传言，有侍女忙往取姜汤倾灌夫人喉中。包爷复叩礼上苍已毕，已有三更时分。尹氏夫人身体移动，双目微张。包公离位远远观瞧，心头喜悦，又命取回三般宝贝，道："夫人身负冤屈，归阴数日，今幸喜还阳，皆圣上宝物之功。"又吩咐沈府家人小心扶起夫人。又叫众侍女殷勤守护，不要卧睡。众侍女遵着包公吩咐，挽夫人进内，小心服侍沐浴更衣。又有家丁妇女不下百人，都说包大人神手清官，将我家夫人救活，交头接耳，不胜喜欢。

且说当夜包公又唤役人将后庭土穴填平，吩咐从役一同回府，已是四更时候。至天将黎明，带了三般法宝，要缴还圣上复旨。这时天色尚早，君王尚未坐朝，文武官员都在朝房候驾，尹氏夫人复活，文武官知者很多，都说包公是位异人，将人救活，莫非他不是凡间之人？不拘忠佞都有话说。只有孙秀、庞洪心中纳闷，有什么心思来答话呢！不一刻圣上登殿，文武大员呼拜已毕，分班侍立。有包爷执笏当胸，俯伏而奏道："老臣包拯见驾！"圣上先询问尹氏之事。包公奏道："臣启陛下，那尹氏已于昨夜二更时候还阳。再生之德，皆叨陛下洪恩。今臣复旨，并缴还三般法宝。"天子听了，喜气洋洋，言道："活人之命，功德弥天，今包卿数次救活枉死之人，乃代天活人，其功不小，上帝赐福无涯，如此朕也难及了。但以后如有被屈身亡者，又请此宝，如此拿来拿去，岂不周折费事？如今就将此三般宝贝赐与卿收藏，以后若逢冤屈枉死，便宜行事搭救可也。"包爷谢恩，又奏道："昨蒙陛下命臣审究李沈氏呈状重案，伏乞陛下将边关杨元帅本章，并沈氏御状，一并赐交于臣，核对分明，并求敕发焦廷贵与臣，方能面质详明。"嘉祐君道："依卿所奏。"命内侍速取来边关本章，并李沈氏的御状。又下旨天波府，立取焦廷贵，一并敕交包公究明复旨。包公领旨，收接了本章御状，吓得庞洪浑身汗下，手足俱麻，想道：昏君主见不善，发交本章犹可，这纸御状关系不小，包黑好不厉害，非比别位官员可以用些情面的。李沈氏乃妇女之流，倘究查起御状来，何人代写，那沈氏纵生铁口钢牙，也难抵他刑法厉害。倘招出状词是老夫做的，那时乌纱帽子戴不牢了！

不表国丈着急，且说包公将本章御状一一看毕，又启奏道："杨宗保的本章上，只有狄青一人退敌。"包公又说："孙武到关，不查仓库，只诈赃银多少，并未询及失衣冒功的缘由，与李沈氏所呈状上情节毫不相关，此是破绽机窍。况杨宗保身居边关主帅，执掌兵柄二十余载，数世忠良将士，朝中栋梁，即圣上也知他是尽忠报国之臣，他怎会私庇狄青，而伤害有功！他既非奸贪之辈，断无欺君之行。从来妇人告状，定有主唆之人，臣问案多年，屡试十有九验。那沈氏乃妇女之流，哪有此泼天胆量？内中岂无胆大势狠之人唆拨她？故敢放胆叩阍，来冒犯天颜。当此之际，陛下也须追究主唆之人，若非尹氏诉冤，险些被奸臣以假作真，而忠良反遭诬陷了！"天子听了，说道："当时原是朕未细究，包卿可知主唆呈状者是谁？"包公推测，十有八九是国丈专主，但想，这奸人非别人可比，女在宫中做贵妃，得君宠幸，料想今日扳他不倒，我且留些地步，也罢。倘若不提出唆状之人，反被这老奸言我无知识没用了。不免说出机窍之言，恐吓他一番便了。因开言道："臣观此状词，句句厉害恳切，平常人吐达不出，定然是朝中大臣主笔，方得有此狠烈之词。待臣严究出其人，定不轻饶，只求陛下准臣严究。"国丈听了包公之言，面色由红而白，又插不得言。天子又道："包卿，朕思朝内大臣，尽是忠良，李沈氏又在边关，去此数千里，小小武员之妻，怎能结识朝内大臣？据朕思来，还是边关上书吏挑唆，卿也不须深究其人了。"包公道："臣启陛下，并不是臣定要追究主唆之人，但这主唆者，看得法律甚轻，居心太狠，要害尽忠良，方得称心。据臣愚见：其状定必朝内奸臣所做的事情。此等奸佞，全不顾名节，只贪财帛。李沈氏虽不认识朝内大臣，然只用了财帛，不结识也可结识了。"国丈当时浑身流汗，暗恨包黑贼当驾前挑起老夫的心病，巴不得君王不再询问，立即退朝散去。岂知君王偏偏不会得国丈之意，即道："包卿，既知朝内大臣主笔，可知何人？"包公又奏道："此状词是一品大臣，权势很重的御戚所写。"国丈欲待插言辩驳，又因涉及自己，多有不便；欲待不言，又怕这包黑说出他事来，实是进退两难，懊悔错干此事。君王听了包公说到朝内一品大臣，又是御戚，心中岂不明白！倘或被他说出来，朕亦无法处分，不如及早收场为是。因道："包卿，朕思主唆之人，非是正案所关者，卿不须多究了。"包公也猜得君王之意，定碍国丈之故，只得做个人情，称言："领旨。"当下退朝。

不知如何审办群奸，且看下回分解。

第五十一回

包待制领审无私　焦先锋直供不讳

　　君王退驾，文武官员各散，只有庞国丈回归府内，心烦不悦，恼恨包公。孙兵部也是愁闷沉沉。国丈只因做御状主唆人事，关系非小，孙兵部只因兄弟难免国法之诛，两人都是心怀鬼胎，坐卧不宁。当时国丈即差家丁两名，前往打听包拯如何究办，好歹也要报知。这且按下慢表。

　　且说包公回转衙中，将君王所赐宝贝之物，敬谨收藏，即差张龙往天波府请发焦廷贵，又命赵虎速往沈府去请尹氏夫人，薛霸立拘李沈氏，董超带上犯官沈御史、孙武前来候审。各各奉差而去。

　　单表天波府内先有旨意赦发佘太君，众夫人得知大喜，焦廷贵闻知心中更是快活，正要打点抽身，又有包公差人邀请。当下焦廷贵别了佘太君和众位夫人，与张龙径往包衙而去。有赵虎往御史衙请至尹氏夫人，一肩小轿，抬至包府。单有原告李沈氏并无下落。薛霸禀明包公，带出沈国清，问他沈氏现在何处。沈御史想道：此件案情，经了包黑子之手，必要追究唆讼之人。吾妹子乃女流之辈，被他恐吓，用起刑来，可当熬不起，而且还要招出国丈来。也罢，吾今拼着一命，以免牵连国丈，又可出脱了妹子。主意已定，因道："包大人，那李沈氏本非汴京人氏，犯官讯问后，即行释放了，目今不知去向，犯官哪里得知？"包公听了冷笑道："你还想瞒谁？"沈国清道："包大人，犯官哪有欺瞒？果然释放她不知去向了。"包公喝道："胡说，这李沈氏是你同胞妹子，况且此案未曾完结，你如何将她释放，显见是你将她藏匿过，少不得严究起来，不忧你把她藏到哪里去！"立即吩咐坐堂。一声传令，衙役人等列于两行，肃静威严。当时包公坐于法堂上，传令请尹氏夫人上堂。当时若问呈状，李沈氏乃是原告，论阴告，要算尹氏是原告。凡听审情由，先要问原告，只因尹氏是位诰命夫人，更兼谏夫保国，甘心自尽，不是罪犯，乃是贤良德妇，是以包爷不敢怠慢她，随即传请一声。尹氏一至法堂，低首曲腰，

第五十一回　包待制领审无私　焦先锋直供不讳

早有左右两丫环将蒲扇与夫人遮脸，尹氏道："大人在上，再生妇尹氏叩见！"包爷起位，双手一拱道："夫人身叨诰命，本难亵渎尊严，因在法堂之上，权且告罪有屈了。"夫人道："贱妾已登鬼录，今得余生，皆叨大人洪恩。"包爷道："夫人乃沈御史之妻，沈御史是你丈夫，夫君有过，妻难控告，此乃越理之事，岂非夫人先有不合么？"尹夫人道："大人听禀，妾虽女流，颇知礼节。岂不知今日之事，有失为妻之道。唯今日之事，乃国家之事，贱妾略去夫妻小节，而就君臣大节。妾少适沈氏，承叨诰命一十三载，夫妻从来和顺无差，是非只为边关之事而起，容妾再行诉明。"包公听说出为国家大事、夫妻小节、君臣大节之言，不胜赞叹。像这样懂得大体的，不独妇女中所罕，即男子汉不易多寻。尹氏夫人遂将丈夫帮扶李沈氏呈御状事，一长一短诉明，只因此事上回书已经表白详明，不用重复。包公听罢，请夫人暂退后堂。夫人告退。随即吩咐带上焦廷贵。这位莽将军，在金銮殿上见君，还是没有规矩，当时他大步上阶道："包大人，吾在边关，闻你在陈州赈饥，不胜劳忙，怎的又有闲工夫来办此段案情？"包公见他如此，想来这焦廷贵乃是鲁莽匹夫，只装假怒，二目圆睁，案基一拍，喝道："焦廷贵，在本官法堂上，擅敢没规矩，令人可恼！"焦廷贵冷笑道："我在杨元帅白虎节堂，也是横冲直撞，即前在君王殿上，也是跑来奔去，何况你这小小地段，有什么稀罕！"包爷喝道："胆大匹夫，休得胡说！"张龙、赵虎二役喝道："中央供万岁圣旨牌，速速下跪！"焦廷贵道："你这官儿要我下跪，无非为着圣旨牌，可发一笑！"一面叨叨，一面下跪。包爷道："本官今日奉旨追究此案，在别官跟前，可以将真作假的胡言，在本官案下，丝毫作弊也作不成，须要据实直言。倘有半字虚诬隐瞒，一刀两段。我且问你，狄青如何失去征衣，如何冒认功劳，反将李成杀害，你在边关，又怎样殴辱钦差？即速从实招供！"焦廷贵听了包公几句言词，激恼他性急火发，高声嚷道："老包！黑炭头！人都称你是位大忠臣，清白之官，原来是个假名声诓人耳目的。我也知你入了奸臣党羽，贪了金银，有忠良不做，要做奸臣。"包公听了，不觉笑恼参半，喝道："焦廷贵，不得胡言，到底钦差征衣失去否？快快言明，不许啰嗦！"焦廷贵道："征衣之事，待我从头说来，你且恭听！"焦廷贵由奉帅令催取征衣起，说至被磨盘山劫去。包公听至此间，不觉摇首自语道：狄青果也失去征衣，缘何本上并无一字提及？莫非狄青果也冒了功劳？即道："焦廷贵，狄钦差既然失去征衣，因何杨元帅本上并不提及？难免欺君之罪，据李沈氏所呈冒功屈杀，定然情真了。"焦廷贵听了，怒道："你言差矣！我元帅秉公报国，并无私曲，焉肯庇着狄青屈杀有功之人，况与狄青又无瓜葛，岂肯欺君昧己，以益他人？"包公道："据李沈氏御状上，李成箭杀赞天王，李岱刺杀子牙猜，凿凿有据，你言狄青之功，莫非你受了他财贿做见证？"焦廷贵挺胸道："你这包黑炭，真不是个清官了！我怎肯受他财贿，西夏将岂是李成杀的，实乃狄钦差的好仙戏，好手段。"包公道："什么仙戏，什么手段？你且说明。"焦廷贵便从强盗劫去征衣，与狄钦差中途相遇，同至大狼山讨战起，说至自己挑了首级，在五云汛上守备府，李成问及首级来历，说至其间，这焦廷贵住口一想，他倒也粗中有细，直里有勾，想如若说明自己有冒功之罪，断断说不得的。谁知包公见他迟疑，双目一瞪，喝道："焦廷贵！因何不说，其中必有隐情。若有丝毫瞒昧，以假作真，且看铡刀！"焦廷贵道："老包你也欺人太甚，难道说了半天，不许停一停么？"包公道："如此须速说来！"焦廷贵听了，即卸脱哄瞒李成之言，冒功在己之语，却将被李成父子灌醉，抛下山涧，得樵夫相救等情一一诉说，并道："李成父子投关冒功，小将回关，方得对质，故元帅将他枭首。哪晓得沈氏有此胆量，呈告王状，我元帅众人在边疆，哪里得知，元帅天天排宴庆贺狄钦差功劳，分外敬重他英雄。忽一天韩吏部书到，沈达回关，方知此事。孙武来盘查仓库，元帅早将仓库封固，候旨盘查，只因历年无缺，任凭盘诘，有何俱怯？不料孙武这狗官，妄自尊大，一至边关，今日不查，明日不盘，反要诈取赃银七万多，不用盘查，即要回朝复旨。当时只气得我焦将军火气攻天，忍耐不住，将这狗王八一掌打倒。元帅登时大怒，说什么殴打钦差，国法难容，将孙武与我一齐拿下，打入囚车，备本着沈达押解回京见驾。岂知这昏皇帝不公平，听了老奸臣乌龟官问供，将我一味夹打。但焦将军怎肯以假作真？听凭他们夹打，这奸贼也无奈何，将我送入天牢，想必阴谋私念，妄做假招供，不然这昏皇帝不会将我处斩，幸得佘太君上殿，保我回归无佞府，方保下这吃饭的东西。"包爷道："你说狄钦差收除二敌人，用什么仙术戏法呢？"焦廷贵道："说来也觉好看。他与赞

第五十一回　包待制领审无私　焦先锋直供不讳

天王厮杀，不上数合，只听得空中一声响亮，飞出一支两头尖小小箭儿，高起云端，半空中雷鸣一般，小箭溜下，金光围绕，已将赞天王打扑在地。难道这不是戏法？他又与子牙猜交战，取出金脸儿盖在脸上，像跳加官一样，念一声无量寿佛，恶狠狠的子牙猜，已双目呆瞪，身体不动，如泥的跌于马下。难道这不是仙戏？"包爷听了一番言语，想道：这莽夫之言，三不对四，究竟是什么仙戏？然料狄青有此仙术，故得立除敌将。当时吩咐焦廷贵下堂。焦廷贵便道："老包没有什么盘问，我且站在一旁，看你审询公正否。"包爷命取孙侍郎上堂。

这孙武奸贼，平日恶狠奸贪，如今在老包法地，也自心惊胆战，打一躬道："包大人，犯官孙武当面。"包爷道："孙武，你食了朝廷俸禄，受了圣上恩典，理该秉公报国。即你平素作歹，我也尽知。今也不多问你，只问奉旨到边关去，为何仓库不稽查，而反索诈赃银数万！你这贼臣不念君恩，只图利己，欺瞒君上，结党陷害忠良，倘然屈害了焦廷贵，连那无数边关宿将也遭此害。若是擎天玉柱被砍折，锦绣江山岂不塌隳[1]？可恨群奸结党，真乃蛇蝎一般。但今在本官法堂，须直白招供，倘一字支我，刑法也难宽饶。"孙武心想：包拯是个硬官，难以情面央恳。纵然王亲国戚，也都畏惧此老。他又审究过几番奇迹异形的事，即当今曹国舅如此势力，尚且被他扳倒，何况吾今做了笼中之鸟？如在别官手中，尚可强辩，如今落在活阎罗手中，倘糊涂抵赖，定必行刑。不如及早认供了诈赃，以免刑楚。况赃未入，谅无死罪。但焦廷贵殴辱钦差，不怕包拯不究治其罪。又思卸脱了庞太师，好待他从中庇助，岂不甚妙？

原来凡事福至心灵，灾令智昏，若孙武牵连出国丈来，仁宗定碍着国丈，纵然大罪，也要从宽办理，孙武未必置于死地。庞太师福运很好，是以孙武立下此意，想卸脱他帮助于己，结果反得斩罪。想罢即道："大人，我奉旨到关，岂料杨宗保将仓库悉已封好，说二十多年岁岁亏空，难以彻查，若奏明圣上，还防执罚，要犯官格外周全。只恨我一时错见，心利他数万之银，故不盘仓库，回朝复旨，只言仓库不空。当时杨宗保恳求我，愿送数万白金。正说之间，焦廷贵已抢了将来，扭着下官殴辱不休。

---

[1] 隳（huī）：毁坏。

包大人,但念犯官赃未入手,从宽免究,才见大人洪恩。但杨宗保若无亏空,何故将仓库预先封固行赂,以免盘查?杨、焦二人岂无欺君之罪?"焦廷贵听了,大声喝道:"狗官孙武!"说着又抢进一步道:"该诛的狗囊!我元帅领守边关二十余载,一切军需仓库粮饷,按例开销,何曾有丝毫亏缺,他乃忠君报国大功臣,耿耿无私烈汉。犯了罪时,不分至厚至亲,将士不废刑罚;有了功时,不论至微至低,小军定必奖赏。你这狗官一到,即索取赃银数万两,我元帅焉肯送你银子,奸贼休得妄言!"

不知孙武如何答话,包公如何分断,且看下回分解。

第五十二回

复审案扶忠抑佞　再查库假公济私

　　当下孙武听了焦廷贵之言，即道："胡说！前者乃你们元帅自送银子与我的。"焦廷贵喝道："好刁滑的狗官！我元帅乃世袭侯封，兵权秉属，岂惧你一群宵小鼠辈，送你丝毫银子，狗官休得妄言欺人！"孙武又道："包大人，前日焦廷贵殴辱钦差，也该问罪，今日在大人法堂上，原来也如此没规矩的！"包公喝道："焦廷贵！不许胡闹！"即令左右逐他出堂，焦廷贵下阶去了。包公道："孙武，今未动刑，招认了诈赃之罪，也算你造化，得免行刑。"喝他下堂，又吩咐带上沈国清。奸臣初时抵赖不招，次后熬煎刑法不过，只得从头招认，独卸脱了庞太师这奸臣，虽是他念平日师弟之情，也是庞洪恶贯未满。

　　当下包公又问道："李沈氏实藏哪方？"沈国清料想瞒他不过，不免招出，一同死吧，只得言明在尼庵中。包公立遣张龙、赵虎往拿沈氏，岂期这刁妇早已闻风。她虽躲在庵内，天天差王龙打探消息，正候着与夫、子报仇。是日忽见王龙气喘吁吁，进内报说："尹氏夫人被包大人起尸救活，万岁又发交包大人审问，孙大人、沈大人一口招认，今即差张、赵二役来拿捉叩阍告状人，倘奶奶去时，定然凶多吉少，反不如速速逃生为妙！"沈氏听了，吓得魂飞天外，发抖道："不好了！不想今日大难临头，也罢，丈夫、儿子都已死尽，我即留此残生，也不中用了。"即打发王龙出外，急急忙忙，正要自缢，又见七八名女尼进来，齐说："包大人差人在外，立刻要夫人至案，快些去吧，不要干连我们。"沈氏道："妾已知了。吾犯国法，决不连及你们。"可怜沈氏上吊也来不及，即回头向墙上狠狠两撞，撞破了天灵盖，脑浆迸出，鲜血漂流，仆于地下而死。女尼数人，要救已来不及，只得齐奔出外，说与张龙、赵虎得知。二役闻言，进内看过，回衙上复包大人。包公如闻别人之言，自然要相验分明，只因张龙、赵虎二役乃包公得力用人，历次试测，秉直无差，谅也无弊，故免亲到相验。包公当堂拟判：

李沈氏如若情真，立于不败之地，何不挺身出堂？如今撞壁身死，情弊理怯，畏罪自杀。李成父子冒认功劳事已显然。足见得杨宗保并无屈杀有功之人。然而焦廷贵殴辱钦差，应得革职摘参之罪。念所殴系诈赃之人，忿邪嫉奸，姑予从宽免议。据孙武供称：杨宗保库仓常缺，尚应差官复往查明，倘果亏空，照数处分，依律定议。狄青失衣是真，幸已不日讨还，且有血战军功抵罪，未便即封受帅。李沈氏所呈王状，按律定须严究主唆之人，存案定罪。但该氏早经毙命，无从根究，唯该氏生性刁恶，妄呈王状，有碍朝廷雅化。虽已畏法殒命，然典刑未便苟且以从，应请戮尸，以彰国法。孙武蔑违旨命，不稽仓库，私图婪赃，虽赃未现获，律当斩首。沈国清身居御史，享朝廷厚禄，不念君恩，专顾私恩小惠，而图网尽忠良，假供欺主，例应处斩，罪及妻子，幸妻贤良，可免坐及之愆。唯其受夫耻辱，从容自尽，死后尚图忠君报国，略私恩而存大节，当代贤淑，亘古无双，应叨旌奖。呜呼！五刑不立，何以惩奸？功懋不赏，何以劝善？臣不胜待命屏营之至！

包公分断已毕，吩咐将犯官孙武、沈国清严加缢锁，收禁天牢，焦廷贵仍归杨府。又令家丁护送尹夫人回转御史衙中。焦廷贵回转天波府，佘太君众夫人甚喜，此话不提。又有庞府家人，打听明白，回归相府报知，庞国丈心头纳闷，孙秀也是一般着急。只为素知包拯是个硬烈之官，即王亲国戚，亦畏惧于他，而当今天子，也怕他硬直性情，奈何他不得。

次日早朝，将审案本章呈上，天子看毕，怒道："可恼贼臣暗欺寡人，若非包卿先行回朝，险些害了边疆栋梁之将。朕今依议。"仁宗当即降旨说：

尹氏乃一女流，岂期具此贤惠，割却夫妻私恩，深明君臣大义，保国除奸，忠良免祸，朕也钦敬，询为万古女师，合当表行，即于御史府，改赐旌表流芳，加封恭烈元君，每岁额加俸银二万两，俱归沈国清夫人尹氏收管。每逢朔望之日，文武官代朕一月两谒，以示荣异。生则永叨厚禄，死则附葬皇陵，享其荣祭。而边关仓库也要依本复查定夺，狄青功罪两消，未

第五十二回　复审案扶忠抑佞　再查库假公济私 ‖ 253

得拜帅，着于边关效力，日后再行封赏，焦廷贵虽殴辱钦差有罪，姑念先祖功臣一脉，又是出于忿邪嫉奸，情有可原，宽恩免究。沈达跋涉被羁，升加一级，以补其无辜受累，并令回关，不得久留。二奸正法，即着卿施行。

包公领旨，当日国丈心头放下，他初时只恐案内定有牵连，如今并不提及，想必包黑也畏惧着他。若问包公，岂不知庞洪主唆的？然沈氏既已殒命，死无对证，非但扳他不倒，反被奸人取笑。二者圣上也自明白，谕他不必追究主唆，这个人情不得不从权做的。

不表国丈得意，只恼得孙秀满面涨红，可怜兄弟一朝差见，依了丈人之计，免不得身遭国典。当日退朝，包爷奉旨正法两奸，一刻难留，回衙吩咐调出二奸捆绑，来至法场。众军人押了犯人，排军扛抬铡刀，哄动多少百姓闲人，远远观看，纷纷言论。那沈、孙二奸，押至西郊，犹如呆子，魂魄飞扬，顷刻铡刀分段，鲜血淋淋。包公打道回衙，闲人散去。

次日设朝，包公复旨，圣上传旨排赐筵宴，命富太师、庞太师、高太尉、韩吏部相陪，包公俯伏谢恩。就宴毕，复奏君王，差官往边关再查仓库。君王瞧看两旁文武，问道："包卿，你欲哪位官员前往？"包公尚未开言，庞太师出奏道："臣有启奏。臣思狄青失去征衣，杨宗保本上缘何并不提明？亦有瞒君之罪，未便置之不究，伏乞圣裁。"包公想：老夫放脱你，你反气不过他人。随即奏道："国丈保荐孙武盘查仓库，故违主命，仓库不查，反替国丈诈赃起祸，他罪比杨宗保大加数倍，也该枭首正法。伏乞圣裁！"天子看看国丈，暗想：你多言插舌，反使朕难于分断。当下君王因碍于国丈，免不得两面周全，即道："都是些小之事，一概宽免了。"国丈谢恩，又要复奏。天子道："庞卿不须奏了。"国丈道："臣非奏别事，乃是荐员复查仓库。"天子道："卿荐哪官？"国丈道："臣荐兵部尚书孙秀可往。"天子听了道："包卿，你知孙兵部可往否？"包公道："孙兵部果当其任。"天子即传旨，着孙秀往边关复查仓库，须要实力奉行，不得徇私，回朝复命，另有升赏。兵部领旨。国丈又道："臣有复奏。"天子道："卿又有何奏？"国丈道："陛下不准封赠狄青为帅，也须降旨，莫若使孙秀一并赍诏，以免又复差官，徒劳往返，不知圣上主意如何？"天子道："此算倒也可准。"即诏交孙秀,包公暗想道:好不知利害奸刁,还思作弄,孙秀此去,倘有丝毫作弊,管教他又尝钢刀美味。

当日群臣别无章奏,君王退朝。

且说包公一日到赵王府内,拜见潞花王母子,关于陈桥遇李太后之事,并不提及,只将狄王亲失征衣,立下战功之事,详细奏明。狄太后微笑道:"包卿你太薄情了。我侄儿立下如此大功,理上还该加升重职,杨元帅上本自让为帅,你何故反阻挡圣上?"包公道:"臣启娘娘,狄王亲有此武功,该得升职。但他失去征衣,罪也重大,这是朝廷律例,有功得赏,有罪必罚。倘不计罪而计功,不独废弛国法,且难服众奸党之心,如若被他参奏,反觉无趣了。臣为国秉公,倘要徇私,宁断头难依,伏乞娘娘鉴察。"太后听了,欣然道:"包卿若不说明,我倒错怪你了。且略饮数杯淡酒如何?"包公道:"多谢娘娘,臣不敢当。"登时告别,潞花王也留款待,包公力辞,只得由他拜别而去。包公暗想道:可哂太后,不明道理,错怪别人。只我将狸猫换主事究明,你也蒙着欺君之罪。一路无言,到了天波府内,焦廷贵闻报,出来迎接,请出佘太君。包公见礼坐下,杯茶叙谈。太君道:"我家孙儿被奸臣算计,多蒙大人一力周全,使老身感激不尽,尚未到府拜谢,反劳大人光降,心有不安。"包公道:"此乃下官与国家办事,哪敢当太君重谢?"太君又道:"我孙儿既无亏空仓库,今又往盘查,是何缘故?"包公道:"告禀太君,下官当审究时,孙武称言元帅也有亏空之说,倘经别官领审,已将此言抹杀,也未可知。唯下官出仕朝廷二十八载,由做知县官案历万千,只依法律公办,故孙武所供,也要奏知圣上。今天庞洪又荐保孙秀前往了。"太君听了,愈觉骇然,呼道:"包大人!老身久晓孙兵部是奸臣党羽,如今奉旨往查仓库,此贼必不秉公,只忧波浪兴翻,怎生是好?"包公道:"太君且请放心。孙秀此去,倘有徇私作弊,自有国法与他理论,下官岂肯轻饶纵放?只祈太君早日发遣焦廷贵转回边关,不可稽延于此,以免元帅不安。"言罢告辞。太君道:"大人再请少坐,水酒粗肴相款,望祈勿却。"包公道:"虽承太君美意,唯贱冗太烦,改日叩领。"

按下包公回府而去,只言佘太君即日告知孙媳穆氏夫人,修备家书一封,取出白金百两,交付焦廷贵、沈达二将。克日用膳罢,拜别老太

第五十二回 复审案扶忠抑佞 再查库假公济私

君与众位夫人。家丁早已牵出两匹骏马,鞍辔整齐。二将欣然骑上。老太君又吩咐二将,路程小心,休得恃勇闯祸招灾,孙兵部不日奉旨又到,复查仓库,此贼定然诡计多端,说知元帅众人早为防备,勿坠奸人之计为要。二将诺诺答应,一径出了杨府,马不停蹄,径往边关而去。

这孙秀奉旨复查仓库,可能又要谋害狄青、杨宗保二人,不知后事如何,且看下回分解。

第五十三回

孙兵部领旨查库　包待制惊主伸冤

　　这一天，庞国丈排下酒筵，差家丁请至孙兵部。国丈开言道："贤婿，不想此事愈弄愈糟了。但杨宗保、狄青二畜，断断不能容留，你今奉旨复查仓库，我特备酒饯行，你一到边关，须要见机而为，算计二贼，也须弥缝破绽，免被包黑贼放刁才好。"孙秀道："有劳泰山大人费心，小婿至关，定然在意，设法雪报弟仇。"言罢，用宴已毕。次日孙秀离京，亲友众官送行。包公趋近呼道："孙大人，你今奉旨到边关，须要秉公着力而行，权奸嘱托行私，你切不可依从，倘存私作弊，下官定然秉公处理。"孙秀道："包大人，你太多心了！此行哪有旁人唆嘱徇私，我此去定必秉公，不负君恩。"包公道："如此方好。"

　　不表孙秀离却汴京，且说是日天子设朝，包公上殿谢君赐宴。天子道："包卿赈济未完，速宜打点登程，免使万民悬望。"包公道："臣还有一桩国家大事，也要理明，方往陈州。"君王道："包卿还有何重大事情？且奏知寡人。"庞太师巴不能包公早早动身，不啻拔去眼中钉，即出班奏道："臣有奏。"仁宗一想，国丈真乃多管闲账。只得问道："庞卿，你有何本奏？"他道："臣奏非为别故，无非为国保民，今陈州赈济未完，包拯中途不往，万民仍不免饥寒苦楚，望乞我主不要留他在朝。若说朝中有事，有何难处，自有多少朝臣可办，伏乞陛下准奏。"君王听了，正要开言复问，包公接言道："这是一件天大之事，上干天子，下干人民，即臣身受陛下隆恩，亦不能为陛下讳失察之愆。"当时众文武大臣听了此言，心内忧疑不定。君王急道："包卿，是何大事，即速细奏分明。"包公道："今陛下不是真天子，故臣要理论分明。"仁宗听了，不觉诧异，两旁文武大臣更是惊骇。庞国丈即出班俯伏奏道："包拯仰叨圣上隆恩，不思报答，反敢戏谤君王，冒渎天颜，不敬莫大于此。乞陛下将他正法，以为慢君者戒。"嘉祐君王道："庞卿平身！"

第五十三回　孙兵部领旨查库　包待制惊主伸冤

天子虽然不悦，但想到包公，为官日久，一向无错无差，丹心耿直之臣，何故发此戏言？便呼道："包卿，寡人这天子缘何非真，你且奏明。"包公道："陛下，若还说得出凭据，方是真的。"君王听了，微哂道："包卿，朕是君，你是臣，缘何臣与君讨凭据！寡人临御已有七八载，在朝多是先王旧臣，并无一人说朕是假的。包卿何故发此戏言？"包公道："陛下若是真天子，定有凭据。"君王道："这玉玺岂不足为凭？"包公道："陛下既接领江山，岂无印玺，这算不得为凭。只问陛下龙体有何记认，才是真凭据。"君王微哂道："此语包卿说来真奇，要讨凭据犹可，缘何又讨寡人身上之凭？若问朕身上之凭，只掌中有两印纹'山河'二字，足中央也有'社稷'两字，可得为凭据否？"包公听了山河社稷，却准对了李太后之言，即奏道："陛下实乃真天子，只可惜宫中并无生身国母。"君王道："包卿之言差矣！现今南清宫狄太后，是寡人生身母，安乐宫中刘太后，是寡人正嫡母。包卿妄言寡人无母，也该有罪。"包公道："国母本有，只是不见了陛下生身国母。狄太后只生得潞花藩王。她并非陛下生身母，只可怜生母远隔别方。"嘉祐王骇然，忙道："包卿，你出言不明，令朕难以推测。既然明知寡人生身之母，何妨直说，缘何吞吞吐吐，欺侮寡人？"包公道："只今郭槐老太监未知现在哪宫？"君王道："若问内监郭槐，现在永安宫静养，卿何以问及于他？"包公道："陛下要知生身国母，须召郭槐问他，便明白了。"天子听了，愈觉离奇，想道：包拯说话蹊跷，料此大事他断非无中生有。又思道：南清宫狄母后，既非寡人生身，如何又冒认寡人为子，此事叫寡人难以推测。他又言郭槐内监得知，只有宣召郭槐来问明缘故。即传知内侍往永安宫宣召郭槐去了。天子又问："包卿，既知此段情由，也须细细奏知根底。"包公道："陛下，臣若奏出情由，即铁石肝肠也令他堕泪。可怜陛下生身国母，屈居破窑，衣衫褴褛，垢面蓬头，乞度光阴将二十载，苦得双目失明。陛下身登九五，娘为乞丐，尊为天子，尚且孝养有亏，自然朝纲不立，屡出奸臣乱法。"嘉祐王听了包公之言，色变神惶，叫道："包卿，破窑之妇，你曾目击否？"包公道："臣若非目见查明，焉肯妄奏，以诬陛下？"天子道："如此可细细奏明。"包公即将道经陈桥，被风吹落帽，疑有冤屈，因命役人捕风捉影，至郭海寿请去告状，当日太后将十八载被屈破窑，长短情由，尽皆吐露等事——

奏明。并道："太后言非臣不能代为伸冤。臣当时惊骇不小，不意拿落帽风，拿来此天大冤情，实乃千古奇案。臣思前十八年，臣官升开封府二载，尚未得预朝政，即火焚内宫，臣亦不得而知。因此将信将疑，故又反诘她既知太子，即今现在哪方？她自言，得寇宫女交陈琳送往八王府中，后闻养成长大，接位江山，当今天子即是吾亲产太子。当时臣一再盘诘，她有何为证。她说，掌上印纹是'山河'，足下有'社稷'二字，回朝究问郭槐，可明十八年前冤抑。陛下请想，儿登九五之尊，享天下臣民之福，岂知生身母屈身卑贱苦楚之境，闻者如不伤心，非孝！见者如不恻然，非仁！若非郭海寿代养行孝，李娘娘早已命丧黄泉，身负沉冤，终难大白了。"

君王闻此奏言，吓得手足如冰，呆呆坐在龙位，口也难开。两旁文武官员，目定口呆，暗暗称奇，未明真假。内有几位大人想道：十八年前，我们还未进位公卿。有国丈想道：只怕是非涉及老夫，原来是朝廷内事根由，不干我事，我即心安了。

慢言殿上君臣语，先说瞒天昧法人。那郭槐乃刘太后得用之人，是以仁宗即位，太后即传旨当今，加赐九锡。时年已八旬，奉旨在永安宫静养，随侍太监十六名，受享纳福，其乐无穷。仗着太后娘娘势力，人人趋奉，倘或宫娥太监服侍不周，即靴尖打踢，踢死一人，犹如摔死一蚁，厉害无比，凶狠已极。人人对面，自然要逢迎九千岁，背后众人咒骂，怨恨他不已，巴不得此凶早日灭亡。偏偏郭槐精神满足，虽则八旬之人，健旺胜于少年，身体肥胖，生得两耳扛肩，头尖额阔，眉长一寸，鸳鸯怪眼，两颧半露，莺哥尖鼻。多年安享于永安宫内，福寿双全，快乐不异于神仙，即当今皇上也无此清闲之福。每日闲中无事，与刘太后下棋ച双陆，或抚琴弄瑟。

这一天，他正在安乐宫中与刘太后饮酒谈心，忽闻内侍进来，报说圣上在殿上相宣。若是郭槐平日做人良善，结好上下，自然内侍官肯帮助些，说明李后陈桥之事，也可使郭槐早些打算如何脱身的计谋。只为他平日凶狠，故人人蓄恨。内侍今得此消息，心中大悦，恨不能将他早日根除，因此只说"万岁旨宣"四字，并不提及别的机关。郭槐听了冷笑道："从来万岁并不宣吾，今有什么闲账？咱家今日不得空，改天出殿也罢。"内侍暗想：万岁爷都宣他不动，太觉狂妄自大了。只得去复旨，将此言禀知万岁。天子听了,龙颜发怒,可恼贱畜逆旨,即唤内侍道:"且再往宣,只说有国家大事,文武百官不能妥议,宣他上殿,做个主见,看事体如何?今天必要奉宣,再不许逆旨!"内侍领旨而去。若论君无戏言,只因当时郭槐不肯奉旨出殿,是以将他哄出殿来,这是事到其间,暂且从权。当有内侍复至安乐宫道:"臣启太公,万岁爷有一国家大事,文武各大臣不能妥议,必得要老公公出殿,定个主见,万岁爷在殿候久了。"郭槐听了道:"厌烦得紧!咱家不喜出殿,何故两次相宣?有何大事,别改一天也罢。"刘太后微笑道:"郭槐,当今既然两次宣你,你若不往,岂不失君臣之礼?难免朝臣多话。"郭槐道:"娘娘,朝臣曾说我什么来?"太后道:"只言君王宣不动,太觉狂妄欺主了。理上还该出见,以免朝臣多生是非。"郭槐冷笑道:"娘娘可知,满朝文武谁敢言我一声不是!"太后道:"你说哪里话来,虽然对面无人说,背后难免把你暗加批点。况国务非同小事,无人妥议,政令难行,当今宣你,定然说你年高智广,有政同商,劝你再不可推辞。"郭槐听了道:"娘娘既如此说,吾且走走何妨。"太后道:"出殿回来,吾还等候共宴。"郭槐允诺,叫左右扶他出殿,内监应诺,挽扶道:"九千岁慢些走。"太后道:"众人且小心挽扶。"郭槐并非年老难行,只因身躯肥胖异常,若独自行走,多有不便之故。

四名内监,绰绰拽拽,到了殿上,内侍先禀明万岁,郭槐朝见毕,对君王道:"陛下在上,奴婢见驾。"君王道:"寡人宣你上殿,非为别故,只因内廷事有不明,故特宣你究明奇事。"郭槐道:"未知陛下内廷有何不白之事?"君王道:"只因十八年前,狸猫换主,火烧碧云宫,何人为首,李太后如何被害,今已尽泄机关,你须将实事细细言明。"郭槐听罢此语,吓得目瞪口呆,想道:因何今天一时提及十余年前之事?不知哪个狗王八从中捣乱?但这件事只有天知地知,刘娘娘与咱家得知,余外别无一人可晓。我只推不知,几句言语撇开便了。君王见他不语,即喝道:"郭槐,今日机谋尽露,还想隐讳不言?"郭槐道:"奴婢实不知什么狸猫换主,大火烧宫,休来下问奴婢。孩子们,扶我进宫!"四名太监正待左右挽扶,有包公怒目圆睁,跑上金阶,伸手当胸扭定,喝道:"郭槐慢些走!"郭槐喝道:"你这官儿,怎敢无礼!"

不知包公如何捉下郭槐,且看下回分解。

第五十四回

宋仁宗闻奏思亲　王刑部奉旨审案

当下包公喝道："郭槐！你既不认识本官，如我说出姓名，只怕吓死你这老奸！我乃龙图阁待制兼开封府尹包拯。"郭槐听了道："你是包拯么？人称你是忠烈贤臣，即我内官也仰慕清名，当今万岁加恩宠眷，你不该胆大将咱欺藐！你太觉狂妄了！"包公冷笑道："郭槐，你还不知么？"郭槐道："咱家知道什么来？"包公怒道："恨你为人凶刁狠毒，十八年前将幼主换作狸猫，又纵火烧毁碧云宫，陷害李宸妃娘娘，瞒天昧地，只言永久遮瞒，岂期今日奸谋败露，在圣上驾前，还不直供！"郭槐听了失色，只得喝道："包拯！休得含血喷人！你缘何造此无形无影之言，妄唆圣上，欲害咱家！这火焚碧云宫，狸猫换主，我作内监数十秋，未闻此事，你何得无端寻衅蛊惑，擅敢当驾无礼，扭住咱家！"即喝令小监道："撵他去，我还宫去也！"包爷喝道："郭槐，你今休想还宫！"扭住郭槐不放，四名内监只好呆呆看着，只因惧怕包黑子，未敢妄动。众文武大臣并无一人答奏，君王心上也觉焦烦，喝道："拿下！寡人定须追究阴谋陷害真情。"有值殿将军凶狠如虎，即拿下郭槐，捆缚捺定。郭槐慌忙呼道："圣上，可怜奴婢，今已八十二岁，静处闲宫，并无差，伏乞我主勿听包拯无踪无影之言，令奴婢还宫，深沾陛下天恩。"君王道："郭槐，你将十八年前之事一一奏明，即放你回宫安养。如有一字支吾，定决不饶。"郭槐一想：若将此事说明，我必抵罪，又怎好害却刘太后娘娘？罢了，我也拿定主意，自愿抵死不招。即道："陛下，说什么狸猫换主，火焚碧云宫，奴婢确实不知缘由，焉有凭据上奏？"包公奏道："此事关系重大，想郭槐是泼天大胆之人，方能干此伤天害理之事。若将言词盘诘，岂肯轻轻招认，伏乞我主将他发交与臣，待臣严加细究，方能明白。"君王道："依卿所言。"庞国丈暗想：不好了！发交包黑审究，郭槐危矣！审明又增他之威。惺惺自古惜惺惺，奸臣只是为奸臣，并忌包拯之功，即出奏道："陛下，这郭槐发不得包拯究审。"君王道："庞卿，缘何发交不得包拯审讯？"庞洪道："此事关系重大，谚语云：'来言是非者，即是是非人。'今此事乃包拯所言，焉知真假？倘被他一顿极刑，郭槐乃八旬以外之人，哪里抵挨得重刑？倘假事勘成真的，即大不妙了。"君王闻奏，头一点言道："庞卿此论，却是秉公而言，朕今不发交包拯，即交卿家审究，是必秉公而办。"包公道："如将此案与国丈究断，必不秉公力办。他若存了三分私弊，十八年之冤，终于不白，却将诞育圣躬之母，永屈于泥涂中了。"君王听了两人之言，细思一刻，只得对包公道："包卿，据你主见，还须发交与你审办么？"包公道："国丈如此一说，臣也涉嫌疑，不敢承办了。"君王道："卿既不领办，可于文武两班中挑选一人出来。"

包公称"领旨"，立起身来一看，左班首是富弼老太师，他是一耿直大臣，然而老耄高年，不便烦劳于他。包公又看看吏部韩琦，韩琦一想，此案重大，一位是刘太后，一位是狄太后，两人是被告，叫我如何审法，只得摇头示意。包以又看了阁老文彦博，他却对自己瞧也不瞧，分明也有些怕事。包公想道：你们众臣也称是忠良之辈，如何这等胆怯畏死？只须秉公而办，亦有何妨碍，如何人人不愿领办。如此你们徒有忠节之名，算不得铜肝铁胆之人了。包公又望至西边，看见刑部尚书王炳，二目相照，包爷一想：王兄与我是同居里井，同科出仕，他平素秉性贤良，此段事情，如交他办理，谅得妥当。此时包公一照面，头一摆，王刑部即出班奏道："此事微臣领办，伏乞陛下降旨发交。"君王道："包卿，王卿领办如何？"包公道："王刑部果能领办，必不误事。"君王道："既如此，朕将郭槐发交王卿，限三天内究明回奏，须要小心着力公办。如有半点私弊，断不姑宽。"王刑部领旨。当日散朝，王炳家丁带出郭槐。

君王还宫，庞贵妃迎接王驾，即请安问道："君王何故龙颜不悦？"君王一闻动问，不觉感触孝行有亏之心，言道："早朝据包拯所奏，朕不是南清宫狄母后所生，也非安乐宫刘太后所产，尚有生身母亲在别方。"言毕，不觉珠泪一行。庞妃闻言，不觉骇然，即道："圣上既据包拯所奏，亦必有因，我王何不询明他生育圣躬嫡母太后在于何方？"君王道："贵妃，朕也曾详诘他，包拯言还朝时，道经陈州，有白发老妇，诉说十八年前之冤，言来确据分明。"当时君王将前言一长一短，惨言尽吐，更觉感伤，纷纷泪下。此时庞妃听罢，更觉心惊，想道：不意有此弥天大事，未知真假，若还果有狸猫换主之事，郭槐罪重千钧，狄、刘二太后亦有欺君之罪。只愿当初并无此事，两宫太后方保无虞，郭槐也可无罪，只将包拯处以欺君妄奏之罪，正了国法。若除了包拯，我父独掌朝纲，畏惧何人？想罢，开言道："我主且自放心，虽则包拯如此言来，臣妾细思此事，谅非真情。破窑市井中老妇，非是癫狂之疾，定是妖言惑众，可笑包拯为明察之官，听信妄词，特犯君上。倘无此事，两宫太后一怒，则黑脸官儿岂活得成！况乎谎奏君王，逸污国母，罪该万死，我王乃至聪天子，岂能任他如此作弄。"庞妃虽然狡猾，唯君王心下分明，知包公乃是正直无私，清官岂是轻信无凭谎奏。且破窑妇人说得有凭有据，岂是疾犯疯癫？因此仍自闷闷不乐。庞贵妃见君王恼闷，传旨排宴，百般娇媚，趋奉君王。

慢言宫中夜宴，且说安乐宫中刘太后，见郭槐久去不回，想道：不知外廷有何疑难国政，两次宣召郭槐，去得许久，尚未还宫。正盼思之际，忽有太监四人急匆匆报进宫道："启上太后娘娘，不好了！"刘太后在宫闻三十余秋，从未闻"不吉"二字，今闻此急言，不觉大怒，骂道："狗奴才，何事大惊小怪！"众内监禀道："只因当今万岁爷，已将九千岁拿下。宣去非为别事，乃是包大人奏明圣上，为十八年前狸猫换主、火焚内宫之事。"刘太后听了，吃惊不小，连忙立起道："万岁怎生分断的？"内监道："万岁爷要九千岁招出真情，九千岁只言并无此事，万岁爷即喝值殿将军登时拿缚了九千岁，发交刑部尚书王大人审断去了。"刘太后闻言道："果有此事，你们且退外去。"四内监遵命出宫，刘太后惶恐无主，自念：十八年前将太子换去，暗害李妃，但机关秘密，无一人得知，因何今日泄露，有人告诉包拯？又值君王偏听他言，将吾心腹人拿下，若还究出当时情事，郭槐固不免重刑处决，即老身也难免有欺君害主之罪。幸喜当今不是发交包拯审断，还有挽回之机。想王刑部虽是一位清官，不贪财宝，谅来及不得包拯铁胆铜肝之硬，且将密诏行下王炳，将金珠宝贝重赏他，岂有不受？难道他惧怯包拯，反不畏我？倘王炳肯周全郭槐，私留一线，郭槐无罪，我也无虞了。刘太后定下主见，登时修密旨一道，外有马蹄金五十锭，明珠三百颗，打发心腹内监三人，另遣王恩赍了密旨，将晓时候，潜出后宰门，往刑部衙门而去。

第五十四回　宋仁宗闻奏思亲　王刑部奉旨审案

按下慢提。再说王刑部是日将郭槐暂禁天牢，进归内衙，有马氏夫人出来迎接坐下，夫人开言道："相公今日退朝甚晚，又有不悦之容，不知何故？"王炳道："夫人，兹因领了圣旨，为圣上内廷一大异事，想来实在难办。"马氏道："老爷官居司寇，只管得顽民匪盗刑务事情，如天子内廷大事，都有富太师、范枢密、文阁老、韩吏部等办理，老相公不该管涉，何用心烦？"王炳道："夫人，你有所未知，此事如不尽忠办理，不免斧钺之诛，不是五府六部人人可领办的。"当日王炳将包公还朝，在陈州遇妇人诉冤之事，一一言知，马氏道："既然陈州有一贫妇冤屈，自有地方官伸理。"王炳道："夫人，你休将破窑中老妇人小视，她乃先帝李宸妃，产育当今圣上至尊之贵。"马氏夫人听罢，冷笑道："老爷，莫非包拯道途中逢邪祟？不独妾女流不信，即满朝大臣岂不知当今乃狄氏所出，经先王所立？只有包拯一人偏执妄言。"王炳道："包年兄乃刚正无私的硬汉，岂有诬毁君上之理？"马氏摇首道："老爷，你向来明理，为官二十余载，难道不明此案如天重大。且交还包拯办理为上，你何必自寻烦恼。"王炳道："夫人，并非下官多招烦恼，只因没一人敢于驾前领旨，我因思当今国母枉屈当灾，于心何忍！况我与包兄是同年同科，一殿之臣，故在驾前领办此事。"马氏道："妾思满朝文武，多少官员，尽食君王俸禄，人人皆可效劳，何独老爷一人？想他众官知事关重大，故无一人承办。他们是明人，老爷是呆人。"王炳道："你说哪里话来！倘我将此案办明，难道圣上不见我情分，即不厚加升爵，下官只愿留个美名。"马氏道："老爷，你且拿稳些！妾劝你休得痴心妄想，要安稳时，须当依妾之言，不结患于上，又无旁人嗔怪，久远安妥为官，岂不甚妙！"王炳道："据夫人主见如何？"马氏道："此案即云是真，却是口说无凭。况且内监郭槐威权太重，外交党羽，内结太后，事如天大，郭槐岂肯轻轻招认？他如不招，定必动刑，如此他立下一留头不留脚主意，一定抵死不招，老爷怎奈他何？事既不完，先结怨于刘太后，倘被她执一破绽，暗算起来，实难防避。那时包拯决不来看你是同里同科之谊，破窑中贫妇，也难搭救于你，古云'识权达变者为豪杰'，老爷也须三思。"

不知王炳是否依从马氏，且看下回分解。

第五十五回

刁愚妇陷夫不义　无智臣昧主辜恩

　　王刑部听了妻言，默默不语。原来王炳生平有二畏惧，上畏君王，下惧夫人。

　　当时虽则怪着马氏，然而不敢回言，只得长叹一声，侧身呼侍鬟进茶。夫妻用过，马氏又道："老爷你今缘何像痴呆一般，一言不发，此叹声无非怪着妾身而已。"王炳闻言道："怎敢见怪夫人，下官只是想到朝廷的事实在难办。"马氏道："老爷既然不怪妾，只依着吾言便了。"王炳道："夫人还有什么商量，你且说来。"马氏道："老爷我劝你多一事不如省一事，一动不如一静。岂不闻达者千人缘，憎懂者结万人怨？若将郭槐认真严审，不过奉承包拯，包拯无非说一声'劳动年兄了'。这也不足为老爷增荣，却惹得刘太后、狄太后两位娘娘，将你恨死，正是福不来而祸先至。如今老爷既然领旨承办，已是卸肩不及，莫若假混瞒真，虚张声势，审讯几堂，只说并无实据，复了圣旨，一切只由圣上主见，是两不失其情。包拯危与不危，我也不管，唯有两位太后娘娘，深感你之用情，定然暗中提拔。倘老爷不依妾言，犹恐祸生不测。"王炳道："此言差矣！下官若将此案严审断明，圣上既得母子重逢，满朝文武人人钦敬，好不荣光，即无极品偿劳，亦扬名于当世了。"夫人道："你乃斗筲[1]之见，全不想彼破窑中贫妇，乃是随口胡说，或犯癫狂之疾，只有包拯听她谎哄。如若果有此事，为何一十八年之久，她甘心受苦，况天下官员甚多，平日之间并不提起，直至如今，才冷灰复热，岂有是理？想这包拯十分昏聩，妄奏当今，也有这般昏君，听此狗官之言。老爷是一向明白，今日为何却愚呆了！现现成成一位刘太后，威风凛凛的九千岁，不去奉

---

[1] 筲（shāo）：用竹子或木头制成的水桶。在此文中"斗筲"指有限的容器，斗和筲，来比喻人的见识短浅。

承,反因一真假未分的贫妇,与大势力结仇,岂非颠倒!你若力办此事,只忧今生今世也究不明的。反做了灯蛾扑火,自惹焚身,还要累及妻子。若待死在钢刀之下,悔恨已迟,不若为妻先别了丈夫吧!"说着立起身来,将茶盏一抛,假装撞死。此番吓得王炳一惊,飞步赶上,双手抓定道:"夫人死不得的!"马氏道:"妾身这一命定死在你手中,倒不如早死,岂不干净!"王炳道:"夫人且慢慢酌量,你若一死,下官也活不得了。"马氏首一摇,泪下纷纷,王炳却像奉敬神明一般,将夫人鬓发一一理好,戴正珠冠。

且说这王炳当初原立下美意,要与李太后鸣冤,今被不贤马氏放刁弄坏心术。是以人生有贤良内助,关乎一生名节,今王炳犹如遇鬼祟昏迷了,一片铁石心肠,化为绵软,以致欺君误国,污名当世。当下王炳安慰马氏道:"夫人,你一向智慧,只因性情急躁,不分好歹,便将性命来抵当,难道你性命如蝼蚁之贱?我劝夫人休得急恼,忍耐一些才好。"马氏道:"老爷,妾劝你万语千言,皆因欲你免遭灾祸。岂知你反怪妾,呆呆不语,怒目睁睁。倘依包拯之言,两位太后娘娘不免有罪,即为妻也难逃脱,故先死于老爷眼前,以免遭别人之辱。"王炳听了道:"夫人,你说来句句金玉之言,岂有不从之理,如今且依夫人高见。"马氏喜道:"妙,妙!老爷如肯听妾之言,管教你指日之间,定有福禄高增之荣。"王炳又道:"此重案已经领旨,怎生办理,倒要夫人出个主意,以便下官照办如何?"马氏想了想,道:"老爷一些不难,只须如此如此,神不知,鬼不觉,便能奏知圣上了。"王炳听了笑道:"夫人倒有此机谋,下官且依计而行。"

夫妻闲谈之际,早有侍鬟将筵宴排开,两人坐定,畅叙细谈,无非商量此案情由。少顷,日落西山,月儿渐起,又有家丁报进道:"有王恩内监三人,奉太后娘娘密旨前来。"王炳连忙请至私衙,开读诏书,密旨上大意要他审得郭槐并无此事,罪在包拯,便可加官增禄,厚赏金珠。如不遵旨意,定将王炳治罪,决不姑宽。当日王炳收下金珠,令二内监先回,又对王恩道:"公公你且先回,上复太后娘娘,下官遵旨而办便了。"王恩道:"王大人,你依太后娘娘旨意而办,太后娘娘不独赐赠金珠,指日还可高升。"王炳诺诺,登时送别王恩,复进后堂,命家丁扛抬金银珠宝,将情说知夫人。马氏闻知,喜色洋洋道:"老爷!妾是不会差的。你之智见,反不如妾,如今皂白未分,太后娘娘便有许多厚礼相赐,后又得显爵高官,封妻荫子。若还依了你的主见,顷刻间即有灭门之祸,破窑中贫妇,岂见你之情,怜你遭殃!"王炳闻言,拍掌喜道:"夫人智见高明,不必多说了,请用酒膳吧。"是夜酒膳已毕,王炳又道:"太后有赤金五十锭,明珠三百颗,夫人且一并收拾。"

马氏欣然应诺,又道:"老爷,我想九千岁爵位尊隆,不该收禁天牢,速差家丁请至内衙用酒膳才是。"王炳道:"夫人果也周到,理该如此,但时候尚早,还防众人耳目,且待至夜深寂静,方可邀请他。"

话分两处,当初真宗先帝在时,包公已内调二载,然庞洪出仕在先,早包公有五六年。包公自升朝内官,正值庞洪当道,一向恐奸臣有什么诡谋不测,故日夜留心稽查,弄得群奸及庞洪有权难弄。前时喜得包公往陈州赈饥,众奸正在快活,岂知他忽又还朝,庞奸党好生不悦。这夜包公夜膳毕,不骑马,不乘轿,不鸣锣喝道,青衣小帽,只带了张龙、赵虎、董超、薛霸四健汉,于通衢大道上,暗地查访。只见街衢寂静,路少人行,一轮明月,光辉灿灿,不觉走近刑部衙门,忽遇王恩内监。当时他认不出包公,包公亦不知是王恩,一人过东,一人向西。包公见他是名内监,即迎上去问道:"你奉何人差使,往哪里去?"王恩闻言,犹如做贼心虚,并不回言,只管飞步跑去。包公道:"此人定有蹊跷。"忙喝拿下,张龙、赵虎飞跑上前,却如鹰抓小鸡一般拿定。这王恩未曾被拿倒也罢了,一被擒抓,他倒凶狠起来,喝道:"该死的奴才!何等之人,擅敢将咱家拿下?"张龙道:"包大人问得一声,你何故一言不发,急急跑走?"王恩听说是包公,吓得涨红了脸,一时呆着,对答不来。包公越发动疑,即道:"你奉谁差使?"王恩道:"吾奉万岁差遣。"包公道:"差遣你往哪里去?"王恩道:"差往刑部衙中。"包公道:"差办什么事情?"王恩道:"圣上命刑部认真办理狸猫换主之事,速放咱家回复圣旨。"包公听了冷笑道:"你言语支吾,岂是圣上所差,今日机关已经败露。"即吩咐带回衙去。当时张龙勇赳赳押着王恩,赵虎、董超、薛霸三人随伴回至府衙。

更敲三鼓,包公换了冠带坐堂,堂上四边灯烛,两旁排军三十二名,带上王内监,他立着喝道:"狂妄包拯!咱奉圣上旨意,你有多大胆子,

第五十五回　刁愚妇陷夫不义　无智臣昧主辜恩　‖ 267

擅敢拿我！"包公喝道："胡说！如若圣上旨差，何不日间前往？岂有夜静更深，并无火把，见本官问得一声，并不回答，一溜烟而遁，难道圣上差你是这般光景？我早已明知刘太后娘娘差你暗中行贿于王刑部，命他不须严审郭槐，你须将实情招说，免教动刑！"王恩听了，胆战心惊，想道：包拯果然厉害，我所行之事，被他一猜而破。但只要不供认说明，他焉能罪我？即道："包拯休得乱言，咱家明天奏知圣上，管教你头颅滚下！"当时包公捉得定，他决非奉圣上所差，喝令左右将夹棍夹起，王内监痛楚得死去还魂，三番两次，暗想：久知包拯执法无情，即圣上也畏他三分，谅今也瞒不过他，不如招了，免受惨毒。况且我是奉差，是非自有太后娘娘在，与我何干？主意已定，呼道："包拯，你好刑法，只算咱家今日让了你，待我实招。"包公喝道："招了供，便饶你狗命。"王恩只得将奉懿旨情由一一招明。包公吩咐录了口供，松了夹棍，上了刑具，不禁牢狱，就锁在衙内一间空房，用四名役人看守，不许外面走漏风声，待等审明此案，然后释放。

役人领命不必细表。包公暗想：如今不是口说无凭了。刘太后反行贿赂于臣下，这是凭据。我想王炳往日为官，却无差处，故而由他领办，我也放得下心。岂料刘太后竟将贿赂暗行，古人云："财帛动人心"，倘若王炳从中作弊，不独老夫遭害，即李太后十八年之冤，亦必难明。或另有一说，刘太后行贿于他，王炳不便推却，暂时收领，以待日后抱赃呈首，也未可知。王炳你若有此心，才算你与老夫是同僚年交故友；你若贪婪贿赂，欺瞒君上，暗弄弊端，管教你钢刀过颈。也罢！是非曲直，且不声张，暗察他机关为要。

不表包公神算，且说王刑部是夜差心腹人到天牢，悄悄将郭槐扶引至内衙，王炳鞠躬迎进内堂，见过礼，当中南面摆下一位，请郭槐坐下，王炳朝上面东而坐。当日泼天胆狠的郭槐，虽被拿禁天牢，却也安然无虑，自知虽被禁天牢，太后得知，定然竭力周全，不用心烦。今见王刑部相请，心头喜悦，知道太后娘娘已有关照，即开言道："王大人，今日既不审问，请咱家到来是何缘故？"王炳道："千岁老公公，只因包拯无风起浪，要陷害于你，下官心有不平，即满朝文武亦皆着恼。若非下官领办，圣上定必发与包黑，倘经他之手，老公公必定吃苦。"郭槐道："这也不妨,由他放我在钢刀之下,也决不招认。"王炳道:"老公公如受他之刑法,不如下官不得罪的更妙。"郭槐称是,又问道:"太后有什么话来?"王炳即将太后行密旨,并赐金珠,一一说知。又道:"下官未得密旨,已存庇护之心,今既承懿旨,何敢不遵?但日间犹恐耳目招摇,故乘此夜静更深,方敢来请,待下官上敬薄酒,以当负荆。"郭槐大悦,道:"王大人是明白快士,且拿酒来,我与你细叙谈情。"当下郭槐公然正坐,王炳侧坐相陪,传杯把盏叙谈。

不知二奸如何叙话,且看下回分解。

第五十六回

王刑部受贿欺心　　包待制夜巡获证

　　却说是夜王炳与郭槐开怀畅饮，酒酣耳热，便对郭槐说："老公公，下官断案之法，早已算过，照计而行，万无一失。"郭槐喜道："你且将审法说与咱家得知。"王炳道："下官并不怕别人，只忧包拯，他久惯搜人破绽，眲[1]人罅漏，须防他暗里来探着机关，又不好用刑审讯。如要瞒人耳目，用刑审讯，须要觅一人面貌和老公公相像的，待他当起刑来，公公且躲避一旁，大声哀喊，糊糊涂涂审了一堂，便去复旨，那时包拯妄奏朝廷之罪非轻。"郭槐听罢，满面喜悦，叫道："王大人，你若将此案办得妥当，不但咱家感你之恩，即太后娘娘也见你之情分。今赐些小金珠，有甚稀罕，还要升个极品之荣。"王炳道："全仗老公公，且用酒吧。"你一杯，我一盏，甚是相投。郭槐又对王炳面上一观，呼道："王大人，你因何忽然呆呆不语，何故似有所思？"王炳道："老公公有所未知，你事容易妥办，只难觅一人像老公公的体貌，下官是以内心踌躇。"郭槐想了一想，道："王大人，方才咱家下狱时，只见一犯人生得身材肥胖，差不多与我一样。咱家也曾问他姓名，他言蓝姓，排行第七，人人呼他为蓝七，乃是汴京人氏，只因打死人问成死罪。你若弄得他来，即可顶冒了。"王炳听罢欣然。

　　次早，王炳差人到狱中，唤到司狱，说明此事，又许赏以金银，加封官爵。这狱官朱礼，乃是刑部的属下，怎敢违逆，立将蓝七带至。王炳一瞧，果然生得身长肥胖，面貌与郭槐也有几分相似，即将此情由告知蓝七，许他事完之后，定然开脱死罪，还有赏赐。蓝七听了禀道："大人，小人已是釜中之鱼，若受了些苦楚，得开脱此罪，实乃大人之德。"王刑部命取过新鲜服色，与蓝七穿起，又赏赐酒食。那时蓝七穿的服色与郭

---

[1] 眲（jiàn）：窥视。

槐穿的一般,且躲在内衙一个闲静所在候审。这是王炳做成计策,一则忌着包拯探察,二来刑部衙役人多,只有二名心腹家丁,一名钱成,一名李春,与狱官朱礼得知此事。

且暂停此话,再说刘太后打发三名内监,到刑部衙中,有那扛抬金珠的内监两人回来,却不见王恩回话,不知何故。当晚刘太后心乱如麻,倒睡牙床,不能成寐。

不表是夜太后心烦,且说次早天子坐朝,文武参谒毕,君王开言问王刑部道:"王卿!朕昨天发交郭槐审办,未知审断如何?"王炳奏道:"还未审供。"君王道:"缘何还不审勘?"王炳道:"臣思此事关系重大,未便草率从事,况圣限三天,待臣细细严加勘究,依限复旨。"嘉祐王道:"卿家,寡人知你是忠良之臣,此事须认真办理,休得疏忽。曲直须当分明决断,受不得贿,容不得情,若究明此事,寡人得母子重逢,王卿即有天大之功;若是存了私,欺瞒于朕,定加处斩,决不轻饶!"王炳道:"领旨。微臣深受王恩,当思报效。有此重案,自当秉公办理。"天子点首退朝。百官纷纷轿马归衙。有包公出至朝门,叫道:"王年兄,乞念多年故旧之情,务必诚心着力而办,弟便感激不尽。"王炳道:"年兄何出此言?"包公道:"王年兄,此事与小弟所关非浅,年兄如若审坏了,小弟难免谎奏欺君之罪。"王炳冷笑道:"年兄此言差矣!小弟与你是同里故交,一殿同僚,相与伴驾多年,岂可欺君自污,以害年兄?但有一说,如果此事假伪,我也难审作真情复旨。"包公道:"这也自然,只要年兄秉公审断,无欺无隐就是了。但今天不审,明天定然要审明复旨,倘明天仍不审断,小弟要劾奏你故违钦限之罪了。"王炳应诺,又道:"年兄言之甚公,明天定然审明不误。"说罢,二人拱手而别。

不言包公自去,却说王炳回衙,进内堂见了夫人,不谈别话,只言领审之事。马氏道:"老爷,你此事既然安排妥当,何不今天即刻审讯一堂,也好放心。缘何应承着包拯明朝审断?闻这黑炭他最把细明察,如一泄漏些风声,却麻烦了。"王炳笑道:"你不明白,下官亦非尽愚呆,今故意诓哄他明天审断,使他今夜不加提防。我却审过一堂,明朝即上朝复奏圣上。你道这妙算如何?"马氏听了大悦,道:"老爷福至心灵,算计极是。"

第五十六回　王刑部受贿欺心　包待制夜巡获证

不表夫妇闲谈,且说是晚日落西山,王刑部尚未升堂,先将郭槐藏在案桌下,然后传谕夜堂候审。一班衙役,俱已齐集,在天牢内调出假郭槐。法堂上只挂一盏玻璃灯,又传谕出来,说事关重大,须当秘密,衙役吏员等须要站立远远候着,不许近听审词。这是王刑部怀着私弊,只恐灯烛一多,看出桌下真郭槐,听出他口诉之音。当时众役人哪里知此弊端,只依着王大人吩咐远远排班。

当下王刑部带到郭槐,案基一拍,大喝道:"郭槐!你可将十八年前狸猫换主之事,明白招认,若有半字支吾,难当夹棍之刑。"蓝七只不开言,郭槐在桌下口口声声叫屈道:"王大人,休听包拯妄奏谎言,要咱家招出什么狸猫换主来。"王炳喝道:"本部也知你倔强,不动刑怎肯招认?"喝令上刑,早有左右两名排军,一声答应,恶狠狠提起生铜夹棍,将假郭槐夹起。可怜蓝七痛得死去还魂。若问蓝七犯罪已经定案,只候一刀了决,余外没有一些苦痛,岂知今夜又在刑部堂中再尝铜棍滋味,这是他倒运,祸不单临。当时只夹得悠悠苏醒,但闻郭槐轻轻叫屈。一人真痛,一人假喊,其声音却是差不多。不独站立衙役听不出真假,即行刑的排军也难辨其喊叫之声。

且说包公是夜又带四名健汉,青衣小帽,夜出巡查。侧耳听得街上两个行人,其中一人说:"事关钦案,非同小可,但不知审得如何。"一人道:"既然开了衙门审讯,缘何不许闲人走进观看?"一人道:"刑部衙门威严赫赫,岂容闲人喧集?"包公听了,满腹狐疑,心想:王炳约吾明日听审,因何今夜晚堂即审?其中必然有弊。急急忙忙带了张、赵、董、薛四人向刑部大街而去。但见门首大灯笼点得光辉,包公进内,即问管门人道:"你家王大人可是审夜堂否?"有把门官认得包公,跪而答道:"正是。"包公又问:"审讯何案?"把门官道:"启上包大人,审讯狸猫换主之案。"包公道:"且待本官进去看看。"把门官道:"如此且待小的通报,迎接大人。"包公道:"不消通报,老夫与你大人同年故交,无庸拘礼。"把门官称是,请大人进内。包公便呼张、赵、董、薛随后,一同进内,直至中堂。只见差役远远排班,只因灯光之下,又值正在讯夹郭槐,这些衙役人等面向刑部大人,只望堂上,不顾堂下。王刑部也只顾问供假郭槐,哪里有眼目看瞧堂下?包公主仆五人,悄悄打从堂侧黑暗中走上,远离刑部半丈之隔。只闻王炳呼道:"郭槐,速将真情承认!"只闻哭叫之声,喊声不绝。王炳喝道:"还说冤屈!"喝令再收。包公天性聪明,况又分外留神,听其声音,不甚惨切,不是犯人喊苦。即踩开大步,跑上堂道:"王年兄,下边夹者是何人?"王炳侧身一看,吓得魂也失去,犹如烈雷轰顶,立起身硬着头皮言道:"小弟在此审讯狸猫换主之事,下边受刑的是郭槐。"包公道:"据小弟看来,此人非是郭槐。"即持案烛东西一照,伸手将桌帷一撩道:"在此了!"夹领将郭槐一把抓定,叫张龙、赵虎连忙把他拖出。包公更不怠慢,扭住王刑部,两个巴掌,夹面打去,不问长短,即命董超、薛霸将王炳锁住。

当时一堂差役吃惊不小,如别位官员犹可,一见此位黑阎罗拿了王大人好不惊骇,大家一哄而散。包爷当下坐了王刑部的公位,吩咐放起犯人夹棍,大喝道:"你这奴才是何人,听信何人来顶冒当刑?招出情由,本官决不罪你。若不明言,即上铡刀分段不饶。"蓝七听了,心想:久仰包黑大名,不是好惹的,如今料想瞒不过了,只得将情形一一禀知。包公听罢,冷笑道:"王炳,你果然弄得好神通,岂料事有凑巧,我包拯又无通风密报,自来戳破机关。老夫不与你多言,明日面圣再议。"王炳心中着急,只得恳告:"年兄,小弟一时差见,望兄大德周全,宽容于弟,再不敢欺瞒了。"包公全然不睬,命张龙将蓝七发回原狱,赵虎带锁王炳,董、薛带了郭槐,回衙管束,明朝见驾。好一位堂堂刑部官,皆因听了愚妇之言,欺君贪财,今已鱼投缯网[1]。

慢言包公带去犯人,且说王府家丁慌忙进内报知夫人。马氏一闻,吓得战战兢兢,咬牙切齿,恨包公将丈夫拿去,定然凶多吉少,怎生是好,一众使女丫环也纷纷谈论不表。却说包公回归府内,已是四更漏下,不去安睡,停一会命四健丁,持了提灯,带了两名犯人到朝房。众官也觉惊骇,庞洪道:"包大人,两名犯人是哪个?"包公道:"国丈,你去认认,像是何人?"庞洪免不得走近前一瞧,骇然道:"这是王炳,此是九千岁。"包公道:"你身居国丈之尊,还要逢迎奸佞,呼他九千岁,自倒威权!"庞洪还要诘问,只听得钟鸣鼓响,天子临朝,各官无甚奏章,

---

[1] 缯(zēng):古代对丝织品的统称。缯网,丝织的网。

第五十六回　王刑部受贿欺心　包待制夜巡获证

只有包公出班道："臣有事启奏。"天子道："包卿有何奏闻？"包公即将昨夜三更左右，稽查奸宄[1]凶民，偶到刑部衙左近，有街衢往来之民私语，方知刑部审讯夜堂。自己前去察看，方知暗弄机关等情，逐一奏闻。又道："臣已将二钦犯拿下，带至午门外，恭候圣裁。"嘉祐君王闻奏，不觉龙颜大怒道："可恨王炳如此欺瞒！"即差御前校尉速拿王炳上殿，校尉领旨下去。

不知王炳进殿性命如何，且看下回分解。

---

[1] 宄（guǐ）：奸宄，即为坏人。（由内而起叫奸，由外而起叫宄）

第五十七回

勘奸谋包拯持正　儆贪吏王炳殉身

当时庞国丈想道：这包黑是难以瞒昧的，他在朝中，任谁有些破绽，都被他揭破，实在可怕。正想着，早有王炳带到，俯伏阶下道："罪臣王炳见驾。"嘉祐君王龙颜发怒，骂道："胆大王炳，寡人待你并无差处，因何不念君恩，欺瞒昧法。朕也曾再三叮嘱，如断明此事，朕自然知你之劳，见你之情，缘何口是心非，贪婪财宝，辜负朕恩，实乃畜类！你今有何分说，只管言来。"王炳伏倒御前道："陛下开恩，罪臣原立定主见，即将十八年屈事伸理明白，只因不合听信了旁人之言，故今做出误国欺君之事，悔恨已迟了。"君王道："你听了哪人撺唆的？"王炳道："陛下，臣不合耳软，误听臣妻马氏之言，唆臣趋奉刘太后娘娘为上，破窑内贫妇日久年多，不知她果是李太后否。或是此妇乃痴心妄想，审不明白时，即招二位太后娘娘嗔怪，官也做不成，命也活不得。误听妻言，实乃罪臣志气昏迷，万望我主念臣一向无差，法外从宽，赦臣重罪，深感天恩。"君王听了王炳之言，不觉笑怒交半道："亏你身居刑部，听信妇人之言，作此欺君坏法之行。你妻比之尹氏，真有天差地远之别了。"当时君王想道：妇人断没此胆量，也许是王炳推却之词，无凭之言，不能深信。便命将马氏拿下，交与包公，与郭槐一并审讯。当有庞国丈道："臣有奏，此案发不得包拯审问。"君王道："此是何故？"庞洪道："如今包拯是个有罪之人，如何还发他审讯？"君王道："包卿有何罪可指？"庞洪道："臣启陛下，这王炳乃包拯保荐的，岂非包拯先有大罪？"君王一想，还未开言。包公道："臣误荐王炳，原甘待罪，念臣有一功，可以将功赎罪，仰乞龙心鉴察。"君王道："包卿有何大功，可奏朕知。"包公道："臣前夜二更天，微行访察，路遇一人，月下看得清楚，乃是内监。臣即诘他何往，他不回言，逃走如飞，启臣疑心，即拿他回衙审问明白，方知他名王恩，是刘太后娘娘着他行贿赂于刑部。贿赂是黄金五十锭、明珠三百颗，此是狸猫换主之实据,十八年前之冤可以大白,伏唯陛下龙心详察。"国丈道:"臣还有奏,臣思包拯前夜拿了内监,何不昨天奏明陛下,直至今天启奏,内监不见拿到,乃是口说无凭,希图卸罪。伏乞我主鉴察。"

当下你一言,我一语,反弄得君王分辨不清,只见左班中一位老贤臣俯伏奏道:"老臣富弼有奏。"君王道:"老卿家请起,有何奏言,与朕分忧。"富太师谢恩已毕道:"臣思包拯乃是忠肝义胆之臣,众民人人感德,个个称能。目今此案所关重大,非比等闲,乃是我主内廷重事,况此事乃包拯得据而来,他怎敢存私,自取罪戾。万望陛下休听国丈之言,如发交别员究断,已有王刑部前辙可鉴,不如放开龙心,发交包拯,方可明白十八年前之冤。如今王恩已被他拿下,看来不是无凭无据的谎言,再差官往刑部衙中,捉拿马氏,并搜出金珠行贿之物,正如拨开云雾,复见青天,一事考真,诸疑可白,望我主聪鉴参详。"天子听了此奏,点首道:"老卿家之言,甚属有理。"又向包拯问道:"包卿,内监可曾捉下否?"包公道:"臣即晚已将王恩拿下。"君王道:"现在囚于何所?"包公道:"未发天牢,现押于臣署中。"君王即降旨着学士欧阳修往府衙将王恩押至金銮,欧阳修领旨而去。

又差国舅庞志虎往刑部衙收检金宝,并拿马氏到来。庞国舅正要领旨,有阁老文彦博连忙出班道:"老臣有奏,如今此案这庞姓一人也用不着,陛下如差国舅去搜,倘存一线弊端,谎言贿物未获,即天大事情,又属狐疑不决了。"庞家父子暗暗生嗔,又不能强辩,却有知谏院杜衍俯伏道:"微臣愿往,如有徇私,即与罪臣一同正法。"君王道:"二位卿家平身,即差杜卿前往便了。"文、杜二臣谢主,领旨而去。殿上君臣还在议论,已是红日东升,又有黄门官启奏道:"欧阳学士已将王恩拿到。"天子宣进,王恩犹如万箭攒心,战战兢兢地俯伏金銮,连呼:"万岁开恩!"嘉祐王道:"王恩,你今奉着何人差使,缘何在包拯署中?一一奏与寡人得知。"王恩道:"太后娘娘差奴婢往刑部衙署赐送赤金五十锭、明珠三百颗,密诏一封。此是太后娘娘懿旨,奴婢如何敢违逆不往,还有二人同去,交卸了金珠,二人先回复旨,只有奴婢后回。道中却遇包拯,被他拿下。"君王正要开言,早有杜爷带了从人,将马氏押至午门以外,金宝贿物扛至驾前,一一交代,当时天子也觉无颜,面色转红。只得命王恩速速还宫,懿旨金珠,一并携回。刘太后得知,心中倍加慌忙着急。

按下休提,只言殿上君王命包公将男女钦犯,尽行带去审断,须要严加细究,不容少缓。分派已毕,带着羞怒,圣驾回宫。群臣各散。单有包公领旨,将犯人带回衙门,刑部狱官朱礼吓得寝食皆废,恐事有干连,身入网中。

慢言朱礼惊惧,却说包大人转回衙中,立刻坐堂,公位排开,差役两行伺候,吆喝威严,真乃是:

　　　　法堂好比森罗殿,公位犹如照胆台!

包公当中坐下,一拍案桌喝道:"带钦犯!"王炳只叹昨天是堂堂刑部之官,今日做了犯人,一到法堂,心中惊烦,当圣旨位,双膝跪下。包公道:"王炳,你难道不知食君之禄,必忧君之忧。领旨之时,圣上何等面谕,即本官也再三嘱托,倘皂白分明,国母离殃,君王母子重逢,你没有加恩升爵,也可扬名后世。因何口是心非,欺君卖法?若非本官勘查,岂不混浊难分!金珠是宝,妇言是从,你还有何话说?"王炳闻言,低着头哀告道:"原乃犯官痴愚,听不贤妻唆惑之言,实无颜面,只求大人法外从宽,足感大德。"这王炳若念夫妇之情,不攀出马氏,只言刘太后行贿,也可脱卸马氏之罪。偏偏王炳恼恨马氏,心想:我原要做个好官,却被你言三语四,弄得我变节行歹,如今害得我如此光景,如我王炳一死,将此贱妇留存,乃是一生未了之事,何不一同死去,岂不干干净净!是以一口咬定马氏。包公听了冷笑一声道:"亏你堂堂刑部,七尺男儿,偏听妇言。为民上者,家既不齐,焉能治国?欺君误国,犯法贪赃,国法森严,岂容私废?死有余辜,还望什么法外从宽!况你既身居刑部,知法岂容犯法!"王炳只是叩头,苦苦哀求道:"犯官果然昏聩。"求情不已。包公吩咐将王炳押过一边。又唤马氏上堂,低着头跪下,一双媚眼,两泪交流,包公问道:"你也曾叨诰命,应念君恩,何故不守妇道,挑唆丈夫干此不法欺君之事?今日罪有所归,皆你不贤起祸,且直言与本官知之。"马氏道:"大人,休得听信王炳之言,我妇女之辈,怎敢唆惑男子?只因他不明事理,一心贪贿,欺瞒圣上,妾曾将良言劝谏,不独不依,反嫌多言,要将妾处治。如今见事已泄,仍然怀恨于心,实欲牵连在案,害我一命。"包公听此诉词,冷笑一声,叹道:"好一个伶牙俐齿的妖娆

第五十七回　勘奸谋包拯持正　儆贪吏王炳殉身

刁妇！"即呼王炳对质。当时夫妇情面俱无，一个怨她多言唆耸，一个骂他妄扳牵连。包公见他夫妻二人对质不明，吩咐将王炳夹起，又将马氏拶[1]起，一人夹，一人拶，夫妻二人哪里抵挡得住，只得直供，招出真情。包公命人松了夹棍、拶子，又问王炳道："你妻唆耸在前，还是太后行贿在先？也要说个明白。"王炳道："实是马氏唆耸在前，太后行贿在后。"包公又诘马氏，口供原是一般。包公得了口供，判道：

　　刘太后既为天下母仪之尊，不应行贿于臣下，倒置尊卑，失于礼体。即陛下不知内宫邪弊，又焉知天下之邪正，亦不免失察，且俟审明郭槐，然后定夺。

　　当日包公指出太后、圣上也有不合之处，失察之由。又上本劾奏王炳，职司刑部之权，身居司寇之任，不能报效君恩，混听妻言，并贪财宝，误国欺君。马氏身为妇女，不守闺阁之条，唆耸丈夫欺君大恶，此等刁恶妇人，一者瞒欺君上，二者惑陷丈夫，一刻难容，应与王炳一同腰斩，以正国法。当时审断已完，仍将犯人一并发下天牢，连郭槐也押去，待次日上本奏明圣上再审。按下不表。

　　次早五更初，天子临朝，圣上准依包公定断之法，就命包公斩决王炳夫妇。众奸党人人畏惧，庞国丈吐舌摇首，道："多有包拯一辈之人，连老夫的乌纱也保不定了。"当日包公押出男女二犯，捆绑至法场中，王炳怨着不贤妻唆耸于他，至今一命难逃；又有不贤马氏，深恨丈夫何故没一些夫妻之情，牵扳于她。当时你怨我恨，有闲民远远观看，涌道填街，内有百姓道："包大人回朝，不上半月之间，斩了数位官员，今日杀一位，明日杀一双，岂非不消一年半载，众官被他杀戮尽绝了！"又有一人道："杀的是奸臣，是妙不过的，灭绝奸臣，使忠臣致太平之治。"

　　住语众民闲谈，且说时辰一到，包公吩咐开刀，王炳夫妻二人已是了决性命，即命家人备棺成殓，运回故土，此是包公存心忠厚之处。次日早朝复旨。缺了一官，自有挑选补缺，不用烦提，只有嘉祐君王因此案未明，龙心抱闷。

　　不知发交哪官申办，且看下回分解。

---

[1] 拶（zǎn）：拶子，旧时夹手指的刑具。拶，此处作动词用。

第五十八回

怀母后宋帝伤心　审郭槐包拯棘手

当日嘉祐王龙心不悦，只因生身母后屈于泥涂之中。初时据包公陈奏，还属将信将疑，费心推测，岂知刘太后暗中行贿于臣下，又得包拯机智，察出原赃，情真事实无疑。不意果然落难贫妇，竟是生身之母，子为九五之尊，母后屈身市廛[1]乞丐，难道有此奇闻？意欲即往陈州迎母后还宫，但郭槐尚未亲供招认，须待审讯明白，方可前往迎请。因此，即敕旨包公审办郭槐。包公奏道："微臣不敢领旨。"君王道："卿如不领办，谁可领办？"包公道："臣保荐国丈，可以承办此案。"庞洪心想：这包拯昨天言老夫办理不得，今日反荐我承办，不知想什么诡计来算计老夫？他为人厉害，不可上钩。即忙奏道："前日包拯言臣领办不得，望吾主另委别人办理。"君王复问包公道："如此发交何人方可？"包公道："国丈既然辞却，别员总是力办不来。"君王道："据卿所言，难道此事即罢了不成？"包公道："罢不来的。莫若陛下当殿亲询，此冤必可大白。"当下君王烦闷，呼道："包卿你自己所办多少离奇异案，一片丹心，为国勤劳，今日国母遭此灾难，因何不与朕分忧，何以故意推辞不办？"包公奏道："臣启陛下，并不是微臣故意力辞逆旨，只因国丈曾经有言，来说是非者，即是是非人。微臣不承办此案则已，若将此事发交于臣，总要办到彻底澄清，据法律，此案连及安乐宫刘太后娘娘，如若定了太后娘娘之罪，岂非臣有藐君犯上大罪？国丈劾奏于臣，臣即有口难分，望乞我主开恩，免发此案。"君王见奏，想来此论不差，即道："包卿且免多忧，如若太后娘娘应得定罪，亦难掩饰，依卿定断。倘国丈多言，亦须拟罪，如今不须多虑了。"包公道："臣领旨。"国丈此时再不敢言，只在班中气得二目圆睁，众臣亦各议论纷纷，不表。

---

[1] 廛（chán）：古代城市平民所居的房屋。

第五十八回　怀母后宋帝伤心　审郭槐包拯棘手

再说宫中太后心内着急，又打听明白，圣上发旨包拯审供，不如别位官员，可以行旨恐吓，行贿私传，看来大事不妙了。

不表太后心惊，宋君纳闷，只言包公退朝回衙，用过早膳，即传令吏役往天牢调出郭槐，顷刻间呼喝升堂，正门大开，书役左右分排，包公正中坐下，调出郭槐。此奸平日倚着刘太后恩宠，威权妄专，即当今天子，也因太后听政，让他自逞自尊。是以王刑部领审时，看得甚是轻微。今因包公看破王刑部，又着人禁守天牢，虽亦有些胆怯，然而心中主见有定，自思：太后娘娘待我恩深，今日平地起此风波，还送金宝与王炳相救，岂料包黑贼硬捉破绽，领旨审供。他比不得别官，免不得严刑勘断，他的刑法虽狠，咱家情愿抵死不招，以报太后娘娘厚待之恩。正想间，有四名军健，如狼如虎，将他往法堂当中啪嗒一声，撩掼尘埃，跌得头昏眼花。郭槐骂道："包拯！你有多大的官儿，将咱家如此欺凌，圣上虽隆宠于你，只可压制下属卑官，即朝内众官也欺侮不得。今如此轻视于我，劝你休得如此猖狂，也须留情一二才好。"包公冷笑，大喝道："胆大奴才，图谋幼主，你欺瞒得人，湛湛青天焉可瞒昧。今日罪恶满盈，不期天理昭彰，报应有时，速速招出狸猫换主、放火焚宫的奸计，倘若半字含糊，生铜夹棍，做不得情的。"郭槐听了，叫道："包拯！你真乃是愚人，世间多少刁民猾吏，将假作真，你既然为官清正，并无私曲，缘何今日混听破窑贫妇的胡言，竟来谎奏昏君，实乃无证无凭，无风起浪，比之刁民猾吏又加凶狠。你陷害咱家也罢了，又扳害太后娘娘，以臣下诬陷君上，岂非大逆不道，罪恶滔天！悉听你酷刑惨法，咱家断不胡乱招供，以害太后娘娘。"包公道："郭槐，你这奴才，休得强辩，若说当年无此情事，贫妇焉能有此大胆，诉此大冤？刘太后暗中行贿，蓝七又替你受刑，再莫言口无凭据。又如那贫妇亲口言来，陛下手足有山河社稷四字为证，岂非是大大的凭据！本官也知你这奴才平素骄横，看得国法轻如鸿毛，今且尝此滋味！"喝令排军将他狠狠夹起，左右吆喝答应。头号生铜夹棍，非同小可，如换别人，早已痛得发晕了，唯郭槐精神倍于常人，一味抵挨疼痛，还不肯招认。包公又喝令收紧，郭槐连声喊痛，还喝道："包拯！你之刑法虽狠，但咱家万难以假作真，休得错了念头。"包公暗忖：这奸贼果然挨得刑苦，但我审断过多少奇难冤屈案情，都能审出真情，分断明白，难道此案便办不来？如审不得口供，就难以复旨了。

　　大凡案情定有两造对供，询问了原告，再勘被告，又有见证推详，反反复复，三推五问，自然有机窍可寻。只有此案，原告乃是李太后，被告乃刘太后，二人皆不在法堂之上，故只将郭槐一人究问。如郭槐硬帮被告，原告难免输亏，因他是案中一犯，又是见证，所以包公一定要郭槐招供才能定案。无奈郭槐今日抵死留头不留脚，不愿死在他铡刀之下，只是不招，弄得包公也摆布不来，只得重新盘诘，细细推问。郭槐反是高声狠骂，包公吩咐将他上脑箍。若问脑箍这件东西，是极厉害之物，凭你铜将军，铁猛汉，总是当受不起。郭槐上了脑箍，略略一收，顷刻间冷汗如珠，眼睛突暴，叫一声："痛杀我也！"登时晕了过去。有健汉四人左右扶定，冷水连喷，一刻方得渐渐复苏。包公道："郭槐，你还不招么？"郭槐道："你若要咱家招供此事，除非红日西升，高山起浪！"包公道："郭槐，在本官案前，由你不招，难道你没有死的日期么？有日命归阴府，阴府也要对案分明，阳间做下欺瞒事，阴府犹有阎君明察，看你也胡赖得成否？"郭槐道："包拯，咱家实对你言，我若有一线之息，凭你敲牙碎骨，总只难以招认。除非归阴，在着阎罗天子殿前，方能说出。"包公听了，自忖道：原来这贼奴才是畏惧阎君的。点点首，即吩咐将他松刑，押回天牢，四名大汉把他扶下法堂，上了脚镣手铐而去。郭槐虽然精强神旺，唯生铜夹棍不是好玩耍之物，且脑箍倍加厉害，一至狱中，两胫酸麻，头痛脑疼，竟觉身轻脚重，如痴如梦，日间不知饥饿，夜里不知睡眠，大不如往日强健。

　　不表郭槐在狱受苦，且说包公是日退堂，想道：这贼奴才，抵死不招，反说在阎罗殿下，方肯实说，我不如将计就计，进朝奏知圣上，就御花园改扮成阴府，等候夜静更深，然后行事，唯宫中刘太后和庞氏众奸党须要密瞒。包公定下计谋，便更换朝衣，即到午朝门对黄门官说知有机密事，面奏君王。黄门官深知包公是清白之官，皇上又将郭槐发交他审问，定因此事而来，故即允诺请驾。一重重传进内宫。君王一闻此言，龙心略觉开怀，即在便殿召见。包公遵召进殿。君王道："包卿，此地休拘君臣之礼，且坐下细谈。今见寡人，想必郭槐一案已审得机窍了？"包公谢主坐下道："上启陛下，只因事关机密，若待明朝启奏，朝臣人人

第五十八回 怀母后宋帝伤心 审郭槐包拯棘手

得知。倘然机关泄漏，事更难明了。"君王道："卿既有机密，速奏朕知！"包公道："臣今天严究郭槐，奸贼抵死不招，反说在阎王殿上方招实言。故臣拟将计就计，将御花园改作阴府，如此如此，待到更深夜静，又如此作用，赚得他认不真，便可吐出真情了。"嘉祐君王巴不得早见生身国母，故于包公所言，无有不依，还呼包公道："包卿真乃朕手足心腹之人！"包公又道："陛下安乐宫中，休得走泄机关，倘太后娘娘得知，事便难成了。"君王允诺。计议已定，是晚忙差人将一座御花园装作森罗阴府，刘太后宫中既不晓，即众妃嫔处也都不知。

且说包公辞驾，回转衙中，用过夜膳，已是初更鼓响，即于阶下吩咐排开香案，当空祷告，禀道："当今国母身遭大难，将历二十年屈苦。信官道经陈州，得蒙东岳大帝梦中指示，太后娘娘向包拯诉冤，方知有此奇事。今夜奉君审断，只因奸邪郭槐抵死不招，只好将御花园改作阴府，以赚郭槐招供。但今夜月色光辉，狂风不起，伏乞苍天后土诸位神祇，威灵赫赫，大显神通，即夜施法，使狂风黑云四起，遮蔽星月，以瞒奸恶，吐出真情，方得当今认母，仰感天恩。"包公祷告毕起来。天交二鼓，果然乌云四起，星月无光，顷刻间狂风大作，树木摇摆，呼呼响起，胆小者惊惶无措，皆言天公之变化莫测。

闲言休表。当夜包公吩咐众军役人等，如此如此，依计而行，各有重赏，如有一人抗令泄漏者，斩首不饶。众役人诺诺领命，依计而办。包公出衙，一人来见圣上。其时已是二更，有圣上扮为阎罗王，包公扮作判官，还有数名内侍，扮为鬼卒，列在两行，朝着阎罗天子；包公手下众健汉、役人，搽花了脸，扮作夜叉狱卒，四边绕立，排齐妥当，往拿捉郭槐。

未知可能审得郭槐招供，且看下回分解。

第五十九回

假酆都郭监招供　真惶恐刘后自裁

却说君臣人等装扮阴府事毕，众人或朱紫涂脸，或墨水涂面，披头散发，绕立四旁，正是阴风飒飒，惨雾纷纷，再加天随人意，助发狂风，吹得树木间一派凄凉，殿廷上烛光明灭，恍闻鬼声盈耳，顿觉阴气逼人。

当日郭槐罪恶满盈，该当报应，日间受刑，押下天牢时，已是神思恍惚，心下糊涂，夜半正在似睡非睡，又见奇形怪状，狰狞凶恶，催命鬼手执钢叉，跑进监牢，吓得仰面一跤，跌得昏迷，认做已死，只由他拘锁而去。押到一个去处，只见阴风惨惨，冷气森森，东也鬼叫，西也神嚎，黑暗中一披发长鬼，厉声喝道："鬼门关哪得私走？"有后边拘押众恶鬼，喝道："他有大罪在身，奉阎王之命，拿捉讯究，休得拦阻。"那长大凶鬼，呼的一声，闪去不见。这郭槐正在朦胧之际，悠悠醒转，说道："不好了！果然我已死去，到了鬼门关了。"只觉黄泉路上，渺渺茫茫，行一步跌翻数尺，黑暗中隐隐鬼声嚎泣，又闻处处铜锤铁链之声，惊得魂魄离身。忽然拘至森罗殿中，郭槐微微睁目，见殿中半明半暗，阎罗天子远远南面而坐，两旁恶鬼，披头散发，一赤发红脸鬼将他抓提上阶，往当中一掼，郭槐伏在地下，再也不敢抬头，只低声道："阎王饶恕！"阎王厉声喝道："郭槐，你在世间干了欺君恶事，可知罪么？"郭槐发抖，只是求饶。阎王喝道："你在阳间希图将幼主谋害，烧毁碧云宫，谋害君嗣，罪孽深重。阳间被你瞒过，今阴府中断难遮瞒，如有半字虚情，定不饶恕，众鬼卒，将此奸贼先撩入油锅之内。"早有青黄赤黑四凶鬼，"嗷"的一声，一把拖下。郭槐慌忙中哭喊道："乞阎王宽宥，自愿招实。悔我当初不该与刘太后设计，实是一时糊涂，身为内监，还望什么富贵荣华。只因先帝北征未回，李宸妃娘娘产下太子，适值东宫刘氏生下公主。是时刘娘娘起了妒忌之心，只恐先皇回朝，宠眷西宫，因思将他母子陷害，是我不该施谋宰杀狸猫裹好，那日刘娘娘亲往碧云宫，声言公主要哺乳，又值圣上亲征，实在

第五十九回　假酆都郭监招供　真惶恐刘后自裁

寂寞，邀请赴宴。李娘娘不知计谋，将太子付与刘娘娘，转交于我，将此狸猫用锦帕遮盖，送还碧云宫，告知宫监，太子睡熟，不许惊动。是夜刘娘娘密差宫女寇承御，将太子撩弃于御花园金水池中。我对刘娘娘道：'先帝还朝，李娘娘将来上奏，恐有后患，不若斩草除根，才是稳妥。'我遂于是夜放火焚宫，不料寇宫娥早已通知李娘娘逃去，只烧死太监宫人百余名。后来寇宫娥尸首浮于金水池中，方知大事不好。她既通知李娘娘，谅来未必肯将太子抛于池中，因四下差人密察，李娘娘隐藏无踪。至今已近二十年，才知当今圣上非南清宫狄太后所生，实是陈琳当初暗将太子怀归八王爷府中，由狄后抚育长成。先帝回朝，只痛恨李后母子被火遭殃，哪知被我谋害。如今所供，句句是实，一字不讳，敢于哀恳阎王爷开恩免罪。"当时假扮阎王的嘉祐皇帝听毕，心如刀割，止不住泪下如珠。暗道：可怜母后遭此劫难，至今将有二十载，当初之时，暗如黑漆，朕哪里得知？若非包拯明哲忠贞，冤屈沉沦，不孝之罪，何时得谢！当下仍命将郭槐收禁，包公早将郭槐口供，一一录清，殿上烛灯复明，众人洗洁形容。少刻，云开月亮，君王开言道："包卿，寡人虽已明白了母后冤情，但朕孝养有亏，有何面目为君，更何以见生身之母？"包公道："陛下请自宽心，太后娘娘流落异乡，全由刘太后妒心，郭槐鬼谋作弄，我王正在乳哺之年，难以不孝见罪！如今郭槐供明，明日临朝，还要问询陈琳。既然曾将小主救出，缘何先帝回朝时不奏明此事？"君王道："包卿言之有理，深称朕心。"当晚早有内侍提灯引道，君先臣后，同至偏殿，更换衣冠。时将四更，君留臣宴，也不烦陈。御花园内假装阴府排场，自有人拆卸，包公机智，非比别员，早已吩咐得力家丁看守天牢，不许一人私至狱中窥探。是夜君臣叙谈不表。

　　时至五更，百官齐至朝房候旨。片刻间圣上驾临，百官朝拜毕，圣上降旨，往南清宫宣召陈琳。只为老陈琳自救主之后，狄太后知他救主有功，赐敕安享，年登九十二，虽然须发如银，精神尚是强健。常常想起郭槐害主之事，缘何日久全无报应，安然无事，不免满腹狐疑。这一日早晨起来，梳洗毕，忽来宣召，不知何故，焉敢迟延？当时年老之人，步履艰难，只得坐轿来至朝房，两个小内监扶上金銮殿，三呼已毕，君王问道："陈琳，当初火焚碧云宫之日，你既救出太子，先帝班师回朝，缘何不即启奏？须将真情奏知寡人。"陈琳闻得，吓了一跳，口未开言，暗想：今日圣上何以忽然盘诘此段根由？但思此事无人得知，今当驾前，叫我说明，我真不知如何回奏？包公明知陈琳事当两难，即朗声言道："狸猫换主，火焚碧云宫，已经郭槐招供得明明白白。今圣上询及于你，不过对取口供，你乃是有功之人，须当直说。如若藏头露尾，登时加罪。"陈琳听了包公之言，方才放心道："郭槐既经招认，我亦不妨直言奏明圣上。奴婢当初只因八王爷庆祝千秋，故早一日奉了狄妃娘娘之命，到御花园采取仙桃花果。只见寇宫女眼泪纷纷，站在金水池边，手捧一小孩儿，问及情由，方知刘太后妒忌西宫李娘娘，寇宫女奉命抛弃太子于金水池内。当时奴婢也自惊慌无措，只得不再折取花果，将太子藏于盒内。幸得天未大明，并无人知，当时胆战心寒，急匆匆奔回王府，将此情由禀明八王爷。其时千岁接过太子，一惊一喜，又是重重发怒，专待先帝回朝奏明奸陷，收除妒逆，将太子交于狄妃娘娘，只作权养在南清宫。不料是夜忽然火焚碧云宫，内监宫人烧死百余人，想是李娘娘也遭此灾。只落得狄妃娘娘抚养太子，并常常思念李娘娘。"圣上道："你既洞明天大冤情，先帝北征回朝之日，何不将此事奏明？"陈琳回奏道："陛下未知其详，只因先帝未回朝之先，八王爷染病，一日重一日，年余而薨。次年先帝方回，狄妃娘娘见八王爷去世，想来刘太后势大，不敢结怨于她，故未敢启奏。奴婢乃是宫奴，更不敢多言。"圣上又问道："如今太子何在？"陈琳回奏："若言太子根由，即是当今陛下。"圣上又问道："如此说来，朕不是狄娘娘所生！"陈琳又回奏道："陛下乃是西宫李娘娘诞育圣躬，奴婢安敢妄奏！"圣上点首，命侍御扶起陈琳，对他说道："你乃忠诚之人，立志堪嘉，待朕迎请母后，再加升赏。"又命内侍数人扶挽护持，送他还南清宫去。文武百官尽皆感叹，不意有此奇冤异事，如非包拯精明察理，谁能剖冤？

当日圣上传旨，暂且退朝用膳之后，单召包公与太师富弼、国丈庞洪、吏部天官韩琦、枢密院欧阳修、参知政事唐子方随驾，前往陈州迎接国母。又领内监宫娥二十名，前往服侍李太后，暂且不提。

先说陈琳老内监回到南清宫，一路暗想，包公实乃神人，二十年冤情，被他一朝审明，不枉圣上将他当作心腹耳目之臣。一路想来，不觉已到南清宫，即将宣召情节，禀明潞花王母子。狄娘娘闻言，忧喜各半，

第五十九回　假酆都郭监招供　真惶恐刘后自裁

忧的是冒认太子为己子，有欺君之罪；喜的是西宫李氏娘娘还在，二十年之冤情，幸得今日包拯办理明白。潞花王亦不知当今圣上非母后所出，至今方知明白，不胜骇异。

又言刘太后一自郭槐被拿，包公又捉破王刑部贿赂，真乃计不成而机先泄露。这几日心闷意烦，纵珍馐佳味，玉液琼浆，也难进口，只觉坐卧不宁，心神恍惚。是夜，倒在龙床，翻翻复复不能成眠。一至天明，忽有内监急忙奔进道："启上娘娘，大势危矣！奴婢奉命探听，圣上设朝，已经审明狸猫换主。是圣上与包拯亲审，郭公公招认分明，又宣召陈琳对实口供，丝毫无差。今圣上、包拯及几位大臣摆齐銮驾，往陈州迎李太后去了。"刘太后听罢，叹一声："果然危矣！"顷刻面上失色，玉手发抖，说道："包拯，我与你定然是宿世冤仇，至今生作对。郭槐难免凌迟碎剐之罪，我亦难免六律之诛。即今王儿不便加罪我嫡母，唯恐李氏回宫报怨，且包拯执性，挑唆王儿不容。不如早死，以免受辱。"刘太后即打发宫娥内监出去，闭上宫门，下泪数行，即下跪宫房，拜叩先王，上谢恩德，将三尺红绫，自缢于宫中。

不知可能得救，且看下回分解。

第六十回

迎国母君王起驾　还凤阙李后辞窑

却说刘太后自缢宫中，可怜她自十六岁进宫，安享二十五年王后之福，只因从前作恶，妒忌生心，今日红绫惨死，原由立心不正，理宜如此。早有内监宫娥尽知，吓得喧哗呼喊，飞报各宫妃嫔，打开宫门，纷纷解下红绫结索，救解多般。岂知刘太后大限难逃，三魂七魄，渺渺无踪，哪里救得还阳。

此言暂止，先说嘉祐皇帝銮驾登程，多少御前侍卫将军，剑戟如林，武士拥护，一队队的宫监、宫娥，龙车凤辇同行，几位大臣随驾，威武扬扬，音乐喧天，轰动万民，远远偷观。当日包公先作头队，来至陈州，地方官早已挂灯结彩，扫净街衢，安排香烛迎驾。

包公一到陈桥，下了八抬大轿，数十名铁甲步军，拥护包大人来到破窑门首。只因李太后不愿迁移别处，故众文武官员不得已将破窑改造高堂，画栋雕梁，并选侍女服侍，日用饮食器具俱备。郭海寿日中侍伴李后，一连等了十数日，此一天他进来说道："母亲，包大人来了。"李后问道："他在哪里？"海寿答道："现在门外，他言要见母亲。"太后道："我儿且请包大人进来。"海寿领命出去相请。包公吩咐护从在门外伺候，直至内堂，即俯伏朝见。李太后道："包卿休得拘礼，且请起来。"包公领诺起来，李后问道："包卿回朝，未知此事办得如何？"包公回奏道："臣启上太后娘娘，已将郭槐三番审究，方得他招认明白。今圣上亲排銮驾，到此迎接娘娘回宫。"太后闻言，大喜道："今得辨明此段冤情，实劳包卿大力，老身如不得回宫，抵当苦度至死罢了。只因身受不白之冤，仇人日享荣华，岂非天眼永久不开？"包公未及答言，郭海寿笑道："当今圣上也非贤君，不念生身诞育之恩，反认他人为母，难逃不孝之罪！满朝中只有包大人是忠心为国，待圣上来时，儿且代母亲娘娘骂他几声，方出此恨。"包公道："你言差了。圣上春秋只有十九，当初乃是哺乳小

第六十回　迎国母君王起驾　还凤阙李后辞窑

儿,焉知奸人暗害,怎晓娘娘有覆盆不白之冤?"李后道:"我儿休得生气,包卿之言不差,随娘在此,圣上到来,你若多言躁说,有失君臣之礼,反取罪戾,这是国法无私。"海寿道:"母亲既如此吩咐,孩儿焉敢不遵?"当下包公请娘娘更换凤冠宫服,好待圣上前来迎请。太后道:"包卿,老身落难已久,褴褛衣裳穿惯了,而今不合穿着五彩宫服。"包公道:"臣启奏娘娘,今非昔比,娘娘乃是凤体贵躯,前时落难,无人知之,以致衣食有亏。如今枯木开花,昏镜复明,断不可再穿此褴褛衣裳。况圣驾自来迎请,万人瞻仰,非同小可,今仍穿破衣,有甚威仪,伏望娘娘准依臣请,速换宫服。"太后道:"既如此,且待圣上来相见过,老身然后更换宫服。"

正言之际,流星马报道:"万岁爷驾到。"包公出外一见,俯伏道旁,嘉祐皇帝道:"包卿平身。"当时圣上传旨不必放炮,恐惊国母。又命护驾官员,俱在大街伺候。天子不乘车辇,与随驾五员大臣,及宫娥内监,向破窑而来。包公引驾至内堂,仍然俯伏一旁,朗呼:"臣包拯有言启奏娘娘,圣上驾到了。"太后道:"皇儿在哪里?"娘娘当初因忧怒交加,已经双目失明,此时即将两手摸索呼唤。嘉祐皇帝见亲生国母如此模样,心如刀割,忍不住眼泪直流,抢上数步,跪倒垂泪道:"母后,儿已在此。"太后手按君王肩膊,不觉亦泪下如雨,哭道:"皇儿,追思二十年前逃难之后,苦挨至今,只道母子永无相会之期,何幸得上苍怜悯,包卿研讯,方得雪冤。但逃难至此,若无郭海寿义儿孝顺,亦不能度命至今。今日母子重会,赖包卿、海寿二人之力,恩重如山,皇儿切须念之。"言未了,喉间哽咽而无声。嘉祐皇帝带泪叫道:"母后,岂有娘遭苦难,儿登九五,玉食万方,儿罪该万死,有何面目为君。只求母后将儿处治,如若不忍,亦请贬弃幽宫,别立贤孝之君,以承宗嗣。至包卿与郭兄二人恩德,儿当铭于肺腑不忘。"说未完,惨切不能成声,感触了几位随驾大臣,人人下泪,个个动悲,同声奏道:"当初圣上正在襁褓,哪知祸起萧墙,伏乞我主勿过为伤感,有伤龙体。今得上天暗佑,复得母子瞻依,正当迎回太后,在宫孝养,实为喜庆之至。伏唯我主与太后娘娘准奏。"李后道:"众位卿家平身。老身双目失明,是个残废之人,回宫之念久灰。身躯微贱已久,不觉苦酸,但得今日一见皇儿,明白了前冤,即在破窑中度日，我心亦安。"众大臣未及回奏，嘉祐皇帝道："母后休言此语，今既不加罪，正要迎回奉养，以报罔极[1]于万一，庶几少赎儿罪。母后若不还宫，儿不敢独自回朝，也要在此侍奉母后，才免臣庶私议忤伦。"太后道："皇儿休得伤心，你在襁褓，焉知奸徒诡弄，此事难罪皇儿。但我今二目俱瞽[2]，即是回宫，也无光彩。"天子闻言，觉得凄惨，抽身伏跪阶下，祷叩上苍道："今日寡人迎请母后还宫，只因双目失明，不愿回宫，如母后不回，寡人也难以回朝。伏乞皇天垂念微诚，使母后瞽目重明，愿输国帑[3]，以济天下生灵，大赦囚人，免征陈州赋税十年。"说来凑巧，李后双目失明，原由急怒交加，此日沉冤得雪，母子对哭，顿觉心怀大畅，目翳渐退，待到天子祷罢，李后二目果然复明。太后喜道："皇儿，我双目果然渐渐生光，即是皇儿孝心感格，皇天怜念，神圣眷佑。"嘉祐皇帝喜出望外，众大臣拜贺称奇，郭海寿忍不住笑道："妙，妙！母亲二目，果然复明了！"嘉祐皇帝龙目一观，问道："母后，这是何人？"太后道："这是义儿郭海寿，乃供养我的，皇儿且略君臣之礼，谢谢此子如何？"嘉祐皇帝道："他是恩兄了。"唤道："郭恩兄请上，受寡人一礼。"嘉祐皇帝正要下拜，包公奏道："尊卑有序，君不拜臣，父不礼子。郭王兄须当力辞。"嘉祐皇帝无言可答，只得不下拜，双手一拱，口称："恩兄，母后全亏你代朕孝养，方得生活至今，待回朝之后，再行恩封，同享荣华。"若说海寿平日乃贫贱小民，礼法一些不懂，真所谓福至心灵，看见皇帝双手打拱，又听得包公所言君不拜臣，他即下跪道："臣不敢当。臣向蒙娘娘教育，乃得成人，无殊儿子一般，稍有奉养，理所当然，焉敢受圣上作谢！"嘉祐皇帝道："如此，恩兄请起。"说时伸手相扶。

再说太后双目复明，见众大臣俯伏在下，连忙说道："众位贤卿还不请起！"几位大臣谢恩起来。圣上命郭王兄上前拜见众大臣，海寿领命下礼。众大臣仰体圣上并太后之意，要行参见之礼，海寿哪里懂得，只是答拜。圣上道："他乃是后辈少年，哪里敢当，众卿休行参见大礼，还

---

[1] 罔（wǎng）极：古时特指父母对子女的恩德，以为深厚无穷。
[2] 瞽（gǔ）：眼睛瞎。
[3] 国帑（tǎng）：国库里的钱财。

第六十回　迎国母君王起驾　还凤阙李后辞窑

是行个常礼吧！"众臣礼毕，唯有庞国丈心中不悦。有包公请娘娘更换宫服起驾，太后准奏说道："今已过劳包卿，回朝后再当作讲。"包公奏道："微臣之劳，怎敢望娘娘赐谢。"早有宫娥内监，一同叩首，起来请娘娘更衣梳洗，众大臣辞退在外伺候。圣上命内监与王兄更换冠袍玉带，一同还朝，内监领旨，捧上四爪龙袍冠带，跪在一旁，请王爷更换。郭海寿摇首道："我久服粗布破衣裳，焉有此福，穿此龙袍，岂不过分？"正要退出，李后道："我儿，你前时受了许多苦楚，今日理该同享荣华，休言折福。"圣上道："恩兄陪伴母后十八年，方得朕母子相会，请更换衣冠，回朝厚加封赐，少尽朕知恩报恩之情。"海寿谢道："圣上有命，臣本不敢逆，然我生成野性，甘守清贫，伏望圣上赐臣在窑过度光阴足矣。"太后道："我儿休违圣上旨意，他与你乃是兄弟之称，然他是君上，你是臣下，为臣逆君，犹如子逆父母，况君言深为合理，你若逆意，娘心有所不安。"海寿道："母亲如此吩咐，孩儿焉敢不遵？"圣上欣然，看海寿更上衣冠，又谕知陈州地方官员，将此旧窑改作王府，依照王宫款式，所费银两，国库支领开销，限期办竣，作为郭王府第。旨意一下，本地官员遵旨照办。

且说太后当日登辇，宫娥内监拥护两旁，圣上驾上銮车，众大臣与海寿坐起大轿，众护驾武官，骏马高乘，排开队伍，一路笙歌嘹亮，香烟杳杳。太后心花大放，不道落难后竟有回朝之日，算来实是包拯之功，回朝后加封包拯，以表忠劳，此是后话，不提。

不知太后回朝如何，且看下回分解。

第六十一回

殡刘后另贬陵墓　戮郭槐追旌善良

话说李太后还宫，就有在朝文武官员探听消息。忽报銮车到了，一众官员纷纷至城外恭迎。只见旗幡招展，车驾已到。众官员两旁俯伏。圣上一进京城，敕令接驾文武官员不必在此伺候，众御林军速归本部，另候赐赉。命光禄寺排御宴款待王兄，着几位随驾大臣陪宴不表。

且说曹皇后带领三宫六妃，多少内监、宫娥，迎接太后进宫。先是天子，后是曹皇后参拜，朝礼毕，妃子宫嫔，人人都来朝见请安。李太后命各还宫，不必在此伺候，只留天子在宫。李太后嗟叹道："想起前情，不在皇宫已将二十载，只道永在陈州破窑中没世，岂料今日复得回宫，皆赖包拯之功。"圣上道："郭槐施谋陷害，必须明正典刑，安乐宫中刘太后焉能逃罪，南清宫狄母后欺瞒先帝，亦有未合，均请母后主裁。"李太后言道："皇儿，你枉为南面之君，此事尚难明决么？当日陈琳救你到南清宫，狄后褓褓抚育长成，虽非十月怀胎之苦，也有三年乳哺之恩。即今刘氏虽然心狠意毒，须念他是先皇元配，且免追究。唯陈琳是救你恩人，须当厚报，寇宫娥已自惨亡，须当追封旌表，此事当与参政大臣酌议。至凶恶郭槐，断然姑宽不得，速命包卿将他正刑。"天子诺诺领命，说道："母后仁慈，世所希见。"李太后道："皇儿，娘今日还宫，谅想刘氏无颜到来见我，我倒要进安乐宫见见她，看她怎生光景，有何言语。"说罢，李太后即唤宫娥引导。忽有宫娥启奏万岁爷与太后道："刘太后于圣驾出京之后，用红绫自缢宫中。"天子道："既有此事，何不早说？"宫女回奏道："东宫娘娘早已吩咐，言太后回朝，乃是喜事，不必早报，且待缓些奏知，故奴婢等不敢奏闻。"李太后听罢，嗟叹一声，不觉垂泪两行，说道："可怜她畏罪，先自寻死，岂知我并不计较。"天子道："刘太后既然缢死，可曾入殓否？"宫娥启禀道："因待万岁回朝做主，是以尚未成殓。"李太后道："须念她是先帝正宫，她已先寻自尽，且好生殡殓，安葬先陵。"

第六十一回　殡刘后另贬陵墓　戮郭槐追旌善良

天子道："此事不可。她虽是先皇元配，但她欺瞒先帝，罪重千斤，将她殡葬皇陵，先皇在天之灵岂容负罪之人依附陵旁？母后虽有容人之量，情理有偏，还应将棺椁另立坟茔，方于理无害。"李后道："皇儿处分有节，依此施行便了。"当日天子下旨，将刘太后棺椁成殓，另立坟茔，不必举哀。若论到刘太后乃是先皇正后，只因一念之差，死于非命，不成丧，不举哀，中外百官不挂孝，只用棺椁一口，悄悄收殓，不容安葬皇陵，犹如死了无位宫嫔一般。

刘太后身亡之事交代明白。再言南清宫狄太后，只因有了冒认太子之罪，是以进宫来见李太后。当日狄太后要行君臣参见礼，李太后执意不肯，竟如姊妹平礼相叙坐下。狄太后心有不安，局促赧颜，李太后反是再三致谢，言道："当初我儿身遭大难，多蒙贤妹收留抚养，乃得接嗣江山，洪恩大德，何以为酬？今日母子完聚，皆得贤妹维持之力。"狄太后道："哪里敢当娘娘重谢，说来更使臣妾羞愧。但当时迫于势所难言，一说明此事，先结怨于刘太后，实乃事在两难。然亦不知寇宫女通知娘娘，逃出别方，只道被奸监焚害了。今娘娘得叨天佑，仍在人间，实乃可喜。"姐妹正在言谈之际，忽值天子进宫，朝见狄母后，狄太后大觉羞愧。当日李太后又差内监往杨府邀请佘太君进宫，太君请安毕，叙谈一番。顷刻间内宫排宴，三尊年一同畅叙，各宫都排喜宴，不能一一细述。

次日天子临朝，百官朝见已毕。天子说道："包卿，朕思寇宫女曾将寡人母子救出，投水而亡，今陈琳现在亦有救主之功。生死之恩，据卿应如何旌赠。郭槐罪恶滔天，如何正法，卿家也须代朕处分。"包公奏道："启上陛下，寇宫娥有功惨死，应得追封，可起枢附葬于皇陵脚下，再建祠庙，追封为天妃元母，旌表流芳，永受香烟。陈琳身为内监，忠贞救主，加封公爵，另建府第，御赐宫监侍奉，永食王家厚禄，死则敕附太庙之中。郭槐害幼主于先，谋主母于后，斩绝王家宗嗣，十恶大罪，例应抽筋割舌，粉骨扬灰。臣拟如此，伏乞圣裁。"天子道："依卿所拟。"即着包公押郭槐赴市曹正法复旨。包公道："臣启陛下，郭槐、陈琳俱为内监，郭槐害主，其心险恶；陈琳救主，其善堪嘉。二人之心，有天渊之别，可着陈琳督同往观正法，使其悦目爽心，庶不负他救主之功。"天子听罢，喜道："卿处置得当，深慰朕心。"即下旨到南清宫宣召陈琳。

是日退朝，众官各散。包公回到衙中，着百十差军，往天牢调取郭槐。这郭槐连日饮食不进，也不知饥寒，问他不言不答，犹如痴呆一般。当时提至法场上，包公与陈琳先后齐至，见礼毕，二人分东西对坐。郭槐赤着身体，捆绑坚牢，朝上下跪，正乃善恶相对。包公吩咐行刑，刀斧手领命，因系凌迟之刑，故安放一大桶在侧，先割去手足，一刀将头颅斩下，抛入木桶之中。老陈琳点头长叹一声，不觉呵呵发笑道："郭槐，可恨你当初立心不善，欺君害主，罪重深渊。只言历久年深，并无报应，岂知天理昭彰，不容脱漏，分明报应不爽。"此番竟乐杀老陈琳，呵呵大笑。只因他年纪已近百岁，气息精神到底衰弱，一刻间笑至气不复返，有呼无吸，倒在交椅中。包公即命左右呼唤，不见答言，众人都吃一惊，启上包公道："陈公公笑得气绝了，唤之不醒，想已死去。"包公听罢说道："不用喧哗，倘若解救不来，奏知圣上，然后成殓便了。"众军奉命解救陈琳，取来通关药末之类，用参汤灌下，岂知身体渐渐冷冻如冰。一众役人禀知包公："小人等用药救之不活，除非大人的御赐法宝可救。"包公道："陈公公并非冤枉而死，纵有还魂之宝，亦难救转。"吩咐且将尸首看管，待奏知圣上，然后开丧收殓。众军领诺，包公离座，走近一看陈琳，长叹一声道："可惜陈公公，今日反是包某害你身亡，念你年高九十有零，虽未寿享期颐，唯生死本何足惜，只要馨香百世，青史流芳，虽死犹生了。"言罢，喝道："进朝复旨！"天子一闻，又悲又喜，喜的是郭槐正法，报却母子宿仇，悲只悲笑死老陈琳，未受封赠而身先亡。即诏着文武官员，代朕设祭，令合宫内监尽至法场伺候，人人挂孝穿素。众皆嗟叹郭槐害主，粉骨扬灰，正如其罪；陈琳忠心救主，功劳重大，只可惜未受君恩而先死。今日得天子知恩报恩，令许多大臣祭殓，亦可谓生荣死哀了。

不表众人争羡，且说郭海寿久惯清贫，不贪繁华，不愿为官受职，只要回陈州居住。天子款留不住，李太后不觉动悲，唤道："孩儿！我母子相依十八年，受尽多少苦楚，而今离灾得贵，理当在朝伴驾，娘也得时常见你。因何执意要回陈州？撇别为娘，实不该当。"海寿道："母亲休得愁闷，儿原是久乐清贫，母也洞知。况在朝礼数不周，岂非见笑于各位文武大臣？娘今已得亲生儿子聚会，今非昔比。陈州离王城，不到三天路程，儿可常常来往，承欢膝下，望乞圣上母亲，恕臣儿逆旨之罪，

第六十一回　殡刘后另贬陵墓　戮郭槐追旌善良 ‖ 293

深沾洪恩。"郭海寿虽然如此说，早已含着一汪珠泪。他天性至孝，原不忍离亲，只是不愿在朝。李太后与他相处将二十年，岂有不知他之性情，万事未有一次逆忤母意，今不愿留此，也出于万不得已。故李太后不敢苦留他，下泪道："儿且等候数天，前者圣上已着令陈州地方官赶造府第，且待王府告竣时，差官送你荣归。"郭海寿依命等候。当有潞花王、静山王、汝南王与六卿四相大臣都敬他是当今圣上的恩兄，又知是大孝贤良，所以今日我请宴，明日他邀迎，不能细述。

且说李太后今乃苦去甘来，居处宁泰宫，安享暮年之乐，天子并后妃每早请安。当日李太后细加观察，众后妃姿质不一，唯有庞氏贵妃，虽则花容月貌，姿色娇妍，然而柳眉有杀气，玉貌现凶形，看来此女决非循良之妇，实乃刘后一般人物。一日后妃俱不在侍，李太后叮嘱皇儿：勿将庞妃加宠，她蛇蝎成性，妒忌生心，如加恩倍宠，她必要乘风作浪。天子谨遵母命。太后道："寇宫娥、陈琳已死，未沾国家点滴之恩，须及早追封，使他仙灵有感。包拯有此忠劳，也须加恩隆爵。郭海寿执意要回陈州居住，不必强留，且加封官爵，从厚赐赍，以酬供养之德，前旨着陈州地方官员建造府第，谅可告竣，可使海寿进府居住，皇儿须早颁旨。"天子领命。

不知如何，且看下回分解。

第六十二回

安乐王喜谐花烛　西夏主妄动干戈

话说圣上母子商议恩封有功之人，天子道："母后前在陈州时，儿已祷告上天，母后二目复明，愿免陈州十年国课。今果得母后二目重明，儿如今即欲颁旨使下民知悉。"太后说："皇儿言之有理，今日母子团圆，正该蠲[1]免陈州国课，天下囚犯，须当减等宽恩。况陈州连年灾荒，穷困不堪，即有一二富厚之家，设法施救穷民，无奈一连六七岁，颗粒无收，人民已是水深火热，目今得皇儿敕免征课，实乃万民之幸了。"

是日，天子敕封寇宫女为淑德元君，陈琳谥为忠烈公，各造庙祠，春秋二祭，永受香烟。郭海寿敕封安乐王，赐黄白金各万斤，并赐宫娥内监一十六名，不必朝谒，陈州地方文武官员，每月朔望请安。包待制加进龙图阁学士，恩赐上殿坐位，五日一登朝参。大赦天下囚犯，十恶大罪，俱减一等，小罪一概赦免，陈州国课免征十载。诏旨颁行，各省共沾皇恩。

过不多时，朝中接得陈州表章，建造王府已竣。天子降旨，着包公、庞国丈二人护送安乐王荣归。着庞国丈先回复旨，包公仍留陈州完了赈饥，然后回朝。当下又命钦天监选定良辰，登车起驾之日更有文武官员俱来送行。郭海寿进宫拜别母后娘娘，太后嘱咐须要一月一来朝觐。安乐王连声诺诺，母子洒泪而别。又辞了天子，众大臣纷纷饯送。京城内外居民店户，夹道而观，不能细述。

众文武送别数里俱回，只有庞国丈、包大人一路同行，处处地方官迎送。

一日到了陈州，轰动了本处多少人民，纷纷议论，都说郭海寿幼年时，母子二人也曾做过乞丐，后来长成，方得肩挑背负，贩菜度日。他一贫

---

[1] 蠲（juān）：除去，免除。

第六十二回　安乐王喜谐花烛　西夏主妄动干戈　‖ 295

如洗,仍不失奉养,原算是个孝顺之人。今有发达之福,皆由孝养中得来。当日郭王爷未进陈州城,早有大小文武官员、本地缙绅耆[1]老,车马纷纷,在此恭迎。一路行来,文武军兵拥护他进了王府。郭王爷当中坐了,众文武官员参见,大员打拱,小员俯伏尘埃。这郭海寿本是小户出身,饭也讨过,菜也卖过,虽见过包大人,朝参过圣上,对这些繁文缛节,却是全然不懂。坐定金交椅,由得众官叩首,不说一声"免礼",亦不说声"请起"。只有庞国丈好生气恼,暗暗生嗔,旁有宫监代说一声免礼,众官才起来。庞国丈向包公首一摇,目一睁,显出大不耐烦的样子。包公会意,便道:"千岁,庞国丈职在中书,不便在此耽延,理宜速速还朝。"郭王道:"哪个留他耽延,由他自便罢了。"包公道:"下官也要辞驾了。"郭王道:"包大人你去不得,且在此与我做伴,未知尊意如何?"包公道:"只因赈饥未毕,不得久留,故亦要相辞。"郭王道:"既包大人要去,本处地方官员也可退回,不必在此,日后亦不必日日来此拜谒请安,反觉麻烦,不便。"众官员拜谢千岁并国丈、包公,俱已登程去讫。原来郭海寿是淡泊胸襟,厌烦朝廷一定之规,故吩咐本处官员不用天天来拜,只乐得本处文武官员省了日日请安之劳,暗自喜悦不提。

　　是日包公、国丈辞别安乐王,分程而去。国丈回京复旨。包公仍往赈饥。不觉光阴迅速,一连三月,已是秋稻收成,十分丰稔,万民歌颂天子、包公恩德。

　　话休多烦,只有郭海寿今已贵为王爵,又乃当今圣上的恩兄,他虽自甘朴素,本处文武官员,谁敢简慢。这陈州有位致仕宰相姓王名曾,只因年老归隐,有孙女名唤美珠,年方及笄,尚待字闺帏,生来中人之貌,只是性格贤淑端庄。王太师知安乐王尚未婚娶,有意缔结丝萝。一日,包公赈务事毕,来拜望王太师,言及招亲之由,包公一诺担承道:"包某依命,当告知安乐王,谅来门第相当,正好结秦晋之好。"王太师喜道:"此事全仗包大人,只是有劳大驾,于心不安,容当后谢。"包公道:"此乃和谐美事,何足言劳。"登时告别王太师。太师送出门外,包公相辞登轿而去。一到王府,见了安乐王礼罢坐下,郭王问道:"包大人赈饥劳忙,

[1] 耆(qí):六十岁以上的人。耆老,是老年人。

今日何暇到此？"包公即道："本处王太师有一位孙女，年将及笄，未曾受聘，生来性情端重，意欲送进王府，以侍巾帨。包某特来作伐，望千岁允纳勿辞。"郭王听了微笑道："我出身微贱，偶然得遇母后，不期一朝显贵，岂敢妄想高门？虽然向日贫时，蒙王太师周济粮食，唯王小姐乃千金贵体，我系卑寒出身，岂敢相攀，望包大人转告她另择良配。"包公道："此乃王太师有意招亲，你前时寒苦，今日贵显封王，他是世代名门阀阅[1]，两相匹配，甚属相当，千岁休得过辞。"安乐王听了包公劝言，不好当面力辞，只得说道："感包大人情意殷殷，只我贱性不恋奢华，不贪欢乐，今既蒙大人此番美意，且为我奏知圣上，待旨允准如何？"包公道："千岁高见有理，待老夫与你修本奏明。"言罢，抽身作别，仍回相府，将情复达王太师。太师大悦道："奏明圣上做主，更觉有光。"

当日，包公辞别王太师，即回寓署，写成本章，差官赍送到京。非止一日，到了汴京，黄门官接了本章，送呈御览。天子看毕，龙颜大喜。进宫奏明母后，太后闻言大悦，欣然道："老身在陈州，久知王太师为人忠厚，乃先帝老臣，此段姻缘实甚相当。"太后即赐花粉银十万两，另有珠翠金宝，圣上敕封王小姐为王妃夫人，御赐珠冠玉佩。批了本意，即着包拯为媒，钦赐完姻，迥异寻常。到了吉期，老太师送孙女到郭王府，此番闹热非凡，本州大小文武官员尽皆拜贺。王府外殿内堂，尽行挂灯结彩，多设筵宴，十分丰盛，终日歌声音乐，响彻云霄。郭王夫妇和谐，且置不提。

却说天子自迎国母回宫，朝中文武各加升赏，再差官赶上孙兵部，不用清查仓库。又值杨元帅表奏战功，遂加封狄青为副元帅之职，与杨宗保一同镇守边关。其时焦廷贵也赶回关中，众将士俱有加升官爵。元帅与众将谢恩已毕，天使回朝复命，不必细述。

只说国丈恼得纳闷昏昏，一心算计要害狄青，岂知反被他们联成一党，养成羽翼。喜得包拯现不在朝，正好寻个机会与他算账，不料君王又依着包拯，调回孙秀，不查仓库，反加狄青为副元帅之职，真是可恨。

不表庞洪烦恼，再说边关杨元帅，见四员虎将均沾圣恩，封赠统制

---

[1] 阀（fá）阅："阀"指功劳；"阅"指经历；阀阅指有功勋的世家。

官员，狄青又加封副元帅，关上文武官员，人人喜悦。忽然狄副帅染病，卧床不起，一连数日，水米不沾。杨元帅与范爷、杨将军，自然延医调治，弟兄们天天来到帐前问候。杨元帅心中忧闷，只得与范爷酌议，赍本回朝奏知圣上，即日差官而去。

次日升帐，忽然有探子报上："西夏王复兴兵三十万，拜上将薛德礼为灭宋元帅，离关五十里屯扎。"杨元帅闻报，自仗本领高强，兵精将勇，全不介怀。即令孟定国传齐部将，并众兵俱至帐前参见元帅候令。是日番营内战书投发进关，杨元帅批回决战之词，不一刻有飞报进营道："启上元帅，番将薛德礼在城下讨战。"元帅听报，令焦廷贵领兵一万，与薛德礼会阵，须要小心。焦廷贵口称得令，上马开关，轰天炮响，手拿铁棍，杀气腾腾，一马当先，一万精兵旗幡飞扬，喊喝如雷。焦廷贵一看西戎番将，生得蓝面獠牙，三绺花须，丈余身材，手持一柄大钢刀，座下一匹五色花鬃豹。焦廷贵胆气雄壮，一马相迎，铁棍当头打下。薛德礼乃西夏国有名上将，焦廷贵哪里是他的对手？交锋不上二十回合，连叫数声厉害，即带兵逃走回关。薛德礼催兵追赶，只见城上箭如雨发，反被射伤兵丁数百，只得收兵回营而去。

杨元帅正在帐中与范礼部、杨将军商议退敌之策，忽见焦廷贵来至帐前，尚是气喘吁吁，打躬呼道："元帅在上，末将杀不过薛德礼。这贼十分厉害，人雄马壮，一柄大刀大如板门，重如泰山，小将与他交锋五六十合，抵敌不过，只得败回。望元帅恕罪。"元帅道："胜败乃兵家之常事，何得说谎？你出关片时即回，不像五六十回合的工夫，岂非谎言！"焦廷贵听了，忙说："小将说错了，原是十五六回合。"杨元帅想道：西夏初阵逞强，谅来番将本事高强。但本帅有雄兵四十万，猛将数十员，岂惧小小番奴，管教你马倒人亡而回。

次日，探子报进，薛德礼坐名元帅会阵，十分猖狂。杨元帅发令张忠出战，至四五十合，大败进关；元帅又差李义出马，仍是败回。薛德礼连胜了三员虎将，杨元帅好生不悦道："薛德礼果然骁勇，但狄王亲患病未痊，待本帅明日亲自出马，与他见个高低。"

次早又报薛德礼讨战，杨元帅择定此日亲临赴敌，上马提刀，浩气腾腾,好一位保国的老元勋。银盔高竖赤帻[1],背插八角彩旗,三绺银须,飘扬脑后,高乘银獬豸,三声号炮,三万铁甲军拥随左右,焦、孟二先锋护卫阵脚,张忠、李义冲头,一同飞拥出城。薛德礼一见来将生得威风凛凛,手执金刀,乘着白马,身长丈余,白面银须,比昨日来将大有分别。薛德礼冲近喝道:"来将可是狄青否?"元帅道:"无名小卒,有目无珠,人也不曾认得,还来混扰乱言!"薛德礼道:"你既不是狄青,且报名来!"元帅道:"本帅乃天波无佞府山后老令公之孙,官封定国王,大宋天子驾下敕授天下招讨使杨宗保是也!"

不知薛德礼听了如何答话,且看下回分解。

---

[1] 帻(zé):古代的一种头巾。

第六十三回

杨宗保中锤丧命　飞山虎履险遭擒

　　当下薛德礼言道："原来你是杨宗保。你若知时务，就应献城投降，归顺我主，难道不封你一侯王之位？如不听好言，只怕你此番性命休矣！"杨元帅大喝道："逆贼，敢出大言！"金刀一起，光辉耀目，薛德礼青铜刀急架相还，真乃龙争虎斗，南北二员虎将，杀得难解难分。薛德礼虽是西夏国一员勇将，到底及不得杨元帅老当益壮，刀法精通。二人冲杀百合，夏将抵挡不住，大呼道："杨宗保老头儿果然厉害，本帅杀你不过，且让你多活一天。"说着拍马败走，杨元帅大喝道："贼奴哪里去！"飞马追赶，薛德礼心下慌忙，即取出混元锤回马当头打去，实有万道金光夺目，杨元帅觉得眼花昏乱，闪躲不及，混元锤打在左肩上，疼痛难当，拿不定大刀，口吐鲜血，翻身跌下雕鞍。早有张忠、李义二马飞赶上前，一人挡住贼将，一人背了元帅飞逃回关。薛德礼催动西兵，卷地杀来，宋军见元帅被伤，大惊四散。焦、孟二先锋抵挡不住，众兵被杀得七零八落，三万精兵折损一半。余众逃回城中，紧闭城门，严防攻打。

　　再言薛德礼大胜回营，喜气洋洋道："妙，妙！杨宗保乃宋邦主帅，有名上将，本帅却杀他不过。今被吾打了一锤，也不过三天毒发而亡。今日除了杨宗保，惧什么狄青！少不得也一同伤他性命，宋主还有何人抵敌，本帅岂不功居第一？"是夜，西夏营排宴，犒赏三军，也不多提。

　　再表宋军败回城中，元帅受伤，范爷一见大惊，急召医生看治。杨青气恼得二目圆睁，骂道："可恶叛逆奴才！战不过元帅，用锤伤人，真真可恼！"当日元帅倒睡床上，范爷吩咐紧闭城门。到了半夜，元帅昏沉不醒，服药不效，大小三军惊慌无措。范爷连夜修本，差岳刚飞赶回朝。若问薛德礼的混元锤，乃是异人传授，用毒药炼成，如中了一锤，由你英雄健汉，不出三天，定然血肉销尽而亡，并无药饵可救。今元帅被打了一锤，遍身疼痛，死去还魂，也无一言说出。一身肌肉，渐渐消磨,可怜元帅一生为国忠良,今日死于肌消肉化,只留得一堆白骨。范、杨二人惨切伤心,文武官员、大小三军,无不坠泪,只得收拾骨骸殡殓。范爷是日又上一本,即差沈达并送骨骸回朝。此时薛德礼因伤了杨元帅,领兵至城下攻打关门甚紧。范爷权掌帅印,发令四门倍加弓箭石灰炮火,日夜巡查。

慢表边关危急,且说峨眉山王禅老祖,清晨袖占一课,已知西夏复兴雄师,杨元帅被薛德礼用混元锤伤了,化血身亡,路途遥远,不能搭救。但薛德礼有此混元锤,宋朝虽有上将,不能抵敌此锤,即贤徒狄青亦难收取此锤。不免打发石玉下山收取此锤,以免西戎猖獗。

且说石玉居住仙山已经一载,习得双枪纯熟。只是忆念老母、岳父母、贤郡主,音信难通,他们哪里晓得我耽搁仙山。这一日见童子来唤道:"师兄,师父唤你,速随吾来。"石玉应允,即随童子弯弯曲曲来到禅房参拜,言道:"师父在上,弟子石玉参见。"仙师道:"贤徒免礼,我今唤你前来,非为别事。只因西夏将薛德礼有一混元锤,非兵刃可挡,杨元帅中他一锤,已经化血身亡。宋朝虽有上将英雄,难以抵挡此锤。我今赠你风云扇一柄,到边关上出敌。他用锤飞打过来,你即将风云扇轻轻一拂,便可收取此物。那薛德礼乃巡海夜叉,凶恶星转世,应得凶恶死亡。你今回关,与狄青贤徒一同立功,显扬当世,方不负为师收留你二人一番心血。还有八句偈言相赠,是你一生结果。"言罢,袖出一柬,石玉双膝跪下,双手接过收藏。又道:"弟子蒙师带上仙山,习艺已经一载,传授枪法,已得精妙,深沾洪恩,难报万一,即此拜别。"仙师道:"徒弟不须多礼了。"石玉叩谢已毕,起来又与师兄师弟拜别,藏好风云扇,提着两条三尖枪下了仙山。当日上山时,并无马匹,仙师只得将云架起,送到边关。下了云头,石玉将师父所赠之柬,拆开观看,并无一物,只有七律诗一章,诗曰:

仙缘无分不须求,叨福人间勋业优,
年少只遭颠沛困,中途却喜战功稠;
三番历苦登王阁,二次平西进凤楼。
早运未通遭妒害,晚来除佞报亲仇。

石玉看罢,自言道:师父赠我诗偈,说我没有仙缘,只可立功取贵,但少年灾困,历尽苦楚,方得成功。又许我能报父仇,但思庞洪奸贼,正在势盛，未知何日可报不共戴天之仇。

不表石玉之语，却说边关杨元帅身亡，狄副帅病体虽然瘥愈[1]，然而还未强健，正在后营静养。范爷早已吩咐，元帅身亡之事众人切不可告知狄王亲，众人依言瞒着，狄青并不知外面缘由。西兵日日围城攻打，范礼部已飞本进朝，不知何日救兵到来。有飞山虎乃一鲁莽之人，大怒道："西夏番奴薛德礼，他的混元锤如此厉害，不知何物做成。待我驾起席云帕进他大营，一刀结果他性命，拿了此锤回关，发起大队军马，杀他片甲不回，方报却元帅之仇。"想罢，即禀范大人。范爷不许，道："刘将军乃粗莽之人，若不小心，反为不美，不可造次。"刘庆道："范大人休得多心，我若刺不着贼，定然盗他此锤，就不怕此番奴了。"范爷纳闷不言。

是夜初更，刘庆驾上席云帕，一到番营大寨四下一看，只见灯火光辉，是犒赏三军，正在那里吃酒。刘庆看见天色尚早，难以下手，按下云头，听候一会，已是二更时候。只见薛德礼斜倚营帐中交椅上，醺沉大醉，众将兵丁尽皆散归营寨，近身只存一个番女。飞山虎暗喜，降到营中，悄悄步进中营，一到薛德礼身旁，正要拔刀行刺，只听得一声娇喝："刺客慢来！"

再表此女乃薛德礼之女，名唤百花，乃是一员女将，学得武艺精通，随父行军。是晚出营，伺候父亲，吃酒已完，谈论一刻，薛德礼醉得沉沉入睡，百花女也伏案假寐。忽见人影近前，喝声："刺客！"飞山虎反吓了一惊，驾云不及，被她一把扭住，挣扎不得。百花女原是将门出身，两臂刚健。刘庆左手打去，她右手招架；右手打去，她左手招架，二人扭在一处。百花女道："你这蛮子，谁使你来作刺客？好好说明，送你归阴。"刘庆心惊意乱，犹恐她喊醒番将，只得说："我乃宋营中虎将刘庆是也！只因吾元帅被薛德礼打了一锤，化为血水身亡，是我忿恨，特来你营行刺。"这百花女见刘庆是位英雄，不觉有意，见父亲鼻息如雷，轻轻呼道："刘将军，薛德礼是奴生身父，你今夜特来行刺，断断不能。这边来吧！"一把扯牢而走。飞山虎暗思道：小丫头好生奇怪，不知她拉扯我何故？此时只得随她跑去，曲曲弯弯，到了后营。一看灯光如昼，侍女罗列。

---

[1] 瘥（chài）：病好了。

百花女吩咐众侍女退去。这些丫环互相评论道:"此位将军不是我邦人,因何我小姐拉他进来?好羞人也。"有几个人说道:"我家小姐未有丈夫,要扯此中原将来做夫妻,如今且先自叙会。"

不表侍女私言,再说百花女看中了中原将军,四顾无人,呼道:"将军请坐,奴与你细谈。"刘庆见她姿色非凡,今又如此柔和,想道:她必有意于我,吾乃粗直之人,岂为女色所惑!况我已有妻子,你想与我成亲,真乃冰炭不交。"若问百花小姐生长外夷,年已及笄,有此美质,又因本邦男子都是粗俗不堪,所以尚未成亲。刘庆虽非美男子,但比之西戎蛮邦也有高低之别,因此未免有心。当下又道:"刘将军,你敢来深夜行刺,好生大胆!若非被我拿下,我父一命休矣;倘被别将拿下,将军性命也难保了。"飞山虎道:"我行刺你父亲,乃是两国相争,各为其主,怎顾得利害交关,倘小姐用情,放我回关,小将自是感德。"百花女道:"将军既进我营,休思回去。"飞山虎道:"小姐此言何解?"百花女道:"将军,奴看你是一位烈烈英雄,谅必武艺高强,今日边关死了杨宗保,大宋还有何人保卫江山?奴劝刘将军投顺我邦,撇却宋朝。"刘庆道:"小姐此言差了!你要我投降,今生莫想。"小姐道:"你若不甘投顺,便休想回关。"飞山虎道:"既然小姐不放我回关,甘愿一死。"百花女道:"将军之言差矣!你既为堂堂丈夫,因何全无智量,倘投降我邦为官,美貌佳人却也不少,觅一位与你配亲,有何不妙?愿将军依奴劝言,是知机之辈。"飞山虎听罢,冷笑道:"小姐,我刘庆岂是贪花爱色之人?而况已有妻子,哪敢贪恋你邦佳人?今日既入你牢笼,有死而已,何必多劝。刘庆虽是粗鲁之夫,乃是顶天立地之人,岂肯负君而降敌人,休得妄自思量!"百花女听了,自言道:岂知此将有了妻子,我今囚禁不放他回关,且待明日爹爹发落。想罢,唤侍女数人,将这蛮子囚禁后营,好生看管,好待他心服归顺。侍女应诺,即时将飞山虎囚禁!

此事慢提。次日百花女梳妆已毕,来至中军,拜见父亲,说:"昨夜二更时候,宋营中一将名叫刘庆,来作刺客,已被女儿拿住囚禁后营,禀知爹爹如何发落?"薛德礼道:"可恶南蛮,竟敢混进大营,来作刺客。若非女儿拿住,几乎一命不保,且押出一刀两段,方不敢小觑我们。"百花女道:"爹爹,此人乃宋邦猛将,倘得他投顺,与我们做个里应外合,此关便唾手可得了。"薛德礼笑道："女儿有此计谋,把他仍囚禁后营,劝他投顺罢了。"

住言父女机谋,未知边关如何,且看下回分解。

第六十四回

丢失毒锤西军败阵　　安排酒宴宋将庆功

慢言西夏营中父女议敌，且说石玉得王禅老祖法力，一阵狂风，送至边关，说明缘由。范爷等方知石玉未死。石玉又说老祖赠来宝扇，可破混元锤。众位将军大悦。是日，范大人吩咐排酒，与石御史接风。石玉是个性急英雄，即言道："待小将破了混元锤，再来吃酒未迟。"范爷说："既如此，遵命了。"又道："昨夜刘庆往劫贼营图刺，要盗取混元锤，今天不见回来，谅来凶多吉少。他是粗莽之徒，不依人劝，今石大人马上出战，且探他消息如何。"

石玉即领精兵一万五千，顶盔贯甲，命人牵回昔日解征衣遗下之马，登时跨上，气昂昂炮响开关，手提双枪，大呼道："西夏贼听着！今石将军特来候战，速唤薛德礼番奴出营纳命！"早有小军报进，薛德礼即上马提刀，带兵飞出阵前，大喝道："小小犬儿，擅敢口出大言，且祭本帅大刀！"一语未终，当头劈下。石将军喝了一声："好家伙！"使动双枪架开，各逞本领，自辰时战至午刻，不分强弱。薛德礼自思：不好，这员小小宋将，看不出有此厉害双枪，看来难以取胜，不免又用混元锤伤他。将刀一隔，即带转马头而逃，取出混元锤在手。石将军早已提防他，大喝道："逆贼，又思用此物伤人。"即高张宝扇，一见锤飞来，轻轻一扇打去。真乃仙家妙用，相生相克，混元锤早已拨于尘土。薛德礼大惊，拖刀败走，不敢收拾此锤，被宋队掠阵岳刚所拾。石将军拍马追赶，大喝道："贼奴才休走！"正要赶上，忽有百花女冲出阻挡，双双接战。百花女一见石玉生得面如美玉，比刘庆大相悬殊，不胜羡叹。心想如擒拿得回营，胜刘庆万分。岂料这石玉乃仙传枪法，薛德礼尚且不能取胜，百花女焉能抵敌？顷刻被擒过马。众西兵杀上要夺回小姐，有宋兵大队掩杀，西兵纷纷倒退，自相践踏，死伤遍地，不成队伍，四散奔逃。薛德礼几乎被残兵冲倒，哪里还敢杀上前去夺取女儿。只得弃马杂于乱军中，招集残兵，一路回营,仰天长叹道:"不知那小将是宋军中何等之人,好生厉害,女儿被擒,又伤兵丁万余,真是可恼!罢了,待本帅明日与他决一死战。"

住语贼营内事,且说石玉生擒女将回营,大获全胜。范爷大喜,记录功劳,即日上本回朝。捆绑过百花女,她却立而不跪。范爷喝道:"小丫头,今既被擒,胆敢立而不跪!"百花女道:"南蛮听着,我非下流之辈,乃薛元帅之女,既被擒来,唯有一死,岂肯屈膝敌人!"范爷冷笑道:"你乃一小小丫头,擅敢在本帅帐下如此放肆!我且问你,昨夜我家一位刘将军,误进你营,偶然被获,今在哪里?"百花女笑道:"好老面皮的蛮子,既云上国义师,因何黑夜偷营,希图行刺?此人已经被我拿下,劝他投降不依,现在囚于后营。"范爷听了,心才放下。石玉闻此言:"刘庆既被擒囚在番营,待小将杀进,讨取回城如何?"范爷道:"石将军休得轻躁,如今天色已晚,且待明日救他未迟。"又吩咐将百花女囚禁后营。是晚,帅堂内外大排筵宴,犒赏三军,记录战功,上下欢呼。范爷、杨将军大赞道:"郡马一到,杀得贼兵胆破,与狄王亲一般年少英雄。"石爷谦逊不遑,言道:"刘将军被擒,明日须要杀入敌营,救回方妙。"范爷道:"吾已算定敌人捉了刘庆,谅情必不放回,幸喜郡马大人擒过百花女回关,不如明日以女易男,相互调换。"石爷道:"范大人高见不差。"众人饮毕,石玉邀同李义、张忠来看狄青。狄青之病已经痊愈,然精神尚未强健,故未登帅堂,在后面安息,即西戎来攻,范爷亦不令人说知。当时一见石玉,惊喜交集,问及原由,方知王禅老祖妙用引去。询知元帅中锤亡身,神色惨变,泪下数行。三人竭力劝解才罢。

次日天明,众文武在帅堂上酌议破敌,忽军士报进,番将薛德礼领了大队精兵,指名石大人、狄大人出敌。石爷听了冷笑道:"杀不尽的番奴!"言罢,即披挂上马,手提双枪,率着三万精兵,冲关而出,飞马当先,大喝道:"贼奴才!昨天杀得大败,饶你多活一天,何不早早回兵,献上降书,送刘将军回营,便饶你性命。"薛德礼道:"小小人儿,休夸大言,你若还了本帅百花女,我即还你飞山虎,然后交兵也可。"石玉道:"既如此,权且依你。"一边吩咐往后营放脱飞山虎,一边关内放出女英雄,男女二人,各归本阵。当时薛德礼与石玉复又交锋,一连百合,未分高低,两下军兵,混杀一场。时已日色沉西,彼此鸣金收军。石将军带兵进关,与范爷、杨将军细谈西夏赵元昊强盛,至今用兵已及二十载。北方契丹侵掠,损兵折将,亦不下百余万,惜乎真宗先帝失策,为一时计,不为后世计,当日未依寇准丞相之谋,乘得胜之日,制其称臣,故至当今又不免受侵凌之患,致民不聊生,武夫劳瘁。三人正在言谈嗟叹,刘庆上前拜谢救脱之恩。

次日,计点出战兵丁,折去五百余名,狄爷忍耐不住,径出帅堂对范大人言知,欲亲自交锋。范爷道:"王亲大人贵体尚未复原,须忍耐安息,未可造次。"狄爷道:"薛德礼如此猖獗,晚生病中,全然未晓。只恨元帅死于西戎之手,晚生与贼势不两立,非是他死,便是我亡。况我疾病已愈,安能坐视贼人猖獗,今日出城,定然见个高低!"范爷正要开言劝阻,军士叩报:"薛德礼领了大队军兵讨战。"狄青吩咐抬上金刀,披挂坐上龙驹,范仲淹、杨青二人劝阻不住,只得差孟定国、焦廷贵、张忠、李义四将,领兵接应。石玉言道:"待我与他掠阵。"焦廷贵大呼道:"你众人休阻,副元戎有仙法,岂惧薛德礼强狠!"当下狄青顶盔贯甲,金刀一摆,将龙驹连打三鞭,号炮一响,数万精兵拥关而出。一望敌兵剑戟如林,喊杀如雷,狄爷大喝道:"番奴死在目前,还敢大言,我乃副帅狄青是也!"薛德礼冷笑道:"本帅只道狄青怎生模样,岂知一小子耳!"狄爷大怒,喝道:"看刀!"二将催开坐骑,你遮我架,正是棋逢敌手,战了两个时辰。狄青病后,力气不足,看看抵挡不住。石玉一见狄青刀法将乱,即忙飞出接战。大喝道:"番奴休得逞强,石爷在此!"双枪照面门刺来。番将薛德礼好生着忙,闪开大刀,急架双枪。薛德礼抵敌狄青一人尚且占不得便宜,哪里架得住二般军器,正要放马奔逃,手法一松,腿上早中了一枪。喊声"不好!"又被狄青金刀一挥,正中肩膊,遂跌于马下。焦廷贵冲上,割下首级,喝声:"番奴,前天杀败我焦将军,又战我元帅不过,用妖锤伤人。往日强狠,于今何在!"

不表莽夫之言,且说此日二十万西兵一见主帅身亡,人心惊乱,不战自败。狄爷道:"愿降者免死!"内有逃不及者,都已投降,直杀得尸横遍野,血流成渠,甚属惨然。宋军所得刀枪马匹甚多,奏凯回关而去。败兵报知百花女,薛德礼被杀,谅来难以抵敌,不敢再出,只得弃了大营,领了男女兵数万逃回西夏而去。有关内杨青老将,提了百斤铁锤,与众

第六十四回　丢失毒锤西军败阵　安排酒宴宋将庆功

小英雄领兵接应，杀进他大营，并无一卒，只得收拾遗下粮草马匹军器，运回关中。范爷大喜道："二位王亲郡马大人，真乃国家之栋梁。"狄青、石玉谦道："哪里敢当范大人过誉，扫除敌寇，乃天子洪福，又得众位将军协助之功，非晚生辈之力也。"范爷道："王亲大人患病后，原气未复，还该静养才是。"狄爷道："有劳大人费心，不胜铭感，但晚生贱恙已愈，身体复原，举动如常，请宽垂念。"范爷又吩咐焦廷贵，将薛德礼首级悬在辕门，并号令众兵及降卒各自归营候赏，刀枪马匹粮草，点清归入库房，并命孟定国率人掩埋尸骸去讫。是晚大摆酒筵，与众将庆功，各营哨兵都有犒赏，出战兵丁加倍犒劳。

这且休提。次日众将兵士，只因杀散西夏，解了城围，闲暇无事，各归营寨。只有范爷、杨将军、狄爷、石御史四人在帅堂，说起杨元帅一生为国，倍历艰辛，年交六十，未得一日安闲。一旦战死疆场，武臣为国，难免一死，言念及此，能不伤感。又谈及前月圣上颁诏到来，说当今国母李宸妃娘娘十八年前被郭槐唆惑刘太后，陷害太子，放火焚宫，今被包拯审究，李后还宫，郭槐处决，有此天大事情。范爷道："十八年前，果也火烧碧云宫，烧死百余人，众言李宸妃母子已烧死在内，只付之叹息而已。其时我官居知谏院，目睹其事，怎知李宸妃逃难，越出宫闱之事，今将二十载，被包拯一朝究明，有此异闻，算他神智，非人所及。"杨老将军道："若云内宫火焚一事，也有诏旨得闻，其时，老元戎去世已有二年，我与宗保元帅俱已得知。连范大人在朝都不知李妃逃难出宫，我与元帅领守边关，自然不知了。"言谈之际，不觉日坠西山。

要知后事如何，且看下回分解。

第六十五回

悼功臣加恩后嗣　虑边患暗探军情

不提边关众将言谈，却说朝中宋天子，一日得接边关一本，心下着忙道：西夏大起雄师，宗保殒命，狄青又染病不起，这便如何是好？幸有石玉、狄青破敌。但思及杨宗保久任边关，三十载保卫邦家，不能一日安闲，功勋素著，一旦阵亡，是国家折损一栋梁。想罢不禁泪下，颁旨往无佞府，钦赐王礼祭奠，敕文武百官俱素服一月，加谥杨宗保忠武王。其世子文广，年方十七，应袭世职，因在丧中，不必到边关就职，且随朝伴驾。当日，杨门一闻凶信，穆氏夫人以及大小人等，哀恸欲绝，佘太君伤心，更不必言，众夫人垂泪相劝，少不得外椁内棺，用王侯之礼殡殓，不必细述。

却说宋天子因杨元帅去世，朝中武将皆分镇边疆，老将曹伟、种世衡二人虽智勇兼备，唯其时北狄契丹入寇多年，兵势甚锐，二将早已领守边城，天子只得加封狄青为天下招讨元帅，石玉为招讨副元帅，同守边关，众文武俱加升三级。诏旨发往，下文自有交代，不必多表。

单言南清宫内狄娘娘母子，闻狄青在边关大败西戎，立了功勋，并因杨元帅阵亡，颁旨任他为边关正帅，母子大喜。太后道："不料侄儿少年英雄，马到成功，旦夕间外夷威服，乃先灵呵护所致。"

慢言潞花王母子喜悦之言，且说庞国丈自从李国母进宫，郭槐已诛，所有党羽，均被包拯剪除殆尽，是以凡事心寒，权柄渐减。这日自思：喜得杨宗保已死，今日老夫正在驾前保荐孙秀领镇边关，天子已有允准之意。无奈有富弼、韩琦阻挡，言我婿只可作文员在朝伴驾，不合往边关当此要任，反奏狄青、石玉等，乃少年英雄，又得范仲淹、杨青老成持重，屡立奇功，敌人畏惧，合当拜帅代杨宗保之任。圣上不准老夫之请，只依二贼之言，真令人可恼！可笑这昏君接得边关本章，闻杨宗保死了，便纷纷下泪，痛切连日。我想杨宗保死有什么干碍，却隆宠这班狗党。只今狄青与石玉都在边关,与那一班老少贼联成一党,势大权高,教老夫也算计他不来了。想我女儿进宫数年,屡邀圣上宠眷,乘间进奏,无有不准。一自李太后进宫,不知圣上何故将女儿渐渐冷淡,想必女儿与国母不甚投机,是以唆着圣上疏淡我儿,也未可知。但女儿不得圣上喜欢,老夫有事,与女儿通关节,定然不准,怎生是好?现今且喜包黑不在朝,待有机关,再行设施,定必弄倒边关这些狗奴才,方见老夫手段。正在自言之间,有家丁禀道:"孙大人、胡大人来拜。"国丈传令请进相见。孙、胡二人进至内堂,见国丈立起相迎,一同相见行礼坐下。国丈道:"杨宗保已死,正打点保荐贤婿往任边关镇守,谁知富弼、韩琦二个奴才阻挡圣上,反保荐狄青、石玉二小儿为正副元帅。今被他边关上联成一党,老夫正在心烦,又奈何他不得。"孙秀道:"前者奉旨复查仓库,正要将计就计,回朝劾奏,不料圣上半途召回,一场打算又落空了。"胡坤道:"老太师且免心烦,我想狄青、石玉今已权高势重,谅情弄他不倒,我儿之冤,难以报复了。"三人言论,只是烦闷着恼。这且按下休提。

却说勇平王高琼老千岁,是日接得边关女婿来书,喜悦万分,方知女婿上年被奸臣算计,果有妖魔陷害之事,幸得仙师带上仙山习艺,今日又得圣上颁旨加封副招讨使,与狄青同守边关,真乃妙极。即进内堂告知女儿,夫人与郡主,真是喜从天降,言难尽述。高王爷即命郡主修家书一封与丈夫,待交付赍本钦差,顺送边关。郡主欣然领命,是晚修书,不必多叙。

再表边关狄青与石玉对坐私谈,狄青道:"如今边关之围已解,可以略松一口气了。"石玉道:"身为武将,当马革裹尸,以报国家付托之重。唯奸佞弄权,但知有家,不知有国,真乃令人可恼!可笑!"狄青道:"庞贼翁婿与胡坤屡次算计图害,恨若渊深,目下虽得身荣,怎奈奸党未除,岂可安然坐视!"石玉道:"小弟亦与庞贼有不共戴天之仇,无奈此贼当道,正邀圣宠,未知何日得报家父之仇。"二人正在言谈,范爷愁容满脸走进帅堂,二人并起迎接,众将亦到,随同见礼坐下。范爷道:"二位王亲与众位将军,力退西戎,不日间定有旨意颁来,二位王亲定救主帅之权,只可惜杨元帅身遭惨死。"狄爷闻言,长叹一声道:"杨元帅乃保国功臣,血战多年,未得一日安闲,身受惨死,想来真是令人伤感。"言毕,不觉虎目中流泪不止。杨老将军与范爷二人只因与杨元帅镇守此关多年，情投意合，一旦言诀，也忍不住滔滔下泪。狄爷向范大人道："杨元帅老成谙练，一朝逝世，犹恐西兵复扰，晚生辈才庸智浅，难当重任，还宜上本陈明，待圣上另挑老成，方当厥职。"石玉道："哥哥高见不差，我二人少年后辈，怎能服得众三军，上本辞退为上。"范爷未及回言，杨青老将军道："不然，狄王亲、石郡马武艺非凡，智勇兼备，一旦登坛拜帅，使外夷不敢南视。"孟定国道："西夏屡次被我们杀得片甲不回，料他再不敢轻视我边疆了。"飞山虎闻言笑道："事难逆料，他虽畏怯，到底也当防备，以免兵临城下，措手不及。况目下尚未投顺，焉知他是否从此无事，不若小将前往西夏打听虚实如何？"范爷道："刘将军之言有理，但此去须要小心，不可被他们看破机关，须要早去早回，休得耽搁才好。"刘庆道："小将自有道理，请勿多虑。"

当时刘庆正要抽身，旁有焦廷贵大呼道："众人休听他言，昔往敌营作刺客，遇见百花女子，即受其迷困，反被拿下。全赖石郡马出敌，将百花女活捉回关，方得调换而回。如今又到西戎，定然贪爱娇娆，倘又被拿，如今更无别物相换了。"飞山虎听了一席之言，羞惭得口也难开。石玉看出刘庆羞惭，好生没趣，即忙说道："焦将军休得妄言，前番刘将军粗心，为急思了决敌人，故有此失。如今只要小心，定然无虑，速去速回，以安众心。"刘庆道："小将领命。"焦廷贵道："今敌兵杀得寸草不留，正好吃些太平酒，享些太平安逸福，因何你们又要打仗？莫非还嫌杀得这些敌兵少，不知足，要寻些来杀着玩不成！"范爷喝道："胡说！大胆焦廷贵，军无戏言，你敢乱军规么？"焦廷贵道："范大人休得着恼，小将乃是真言，并无曲折，奈何你们不听。待等刘将军被百花女迷恋了，方知我焦廷贵之言不谬。"狄青冷笑道："怪不得杨元帅在日，言焦廷贵是个痴呆莽汉，如小儿戏笑，一味啰唣，不分上下，弄唇翻舌。前时殴打了钦差，险些儿累及了元帅，若无包拯回朝分辩，你的吃饭东西也难保牢，看你还得在此多言么？"众将官听了，人人忍耐不住，发笑不止。焦廷贵道："你们众人言皆至当，我说的皆是戏弄，从今日始，我闭口不言，像个木头人一般就是了。"当下飞山虎辞别众人，前往西夏而去。

过了数日，有朝廷钦差颁诏旨到来，外厢传鼓咚咚，狄爷传齐众将，

第六十五回　悼功臣加恩后嗣　虑边患暗探军情

同出帅堂，吩咐大开正南门接旨。早已排了香案，天使开读诏书道："敕加副元帅狄青为招讨正元帅，石郡马为招讨副元帅。张、李、刘三将，俱封将军之职，以下众将官，俱加升三级，各军兵俱有奖赏。"敕命读罢，元帅众将与钦差赵林见礼，他官居参知政事之职，为人忠鲠，史称赵爷，与包公并列，二人皆是宋室之贤臣。君命在躬，宣读毕，即时告别。狄爷并众将款留不住，只得殷勤送至城外，登车而去。当下元帅以及众将各进帅府，范、杨二人相见称贺正副元帅，一同见礼坐下。狄爷道："今因杨元帅升天，蒙圣上洪恩，敕令忝居帅位，只忧才庸德薄，难当此任。伏望范大人、杨老将军诸事指教，并望诸位将军随时襄护。"众将齐道："二位元帅，功劳卓著，圣上加封拜帅，实称厥职，何用太谦？"狄、石二人称谢。石玉道："今虽敌兵远去，未能心服，难保无虞，当早为备战，策胜出奇，方不负圣上顾托深恩。"狄爷道："石大人之言，甚属有理，深谋远虑，我不及也。"是日，二人会商调遣，狄青乃正元戎，自然是他做主。

未知刘庆往西夏国探听得如何，且看下回分解。

第六十六回

稽婚姻狄青尽职　再进犯夏主鏖兵

却说赵钦差去后，一日石玉接得家书，即晚灯下观看，已知岳父母康健，郡主来书贺喜。意欲回家问候，只因道途遥远，并有王命在身，未敢擅离边关。次早，正副元戎升帐，大小三军参见已毕。狄元帅拔令箭一枝，对张忠说道："张贤弟，你统领偏将十员，一万二千五百精兵，俱穿青衣青甲，在东门镇守，大旗上书一'虎'字，灰石弓箭滚木齐备。倘有敌兵，以炮为号，西南北自来接应。"张忠领命而去。又拔令箭一枝，对李义说道："李贤弟，你统领十员偏将，一万二千五百精兵，各穿红衣红甲，在南方镇守，红旗上书一'虎'字。倘闻炮声一响，各处接应，不容怠缓。"李义得令而去。转想焦廷贵乃狂妄之徒，不堪把守重任，但刘庆未回，且等他暂守北方，待刘庆回来，再行交卸。元帅随呼道："焦廷贵听令！"焦廷贵踏步上前，叫道："二位元帅，有何军令差遣？"元帅道："北方尚缺领兵之人，只因刘庆未回，如今有屈将军代为把守北方，待他回关再行交卸。你领十员偏将，一万二千五百精兵，俱穿黑衣黑甲，把守北门，黑旗上大书'虎'字。一闻号炮，即要接应，不得延迟，如违定按军法，决不姑宽。"焦廷贵领命而去，自言道：难道我焦廷贵做不得领兵头目么！偏要待刘庆回关，真乃看我太轻。我今只不分辩，那时独自成功，方显我焦将军非是人下者。

元帅分派已定，自与石副帅镇守正西，五万精兵，俱穿五色青、黄、赤、黑、白，大旗亦分五色，另建高大白旗，上书"五虎卫金汤"五字。看东南西北四门城上，真乃杀气冲天，号令威严，众将兵哪个敢不遵服？

不表中原主帅调兵，且说西夏主元昊得报兵败，心实恼闷。这日坐朝，向众臣言道："孤一心贪图中原的锦绣江山，只道唾手而得，岂知兴师有年，胜败无常，计已折去精兵百余万，勇将数十员，昨差首将薛德礼攻瓦桥关，杨老将身亡，只道大宋稳拿，不料又出小将狄青、石玉等一班小奴

第六十六回　稽婚姻狄青尽职　再进犯夏主鏖兵　‖ 313

才，如同猛虎，杀得我邦兵残将戕，孤心实有不甘。倘得一智勇兼备英雄，领兵复去搅扰他一番，侥幸得胜，统倾国之兵，杀进汴京城，倘若不能取胜，然后度势而为，也未为晚。"言未了，部班中闪出一员凶狠武将，名唤孟雄，奏道："臣闻中国狄青小将，善用一铜面鬼脸，吓死我邦上将无数，更兼箭法高强，故屡借二物取胜。今臣手下有部将二员善于喊叫，敌将一闻，犹如烈雷打顶，声似山崩，其人即心惊意骇，跑走不及。平日已于臣部署中试验，众将人人惊惧，今臣愿领兵进攻宋境，以拿狄青，仗我主之威，胜之必矣！"元昊道："将军果有二将之能，即封为左右先锋，卿为统兵主帅，领兵二十万往灭狄青，以报御弟赞天王、薛元帅等之仇，少解孤心之恼。"当下孟雄领命，往教场中，点足二十万精兵，带了左右先锋，一名吴烈，一名王强。有百花小姐愿冲头阵，要报复父仇。

　　按下西夏调兵，先说刘庆席云腾上云端，一到西戎国境，早已探听分明。当日教场点兵之时，恨不能落下云头，将他领兵主帅割下首级。当下只因一人，本事纵然高强，怎敌得千军万马之众，倘有不测差池，岂非又被焦廷贵耻笑。况起行时众人叮嘱不可鲁莽，中人陷阱，不免早些回去，报知元帅，好预备迎敌之策，当下不分昼夜，席云赶回关中，只见刀枪密排，旗幡招展，东西南北四门，皆是一般森严。刘庆道："这又奇了，难道贼师早已到关攻打不成？我驾云，他步走，岂能比我倍加捷速，谅来决无此理。定然元帅调拨兵将在此镇守，故今队伍严肃，刀斧交连，待我先从北门而进，看其动静如何。"远远只看见黑旗上大书"虎"字，尽是黑衣黑甲的军兵，不知何人在此把守，想来狄青乃一少年，今杨元帅死了，他为主帅，果有将才，怪不得杨元帅敬重。当时刘庆飞进城去。守城巡逻军一见，认得是刘将军打听军务回来，即去报知焦将军。焦廷贵想道：刘庆必是回家，耽搁数天，说什么打听西戎消息，待我玩耍他一番，然后禀知元帅，交卸北门与他。想罢，呆头呆脑地跑上城垛，喝道："刘庆，你回来了么，好大胆子！也不令人早来通报！我命你探听西夏军情，且一一禀明我焦老爷得知。"飞山虎闻言，顿觉惊骇，因何焦廷贵出此大言，即道："焦将军，你今领兵在此把守么？"焦廷贵道："刘庆，你还未知其详，自那日你动身去后，圣旨下来，敕封狄王亲为正元帅，又敕封我为副元帅。你不该如此慢待，不敬我副元帅，有失军威。"刘庆道：

"焦将军,果真如此,还是你妄言哄我?"焦廷贵道:"谁来哄你,且观几员战将,归我管辖,数万精兵,由我调拨,难道是假的?"飞山虎道:"但不知圣上颁来旨意,亦提及末将之名否?"焦廷贵道:"圣上诏旨全然未提及你之名姓,想必你无名小卒,只好做个军前探子。我当初原教你不要去探听为妙,如今且在我帐前做个当差之人!有功之日,候再提升吧!"刘庆听了,好生不悦道:"岂有此理,难道我刘庆止做个探子当差之辈,我情愿隐藏山林,做个农夫,倒也无忧无虑,何苦强在营中效力疆场?"焦廷贵道:"刘将军,休得动气,到底你探听得西夏贼情如何?且说个明白,待我交元帅印,让你统辖军兵,我却在你麾下听令,全凭差遣,如何?"刘庆道:"此言差矣!你承圣上敕命,怎可让与别人?待我说知西贼之事,可笑夏主不知见机,重新又要兴大兵二十万,领兵主帅乃是孟雄,更有二位先锋,百花女将为头阵,不日杀奔前来。"焦廷贵道:"如此果也元帅虑得到,你也算得探听分明,看来这副元帅只好让你做了。"当时焦廷贵说得糊糊涂涂,飞山虎听得将信将疑。焦廷贵又道:"刘将军,你可在此管辖众兵,待我与你报知元帅。"刘庆道:"不可,你乃执掌帅印之尊,如何教我代管,我亦不敢担当。待我自进帅堂报禀,方是合宜。"焦廷贵闻他此语,只得听他进去。

　　刘庆一路想着焦廷贵之言,只道他当真受封为副元帅,故今统领将兵,在北门驻守。但一心思量,意气不平,因何兵符副帅,属了此人,这样蠢夫,如何会提兵调将,岂不败坏了大事?此时已走到东门,只见高高插起青旗,上书一"虎"字,众将兵青衣青甲,又见南门西门,俱有兵将把守。进至中堂,正要通报,忽见圣旨下来。原因狄青少年尚未结婚,范大人的小姐,正当及笄之年,美丽非凡,范爷久已留心狄英雄,故前月附本奏闻圣上,求君做主,不怕狄青不依,又觉对面难于启口,故未发言。今日旨命一下,范爷早已明白,不觉喜色洋洋。狄元帅想道:军务在身,哪有闲暇议此婚事?当即辞谢。范大人笑道:"此乃圣上美意,理当早谐花烛,小女纵然不才陋质,下官不敢仰攀,但念旨命难违,请允小女权执箕帚,王亲大人休得推辞。"狄元帅不便执拗,只道:"蒙大人过爱,圣上隆恩,但今军情事急,且待兵退之日再议。有劳大人拜本奏复圣上,晚生也有本章附呈。"当时赍本钦差,乃是杨元帅之子杨文广。

第六十六回　稽婚姻狄青尽职　再进犯夏主鏖兵

他在朝奏知圣上，要到边关杀敌，建立武功。天子见他虽然少年，实乃将门之子，是以准旨允请，并颁旨附带范、狄联姻之事。当即会见正副元帅，范、杨等众位将军，一同见礼坐下。又见飞山虎到来，将西夏兴兵之由，一一禀知。狄爷道："范大人，可恶西夏贼复动干戈，如今且理军务，再议婚姻便了。"范爷听言无奈，只得允从暂停姻事。连夜修本，差人赍送，狄元帅也附一本，达呈御览。

话分两头，却说夏将孟雄带领二十万雄兵，左右先锋作头阵，一到边庭，探子报上离城不远。孟雄吩咐于五十里之外，安营下寨。

且言宋将刘庆，是日回关，已领守北门，方知焦廷贵满口胡言。忽一日探子报进，贼将带兵攻城。狄元帅传令，众将候差，真乃明盔亮甲，层层密密，剑戟如林。当时元帅差刘庆往冲头阵，着焦廷贵助阵，叮嘱小心为要。二将领兵二万，炮响出关，刘庆一马飞出，大喝道："杀不尽的贼奴，败而复来送死，今日休思逃脱！"西夏将吴烈大怒，手拿铁棍打来，刘庆用大斧急架，战杀一场。不意吴烈大喊一声，如同霹雳，马也惊走，刘庆吓得几乎跌于马下。这吴烈是惯家，趁敌人一惊，手略一慢，举棍打下。刘庆早驾席云帕，飞到天空，将马首打碎，跌仆尘埃。焦廷贵一见，怒喝道："狗奴才，休得逞凶！"一棍打去，吴烈接马交锋，各逞强狠，一连冲杀数十合。焦廷贵一生狂莽，何尝惧怯敌人，但本力欠三分，一刻抵敌不过，心中着急。想来可恼飞山虎，我与你掠阵助战，岂知你跑上空中，脱身而去，贼将又厉害不过，如今不妙了。果然抵挡不及，贼将铁棍照肩上打来，焦廷贵侧身一闪，已打中手上，血滴淋漓，大喊不好，忍痛拍马奔逃。贼兵呐喊如雷，追杀上来。宋阵上张忠、李义奋勇杀上，贼兵渐退。吴烈大怒，又大喊一声，宋兵吓得倒退，不敢追上，只有张忠、李义将刀枪并刺。吴烈不能抵挡二般兵器，只得复喊一声，二将连听数次，已经惯了，全然不惧，吴烈只得败走。又有王强上前助战，四将杀在一堆，未分胜负。

不知杀得如何，且看下回分解。

第六十七回

美逢美有意求婚　强遇强灰心思退

　　且说大宋四员虎将,与西戎二将各显奇能,直杀得烟尘滚滚,胜负难分,王强忽然大喊一声,比吴烈声音倍加响亮,二匹战马,惊跳起来,几乎将张忠、李义跌下尘埃,心下慌忙,刀枪略慢。狄元帅在旗下与石玉言道:"二将气力不加,不如收兵为上。"石玉道:"狄哥之言,甚合兵法,且收军吧。"即下令鸣金,张忠、李义带兵回关。西夏二将,也收兵回营。张忠进关,见了元帅道:"与贼将交战未分胜败,如何即刻收军?"狄、石二元帅道:"二位贤弟不知,本帅看来,二名贼将本领很强,一时恐二位贤弟有失。况焦廷贵现已受伤,想来二贼也是劲敌。行军之道,凡事俱要谨慎,切忌暴躁。今日暂且收兵,明日再议良策。吾等同心合力,何惧西戎?你二人劳苦半天,且往后营安息。"二将谢别正副元帅而去。只见焦廷贵已在帐中狂喊叫痛,又怪刘庆走脱不来帮助。

　　不表三人在后营安息,且说刘庆至帅堂缴令道:"小将奉令出敌,不意贼将大喊一声,犹如天崩地裂,幸得小将快驾席云帕逃生,战马已被打死,特来请罪。"元帅道:"胜败乃兵家常事,何须请罪?刘将军且退回本寨,明日出敌,自有破贼之策。"刘庆告退。

　　不提宋军归队,再说贼将收军回营,稽查军兵,折了八千余人。一进大营,来见孟雄元帅,禀知交锋情节,初阵打退二将,一将飞跑云头。第二阵又冲出二员宋将,本事高强,不畏咆哮,只因宋兵甚锐,反伤去兵丁八千余人,今日只作败阵,望元帅恕罪。孟雄听了冷笑道:"二先锋休奖宋兵之勇,反灭自己威风,且看本帅,明日亲临出敌,必定取胜。"

　　次日西戎主帅挑点精兵三万,带领左右先锋,并百花女一同来至关前,喊杀连天。宋阵中狄元帅自冲头阵,左孟定国,右沈达;中军石副元帅,领精兵三万;有杨文广督住后阵。号炮一响,二马齐出,狄元帅与西戎孟主帅两下交锋,各逞生平武艺,杀得尘扬丈余。西夏阵中飞出左右先锋,

第六十七回　美逢美有意求婚　强遇强灰心思退

宋阵中孟定国、沈达也拍马出来接应。后阵百花女催动数万精兵,杀上前来,宋阵中杨文广小将军也催兵杀来。此战真是将与将战,兵与兵斗,杀得征尘四起,雾锁长空,战鼓如雷,喊声大震。

当时两位元帅刀斧交加,无分上下,你不饶,我不舍,战在一处。狄爷想道:西夏贼将本领高强,难以取胜,不免用穿云箭伤他便了。大刀一格,正要取出宝箭,只闻二个贼将大吼一声,真觉震天响亮。狄元帅也觉心惊,即忙收回宝箭,复又斗杀。那王强、吴烈喊叫全仗元气精神,喊叫过后,渐渐疲困,必须养息一会,方能再喊。此时连连杀喊,气力不支,抵敌宋将不住。又有孟雄与狄青杀个平手,石玉一马飞出,大喝道:"逆贼休走!"举起双枪便刺,孟雄闪开,大斧架住,三马交战,孟雄怎能抵挡二般军器,渐觉两臂酸麻,不能抵敌,拍马而逃。狄青指挥众兵追杀,西兵因见元帅败走,心慌意乱,四边纷纷奔逃。后军百花小姐一骑飞出,适值杨文广小将军拍马杀出。百花女一见宋阵上一员小将,生得面如冠玉,不由心下惊骇。那杨小将军亦是翩翩少年,一见女将生得如花似玉,亦不觉骇异,暗想道:西域异邦也有如此美色。当时两下呆看,忽闻两边敌兵喊喝,二人方悟是在阵前。

各通姓名,百花女方知这位小将就是杨元帅之子,暗忖:常闻杨元帅威仪凛凛,穆氏夫人美质无双,是以此位杨公子如此美貌。唯思奴自母亲早丧,随父南征,又遭丧败沙场,本国并无弟兄亲属挂怀,不如投降中国,得配此位小将军,胜做王后。想罢,假意冲锋,不上数合,小姐拍马诈败而走。奔至郊外无人之所,即抽转马头,杨文广追至,催马数步,大喝道:"小贱婢休走,吃吾一枪!"言毕,照着面门便刺。百花女用枪架住,呼道:"杨公子,休得动手,容奴奉告一言。"

只说飞山虎未奉将令,暗驾席云帕见得众人得胜,心中暗喜。正要跑下助战,只见杨公子追赶百花女远远飞跑。想道:杨公子乃是将门之子,但百花女乃一员厉害女英雄,况公子年轻,初上战场,倘有埋伏追赶进去,一有疏失,如何是好?我不如就在云端,一路随他跑去为是。只见百花女回身向杨公子打躬,刘庆一看,早已会意,是她一心恋定杨公子了。只闻百花女呼公子说道:"奴本是父母俱亡,更无兄弟亲属,有心归顺天朝,未知公子肯容纳否?"杨文广听毕,道:"你果诚心归降,待我禀明元帅,约你回营，做个内应，不知你意下如何？"百花女四顾无人，开言道："奴实心归顺宋室，唯思乃一个年青弱女，无可为依，欲托微躯于公子，未知尊意若何？"杨文广听了怒道："你乃一个女子，不知廉耻，不凭媒妁而私议婚姻，有是理乎？"百花女听了羞忿，面上通红，呆了半晌无言，又呼公子道："奴非私奔淫女，因父母俱亡，终身无所依靠，故忍垢含羞，反为自荐。伏望公子谅情鉴察！"公子未及回言。这时飞山虎按下云头，反吓得二人一惊。刘庆笑道："杨公子，既然百花小姐诚心归顺我邦，你亦何妨顺情俯就？况你二人皆是青年美质，堪为百年伉俪之好。"杨文广道："刘将军，此言差矣！她即是青年少女，也不该在阵上说婚，岂不羞惭！"随即催马回关而去。刘庆道："小姐既有实心归顺天朝，并公子婚事，都在末将身上，必不耽误小姐良缘。"百花女听了，自觉羞惭，又闻刘庆将婚配之事，一力担承，便道："既蒙将军鼎力玉成，不胜感戴。日后倘有用奴之处，无不遵命。唯望将军回关，禀知元帅，实心归顺，不敢虚妄。"飞山虎允诺，说道："此事一定圆成，小姐毋庸疑虑，如此请回以待好音便了。"飞山虎仍驾席云帕，腾空而去。百花女看见，不觉称奇。

且说刘庆回关，细将此事禀知元帅，狄元帅问道："但未知杨公子意见若何？"文广道："她乃敌国女子，况在阵上订婚，未曾禀知母亲，焉可行得？望元帅休听刘将军之言。"元帅未及回言，有范大人笑道："此乃是一场美事。况此女今愿归降，并肯为内应，目下可以成功，与公子配姻，真乃天作之合，老夫定必与贤侄执柯[1]，奏明圣上做主。你言阵上招亲为非理，即杨元帅亦在阵上匹配穆氏夫人，是老夫目睹，贤侄休得推辞。"杨青笑道："范大人好记性，将老元帅四十年前招亲之事又提一遍。想吾老杨自随延昭老元戎镇守此关，算来已有六十二载。人生在世，犹如一场大梦，回头一看，吾年已七十八了。吾劝贤侄，休得推却此段婚姻美事，范大人决不至陷你于不义。"众位将军听了，人人喜悦，都道："老将军之言是也！"杨公子道："二位大人与元帅之言，小侄怎敢不依？"范、杨听了大喜。是夜只因大胜回来，排筵犒赏不表。

且说孟雄败回营中，计点兵将，折去二万余人。受伤者不计其数。

---

[1] 执柯：给人介绍婚姻。

第六十七回　美逢美有意求婚　强遇强灰心思退

看来实难取胜,不如带兵回国,见了夏主,奏明求和。吴烈、王强二先锋说道:"元帅不可因败灰心,不若明日再决一死战。"百花女道:"不可,奴乃二次出师,看来不独狄青智勇双全,即众将个个都是少年英雄。兵精将锐,料难取胜,不如投降为上。"孟雄道:"小姐高见,甚合吾意,明日收兵还邦。"

且说次日五更,夏营正要拔寨登程,忽一队军马来投伙。此人姓牛名刚,在大狼山自与牛健分手后,又恐杨元帅领兵来征,故带兵丁回到磨盘山。忽遇着庞福、庞兴,三人合住在磨盘山,打劫抢夺居民。李继英是五云汛千总,张文是守备,二人几次打退他们,正商议强盗盘踞在此,有害居民,不如禀明元帅,调兵征剿。不想牛刚三人来投西夏。孟雄正在打点动身回国,不意中得了数万兵来投降,三人即时拜见,孟元帅心中疑惑不定,细细盘问,方知他们原是强盗,随即收下录用。重新整兵离营,尽数而出,单留一万兵与百花女在营。

却说狄元帅等在关前,有巡查军士,拾得百花小姐的箭书一封,始知磨盘山强盗投到西夏助战。狄爷对石玉道:"此乃癣疥之疾,何足惧哉!"忽又有继英、张文求见,请元帅发兵征剿山寇。元帅说道:"山贼已投西夏去了,无须发兵。"张、李大悦。是日,探子忽报西夏讨战,二位元帅随即分派四路军马迎敌,另点一军,暗抄后面,烧毁大寨,待他回营,无所驻足。

未知宋、夏交战,谁胜谁败,且看下回分解。

第六十八回

赵元昊兵败求和　宋将帅凯旋完娶

却说宋营调兵，元帅令张忠、李义领兵五千，担任头阵；又令沈达、刘庆领兵五千，担任二阵；尚有焦廷贵受伤未痊，在营养息。又令岳刚、牛健领兵五千，担任三阵；李继英、张文领兵五千，担任四阵。发兵一万，与小将杨文广，从后抄到西夏大寨放火，使他首尾不能相应，心慌意乱，无心恋战，可一鼓而擒之。分拨已定，正副元戎各带兵五千，攻击中军，即吩咐放炮开关。西夏军马不约而同，亦是分兵而出。张、李二人飞马并出，五千锐兵，喊杀如雷。却遇吴烈挥兵混杀。张忠、李义奋勇杀进，吴烈抵挡不得二般军器，逃走不及，已被杀于马下。西兵见主将已死，四散奔逃，宋军追杀，死者甚多。

不说张、李得胜，又言王强领兵一万正在骂战，有刘庆、沈达二人并马奔出，不问情由，双刀并举。王强急架过去，宋兵卷地杀上，西兵惧怯，早已纷纷逃散。王强压制不住，又抵挡不得，只好拍马回头而奔。沈、刘二将随后追杀，又遇着张忠、李义抄后杀来，拦住去路。王强着急，只得拨转马头，刘、沈赶到，一刀将他斩于马下，西兵数千，尽皆投降。

且说岳刚、牛健领兵五千，正遇着牛刚，牛健叫道："兄弟堂堂丈夫，不思故土而降于外夷。我与你虽是兄弟，今你投降西夷，就是敌国，今日在战场之上，不能以手足之私而废公论。"言毕，即举大刀劈去，牛刚急忙举枪架定道："哥哥说各为其主，不能以私废公，兄弟也不怪你。"二人动手起来，本领不相上下，杀得无分胜败。岳刚不知二人说的言语，想来牛健劝他投降不肯，故而杀将起来。岳刚把马一催，杀上前来，牛刚不能抵挡二般兵器，手略一慢，却被岳刚一刀，挥做两段。岳、牛二人合兵杀上，西兵各自逃生。

再说李继英、张文领兵五千，攻打第四阵，二马飞奔杀进，逢着庞兴、庞福正在耀武扬威。继英大喝道："该死狗强盗，今日也来送死，正好赏你一刀！"二庞并不答话，提斧杀来，张文、继英二人连忙举枪架过，你搁我架，我劈他抵。杀了半刻，二庞本事不大，哪里抵敌得住，被李、张逼近身旁，一枪刺于马下。西兵杀得七零八落，纷纷逃窜，单剩得中军主帅孟雄，一柄大刀，抵住狄、石两位正副元帅，渐渐不支。又见宋将纷纷杀到，军兵四散逃命，方知难顾残兵，即闪开刀枪，拍马而逃，数万精兵，十去其七，所存者不过三分之一。

且说小将杨文广领兵一万，从后抄至贼营，正在喊杀，要放起火来。百花女跑出营来，看见杨文广，便道："且慢放火，内有马匹粮草颇多，有兵万余，将粮草搬进关中，有何不美？"文广道："小姐高见不差。"百花女随即回营，告众军道："今日元帅大败，逃回本国去了，你等不如投降，免遭杀戮。"众军答道："愿降！"百花女笑道："如此可将粮草马匹尽行搬出。"众军登时照办，杨文广叫人放火，将大寨烧焚，随同百花女押送进关。

且说宋军得胜回关，人人献功，独不见了杨文广回关，元帅心中着急。唯有飞山虎道："人人对垒，尽是军兵敌将，只有杨文广领兵去烧营寨，守营者乃是百花女，小将昨日窥测杨公子口虽推却婚事，心实所愿，我对百花女也曾一力担承。至今未回，谅必要与百花女一同回关，元帅何须多虑？"范爷笑道："此事被刘将军猜着了。百花女早晨有书信言明，磨盘山强盗投降。今日百花女守营不出，公子奉命往烧贼寨，定必同百花女回关。"元帅道："虽然如此，公子乃是杨门之后，倘有疏失，如何是好？不如着刘兄弟出关探听一下。"飞山虎正要出关，军士报道："杨公子并投降女将，领了降军，现在辕门候元帅钧旨。"元帅听了大悦，即着请进，一同见礼坐下。元帅对范爷说道："不若将百花小姐送至尊府，等赵元昊纳降之日，一并奏知圣上，以待公子完婚，老大人尊意如何？"范爷道："元帅之言甚是。"即命将百花小姐送到范府，与范小姐一处住下。是日正副元帅，将众将官功劳一一记载明白，吩咐排宴，犒赏大小三军，饮至更深方罢。

当日敌人杀败，孟雄正欲回营，与百花女一同归国，岂知大寨火光通天，心中甚为惊骇，又不知百花女存亡，暗想道：宋邦杨宗保虽死，又生出狄青等几个英雄，本帅深悔当初恃勇逞强，妄想侵凌，领兵二十万,猛将数十员,如今只剩得几千残兵回国,岂不羞惭!走了数日,始到本国。这日早晨,国主临朝,孟雄跪奏领罪,将战败情由一一奏知。夏主听奏大惊。孟雄叩头谢罪。夏主道:"卿家平身,此非你不尽心竭力,乃狄青兵精将勇,更兼智谋,实难争锋。卿且回家养息一月,再作计谋。"孟雄谢恩出朝。夏主又与群臣酌议,众文武奏道:"大宋将勇兵精,实难取胜。我主屡次兴兵侵扰宋土,他若乘胜来征我邦,如何抵敌?不若趁宋军未到之前,先上降书请和为上策,未知我主圣意如何?"元昊说道:"众卿所奏有理,事有不可为而为之者,如今出于不得已,且修求和表文。"夏主当下修了表文,即传旨库中,取到金珠土物,用车辆载起,差文武大员,即日登程,望边关一路进发。

且说边关狄石正副元帅酌量,西夏兵竭将疲,不敢轻视我们,想必求和于我国。石玉道:"可恼西夏屡次兴师,侵犯我边疆,若不分镇四路边城,则山西全省,非朝廷所有。"范爷道:"此患非今日初酿,前因吕夷简专权,先帝又为姑息,粉饰太平。夷简朋比为奸,蔽塞圣聪,将忠良之臣,纷纷贬黜,只图肥己,不顾天下之患。故西夏窥视我土,时犯我疆,皆是这班奸党之过,岂不可痛!"言毕,莫不感恨咨嗟不已。

这日元帅修齐本章,即差孟定国赶送汴京,达呈天子。其时包公陈州赈饥之事已完,回朝复旨。是日天子设朝,孟定国呈上表奏,俯伏金阶。本章上大意道:"西夏又兴兵二十万,力攻边关,已被杀败逃回。有百花女至关投降,并带粮草马匹无数,又与杨文广订定婚姻,臣等允其降伏,然招亲之事,不敢自专,恭候圣裁。"

天子观罢奏章,龙颜大喜,即道:"西戎大败,是国家之幸,既然女将归顺我朝,况有功于国,正该与杨文广婚配,待朕做主,着杨文广回朝完姻。狄青职司主帅之任,不容离关,即于关内与范氏完姻。边关出力将士一一加封,即着孟定国领旨回关,毋庸另派钦差往返。"孟将军谢恩出朝。过得几日,黄门官启奏:"西夏国差使臣二员来朝求和,有表章并土仪之物进贡,现在午门外候旨。"天子即传旨宣进,使臣来到丹墀,两班文武威风凛凛,侍立两旁。使臣一见,这与外邦威仪,大相悬殊,俯伏跪下,谨呈表文,略曰:

西夏罪臣赵元昊表奏大宋皇帝御前:罪臣不自忖度,屡次妄动干戈。天威临莅，罪及于臣，无可分辨。伏念臣因不修德而妄犯上，臣下武夫，更恃其强勇，百般唆诱。臣本愚昧，初不加察，利欲心动，兴兵侵扰，迫雄师丧于疆场，勇将亡于越境，方知上天警戒战逆之庆。伏乞仁慈，泽被万方，恕臣万死，当世守臣节不敢再萌妄念。僻壤小邦，谨呈土物，冒渎天威，曷胜战栗之至！

圣上览毕，又见表后附呈贡单，除珊瑚、玛瑙、沉香等物，尚有赤金五万两。圣上道："外邦使臣平身。"二人三呼万岁已毕，立于丹墀之下。圣主道："二卿，你主赵元昊屡次妄动干戈，理该征讨。既已知罪悔过，寡人且免究治，许其自新。二卿还邦，转达你主，自今之后，务须永守臣节，岁贡无误，各分边界，不妄生祸心。倘或再践前辙，朕决不宽容。"二使低首回奏道："仰感圣恩洪福，泽及边远微臣，邦主感激不尽，焉敢复怀邪念，以负圣恩？"当日册封赵元昊为西夏国主，厚赐使臣，着他即速回国而去。自此宋、夏相和，不复用兵。按史：仁宗庆历三年西夏平伏，后传至第九主，至理宗宝庆三年，元灭之，与金同亡。此是后话，休多烦表。

且说孟定国归至杨府，把公子家书送与穆夫人、佘太君，二人大喜道："杨门有幸，今已立下战功，圣上敕赐完姻，更有荣光。"是日圣上敕旨，孟定国复回边关，即刻拜辞佘太君并穆夫人，登程而去。数十天水陆程途，方回边关。军士报进，元帅即令传见。孟定国道："有旨在外。"元帅即命安排香案接旨，仍是孟定国宣读旨意：狄青加升公爵，范小姐诰封一品夫人，吉日在关完婚。石玉加升侯爵，张、李、刘三将封五虎镇国将军，孟定国升威武将军，焦廷贵升威烈将军，岳刚升忠勇将军，沈达升义勇将军，张文封轻车都尉，李继英封都司，牛健封千户，杨青加授龙虎大将军，范仲淹召取还朝，入阁拜相。其时因吕夷简被众谏院劾他专权误国，加害忠良，他自知难掩公论，辞相位，致仕告退，圣上允准，故召回范仲淹还朝入阁。另旨：杨文广袭父王爵，不复加升，诰封百花女一品夫人，回朝完姻。其余副将偏将，共有百余员，论功升赏，并犒赏三军，不能一一尽述。

且说狄青遵旨在帅府完姻，大设筵宴，大小三军将士庆贺，更有天子钦赐之物，十分热闹不提。次日杨公子奉旨回朝，与范爷同往拜辞正副元帅并众位将军。狄青即修家书，接母亲、姐姐同至边关完叙。又有书五封，附搭杨公子回朝，一封与潞花王母子请安，并禀知自己授爵完姻之事；一封与呼延显老千岁请安，感谢提拔；一封托送韩府，亦是请安；一封托送包府，感谢请安；一封托送佘太君请安并贺喜。

杨公子回朝，先至金銮殿叩谢皇恩，然后回府拜见佘太君、穆氏母亲，并众夫人。先已选定吉日，奉旨结婚。是日杨府挂灯结彩，王侯大臣都来道喜庆贺，设排筵宴，一连数日。日后夫妇伉俪甚得。

再说石玉也有书信寄回长沙，接取母亲、姐丈、姐姐到关相叙，一封书送至高府向岳父母请安，并接取郡主到关完聚。

又有刘庆在关，对元帅说明，要回潼关，接取母亲并妻子到关。元帅说道："今已国家太平，有家属者正该迎取，未知贤弟何日动身，须要早去早回，免得本帅挂怀。"刘庆听了大喜，即谢了出去。

此时朝中尚有庞洪、孙秀、胡坤等三奸，见狄青、石玉等威镇边关，虽欲谋害，却是无计可施，只得闷闷不乐。日后也曾兴风作浪，却被包公、狄青识破。此是后事，也就不多絮烦了。